One Week as Lovers
by Victoria Dahl

海辺に涙の祈りを

ヴィクトリア・ダール
石原さゆり[訳]

ライムブックス

ONE WEEK AS LOVERS
by Victoria Dahl

Published by arrangement with Zebra Books,
an imprint of Kensington Publishing Corp., New York
through Tuttle-Mori Agency, Inc., Tokyo

海辺に涙の祈りを

主要登場人物

シンシア（シン）・メリソープ……キャンバートソン家の長女
ニコラス（ニック）・キャントリー……ランカスター子爵
キャンバートソン……シンシアの継父
イモジーン・ブランディス……ニコラスの婚約者
サマーハート公爵……ニコラスの知人
エマ……サマーハート公爵の妻
ミセス・ペル……キャントリー邸の家政婦
リッチモンド伯爵……シンシアの婚約者
ブラーム……リッチモンド伯爵の秘書

1

一八四六年春　ロンドン

　ランカスター子爵ニコラス・キャントリーは激怒していた。家族や友人ばかりか、社交界の誰をも魅了し、気さくな好人物として知られている彼らしくもなく。目はかすみ、奥歯が痛むほど顎をこわばらせていたが、そろそろお開きになる盛大な晩餐会《ばんさんかい》の招待客のあいだを縫うように進むと、人々はみな、なおも笑みを向けてきた。なにか変だと思ったとしても、消化不良でも起こしたかと勘ぐるくらいのものだろう。よもや怒っているとは思いもしないはずだ。

　しょせん、ぼくはお飾り的な存在だった。のらくらと暇をつぶし、財産付きの花嫁を探す、のんきな男。ランカスター自身、世間の人々からそう見られることに甘んじていた。茶目っ気があって、人好きのする外面しか人は見ようとしない。心の奥までのぞこうとする者は誰もいない。苦心して手に入れた、そうした世間の評判を、彼とて今さら悔やむわけもない。

　しかし、婚約者がほかの男に脚を開いている現場に出くわし、普段はひょうひょうとしているランカスターもさすがに動揺した。あげくに未来の花嫁から罵声《ばせい》を浴びせられるや、頭に血がのぼった。それでも彼なら、あわてず騒がずまわれ右をして、さっさと立ち去る。それは双方ともにわかっていることだった。

「ねえ、ランカスター子爵！」左手から甲高い声が聞こえた。ランカスターは足をとめて振り返り、よどみない身のこなしで小柄な婦人にお辞儀をした。

「レディ・アバロン」差しだされた手を取って、挨拶《あいさつ》代わりにつぶやく。「ぼくの惨憺《さんたん》たる夕べに差しこむ一条の光のようなお方だ」

「まあ、お上手ですこと」レディ・アバロンはまんざらでもないように笑い、特大の扇で彼の肩をぴしゃりとたたいた。

「レディ・アバロン、地方からこんなに早くお戻りとは意外ですね。さては、なにやらよろしからぬ事件から逃げてきましたね？」

「ランカスター、まったくもう、どうしようもないわね、あなたって人は」

「いつもではありませんが。ところで、ミスター・ブランディスとお知りあいでしたか」ランカスターはパーティの主催者のほうに手を向け、うなじをさすってこわばりをやわらげたくなる衝動を抑えた。

「ええ、そうよ。ミスター・ブランディスは身分こそ商人だけれど、どこの貴族にも引けを取らない立派な紳士ですものね」ランカスターにすり寄り、レディ・アバロンは耳打ちした。

「ミス・ブランディスにもお会いしたわ。あなたの選んだ花嫁さんはたいそうな美人ね」

ああ、美人だ。美人だけれど不実で、追いつめられると驚くほど口やかましい。

しかし、ランカスターは首を傾け、控えめに同意を示した。

「お見事ね」レディ・アバロンは続けた。「とても賢明な縁組だわ。わたくしはいつも言っていたんですよ、あなたならきっとうまくやるだろうって。これでもう先々、安泰だわね」

「ええ、ミス・ブランディスはぼくのご面相にも、ささやかな爵位にも、目をつぶってくれたんですよ、わが家のリンゴ園がほしいばかりに。あれはけっこう儲《もう》かっていますからね」

「まさか！　財産があったなら、向こう一〇年、あなたは誰よりも華やかな独身生活を謳歌《おうか》したでしょうよ、お若い方。たとえあなたのような苦しい立場でも、まずまずの結婚相手と見なされるということは、かなりの魅力がないとね。あっぱれですわ、ランカスター子爵。ミスター・ブランディスは愛娘《まなむすめ》のイモジーンのことになると、それはうるさい人なのよ」

「そうですね」ランカスターは作り笑いを浮かべ、無理に相槌《あいづち》を打った。「さてと、よろしければ、そろそろ失礼させていただきたいのですが……」

「ええ、もちろんですとも！　すてきな婚約者のもとへ戻りたいでしょうよ」

ランカスターはすぐに身を翻したが、レディ・アバロンの扇からは逃れられなかった。鯨ひげの扇でぴしゃりと腕をたたかれ、その拍子に張りつめた神経がぷつんと切れたようだった。

すてきな婚約者、か。数分前までは、ぼくもそう思っていた。慎み深いはにかみ屋で、才色兼備の女性だと。

「どこが慎み深いものか」ランカスターはぶつぶつ言いながら、帰り支度を始めた客人でごった返す玄関ホールを進み、正面扉へ向かった。いちばんの混雑は抜けだしたが、まだ自由になったわけではない。ミスター・ブランディスが玄関に立ち、いとまを告げる最初の招待客に挨拶をしていた。

ほかの者ならいざ知らず、ミスター・ブランディスを自分に都合のいいようにあしらうのは至難の業だ。とにかく、目下のところ誰よりも話をしたくない相手である。マーティン・ブランディスは洞察力が鋭く、頭が切れ、並外れて抜け目ない。娘が今どこで、なにをしているのかについては、さすがにあずかり知らないだろうが。

ブランディスを囲む招待客の後ろに隠れるようにして歩を進めたが、首尾よく逃げられる方法はない。預けたコートと帽子を受け取らなければならないし、呼びつけた御者が来るのも待たなければならない。そんなわけで、いざ肩をぽんとたたかれても、ランカスターはたじろぎもしなかった。

「もうお帰りですか」

未来の舅《しゅうと》を振り返り、ランカスターはなんとか朗らかに笑ってみせ、握手をした。

「残念ですが、社交クラブで約束があるんですよ。とても楽しい夕べでした。奥さまはもてなし上手ですね」

「ああ、家内には女主人役を安心してまかせられる。あれのたっての希望でね、わが家が主催する集まりにイモジーンを必ず参加させるべきだと。娘は立派な子爵夫人になりますよ」

「ええ、間違いなく」気に入らない求婚者に愛情のあるふりをしていた女性だ。イモジーンなら堂々とレディ・ランカスター役を務めるだろう。

ふと、ある考えが思い浮かんだ。彼女が手を引けば、こちらに選択の余地はない。ぼくの意見に関係なく決定はくだされる。つまり、破談の可能性もあるのだ。「ミスター・ブランディス、お嬢さんはぼくとの結婚に本当に乗り気でしょうか？」

ブランディスは顔をしかめた。ぼさぼさした白い眉がさがり、ほとんど目を覆い隠す。

「どういう意味かね？」

「つまり……」ランカスターは緊張して首筋が熱くなったが、さも気づかわしげな表情で言った。「ここ数週間、お嬢さんは口数が少なくなったんですよ。婚約を取り交わした晩餐会の日を境に」

「イモジーンはもともとおとなしい子だ」ブランディスは硬い口調で言った。「婚約を喜んでいますよ。娘は自分の務めを心得ている」

自分の務め。そう、彼女は恋人がとめるのも聞かず、務めについてなにやら叫んでいた。務めか。事情が事情でも、ランカスターは務め以上のものを望んでいた。

あなたの娘はちっとも喜んでなどいない、とぶちまけてやりたいところだったが、彼は首を傾けて、こう言うに留《とど》めた。「もちろんです。奥さまとお嬢さんによろしく伝えていただきたい。いつもながら今夜も楽しかった」

「それでは、閣下」ブランディスはすばやく一礼をして応じた。たしかに先ほどレディ・アバロンが言ったとおりだ。成りあがりの商人ではあるものの、一分の隙《すき》もなく紳士然としている。じつを言えば、そこががっかりだった。妻にめとる娘の実家は、堅苦しさとは無縁の、のんびりとした家庭なのかと思っていた。とはいえ、ブランディス一家にのんびりしている余裕などない。出世街道を歩んでいる最中であり、おかしなふるまいや醜聞を避けるのはもちろん、日々の楽しみにさえかまけていられないのだから。彼らにとってランカスターは、社交界に食いこみ、富を築く方程式を構成する一要素にすぎない。こちらの心境など、どうでもいい。気づかってくれると期待するのはお門違いというものだ。

馬車のバネを修理しないとまずい。通りにおり立ち、あとどれだけ持つだろうかとランカスターは思案した。御者台の下から不満を訴えるようなぎしぎしという音がする。乗り心地は悪かったが、少なくとも、もうみっともないことはない。紋章が剝《は》げ落ちた扉は、馬丁が塗装をこすり落として塗り直した。困窮する身の上をさらすしるしは、刷毛《はけ》を数回動かしただけで消え去った。ほかの問題も、こんなふうにやすやすと解決してほしいものだ。

「おかえりなさいませ、旦那《だんな》さま」執事にお辞儀で出迎えられた。その若い男の顔には皺《しわ》ひとつなく、茶色の髪には白髪一本まじっていない。つまり、子爵の執事にしては若すぎた。だが、そのぶん安く雇える。それに本人もやる気があり、頭もよかった。もちろん、ランカスター自身まだ二五歳で、借金に苦しむ子爵にしてはやや若い。どちらも若輩者というのがふたりの共通点だった。

「ビークス」ランカスターはそう執事に声をかけて応じ、暗がりから玄関ホールに入った。

「楽しい夜を過ごしているかな」

「ええ、おかげさまで。ゲインズボロ卿《きょう》がお越しになっています。白の間にお通ししました」

ゲインズボロか。やれやれ。今夜はご老体を慰めてやるどころか、こっちが慰めてほしいくらいだ。

「どうしましょうか？　お戻りになったと、お伝えしてもよろしいですか？」

「いや」ランカスターはぴしゃりと断ったが、すぐに声をやわらげて言った。「悪いが……」だめだ。どんなに気がふさいでいても、妻に先立たれた孤独な老人を追い返すのは忍びない。「ちょっとひとりにさせてくれ。にぎやかな集まりで気疲れしたんでね」帽子とコートをビークスに預け、玄関ホールを横切り、書斎へ向かった。机の横の小さなテーブルの上で、ブランデーグラスが主《あるじ》の帰りを待っていた。椅子にも腰かけず、まずはグラスになみなみとブランデーを注《つ》いだ。

そして倒れこまんばかりの勢いで椅子に座ると、その拍子に手紙の山が崩れた。とにかく一杯引っかけ、手紙にざっと目を通していった。いっとき親密な関係だった女性からの友好的な短い手紙。来る結婚式に夫妻で参列する旨を知らせるサマーハート公爵からの殴り書きの手紙。ただしその文面には、参加を心待ちにしているのは公爵夫人だけだとさりげなくほのめかされている。行間を読み、ランカスターは思わず苦笑をもらした。

当然ながら債権者からの手紙も二通ほどあったが、絹輸入業を営むロンドンきっての豪商の娘との婚約が発表されて以来、取り立ても軟化していた。それでも催促状は送られてくる。即刻ごみ箱に捨てたが、思い直して拾いあげ、曾祖父《そうそふ》の代から受け継がれてきた机の隅に置き、肝に銘じることにした。依然、借金から解放されたわけではない。それを忘れてはならない。

ランカスターの父親は荒廃寸前の領地を相続し、あっというまに荒れ放題の状態にしてしまった。そして、その問題を跡継ぎに説明する手間を惜しんだ。息子はまだ若いから、そういう心配はないと思ったのかもしれない。しかし結局のところ、ランカスターは二三歳で父の跡を継いだ。

ブランデーのおかわりを注ぎ、最後の一通を手に取った。

地所のなかで最も小さく、唯一管理を人にまかせている屋敷であるキャントリー邸の家政婦からの手紙だった。いったいなんの知らせだろう、羊になにかあったのでなければいいが。キャントリー邸について心配したことはなかった。それどころか、ここ一〇年近く、足を向けてもいない。ランカスターはまたブランデーをあおり、手紙の封を切った。

酒で喉をひりひりさせながら、便箋《びんせん》に目を走らせたが、文面がのみこめなかった。どういうことか意味がよくわからない。だが、読み返してみると、現実が醜悪な頭をもたげ、心が沈んだ。

〝お知らせするのはつらいです……昔、あの子と仲がよろしかったでしょうから……〟

ミス・シンシア・メリソープが死んだ。

残念な知らせだ。とても残念な。まだ若く、成年にも達していなかったはずだ。どうして死んだのだろう？　事故か、それとも熱病か？

ため息が出た。最後に会ったとき、シンシアはまだ一一歳だった。ぼくがキャントリー邸をあとにする直前のことだ。あれ以来、隣人だった娘と顔を合わせたことは一度もない。それなら、なぜ訃報《ふほう》を受けて、胃が締めつけられるのか。

ランカスターは濃いブロンドの豊かな髪に手を差し入れ、頭皮を指で押した。たぶんシンシアのことを思いだしたせいではない。自分の人生が下り坂に差しかかっていると、この手紙が暗示しているからだ。

〝これ以上悪くなりようがないと思っていたのかね、愚かな人間め〟どこかの意地悪な神に、空からそう笑われている。あるいは……こうかもしれない。〝おまえの悩みなど、哀れなシンシア・メリソープの身に降りかかった災難とくらべるのが間違っているぞ、身勝手なやつめ〟そんなことを思い、ランカスターは神妙な気持ちになった。

シンシアは結婚もせず、ヨークシャーから一歩も出ないまま、はかない生涯を終えた。きっと魅力的な娘に成長するだろうと思っていた。思慮深いまなざしといい、意志の強そうな顎といい、大人びた顔立ちをしていたからだ。あの読みは見事に外れたということか。

花嫁になれずじまいだったのだから。しかし、子供のころのシンシアはたいそう溌溂《はつらつ》とした少女だった。純朴な正直者で、田舎ですこやかに、のびのびと育っていた。言うならば、イモジーン・ブランディスとは正反対だ。

そんなことが頭をかすめ、ランカスターは顔をしかめ、グラスの底に残っていたブランデーを飲みほした。

そう、正直とはなんなのか、ミス・イモジーン・ブランディスはなにも知らない。もっとも今夜、彼女が金切り声を張りあげて吐いた言葉は、嘘《うそ》偽りのない本音のようだったが。

〝本当の男なら、女のお金なんてあてにしない！　お金がほしければ自分で稼ぐのよ、それが男っていうものでしょう！　あなた、その惨めな人生で、なにかひとつでもまともなことをした？〟

心のなかで引っかかっていたことが、ここ数カ月のあいだ徐々に心にのしかかってきたことが、ついにはっきりした。まるで骨や腱《けん》が引っぱられ、全身がへなへなとくずおれてしまいそうだ。自分を取り巻く全世界が崩れてしまいそうだった。

すでに周囲を巻きこみ、計画はかなり進んでいた。債権者たちは取り立てを棚あげし、花嫁の持参金を待っていた。この期に及んで結婚を取りやめでもしたら……。

世間の人々から後ろ指をさされることが頭に浮かんだ。選択の余地はない。それは彼もわかっていた。

日ごろ世間に見せている穏やかな仮面が、得体の知れない圧倒的なものに脅かされた。不吉で、震えるほど強い力を持つものに。ランカスターはその存在を認識していた。何年も前から気づいていた。憤怒《ふんぬ》。激情。恐怖。それらががっちりとからみあい、なじみのない感情を生みだしたかのようだった。これに対処する方法はひとつしかない。

感覚の麻痺《まひ》した顔をこすり、深く息を吸った。うるさい耳鳴りを無視し、いつもの笑顔を取り戻そうとした。最初はうまくいかなかった。もう一度やってみても、まだだめだった。けれども最後には口元がほころんだ。ランカスターは机の横のひもを引き、呼び鈴を鳴らした。

耳鳴りがやまないまま、何分か過ぎた。

「お呼びでしょうか？」

「白の間のゲインズボロ卿に軽食をお出しするように。少ししたらチェスの対局にうかがうと伝えてくれ」

「わかりました」若い執事はお辞儀をした。

機嫌よくふるまい、愛妻を亡くした悲しみにいまだ暮れる男性に楽しいひとときを提供して、胸の奥でくすぶる暗澹《あんたん》とした気持ちには気づかなかったことにしよう。そう思いながらも、ビークスが背中を向けると、顔からすっと笑みが消えた。耳鳴りはひどくなる一方だ。

「待て」

「なんでしょうか？」

「じつは……」ランカスターは言葉を口に出しながら考えをまとめた。「訃報が届いた……耳鳴りは治まりはじめた。すばやく言葉を継ぐ。「隣人が亡くなったようでね、ヨークシャーに住んでいたころの。だから、弔問に向かわないといけない」

ビークスはうなずいた。

「荷造りを頼む。言わなくてもわかっていると思うがね。それから、ミス・ブランディスのご家族によろしく伝えてほしい」ビークスは仕事熱心だが、執事としてはまだ半人前だ。一から十まで指示しなければならない。

「留守にされるのはどれくらいのご予定ですか？」

ふいにまた耳鳴りが戻ってきた。耳のなかで先刻よりも大きく鳴り響いている。ランカスターは首を振り、手紙に目を落とした。憂鬱《ゆううつ》な気持ちで体まで重くなったのか、椅子に根が生えたかのようだった。重荷に抵抗するかのごとく心が乱れた。どれくらいの予定か？　どれくらいもなにも、あとわずか二カ月で、結婚したくもない相手と誓いの言葉を交わすことになっている。

「六週間ほどかな」

「はあ、それで、お発《た》ちは……？」

〝今すぐだ〟と叫びたかったが、もちろんそうはいかない。いかにも考えこむような顔で目を細め、早く逃げだしたい気持ちを抑えるしかなかった。「明朝だ」

「わかりました」ビークスがあわてて荷造りに向かったのち、ランカスターは最後にもう一度手紙に目をやった。のんびりしている暇はないが、それでも何度か深呼吸をした。少しだけ時間が必要だった。これまでにも家族のためにいろいろ尽くしてきたが、結局のところ、結婚は最悪の奉仕でもないだろう。それは間違いない。

曲がりなりにも心に平穏が戻ると、ランカスターは書斎を出て、にっこりとほほえみながら白の間に足を踏み入れた。暖炉の前に立っていた、のっぺりした顔の男性が頭をあげた。とたんに、悲しげな口元に笑みが浮かぶ。「ランカスター！　えらく元気そうだな」

「ええ、そちらこそ。対局の準備はいいですか？」

「準備はいいかだって？」年配の男性は鼻を鳴らした。「ウィスキーで頭を鈍らせてか？　きみとチェスの勝負をするのに必要な準備はそれだけだ」

ランカスターは首をかしげた。「ということは、こちらの思惑どおりだ。寝首をかけるというわけですね、酔っ払いをカモにする娼婦《しょうふ》のように」

「そう来たか！」やもめは腹をかかえて楽しそうに笑った。「いやはや、きみはじつに愉快だ、お若いの。毎度毎度、楽しませてくれる」

ランカスターもくっくっと笑い、炉棚の時計をちらりと見た。あと一二時間したら、ひととき現実から逃げだせる。

2

ロンドンに春の訪れは告げられたかもしれないが、ヨークシャーの海岸では今なお春は遠い。みぞれが馬車の屋根をたたきつけ、座席の下に火鉢を忍ばせていても空気は凍るように冷たかった。吐く息が白いのを見て、六週間も滞在する予定を組んだことをランカスターはわれながら不思議に思った。

ニーリー村を通り過ぎたところだった。子供のころによく過ごした場所だ。ということは、キャントリー邸にまもなく到着する。

約一〇年前、所有する最も小さな地所を捨て、一家でロンドンに移り住んだ。それ以来一度も戻っていない。そのうえ、少年時代を過ごしたというのにここを思い返すことさえほとんどなかった。家政婦のミセス・ペルに管理をまかせ、形ばかりの維持費も地代で賄っている。ここのことはなにも心配する必要はなかったのだ。

だが、なぜ思い返さないかといえば、当然ながらそれ以上の根深い理由があった。ここで過ごしたころのことは考えたくなかったのだ。ほかの記憶に、ほかの歴史につながるから。つまり、どれほどロンドンから逃げだしたかったか、このことだけでもよくわかるというものだ。ここに戻って苦悩がよみがえる可能性については、考えが及ばなかったのだから。

〝ぼくはもう大人だ〟ランカスターは硬い座席の上で尻をもぞもぞさせながら、自分に言い聞かせた。〝悪夢から逃げだす少年ではない〟

胆汁が喉にこみあげるように怒りがこみあげてきたところで御者がなにやら叫び、馬車は速度を落としはじめた。到着だ。懐かしのミセス・ペルが今にも出迎えてくれる。

今になって気づいたが、ミセス・ペルは悲しみに暮れていることだろう。シンシア・メリソープは毎日のようにわが家へ来ては、キッチンで何時間も過ごしていた。自分の家にいるよりもランカスターの家にいる時間のほうが長いようなときもあった。地所の近辺にいるランカスターについてこないときには、使用人の居室のほうにいて、ミセス・ペルのあとを影のようについてまわっていた。気の毒に、ミセス・ペルはまるで娘を亡くしたような気持ちだろう。

馬車はゆっくりととまり、やや横滑りしたものの御者がしっかりと停止させた。すぐさま扉が開いた。外はみぞれが降っている。御者のジャクソンもなるべく濡《ぬ》れたくないということか。

「玄関先が真っ暗ですよ。出迎えの気配もありません」

「すばらしい。自分でなかに入るとしよう。馬の世話をしたら、キッチンにまわってあたたかいものでも飲むといい」

「はい、そうさせてもらいます」

ランカスターはみぞれに打たれる覚悟を決めて、馬車をおり、間口の広い玄関へ走った。わずかに雨をしのぐ戸口にたどりついたものの、錠はしっかりとおろされていた。それに気づいたときには、すでにジャクソンは立ち去ったあとだった。

「やれやれ」先ほどより頭に浮かんでいた小さな疑念が、ふいにはっきりと現実的な問題になった。まもなく子爵が領地へ赴き、しばらく滞在する予定であると、ビークスが知らせそびれたということか。ミセス・ペルが今週リーズの妹を訪ねようという気を起こしていないことを願うばかりだ。

「まあ、今さらどうしようもないな」ランカスターはつぶやき、降りしきるみぞれのなかにまた足を踏みだした。大きな屋敷の裏手へまわりこむころには濡れ鼠《ねずみ》になり、寒さで感覚も麻痺してきた。しかし、キッチンに通じる裏口の戸のノブに手をかけると、それはすんなりとまわり、彼はあたたかく明かりのともった室内にさっと足を踏み入れた。

「アダム」懐かしい声が短い廊下の暗がりから聞こえてきた。「雨に濡れた体で歩きまわって床をびしょびしょにするのなら、自分できれいにしとくんだよ。あたしは絶対に――」

ミセス・ペルがキッチンに入ってきた。顔をあげたとたん、ぎょっとしたように息をのんだ。驚きが恐怖に変わったのはランカスターが口を開いてからだった。

「こんばんは、ミセス・ペル。どうやらロンドンの召使いは、ぼくが急遽《きゆうきよ》来ることになったときみに知らせなかったようだね。いずれにしても、もう来たわけだけど」

「ニックなの？」ミセス・ペルがそうささやくと、かすかな衝撃がランカスターの体を駆け抜けた。そういえばもう何年も、ニックと呼ばれたことがない。

「ああ、ぼくだよ。ニックだ。向こうから――」ランカスターはふいに口をつぐみ、咳払《せきばら》いをして言い直した。「その、いきなり戻ってきてすまなかった。この二週間はつらかっただろう。さらにこうして不意打ちをして、驚かせてしまった」

ミセス・ペルはまだショックから立ち直れないようだった。口をぽかんと開けたまま、顔は真っ青だ。以前と変わらない体つきを見る限りは丈夫そうだが、倒れてしまうのではないかとランカスターは心配になってきた。たしかに目尻の笑い皺は深くなり、白髪も増えたが、ミセス・ペルは思っていたほど年老いてはいない。子供はとかく大人の年齢を上に見積もりがちということだろう。「ミセス・ペル？」

ミセス・ペルは目をぱちくりさせた。ようやくわれに返ったようだった。「旦那さま」あえぐように言って、ゆっくりと膝を折ってお辞儀をした。「失礼しました。どうぞお許しを。あの――お湯をわかして、お茶をいれましょう。それから図書室を開けてきますね、すぐにご用意しますよ。ベッドの支度もととのえて……」

「今夜は図書室のソファでかまわないよ、もし――」

「とんでもない！」ミセス・ペルは息を切らして言った。「ほんの一時間ですよ。それだけあれば準備できますから」そう言うが早いか行動に移った。ティーポットをこんろにのせてあたため、ランカスターが口を差しはさむ隙を与えない。キャラコと白いキャンブリックに身を包んだ姿がすばやく目の前を通り過ぎたが、結んで腰に垂らしたエプロンのひもをランカスターは片方だけなんとかつかみ、強く引っぱって家政婦の注意を引いた。

「ミセス・ペル」

彼女は足をとめたものの、ランカスターのほうを振り返りはしなかった。両手を前でしっかりと握りあわせて立ちすくんだ。シニヨンに結いあげた髪から白髪が少しほつれている。息は荒く、肩が大きく上下していた。

「ミセス・ペル、お悔やみを言わせてほしい。きみとシンシアがどれほど親しかったか、ぼくも知っている。今回のことは大変なショックだっただろう」

ミセス・ペルの息が浅くなり、きっと泣きだすのだろうとランカスターは思った。手を差しだし、抱きしめて慰めようとしたが、ミセス・ペルはうなずいて身を引いた。「ええ、旦那さま。ありがとうございます」肩越しにちらりと視線を投げかけてきた目に涙が光っていたが、まばたきをしてこらえたようだった。「相変わらずおやさしいのですね、旦那さまは」小麦粉を払うような手つきでエプロンにさっと手を走らせた。「さあ、図書室へどうぞ。そこでゆっくりなさるあいだ、あたしはお茶の用意をしますから」

「ちょっと、いいか？　ひょっとして父の取っておきのウィスキーはまだ残っているかな」

ミセス・ペルは顔を皺くちゃにして、懐かしい笑顔を見せた。「あれは治療用限定ですよ。でも、今の旦那さまは風邪を引いてもおかしくない。風邪を引かせるわけにはいきませんね」

「きみは天国からつかわされた天使だよ、ミセス・ペル。最高の家政婦だ」

笑みが顔から消え、ミセス・ペルはつかんでいたスカートから手を離し、背を向けた。ランカスターとしてはあとについていくしかない。あれこれ訊《き》きたいことはあるが、質問は明日まで待とう。

半分飲みかけの紅茶のカップ。空になったグラス。パンくずと食べ残しのチーズのかけら。それらが長テーブルの上に雑然と並んでいた。

彼女は知らず知らず近づいていた。

深緑色の布張りのソファに男性が横たわっている。足首のところで脚を交差させ、両手を平らな腹部の上で組みあわせていた。見知らぬ訪問者。足どめを食らった旅行者か。あるいは……。

まさか。

はっとして、男性の前でぴたりと足をとめた。部屋の冷気で白いローブが脚に張りつく。まさか。よりによってこんなときに、今さら助けを求めるわけにはいかなくなってから、ひょっこりと現われるなんて。

けれども、波打つ黄金色の髪といい、鼻筋が通り、口元が穏やかな曲線を描く顔立ちといい、かすかな炉火の明かりのなかでも見間違いようがない。目が何色かを確認しなくても、男性が誰なのかわかった。

「ニック」無意識にそうささやくと、彼のまぶたがかすかに動いた。

思わずあとずさりしたが、その前に目が開いた。それはほんの一瞬で、まぶたがまたさがり、彼は再び眠りに落ちたようだ。

シンシア・メリソープは身を翻し、壁際の暗がりのなかに足早に姿を消した。背後のソファに寝そべる男性が仮に目を覚ましたとしても、彼女にはわからなかったし、べつにどうでもよかった。

ニコラスが帰ってきた。少女時代の憧《あこが》れの君が……その彼に、ここに居座られるわけにはいかない。

「なにをしたの?」屋根裏部屋にミセス・ペルが入ってくるや、シンシアは小声で尋ねた。

ミセス・ペルは体をびくりとさせた。早くもかぶりを振っている。「なにもしやしないさ!」

シンシアはミセス・ペルの腕をつかんだ。「彼に手紙を書いて、助けを求めたんでしょう!」

「そんなことはしてないよ。だいたい、どうして子爵がおいでになったと知ってるんだい?」

「子爵」シンシアはつぶやき、彼の新たな身分にいつもながら苛立《いらだ》ちを覚えた。彼女にしてみれば、ニコラスは自分の知っていたころの背が高くて謙虚な少年にすぎない。驚くほどきれいな茶色の目をした、のっぽで、ちっとも偉ぶったところのない、ハンサムな少年だ。

「彼を見たのよ」ようやくシンシアは認めた。

ミセス・ペルは屋根裏部屋の小さな丸い窓のほうを疑わしげな目で見た。

「違うの。あなたがお茶を持ってきてくれなかったから、心配になったのよ。具合でも悪くなったのかしらって。図書室で寝ている貴族の旦那さまにばったり会うとは思いもしなかったわ」

「そんな！」

「そんなって、なにが？」シンシアは慎重に親指の爪を嚙《か》んだ。

「ばったり会ったなんて！」

「ううん、そうじゃないの。あの人に姿を見られたわけじゃないわ」願わくは。

「そうかい、後生だから、もうこそこそ歩きまわるのはやめておくれ。とにかく、この屋根裏部屋でじっとしているんだよ。旦那さまはじきお発ちになるだろう。おまえさんがここにいるのが見つかったら、有無を言わさずあたしは追いだされる」

「あの人はそんなことしないでしょう」

「それから、爪を嚙むのはおやめ。レディらしくないよ」

シンシアは続けざまに食らった小言に鼻を鳴らした。「屋根裏部屋でじっとしていろと言ったばかりじゃない。わたしは病気持ちの娼婦よろしく、ひっそりと身を隠している。そもそも、そんなのちっともレディらしくないわ」

ミセス・ペルはうわの空でうなずいたが、シンシアの毛織りの長靴下と分厚いローブにじっと目を向けたままだった。「それにしても、あんまりだったね、おまえさんの身に振りかかった災難は」血まみれのシンシアがおびえた様子で戸口に現われてから、毎日ぼやいていた繰り言をまたもや口にした。

シンシアは前に進みでて、ミセス・ペルの両手を取り、しっかりと握りしめた。「ここに泊めてと頼まなければよかったわ。ごめんなさい。手に余る頼みごとだものね。ニックに……ニックに手紙を書いて、助けを求めたの？」

「手紙は書くには書いたけど、おまえさんが死んだと知らせただけだよ」ミセス・ペルは腕を組んだが、なおさら後ろめたそうに見えるだけだった。「知らせなかったら、かえって変に思われるじゃないか！　それに旦那さまはもうニックじゃない。ランカスター子爵だよ」

「そうね」シンシアはすんなりと同意し、ミセス・ペルの目をまっすぐに見た。「もうニックじゃない。それを忘れないようにしないとね。彼にはできるだけ早く出ていってもらわないといけないわ。さもないと、わたしたちはふたりとも面倒なことになってしまう」

「シンシア、おまえさんの計画は無茶だよ。それに旦那さまはそんなに人が変わったふうには見えない。ひょっとしたら――」

「だめよ。たとえわたしを継父に引き渡さないとしても、彼にはわたしを救うことはできないわ。だから、ここを去ってもらわないといけない」

ミセス・ペルはうなずきはしなかったが、口をぎゅっと結び、異議も唱えなかった。

「彼に黙っていると約束して。うちに帰されたら……わたしはあの男に殺される」

シンシアにとって実の母よりもよほど母親らしい存在である家政婦は、最後には短くうなずいた。「黙ってるよ。でも、このことはあらためて話しあうからね。必ず」

シンシアは口をつぐみ、同意をにおわせたが、ランカスター子爵についても、彼が力になってくれる可能性についても、話しあうつもりはなかった。彼に相談しても、荷ほどきをするまもなく出ていってしまうに決まっている。

しばらくは身を隠していなければならない。たぶん、あと数日でいい。そうしたら、もともと存在すらしなかったかのようにここから消え去る。若い娘がいたかもしれないが、誰の記憶にもはっきりとは残らずに。

ここを出ていけば、自由になれる。

3

ランカスターはよく眠れない一夜を過ごした。最初は、白い服を着た乱れ髪の女が目の前に立ちはだかる奇妙な夢を見た。

女にはどことなく見覚えがあり、害を及ぼすようには見えなかった。しかし、女はすぐに消えてしまい、そのあとはおなじみの苦痛と恐怖を伴う悪夢を見た。汗をかき、冷えきった体で目が覚め、ヨークシャーに戻ってきたことを悔やんだ。

後悔の念を引きずりながら馬車に揺られていると、ロンドンからの道中で痛めたところがすべて思いだされた。風のない、薄暗い日だった。あたりは霧に包まれ、どこまで行っても見通しが利かないようだ。けれども、海の音がかすかに聞こえ、潮の香りがした。少なくともここはロンドンではないのだと実感し、いやな気持ちは徐々に薄れていった。寒くても、こっちにいたほうがましだ。若い娘が亡くなり、遺族のもとへ弔問に訪れる道すがらであっても。

メリソープ姓を名乗っていたのは一家で彼女ひとりだった。父親はずいぶん前に他界し、その後レディ・メリソープは、ろくに笑いもせず、怒鳴ってばかりいるキャンバートソンというずんぐりした男と再婚した。シンシアがキャントリー邸にしょっちゅう逃げてきたのは、その男のせいだった。目の届くところにいない限り、ミスター・キャンバートソンはシンシアのことを気にかけなかった。だからシンシアも継父を敬遠していたのだ。キャンバートソンだけではない。ぼくだって、この地を離れてからシンシアのことはほとんど思いだしもしなかった。罪悪感がこぶのようにふくらんだ。

だが、身を案じるべき相手がただでさえ多すぎた。頼るだけ頼ってくるくせに、一家を取り巻く現実に目を向けようとしない母。結婚適齢期を迎え、ここ一、二年の社交シーズンが勝負になり、それに伴う費用がかさむ妹。色気づく年ごろで、女の尻ばかり追いまわしている弟――衣服代や酒代、〝遊び〟でつかったぶんの請求書はとうに払いきれなくなっている。母親と同じく弟のティモシーも、貧乏のなんたるかを知らないようだった。一家は無一文だ。借金を返済するにはほぼ全財産を処分しなければならない。あとに残るのはランカスターの名前と爵位だけだと言っても過言ではない。名前と爵位、あとは身ひとつだ。

肌がじわじわと熱くなり、ランカスターは座席の上で姿勢を変えて、考えごとをわきに押しやった。馬車の窓を開けようとして触れると凍るように冷たかったが、冷気にあたるのはいい気分転換になった。御者に馬車をとめさせて、あとは歩こうかと思ったけれど、そうする機会は逃してしまった。オーク館《やかた》が見えてきた。貝殻敷きの私道に馬車が乗り入れると、車輪の下でざくざくと音がした。

東側から屋敷に近づきながら、懐かしさが胸にこみあげた。オーク館を訪ねたことは、せいぜい一〇回ほどしかなかった。記憶というのは不思議なもので、日ごろはすっかり忘れ、意識にものぼらないのに、ある景色を見たり、においをかいだりして、急に思いだすことがある。ここで過ごしたことも、そんな不思議な思い出のひとつだ。今、記憶がよみがえるきっかけになったのは、石造りの家屋より背が高く、木陰を作る三本の古木の風景だった。個性的な薄い水色に塗られた鎧戸《よろいど》と切妻壁を見ても、昔のことが思いだされた。

訃報を聞いて以来初めて、ランカスターの胸にシンシアを悼む気持ちがわきあがり、自己憐憫《れんびん》は消え去った。シンシアは死んでしまった。部屋の下の木によじのぼることも二度とない。顎を頑固そうに突きだして苛立たしげな目をぼくに向けることも、意見が分かれる話題で彼女の継父が持論をまくし立てているときに目をぐるりとまわすこともない。

馬車が停止すると、ランカスターは私道にゆっくりとおり立ち、重い足取りで階段をのぼった。妙なことに誰も応対に出てこなかったが、もしかしたら家族も使用人も喪に服しているのかもしれない。とはいえ、もう何週間もたっている。どうも様子がおかしい。やむをえず、扉をノックした。

待たされた。

もう一回ノックした。どうやらヨークシャーのこのあたりでは、子爵の身分はもはや尊ばれていないようだ。玄関扉をノックしても無駄だったのは、この二四時間で二度目だ。さらに雨粒がぽつんと落ちてきた。

にらむように空を見あげていると、音を立てて扉が開いた。

「なんだ？」

あきれた口の利き方だ。玄関に出てきた使用人――たしかに使用人であって、押し売りではないとして――は一五〇センチほどの背丈しかなかった。白髪まじりの髪は奇妙な形に生えていた。前髪の生え際が半島状に大きく後退し、左右の側面はぐるりとつながるように毛が生えていたが、あとの部分にはなにもなかった。耳を運河と見なせば話は別だろうが。

「なんの用だ？」

奇妙な頭部にすっかり見入っていたランカスターは目をぱちくりさせた。「ぼくに訊いているのか？」

その年老いた使用人らしき男はランカスターをにらみつけた。文字どおりの意味で血走った目だった。血管がはっきりと見えた。金貨を一枚賭《か》けてもいい、この老人は酒飲みだ。

さらに言えば、間違いなく喧嘩《けんか》っ早い。

ランカスターはため息をついた。「いいだろう。ぼくはランカスター子爵だ。キャンバートソン夫妻にお悔やみを述べに来た」

「閣下」苦しそうな息をしながら男はお辞儀をしたが、表情は変わらなかった。玄関先まで呼びだされたことに、まだむっとしているようだ。「こちらにどうぞ。面会できるか確かめてきますよ」

ランカスターは猫背の男のあとについていきながら、自分の執事の若さを嘆くのはやめにしようと胸に誓った。痩《や》せこけたおかしな使用人に気を取られていたので、オーク館の変わり果てたありさまを危うく見落とすところだった。居間の敷居をまたいでから、ようやくなにかが欠けていることに気づいた。

いや……なにかではない、なにもかもだ。なにもかも足りない。壁紙に残った色の薄い四角い跡は、以前そこに絵がかかっていたしるしだ。テーブルの上には本来ならば、ちょっとした美術品が置かれているはずなのに、花瓶ひとつない。木の床もむきだしで、かつては物音をやわらげていた分厚い高級絨毯《じゅうたん》も敷かれておらず、靴音が響いた。執事が足を引きずりながら再び廊下へと戻っていき、ランカスターはその場でぐるりとまわってみた。

信じられない。まるで家がゆっくりと解体されているかのようだ。調度品がひとつひとつ売り払われて。これは自分の行く末を暗示する光景なのかもしれない。

そんなことを思って顔をしかめていると、執事が居間に戻ってきた。「ミスター・キャンバートソンが面談に応じるそうです」あたかもキャンバートソンが子爵に会うかどうか定かではなかったかのような、もったいぶった口調だった。

それでもランカスターは言った。「それはよかった」そしてまた執事について廊下へ出た。一歩進むごとに埃《ほこり》が舞いあがり、かすかな音さえ反響するほど廊下もがらんとしていた。メイドの姿はない。しばらく前から雇っていないのだろう。

「ランカスター子爵閣下です」書斎の戸口にたどりつきもしないうちに、執事はぼそぼそと告げた。部屋のなかからうめき声が聞こえたかと思うと、古い椅子がきしむ音が続いた。ランカスターたちが部屋に入っていったとき、キャンバートソンは椅子から腰をあげたところだった。

安物の葉巻とジンのにおいがこもった部屋に、ランカスターは思わず逃げだしたくなったが、その衝動はどうにか抑えた。カーテンを閉めきった室内は薄暗く、悪臭が漂っていても不思議ではないと思わせる。そしてキャンバートソンはいかにもこの部屋の主らしく、上着もはおらず、無精ひげを生やし、目は真っ赤に充血していた。

「閣下」キャンバートソンが耳障りな声で言った。「お目にかかれて光栄です」

「こちらこそ」ランカスターは心にもない言葉を返した。キャンバートソンの巻き毛は色こそ黒々としていたが、すでに薄くなっていた。髪だけではなく、全体的にかなり老けこんでいる。目の下がたるみ、広くがっしりした肩はまるで重りをさげているかのようにすぼまっていた。いろいろと目についたが、ランカスターはきびきびと進みでて、いつものようににこやかに握手を求めた。

キャンバートソンの手には力が入りすぎていた。救命具にしがみつく溺《おぼ》れかけた男のようだ。あるいは、そんな印象を受けたのは、せっぱつまった目をしていたからかもしれない。

「さあ、かけてください。ユーイング!」キャンバートソンはいきなり怒鳴り声をあげて、執事に命じた。「お茶だ!」部屋に響いた声が消えていくと、薄暗い書斎は静まり返った。

よもや、奇妙な夢でも見ているのだろうかとランカスターはふと思い、あたりに視線を走らせたが、どう見ても現実だ。「ミスター・キャンバートソン、心よりお悔やみを申しあげます。ミス・メリソープの訃報には驚きました。あなた方ご夫妻がどれほどつらい日々を送っておられることか、想像するに余りある」

「家内は妹のところに身を寄せています。いつ戻ってくるのやら、ですよ」

「なるほど」

キャンバートソンは顔に手をやり、黒い無精ひげをこすった。「つらい日々？」まるで質問を考えるかのような口調で言う。「ああ、たしかにそうですね」

「本当に残念です、いい子でしたから。当家でもみなに愛されていました。寂しくなります」かわいそうに、今朝のミセス・ペルは取り乱しているようで、ろくに口も利かなかった。

しかし、キャンバートソンはかぶりを振っていた。「いい子、ですか」ランカスターの言葉をくり返した。「まあ、いい子だったのかもしれない。だが、結局は身勝手な娘だったということですよ。自分の思いどおりにならないなら、あとは野となれ山となれとばかりに。ご存じですか、シンシアのせいでわたしたち家族がどうなったか？」

「どうって……」ランカスターは返事に困った。キャンバートソンの青白い顔が赤らみ、やがては怒りに燃えて真っ赤になるさまを、驚きつつも見守るほかなかった。

「あの子はわたしたちを破滅させました。家族を不幸の瀬戸際から救う機会があったのに、つまらない不安にとらわれて、崖《がけ》から身を投げるとは！」

「が……崖から？」ランカスターは思わず身を乗りだし、机に膝をぶつけた。「身を……身を投げたのですか？」

「そうですとも！　お涙ちょうだいのくだらない小説のヒロインを気取ってね。なにを隠そう、あなたの地所の崖から。まったく、無駄死にもいいところです」

「でも、てっきり……」熱病か事故で亡くなったものとばかり思っていたが、みずから命を絶っただって？　あの気が強かった娘の身にいったいなにが起きたのだろう？　部屋がかしぐような気がして、ランカスターは激しくまばたきをした。「いったいなぜ？」しばらくして、どうにかそれだけを口にした。

キャンバートソンはそっけなく首を振った。「結婚相手に少女じみた恐怖を抱いたんです」

「だが……」ランカスターはなんと言えばいいのかわからなかった。どう考えればいいのかさえわからない。

年老いた執事が足を引きずりながら部屋に入ってきて会話が中断し、ほっとしたのもつかのま、キャンバートソンは執事にかまわず話を続けた。

「わが家の暮らし向きはきわめて苦しく、それはあの子もよくわかっていました。それなのに、ロンドン一の別嬪《べっぴん》でもあるまいし、大騒ぎしたんです。〝あの人とは絶対に結婚しません、強制なんてできないわ〟とかなんとか、若い娘のような声色を使って言った。「うちは無一文なんですよ。使用人だってここにいる、いつぽっくり逝ってもおかしくないユーイングと――」執事がうなるような声をもらして同意を示す。「口も利けず、耳も聞こえないメイドしかいません。自分の馬を持つ余裕さえない。ラバに引かせた荷車で教会に通うのがどんなものかわかりますか？　それでもあの子は、どこかの青年と恋に落ちる日を漫然と待ってもいいと思っていたんです。どうせ相手の家族に反対されるのが落ちだろうに。まったく、若気の至りってやつです」

「どういうことだろうか」ランカスターはなんとか口を開いた。気の利いた返答ではなかったが、少なくとも意味の通る言葉にはなった。そうは言ったものの、だんだんとどういうことかわかってきた。わかりすぎるほどわかった気がした。シンシアの継父の目を見て言う。「金のために彼女を売ろうとしたということですか」

キャンバートソンは両肘を机について身を乗りだした。「資産家の貴族に嫁ぐ好条件の縁談をまとめてやったんです。文句を言われる筋合いはなかった。ぎゃあぎゃあ言われる筋合いなどまったくない。要するにこういうことですよ。シンシアはああしろ、こうしろと命じられるのがいやだった。それでわざとすべてをめちゃくちゃにしたんです」

「自分の命を犠牲にして？」

「ええ」

ランカスターはこれ以上目を合わせていられなくなった。視線をそらし、書類や空のグラスが散らかり、どこもかしこも埃のかぶった薄暗い部屋に目を転じた。「てっきり彼女の死を悲しんでいるのかと思っていました」嫌悪もあらわにつぶやく。

「悲しんでいますよ。わが家は没落しました。もちろん継娘《ままむすめ》には死んでほしくなかった。もちろんですとも」

こらえきれず、ランカスターは軽蔑《けいべつ》しきった目でキャンバートソンを見た。

キャンバートソンは微塵《みじん》も愉快そうではない虚《うつ》ろな笑い声をあげた。「平民でいることがどんなものか、あなたにはわからないでしょうね、ランカスター卿。高貴な身分に生まれなかった者にとって、人生は楽なものじゃない。家族に対する務めがあったのに、シンシアはそれを果たすことを拒んだ。だからあの子が死んでがっかりしているが、嘆き悲しもうとは思いません。収入を得る別の方法を見つけることで頭がいっぱいですよ。羊は去年、腐蹄《ふてい》病《びょう》で大打撃を受けたのでね」

〝家族に対する務め〟か。そう、それはランカスターにもよくわかる。しかし、あることが心に引っかかったので、結局その問題をはっきりさせることにした。「その紳士は〝好条件〟を提供できるのに、その恩恵のせいで逆に報いを受けた。いったいどういう人物なんです？」

キャンバートソンは椅子に寄りかかり、腕を組んだ。「いろいろ事情があって……」

ランカスターは目を細め、相手の顎が挑むように突きだされるさまを眺めた。

「ただの噂《うわさ》にすぎません。その紳士との結婚の行く末に、いささか影を落とすような噂ですよ。当のリッチモンドは、根も葉もない噂だと断言してくれましたがね」

リッチモンド。ランカスターの耳には〝リッチモンド〟という名前しか入ってこなかった。鼓膜が震える。「そうですか」なんとか相槌を打ったが、周囲の空気が薄くなったかのようだ。真空状態に陥り、肺から息が吐きだされ、全身の血が表面に吸い寄せられて、一気に肌が熱くなった。急な熱気に神経が焼き尽くされ、すべての感覚が失われてしまった。

キャンバートソンはなおも話しつづけていた。ランカスターが答える必要のない話のようで、彼としてはありがたかった。話に耳を傾けることも、返事をすることもできなかったからだ。

リッチモンド。シンシアはリッチモンドと結婚する予定だったのか。ならば自殺しても不思議ではない。あれはとんでもない男だ。ランカスターは冷や汗をかいた。

てっきりリッチモンドはおとなしくなったとばかり思っていた。気力も体力も衰えたと。思い違いも甚だしかった。

「無理やりリッチモンドと結婚させられそうになったのか」知らぬまに、そうつぶやいていた。

「無理やりだなんて！」シンシアの継父はランカスターの言葉を一笑に付した。「伯爵との縁談に無理やりもなにもないでしょう！　一〇年もすればリッチモンド伯爵はあの世行きで、あの子は伯爵夫人の身分のまま、好きなように生きられたはずです。いやいや嫁ぐ相手なものですか！」

ランカスターはキャンバートソンと目を合わせることができなかった。目を合わせたら、相手に飛びかかり、しょぼくれた顔を平手打ちし、傲慢《ごうまん》な口をたたくのをやめさせてやりたくなっただろう。「根も葉もない噂ではない。あの男は異常者です。病院にでも収容されるべき人間ですよ」

キャンバートソンがため息をついた。「噂を信じていたら、さすがに結婚を許しはしなかった。だが事実にしろ、ただの噂にしろ、閨《ねや》で少しばかり荒っぽい営みがあったとしても、命まで取られるわけじゃないでしょう」

「そろそろこのへんで」ランカスターは話の腰を折り、こわばった脚で立ちあがった。「奥さまによろしく」

帰り際にキャンバートソンがなにやらぶつぶつ言っていたが、ランカスターは耳を傾けようともせず立ち去った。我慢の限界に近づいていた。もう少しで振り返り、あの男の脳天にこぶしをたたきつけてやりそうになっていた。

荒っぽい営み。よくもそんなふうに言えるものだ。なんのためであれ、あんな男の寝室に、妻の連れ子とはいえ、娘を送りこもうと考えるなんて。ましてや務めのために。

務め。家族。恐怖。そして死。死というか、死にたいという願望。それらすべての問題に、ランカスターは身につまされた。

扉を力まかせに閉めて書斎をあとにした。どこの家庭も同じなのだろうかと思いながら、廊下を急ぎ足で進んだ。

書斎へ案内された際に廊下を曲がった覚えはなかったものの、突きあたりまで来て、立ちどまった。左を見て、右を見て、また左を見る。陰気な屋敷のなかに目じるしになるようなものはほとんどない。それでも、たしか玄関は左手にあったはずだ。そちらへ曲がりしな、ふと何かの色彩が視界に入った。殺風景な壁にそぐわない美しいものだ。ランカスターは足をとめ、振り返って目を凝らした。

あそこだ。半開きの扉に手を触れた。蝶番《ちょうつがい》がさらに開き、こぢんまりした部屋の奥の壁にかかっている絵が姿を現わした。若い娘の肖像画だった。大きさはさほどでもないが、明るい色調の絵で、作者が誰にしろ、本人にそっくりの肖像画だった。なぜそっくりだとわかるかといえば、ここ一〇年近くは戻ってこなかったとはいえ、この少し神秘的なほほえみにも、賢そうな茶色の瞳にも、頑固そうな顎にも、高い頬骨にも見覚えがあるからだった。美人になるだろうと思っていたが――正統派の美人ではないものの――えも言われぬ魅力的な女性に成長していた。

しかも、昨晩会っていた。

全身を駆けめぐっていた怒りがぴたりとやんだ。驚きのあと、埃が散るように怒りは消えた。

彼女にゆうべ会った。夢のなかで。最初は図書室で、そのあと寝室で。月明かりのなか、シンシアはベッドの近くに立っていた。けれど、いったいどうして、これと同じ顔をした彼女が夢に出てきたのだろう？　この絵と同じ顔の彼女が？　ひょっとしたら……。

ランカスターは首を振り、ごくりとつばをのみこんだ。ばかばかしい。シンシアは大人になったが顔立ちは変わっていなかった。だからこういう顔で夢に出てきても不思議ではない。ほかにどんな容姿に成長したというのだ？

ランカスターは廊下に戻ったが、その前に肖像画をじっくりと眺めていた。目は記憶にあるよりも悲しげに見える。

そっと毒づき、部屋に背を向けて歩き去りながら、このさびれた屋敷に二度と足を踏み入れずにすむと思い、ほっとした。だが、自分の家には思い出が待ち受けている。そう思うと、ランカスターは夜が来るのが怖かった。


「なにをしたんだね？」ミセス・ペルが尋ねた。

シンシアはしれっと答えた。「なにも」

「〝なにも〟なわけないだろう。おまえさんが目をきらりと光らせている様子に、あたしが気づかないとでも思うのかい？　今朝の旦那さまは疲れた顔だった」

実際のところ、たいしたことをしたわけではない。彼は体が弱いのかもしれない。何年も気楽な暮らしを続けていたら、体が鈍《なま》っていてもおかしくない。そういう話をどこかで聞いたことがある。

「シンシア！」ミセス・ペルはうなるように言った。あたりに目を走らせて、アダムが新しいメイドを連れて戻ってきていないか確認する。しかし、すぐにまたシンシアに視線を戻した。

シンシアはきまり悪そうに、ぶかぶかの寝巻きの前をかき合わせた。「なにもしていないわ、ただ……」

「ただ、なんだね？」

「彼に出ていってもらわないといけない、そうでしょう？　たとえ気づかれないとしても、あと何人の人がここに出入りするか考えてみて。すでにメイドがふたり、手伝いに来ることになっている。わたしは何日も屋根裏部屋に閉じこもっていないといけないのよ。だからね、悪気はなかったの」先を続けたが、早くも言い訳がましい口調になっていた。「ちょっとした思いつきだったのよ、もしかしたら……」ためらっても、ミセス・ペルの機嫌は直らなかった。

「シンシア」

「わかったわ、話すわよ！　幽霊のふりをしてみようと思ったの。それだけよ。害もない女の幽霊のせいで、彼がひと晩じゅう眠れなくなるなんて思いもしなかった。昔の彼はそんなに神経の細い少年じゃなかったから」

ミセス・ペルがはっと息をのんだ音があまりにも大きかったので、シンシアの言葉の最後のほうはかき消されてしまった。「旦那さまの寝室に入りこんだのかね？」

「ほんの少しのあいだだけよ。あの人、眠りが浅いみたいね。おかげでひやりとしたわ」

「まったく、なんて向こう見ずなんだい、おまえさんは！」

せっかくの名案を頭ごなしにとがめられ不安になったが、彼女は肩をすくめるにとどめた。

「うまくいったわ、そうでしょう？　寝不足なら、うろうろ歩きまわらないだろうし。ねえ、どうして彼はここにいるの？　なにか聞いている？」

「あたしは旦那さまにあれこれ尋ねられる立場じゃないんだよ、おまえさんが夜中に殿方の寝室に入りこむようななりわいの娘じゃないのと同じでね。まっとうではないし、賢い行動でもない。いっそ見つかってしまいたいと思っているんじゃない限りはね」

けしかけるような表情を浮かべたミセス・ペルの顔をにらみ、シンシアはきっぱりと言った。「違うわ。わたしには計画があるもの」

「別の計画を思いついたのかい？」

ミセス・ペルがこの計画をどう思っているかシンシアもよくわかっていたが、ほかに逃げ道はないし、妹の身を守る方法もない。お金が必要だった。今すぐに。幸運なことに、シンシアには大おじの日記があった。それに計画も立ててある。

「ほかに選択肢はないわ」つぶやくように言った。「彼が滞在していたら、わたしはどうやって崖を調べに行けばいいの？」

危険だとか、よくない考えだとかミセス・ペルにさんざん小言を言われ、シンシアはまたもやニコラスを恨めしく思った。計画は成功するとミセス・ペルを説得したばかりだったのに、ニコラスがやってきて、何日もかけて説きつけたことを覆されてしまった。ここはなんとかしないといけない。

キッチンのテーブルに向かい、せっせと黒パンを切り分けた。「彼にどんな協力が期待できる？」シンシアはぽつりと尋ねたが、なんの返事もなかったので、バターの壺《つぼ》を手前に引き寄せ、頭を振った。「彼にお金がないことは有名な話よ。ここヨークシャーの荒れ野にいるわたしたちでさえ、彼が財産持ちの女性と結婚しなければならないと伝え聞いているわ。だから、彼がわたしをさらっていって何不自由ない暮らしをさせてくれるなんていう夢物語を思い描くことはできない。そうよ、彼はわたしを愛人にする余裕だってないはずよ」

「いいかい、よくお聞き……」ミセス・ペルは説教を始めんばかりの勢いで言いかけたが、急にその気が失《う》せたのか、尻切れトンボに終わった。

シンシアは甘いパンをひと口食べながら、ミセス・ペルを振り返った。肩をすくめて言う。「ともかくわたしは愛人向きではないし。だから、子爵さまがどんなふうにわたしを助けてくれるとあなたが思っているのか、正直なところ見当もつかないの」

なにか言おうとしたのかミセス・ペルは口を開いたが、たくましい手でエプロンをよじり、ただ頭を振るばかりだった。

シンシアはミセス・ペルから借りているフランネルの分厚い寝巻きに視線をおろした。この家へ駆けこんできたときに身につけていた汚れた灰色のドレスを別にすれば、着るものはこれ一枚きりだった。どのみち、自殺しようとする人間が荷造りをするのはおかしい。疑いを招くだけだ。

「彼はどこへ行ったの？」

「ミスター・キャンバートソンに会いに行ったよ。じきに戻ってきたら、答えに困るようなことをあれこれ訊かれるだろうね」まだ言い終わらないうちに、馬車の音が扉越しに聞こえてきた。「さあ、お行き！」ミセス・ペルは叫んだが、シンシアはすでにキッチンをあとにしようとしていた。「隠れていないとだめだよ！　うろうろ歩きまわったりしないで！」

シンシアはパンの最後のひとかけらを口に入れ、キッチンの隠し扉をそっと開けて戸口を通り抜けたが、扉はきちんと閉めなかった。その代わり、使用人用の古い通路の内側に佇《たたず》み、ニコラスが帰ってくるのを待った。彼の足音が聞こえてくると、少し開けておいた扉の隙間に目を向けた。

ニコラスの濃いブロンドの髪は乱れていた。巻き毛がもつれるようにからみあい、シンシアは髪を整えてあげたくて指がむずむずした。あるいはもっとくしゃくしゃにしてやりたくて。

昔と変わらない見目麗しい姿に、彼女は胸がどきどきした。そう、たしかにすでに二度、顔を見たけれど、どちらのときも就寝中だった。起きているニコラスは記憶にあるとおりだったが、シンシアが忘れていたこともたくさんあった。考えごとをしているときに首をすくめること。薔薇《ばら》のような色合いの唇をしていること。子供のころの怪我《けが》で鼻筋に小さなこぶがあること。眉間《みけん》に深い皺が刻まれていること。

ただし、眉間の皺は以前にはなかった。

彼の顔にすっかり目を奪われていたので、ミセス・ペルとのやりとりは耳に入っていなかった。気づくと、ミセス・ペルは青ざめた顔でうなずき、ニコラスは〝ちっとも知らなくて〟とつぶやいていた。

自分が死んだことになって家族がどう思うか、シンシアはあまり心配していなかったが、ニコラスの顔が悲しみに曇るのを見て、いかに自分本位だったか思い知らされた。母とも妹とも、とくに仲がいいわけではない――継父とは犬猿の仲だ――けれど、母はきっと悲嘆に暮れているだろうし、妹も驚き、悲しんでいることだろう。今さらながらそれに気づいた。しかし、リッチモンド卿のもとに嫁いでいたとしても、結果は変わらなかっただろう。いずれにしろ家族は二度とわたしに会えなかったかもしれない。すぐに死体で発見されることになってもおかしくはなかったのだから。たしかにそうと願わなくもなかった。

自分勝手かもしれないが、今わたしは生きているし、傷もたいしたことはない。

ニコラスはミセス・ペルがなにやら話していることに耳を傾けながら、床を見つめていた。そんな彼を見ているうちに、変わったのは眉間の皺だけではないかもしれないとシンシアは気づいた。一〇年ほど前よりも、体は明らかに大きくなっている。背も伸びて、横幅も広がった。要するに前より男らしくなっていた。声もかなり低くなり、以前にはなかったある種の渋みが加わっている。

髪は襟首のあたりまでしか届かず、巻き毛を垂らしていたころよりずっと短い。

そして顔は……疲労の色が濃い。でも、単なる旅の疲れかもしれない。

シンシアは隠し扉をそっと閉じ、真っ暗な廊下を壁伝いに狭い階段へと向かった。下唇についた傷跡の盛りあがった部分に舌をそっと走らせ、濡れた唇を押しあてられた感触を思いだした。口元を離そうとして、鋭い歯で唇を傷つけられた感触も。あの異常な男はそういうことが好きだった。そういった趣味があったのだ。婚約者の威厳ある姿の陰にひそむ狂気を、シンシアはかいま見てしまった。

胸の奥でふくらみはじめていたかすかな罪悪感が薄らいだ。子爵の眠れない夜を気の毒に思うことはできなかった。母の悲しみに同情することもできない。命の危険にさらされていたのに、心配してくれる人は誰もいなかったのだ。自分でなんとかするしかなかった。

罪悪感をわきに押しのけ、シンシアは壁に手をつき、できるだけ静かに階段を駆けあがり、今夜の冒険の計画を練ることにした。

続けざまに三杯ブランデーをあおったものの、首のうずきは治まりそうになかった。ランカスターはキッチンの壁にもたれたまま姿勢を変え、ブーツを履いた左脚を右脚に交差させ、空のグラスのなかをのぞきこんでいた。

シンシアの身になにが起きたのかわかった。わかったといっても、あらましだけだ。知らないことがいろいろある。知っておかなければならない。すべてを知っておかなければ。

情報を集め、それを元に正しい反応を示すことに人生を費やしてきた。うまくやっていくために、かき集められるだけの知識をこつこつと集めた。ロンドンへ一家で移り住んだとき、この特技をものにしたのだ。ランカスターは同じ身分の少年たちが享受してきたような教育を受けてこなかったばかりでなく——寄宿学校とも、学校生活に付随する友情の絆《きずな》とも無縁だった——ロンドンで新生活を始めた最初の数カ月は混乱の極みだった。だからしっかりと観察して、身につけた。投げこまれた状況を分析し、上流社会のなかに居場所を作った。

だが、今回のことは社交界でうまく立ちまわることとは関係ない。人の生き死にの問題であり、生死のあいだの苦しみそのものだ。

髪に手を走らせ、ふと目をあげると、新しいメイドのひとりが目の前に立っていた。メイドはおどおどとグラスのほうにうなずいてみせた。

ランカスターは青ざめた顔をしたメイドにほほえみ、不安をやわらげて気を楽にさせてやろうとした。「リジー、だったかな？」

「メアリーです」

「ああ、メアリーか。すまない。リジーは妹のほうだね？」ふたりのメイドはランカスターがキッチンの壁際に身を落ち着かせてからほどなく、到着していたのだった。

「はい、旦那さま」蚊の鳴くような声だったが、スカートをぎゅっと握りしめていた手の力はゆるめたようだった。

「メアリー、ミセス・ペルの手伝いに来てくれてありがとう。子爵ひとりの世話にこんなに何人もの女手が必要かと思うかもしれないが、まあ、昔からこういうものだったんでね。ちょっとミセス・ペルとふたりきりにさせてもらえないかな？　個人的な話があるんだ」

「わかりました！」メアリーは甲高い声で返事をして、ひょいと頭をさげ、あわててキッチンを出ていった。

ミセス・ペルが足早に近づいてきた。「夕食の支度ができるまで、応接間でゆっくりなさったらいかがです？　まだ一時間もありますからね。向こうのほうがうんとくつろげるでしょう」

「ここのほうがいい。活気がある」ランカスターは暖炉のそばに置かれたテーブルと椅子を手で示した。「座ってくれないか、ミセス・ペル？」

ミセス・ペルがはっと息をのんだ。「とんでもない！」まるでお尻でもつねられたかのように、ランカスターをまじまじと見る。

ランカスターは両手をあげた。「主人と家政婦の上下関係を乱そうなんて思っていないさ。ただ、話があるんだ……面倒な話でね。だから落ち着いて聞いてもらいたい」

ミセス・ペルの顔から血の気が引いた。「面倒な話？」ささやくような声だ。

「ああ」倒れてしまう前にと椅子をつかみ、手前に引き寄せる。そこにミセス・ペルがすとんと腰をおろした。ランカスターは言った。「もちろんミス・メリソープのことだ」

ミセス・ペルはため息をつき、うなだれた。「できれば……ああ、旦那さま、どうかお許しください！」

ランカスターも椅子に座り、頭を振った。「許すって、なにを？」

「わかってたんです。もちろんあたしだってわかってました！　あの子がとんでもない過ちを犯すってことはちゃんとわかってましたけど、どうすればあの子を助けられるか、ほかに思いつかなかったんですよ！」

ランカスターの困惑は一〇倍にふくらんだ。「でも、ミス・メリソープの結婚をきみにどうとめられるんだ？」

ミセス・ペルは口をぎゅっと閉じ、眉をひそめて彼を見た。

「彼女が自殺しようとしていたことを知っていたのか？」

「まさか！」ミセス・ペルは激しくかぶりを振り、考えをまとめようとするかのように一瞬口をつぐんだ。「もちろん知りませんでしたよ。知っていたら、あんなことを許すものですか。でも、あの子がどれほど絶望していたかは知っていました。あの男は……」

「リッチモンドのことか？」その名前を口にすると苦い味がした。「婚約者だった男だろう？」

「ええ、その男との結婚に、あの子は決して同意しませんでしたけどね」ミセス・ペルは椅子に座ったまま身を乗りだした。感情がこみあげたせいか、頬に健康的な色が戻ってきた。「きっぱり拒んだんです。あの男は悪魔だと言って。それでミスター・キャンバートソンはあの子を部屋に閉じこめて、水とパンしか与えなかった。それでもあの子は首を縦に振ろうとしなかった」

「ひどい仕打ちだな」

「あの子のことが心配でしたけど、あたしにできることはなにもなかった。その後、ミスター・キャンバートソンはこう思いついたんですよ。自分が説得できなくても、婚約者ならできるかもしれない！　それで呼び寄せた……あの子はそれまでに二回しかあの男に会ったことがなかったけど、見抜いていたんですよ、あの男が……」

ミセス・ペルは探るような目でランカスターを見つめた。自分がどんな表情を浮かべているのか、彼も今度ばかりは見当もつかなかった。恐怖か、それともただ疲れた顔をしているだけだろうか。

「旦那さまもあの男のことはご存じでしょう、貴族のお仲間のことなら。ご友人じゃないのならいいんですけどね」

「違うさ」

「それならよかった。さっきもお話ししたとおり、あの男はまともじゃないとあの子は噂に聞いていたんです。いずれにしろ、相手が貴族であろうとなかろうと、あの子は見も知らぬ他人と結婚したいなんて思うような娘じゃなかった。でも、ひとたびあの男に会うや、シンシアは恐ろしくなった。そして最後に会ったとき……」ミセス・ペルは頭を振り、目には涙が光っていた。「なんとか逃げることは逃げた」

逃げることは逃げた。崖から身を投げて。残念なことだが、ランカスターはよく理解できた。

逃げだす前に彼女になにがあったのだろう？「すまなかった」しばらく黙りこくっていたが、やがてランカスターはそうつぶやいた。「ちっとも知らなくて」

「なにを言うんですか、旦那さまには知りようがありませんよ。ロンドンでいろいろとやることがあって、お忙しいんですから。あたしらの住んでいる田舎の出来事なんて、あちらの生活になんの関係もないでしょうからね」

「いや、でも……」当然ながら、シンシア・メリソープが無理やり結婚させられることなど知る由もなかったが、伯爵には目を光らせておくべきだった。あの卑劣漢のことはぼくに責任がある。ひいてはシンシアが死んだことも。

「墓参りをしないといけないね」

ミセス・ペルは顔を赤らめ、首を振った。「お墓はないんですよ。自殺をした者はお墓に入れないでしょう……それにあの子の遺体は見つからなかったんです」

ランカスターはさっと顔をあげた。「遺体が見つからなかった？　だったらどうして死んだとわかるんだ？　ひょっとして家出しただけかもしれない。そっちのほうが、ぼくの知っているシンシアらしい行動だ」

「見たんですよ」ミセス・ペルはかすれた声ですぐさま言った。「あの子が飛びおりるのを、この目で。だから死んだのは間違いないんです。つまり……家出はありえないんです。もしも……あたしが……」

ランカスター自身も衝撃で胸が痛んだが、ミセス・ペルが顔をこわばらせていることに気づき、根掘り葉掘り訊きすぎたと悟った。彼女はこちらの認識以上に死を悼み、苦しんでいる。かわいがっていた娘が海に身投げする場面を目撃してしまったのだから、その心中はいかばかりだろう。

ランカスターはやさしい口調で言った。「無神経に話題にして、つらい思いをさせてしまった。すまない」

「なにをおっしゃいます」ミセス・ペルはそう言いながらも椅子から腰をあげ、スカートの埃を払っていた。「謝っていただく必要はありませんよ。おかわりをお注ぎしますね」

琥《こ》珀色《はくいろ》の飲みものがデカンターからグラスに注がれる様子を、ランカスターはじっと見つめた。キッチンでひとりきりになったと気づいたときも、グラスに炉火がちらちらと映り、赤褐色の炎と琥珀色の液体が戯れるさまに見入っていた。

よかった。今はひとりにならないといけない。いろいろなことを考えて乱れた心を静めなくては。けれど、ひとりきりだというのに、うずく喉元に手をあげてさすりはしなかった。熱を帯びてちくちくする痛みは左右に広がり、うなじでひとつにつながった。首まわりにぐるりとついた傷跡を、ずっと前から気にしないようにしていた。決して手を触れないようにもしていた……今日のように、首がきつく締めつけられる感じがしても。

その晩、シンシアの夢を見た。彼女は崖の縁に立っていた。風にあおられてスカートは脚に張りつき、髪はメドゥーサさながらにもつれている。振り返った彼女は、非難がましい目でランカスターを見つめた。

シンシアはぼくの知っていることを知っている。ぼくが大失敗したことも知っている。でも、今なら彼女を救える。手を伸ばして引き戻し、大きく口を開けた灰色の海から彼女を遠ざけることができる。

だが、なにかに動きを阻まれていた。ざらざらしたもので首を締めあげられていた。ランカスターは首を締めつけるものをつかもうとして手をあげ、指をその下にもぐりこませようとした。助けを求めてあたりに視線を走らせたが、誰も現われない。やがて最後はシンシアに目が釘《くぎ》づけになった。彼女は後ろに一歩さがり、体をゆっくりとのけぞらせていった。ランカスターの首のまわりの締めつけがさらにきつくなった……。

純然たる意志の力で夢から覚めた。二度と思いだしたくない過去があり、自力で夢から覚める技に必死で取り組んだことがあった。だが、悪夢のような目にあわされてから何年もたっていたので心は抵抗し、技は使わなくなって錆《さ》びついていた。

ランカスターは無理にまぶたを開いた。けれど、目を凝らすまもなく、再び閉じてしまった。月明かりに動く白っぽいものが脳裏をよぎっただけだった。閉じた喉が広がるような感覚がして、息を吸った。そしてもう一度挑戦した。今度は闇《やみ》が広がっているだけで、白いものはどこにもない。ランカスターは硬直した筋肉をゆるめ、体を起こし、脚を床におろした。全身にかいた汗がまたたくまに冷えたが、熱に浮かされた恐ろしい夢から覚めてほっとしていた。

ひんやりした空気にも安堵《あんど》を覚えた。深呼吸をして、激しい動悸《どうき》を静めようとした。ただの夢だ、あれはただの夢だった。

部屋のなかを横切る白っぽい人影が、また目の奥に浮かんだ。今度はもっとはっきり見えた。寝巻きの輪郭が浮かんだが、顔はぼやけている。でも、あれはなんでもなかったのだ。恐怖の名残りにすぎず、なんでもない。ランカスターは髪をかきむしり、ベッドの横に置いておいた水の入ったマグカップに手を伸ばした。そこで凍りついた。

マグカップはそこにあった。隣にランプもある。だが、それ以外のものもあった。なにか小さくて、淡い色のものだ。月光に照らされて、かすかに光っている。それがなんであれ、寝る前にはなかった。

ランカスターは室内をざっと見まわし、戸口に目を向けたが、変わったことはなにもなかった。おそらくミセス・ペルが部屋に来たのだろう、なにかを持ってきたのかも……。なにを？　彼は目を細めて正体不明の物体を見つめ、ランプに手を伸ばした。火をつけて明らかになったのは、なんのことはない、布切れの小さな山だった。

炎が燃えあがり、ランプを前に出すと、淡い色に赤みが差した。布を拾いあげてみたところ、それはリボンだった。髪につける絹のリボン。生地が硬くなり、色が褪《あ》せ、白い染みがついている……あたかも一度海に落ちたあと、日が照りつける岩の上で乾かしたかのようだった。

4

リッチモンドは生きているべきじゃない。

ランカスターは寝室の暖炉で細々と燃える炎を見つめ、宙に舞う火花に向かってうなずいた。リッチモンドにはこの世から消えてもらわなければならない。

あの男が死んでも心を蝕《むしば》む罪悪感が消えるわけではないが、シンシア・メリソープの幽霊にしてやれることはそれしか思いつかない。

幽霊はこれまでに三晩訪ねてきた。毎回就寝後に来て、毎回置き土産があった。リボン。波に洗われた丸石。そして、ゆうべは最悪だった。ベッドのわきの床に濡れた冷たい海草が落ちていたのだ。まるで崖から歩いてきた幽霊の足にからみついていたかのように。

おそらくこの地を発てば、ロンドンまでは追ってこないだろう。幽霊が旅をするという話は聞いたことがない。しかし、シンシアの幽霊がここに取り残され、人気《ひとけ》のない部屋をいつまでもさまよっていると知りながら、平気で生きていくことはできなかった。ミセス・ペルだって困るだろう。

ぼくは頭がどうかなってしまったのだろうか。そんなことを思いながらランカスターは服をたたみ、冷たいシーツの下にもぐりこんで、ぐったりとベッドに横たわった。疲れてはいるが、眠れそうにない。思考はあちらこちらに脱線し、悪夢と忌まわしい記憶が脳裏によみがえった。

あの湖水地方への旅へ父に送りだされたとき、ランカスターはまだ一五歳だった。当時、遠縁の子爵の爵位が正統な後継者に渡ることはないと一家は確信したばかりだった。子爵の息子が六歳の誕生日に発作を起こし、日を追うごとに衰弱の一途をたどっているという噂が流れていた。あと数年の命だと思われたが、子爵は息子が大人になるまで生き延びることはないとは、自分自身にもほかの誰にも認めようとしなかった。

そういうわけで、いずれランカスターの父親が爵位を継承するという歴然とした事実がありながら、誰もそれに触れることができなかった。一家は社交界とは無縁であり、上流階級の人々とつきあうすべもなかった。ヨークシャーの不毛な荒れ野でつましく暮らしながら、ただ待つしかなかった。少年の死を予期する烏のように。

そうやって社交界からはみだしていたぶん、好機がめぐってくるや、一家は舞いあがった。湖水地方への小旅行は、ランカスターが名家の人々と知りあうチャンスだったのだ。

昔のことを思いだし、ランカスターは吐き気がした。うちの家族はなんと愚かな田舎者だったのか。迫りくる危険に気づきもしない、井の中の蛙《かわず》だ。

だが、そんなことはもうどうでもいい。なにもかもどうでもいいことだ。シンシアは死んでしまった。リッチモンドに関する限り、彼女の死はランカスターに責任がある。幽霊の世界でも、そう認識されている。

だからリッチモンドには死んでもらう。この混乱を治める方法はそれしか考えられない。しかも一石二鳥だ。まず、シンシアはすみやかに天に召される……あるいはどこであれ、復《ふく》讐《しゅう》をとげた幽霊が行きつく場所へ向かうだろう。これでもう誰もリッチモンドに傷つけられることはなくなる。それにもうひとつ利点がある。あの男の眉間に弾丸を撃ちこむのだと思うと、心の奥底に人知れずひそむ欲求が満たされるのだ。

殺意が芽生えたとき、抑圧された欲求が喜びに打ち震えた。人を殺《あや》めれば地獄行きの末路をたどるのだろうが、とにかく気分は晴れるはずだ。これまで長きにわたって責任を放棄してきた。シンシアにそう思われているのは間違いない。そうでなければ、化けて出たりはしない。

近くで床板がきしむ音がした。今夜は眠気に負けることなく彼女の姿を見ることになるのだろうか。そう思って顔をあげたが、ベッドの裾《すそ》に幽霊はひそんでいなかった。古い屋敷に棲《す》む精霊が近くに来ただけなのか。あるいは新しいメイドたちが寝支度をととのえているだけかもしれない。

気持ちは落ち着かなかったが、疲れを感じた。結局は眠りに落ちるだろう。何度も寝返りを打ち、幽霊と記憶を相手に闘いながら。ランカスターは枕《まくら》に頭を休め、まぶたを閉じた。

シンシアはかつて使われていた使用人用の階段の狭い空間にそっと入りこんだ。厚手の靴下は滑りやすいが、これをはいていれば物音は立たないし、あたたかい。木の壁はきめが粗く、通るたびに寝巻きを引っかけてしまい、いかにここの幅が狭いかを思い知らされた。もっとも、狭いからこそ暗闇のなかでも迷わずに移動できた。まっすぐにおりていけば階下にたどりつく。

ニコラスがこの地を離れたときに忘れたのは、友のことだけではないらしい。たしかに子供のころでさえ、彼はすでに体が大きく、狭い通路は窮屈そうだった。一方、シンシアは秘密の通路がお気に入りの場所だった。隣家の子供が自邸を迷路に見立てて勝手に遊び場にするのをよしとしなかったミセス・キャントリーに見つからないよう、気をつけて出入りをしていたものだ。

だが、秘密の通路を使った経験があまりないとしても、寝室に隠し扉があることくらい覚えていなければおかしい。ところがニコラスは覚えていなかった。ロンドンに引っ越したとき、昔の生活はなにもかも捨ててしまったのだろう。だからこちらの正体がばれる恐れはない。

そろそろ階段をおりきるころだとシンシアは見当をつけ、片手をそっと壁に走らせて、手で曲がり角を確かめた。ここからは左右のどちらにも曲がれる。左に行けばほかの寝室があり、主要階へおりる階段がある。右に行けばニコラスの寝室だ。彼女は右へ曲がり、壁をこすらないよう気をつけた。このあたりはちょうどベッドの裏側にあたるのだ。

秘密の扉に近づくと、緊張して地に足がつかなかったが、そんな不安は振り払って歩を進めた。これまで控えめに出没していたせいか、ニコラスにはなんの影響も与えていないようだった。もちろん彼は幽霊に取りつかれていると思っている――そうミセス・ペルに話していた――が、おびえもしなければ、ここを出ていく気配もない。変わった人だ。もしかしたら、死者との交信に胸を躍らせる神秘主義者なのかもしれない。頭にターバンを巻いて、対の蠟燭《ろうそく》越しに呪文《じゅもん》を唱え、わたしの霊と話をしたがっている彼に出くわしたりして。

もっと思いきった行動に出なくてはだめだ。このままでは崖を歩きまわることもできやしない。いつなんどきニコラスが海を眺めたいと思うか、わかったものではないのだから。

シンシアは左手で棒切れを握りしめ、息をつめて耳を澄ました。残念ながら、いびきはかいていない。全神経を集中させると、ようやく呼吸のリズムがかすかに聞き取れた。安定した息づかいだ――呪文を唱える声は聞こえない。部屋は真っ暗で、ランプが消えているのはたしかだった。彼女はそっと扉を開けた。

部屋のあたたかな空気に撫《な》でられ、ほのかな石鹸《せっけん》のにおいも運ばれてきた。シンシアは湯気の立つ浴槽を物ほしげに思い浮かべた。わかしたての湯をたっぷりと注いだ浴槽にゆったりと身を沈められたら……でも、そんなことをいくら願っても、当面は冷たい水で体を拭《ふ》くしかないのだ。

ベッドは扉の右手にあり、部屋に入らなければニコラスの姿は見えない。彼の部屋を訪問するときに、なにより神経のすり減る瞬間だった。頭を戸口から突きだし、部屋のなかをのぞいて、ニコラスがベッドに横たわり眠っていることを確認した。

暗闇から出てきた直後なので、月明かりでさえ目がくらんだ。やがて目は慣れて、ニコラスの姿が判別できた。いつもと同じく仰向けに寝ている。胸の上まで上掛けが引っぱりあげられ、片手はシーツにくるまれている。ニコラスはつねに眠りながら顔をしかめているようで、そんな彼の寝顔を眺めると、シンシアは好奇心が刺激された。なぜ安眠できずにいるのかしら？　昔の彼は屈託のない少年だった。幽霊のふりは意外と効果があがっているのかもしれない。

何晩かがんばってみたものの、しかめっ面と眉根の皺を別にすれば、ほかに見分けられる点はなにもなかった。ランプをつけ、じっくり観察してみたくてうずうずしたが、そこまでするのはばかげているし、必要もない。よけいな行いでしかない。それでも、ランプに目を走らせてからくるりと体の向きを変え、ベッドからいちばん遠い壁際へ向かった。

木炭を掲げ、色褪せた壁紙につけた。壁に線を描《か》くと、ぎょっとするほど音が大きく響いた。シンシアは悲鳴をもらしそうになったが、なんとかこらえ、いつでも逃げだせるように体に力を入れてベッドを振り返った。

ニコラスはぴくりともしなかった。顔をさらにしかめてもいなければ、目を開けてもいない。息づかいに変化があったとしても、自分の心臓が狂ったように打っている音のせいで聞き取ることはできなかった。

壁に一度、木炭を走らせただけだ。それほど大きな音がするわけはない。シンシアは心を奮い立たせ——あるいは、奮い立つように努め——作業に戻った。〝L〟の横線を引いたとき、さっきよりもっと大きく音が響いた気がしたが、ちらりと後ろを見ただけで手をとめはしなかった。身をすくませながらも〝E〟と書き、次に〝A〟と書いた。最後の文字を書き終えたころには体が震え、ようやくひと息ついた。

〝ここから出ていけ《LEAVE HERE》〟単純だが、効果が期待できる文句だ。海草を使えば効き目があると思っていたのだが、どうやらニコラスは鈍いようで、家から出ていけと露骨に追い立てる必要があった。

開け放したままの扉にそっと戻りかけ、ふと気づいたのは……静寂だった。一定の調子で聞こえていた息づかいが聞こえない。シンシアは凍りついた。走って逃げるべきだったのだろうが、かちりと音を立てて鍵《かぎ》がかかってしまったかのように体が動かなかった。うなじの産毛が総毛立ち、腕に鳥肌が立った。

〝見てはだめ。動いてもだめ。彼が目を覚ましてしまう〟

「きみか」かすれたささやき声が聞こえ、ぎょっとするほど心臓が沈みこんだ。まるで崖から飛びおりたかのようだ。

「きみなんだね」ニコラスがくり返した。「どうしてここにいるんだ?」

ああ、どうしよう。見つかってしまった。家族のもとに返されて、あの男のところへ送りこまれる——。

〝あなたは幽霊でしょう〟胸のなかで、そう叱《しか》りつける声がした。おろおろしてしまったが、シンシアはどうにか動揺を静めた。幽霊。そうだった。わたしは幽霊だと思われているのだ。

不安を抑え、いかめしい表情を顔に張りつけ、ゆっくりと振り返った。話をする必要はない。彼女はただじっとニコラスをにらみつけた。

ぎょっとしたり、震えあがったりしてもおかしくないのに、ニコラスはきょとんと首をかしげた。もしかしたら本当に頭が鈍いのかもしれない。ロンドンで夜な夜な酒を飲んだり、娼婦を抱いたりしているうちに、血のめぐりが悪くなったのか。

「すまない」ニコラスが小声で言った。「本当にすまなかった」

鎖を持ってくればよかった。幽霊らしく、がちゃがちゃ鎖の音を鳴らして立ち去れば、間違いなく彼を追いだせただろう。だが鎖はないので、やれることはあまりなかった。シンシアは壁に書いたばかりの文字を指差し、戸口へ忍び足で向かおうとした矢先、ぴかぴかに磨きあげられた木の床で足を滑らせた。

なんとか転ばずに踏みとどまった。しかし、彼女がつまずいたのを見て、ニコラスは正気に戻ったようだった。ベッドの上でさらに体を起こし、張りつめた気配が肩の線に表われた。シンシアは足音を忍ばせ、歩を速めた。

その動きで、秘密の扉に目を引きつけてしまったに違いない。ニコラスは扉のほうに頭をめぐらし、またシンシアに向き直った。彼が起きあがろうとした瞬間、眠気はすっかり覚めたのだとシンシアは悟り、駆けだした。

戸口を抜けながら、かろうじて扉の端をつかんだものの、踵《かかと》にあたって跳ね返った。はっと息をのむ物音から察するに、扉はニコラスにぶつかったようだ。

全速力で階段に向かうなか、勝利の念が全身を駆けめぐった。ニコラスは秘密の通路のことをよく知らない。暗がりではものも見えない。背後でなにかがぶつかったような音が響き、彼女は逃げきれるという確信を深めた。ニコラスが悪態をつく声が響いた。肘でもこすったのだろうか。そんなことを想像しながら、シンシアは暗闇の迷路にそっと足を踏み入れた。

次の行動を考え、屋根裏部屋に隠したわずかな持ちものを頭のなかで整理した。どこに行けるだろう……そう算段していると足が滑った。世界が傾き、小さな悲鳴がもれる。一瞬、脚が宙に浮き、やがて硬い階段に落ちて、元いた階に滑り落ちていった。

相手は階段の下で待っていた。肩をつかまれ、取り押さえられた。

「まったく」ニコラスらしからぬうなり声だった。「誰だ、おまえは?」どうにか抑えていた恐怖心がシンシアの全身を駆けめぐった。

彼の脚を足で押しやり、体を離そうとした。向こう脛《ずね》がずきずきしたが、その鈍い痛みは無視して、さらに強く押し返した。明らかに無駄な抵抗だった。彼に引っ立てられ、部屋の戸口とおぼしき銀色の明かりにぼんやりと照らされている長方形の空間のほうへ連れていかれた。

「頭がどうかしているんだな、死んだ娘のふりをするなんて」ニコラスが小声で言った。シンシアの腕と腰に手をあてがっている。「完全にいかれてる。残酷なのは言うに及ばずだ。幽霊だと本気で人に思わせるとは」怒りに恨みがましさがまじり、まるで別人のような物言いになっていた。彼がこれほど冷淡な声を出すとは想像もできなかった。穏やかさは微塵もなく、のんびりした口調も影をひそめ、魅力的とは言いがたかった。

「お願いだから」シンシアはあえぐように言った。そんな彼女を尻目に、ニコラスは戸口をくぐり抜けた。

「お願いだから、なんだ？　幽霊は恐怖も痛みも感じないんだろう？　おまえのことはこっちの好きなようにしてやる」

どういう意味だろう？　ニコラスの言葉を聞いてシンシアは必死にもがいたが、遅かった。ただ笑うばかりの彼にベッドに放《ほう》り投げられ、息をつく暇もなく、片方の足首をつかまれた。悲鳴をあげ、体をよじったが、脚が痛くなっただけだ。ガラスがかたかたと鳴る音がして、マッチの火が燃えあがった。ニコラスは片手でどうにかランプをつけた。

シンシアは破れかぶれになり、拘束されていないほうの足を蹴《け》りだしてランプを床に落とそうとしたが、ニコラスの腕に触れただけだった。そちらの足首もつかまれると、彼女は毛布に顔を伏せ、ベッドの反対側へ身を乗りだそうとした。

「おや？」ニコラスがあざ笑うように言った。ランプの光で、いっそう明るくふたりのまわりが照らしだされた。「太腿はけっこう血色がいいようだな。死人にはとても見えない」

脚の裏側がひんやりするのは空気にさらされているからだと気づき、シンシアはぎょっとして背筋をこわばらせた。足首をしっかり押さえられているので、脚を閉じることも、姿勢を変えることもできない。ニコラスに体を引き寄せられ、別の種類の恐怖が胸にわいた。足首を閉じあわせてくれたので、これ以上あられもない姿はさらさずにすんだが、彼はシンシアを自分のほうへ向かせようとしていた。今なにより気にかけなければならないのは慎み深さだろうか、それとも正体がばれてしまうこと？

〝正体がばれないようにすることでしょう〟頭のなかでそう叫ぶ声がした。どのみち、はしたない姿はすでに見せてしまった。

まだ顔は毛布に隠れている。ニコラスの重みでベッドが沈み、足首を押さえていた力がゆるんだ瞬間、シンシアは腹這《はらば》いになり、彼のほうへ体を押しさげた。こうすればさらに寝巻きの裾がめくれるはずだ。冷たい空気が寝巻きの下を撫でたかと思うと、ニコラスの動きがぴたりととまった。気を散らす作戦は成功した。あとはなにか重いものに手が届けば……。

女泥棒――ほかに何者だと考えられる？――は寝巻きがどうなっているのか気づいていないようだった。もがけばもがくほど、裾がどんどんまくれあがっている。実際、白い太腿から曲線を描くヒップのやわらかそうなふくらみがちらちらと見えはじめていた。なんてことだ。
すでに怒りで血が体内を駆けめぐり、全身の神経がぴりぴりしていた。誰だか知らないが、せめてお仕置きに尻をうんとたたいてやらないといけないな。ランカスターはふとそんなことを思ったが、もちろんばかげている。ぼくは盛りのついた猟犬ではないし、孫がいるような老女を相手にしているのかもしれない。もっとも、ここから見る限り、おばあさんと呼ばれる年齢にはとても見えない。それはまずありえない。

おかしなことを考えてしまった自分に苛立ち、ランカスターは腹立たしげに吐息をもらしてベッドから立ちあがった。「裾を直したいだろう。無駄な抵抗をやめたら、きみのことをどうするか話しあえる」声は抑制を利かせることができたが、怒りから頭にまだ血がのぼっていた。つまらぬ泥棒ふぜいに幽霊だと信じこませられていたのだ。恨みがましくこの世をさまよっている幽霊だと。

女は身をくねらせるのはやめたが、腰はなおも上下に揺れ、ヒップが見えそうになっていた。ランカスターは視線をそらし、後頭部を見つめた。ほつれかけた三つ編みが背中に垂れている。「メアリーか、それともリジーか？　どっちだ？　さあ、先延ばしにしても意味はない」女の背筋がこわばり、それにつられて彼の視線も再び下へ……。

「いいかげんにしてくれ」ランカスターはうなり声をあげ、すばやく手を伸ばして、まくれあがっていた裾を引きさげた。分厚いフランネルの寝巻きが膝すら覆い隠さないうちに、女はランカスターに押さえこまれた体をよじった。これでようやく女の顔が見える――。

と思った矢先、こぶしが飛んできた。向こう側のベッドサイドテーブルに置いてあった小さな時計がその手に握られていた。眉間を直撃した瞬間、時計がはっきり見えたのだ。すんでのところで首をすくめたので鼻にはあたらなかったが、それでも激痛が走った。女は体をねじって逃げだそうとしたが、その手のうちは読めていた。ランカスターは肘を女の首にまわして押さえつけた。ふいに激しい頭痛に襲われたものの、体重が有利に働いた。

ほどなく女はもがくのをやめて、腕に爪を立ててきた。窒息の恐怖に同情し、ランカスターはすぐに折れた。腕の力をゆるめると、女が勢いよく息を吸いこむ音が大きく聞こえた。

「さあ、これで――」そう言いかけたとき、ついに焦点が合い、はっきりと見えた。そのとたん言葉を失った。

彼女だ。シンシアだ。顔が死者のように青白いわけでも、霊界の住人さながらにぼんやりとしているわけでもなかった。生命力にあふれ、血色もよかった。白目もにごっておらず、明るく生き生きとし、そして怒りに燃えていた。

「いやはや、驚いた」ランカスターはあえぐように言った。

「いくらなんでもあんまりよ、こんな扱い」シンシアが訴えた。

彼は頭を振りながら、見間違いでないか確認しようと身を乗りだした。「生きていたんだね」

「腕を首から離してくれなければ、そのうちそうじゃなくなるわ」

ランカスターは謝罪の言葉をつぶやき、彼女から体を離して、衝撃で目を見開いたまま立ちあがった。手足は麻痺したみたいに感覚を失っていたが、それでもまわりの世界はより鮮やかになり、現実感が戻ってきたかのようだ。「生きているんだね。シンシア……信じられないよ。きみが生きていたとは」

「ええ、じつはそうなの……」彼女は首をさすった。ランカスターを見て、部屋のなかを見まわしたあと、また彼に視線を戻した。

奇妙にも、だんだんと顔が紅潮していた。首から腕を離してやったのに。もしかしたら喉を傷つけてしまったのだろうか、それとも――。

「いやだ……」シンシアの視線が彼の下半身へとさがっていった。「あなた、素っ裸なのね、ランカスター卿」

「そうか？」とがめるように言われて、ランカスターは即座に言い返すと視線をおろした。もちろんなにも着ていない。就寝中だったのだから。「ああ、そうだったな」

「それはまずいんじゃない？　わたしが幽霊ではないとわかった以上は」

「もっともだ」そう応《こた》えたものの、彼は見動きが取れず、ただシンシアを見つめるばかりだった。彼女は息をして、話をしている。顔を赤らめてもいる。「すまなかった」また謝罪の言葉を口にし、ぼうっとしたままあたりに目をやってローブを探した。紺のローブは椅子にかけてあった。それを手に取るとすぐさまシンシアに視線を戻し、彼女が消えていないことを確認した。

これはすべて夢なのかもしれない。ふとそんな思いが頭をよぎった。なにしろシンシアは生きていて、ぼくのベッドにいるうえ、ぼくがローブをはおる姿をじろじろと見ているのだから。彼女のヒップがちらりと見えてしまったことは言うに及ばず。

ランカスターは額に手をあげてさすった。眉間に刺すような痛みが走り、あわてて手を離した。もしかしたら、まだ眠っているのかもしれない。知らぬまに顔をぶつけ、死にかけているのかも。

「さっぱりわけがわからない」

ランカスターがローブのひもを結ぶと、シンシアは目をしばたたき、ようやく寝巻きの裾をすっかりおろした。膝を胸に引き寄せ、裾を引っぱって爪先までも隠し、彼をにらみつけた。顎を頑固そうにこわばらせ、目には知性を宿している。頬骨は高く、目尻はつりあがっていると言ってもいい。さっきも思ったが、やはり彼女は個性的な顔立ちをしている。人を引きつける魅力の持ち主だ。急に安堵の念が胸にわき、困惑とないまぜになった。

「いったいどうなってるんだ？」シンシアが黙りこくっているので、ランカスターは尋ねた。

「どうもこうも、あなたのせいですべて台なしよ」

「さっぱりわからないよ、シン――いや、ミス・メリソープ」

彼女は顔をしかめた。頑固そうな口元がゆがむ。「わかりにくい話じゃないはずよ。わたしは死んだふりをしているの。このお屋敷は身を隠すのにもってこいの場所だった。なぜかあなたが戻ってくるまでは」

夢ではない。これは損傷を受けた脳のなせるわざに違いない。ランカスターは頭を振り、痛みで悲鳴をあげている眉間にてのひらをあてた。「きみに殴られた」

シンシアは目をぐるりとまわしてみせた。「そうよ、殴ったわ。ほかにどうすればよかったの？」

「きちんと助けを求めればよかっただろう？」

彼女はふんと鼻を鳴らしたが、ランカスターが手をおろして目を向けると、はっと息をのんだ。「血が出ているじゃない！」

「驚くことではないだろう。脳みそはこぼれていないか？　むしろそっちが気になるよ」

シンシアがさっとベッドをおり、近づいてきた。「ほんの小さな切り傷よ。もう治りかけているわ。いえ……あの、ごめんなさい。でも、わたしを引きとめようとしたあなたがいけないのよ！　追いつめるから、殴るしかなかったの！」

ランカスターは思わず口元をほころばせた。本物の笑みだった。作り笑いでもなければ、愛想笑いでもない。偽りの笑みでも、追従笑いでもない。うれしくて笑みがこぼれたのだ。

「シンシア」そうささやく。彼女は唇をとがらせて、ランカスターの眉間をまじまじと見ていた。

「なに？」

「シンシア」

ようやく彼の目を見ると、シンシアは目を大きく見開いた。口元をゆるめ、ふうっと息を吐いた。「なあに？」

ランカスターは片手をあげ、指で、たった一本の指で彼女の頬に触れた。シンシアの肌はあたたかく、やわらかい。頬の筋肉にかすかな震えが走ったようだった。「きみは生きているんだね」

彼女はしばらく身じろぎひとつしなかったが、やがて肩を上下させて深呼吸をした。

「他言無用をお願いしないといけないけれど。でも、そうよ」うなずいて言う。「わたしは生きているわ」

彼はますます大きくほほえんだ。声をあげて笑いだしていた。

シンシアもにっこりした。

ランカスターは軽い脳震盪《のうしんとう》を起こしたような気がした。あたかも人生の地平線で大爆発が起きたかのようだった。ただ単に、眉間に怪我をしたせいかもしれないが。

5

「なにがあっても、実家に戻したりしない」ニコラスは断言した。茶色の目は翳《かげ》りを帯び、真剣そのものという表情が浮かんでいた。自分は丸腰だと示すかのごとく彼は両手を開いた。

「男らしいのね」シンシアは嘲笑《ちようしよう》するように言った。あるいは、嘲笑しようとした。けれども、そう口にしたとたん、ほんの数分前にふと目にした彼の男らしさの証《あかし》が頭をよぎった。ジェームズのそれほど強烈な印象はなかったが、男らしいことは間違いない。シンシアは咳払いをして言った。「そのうえまずいことに、あなたは紳士だわ」

「えっ？」

「紳士よ。紳士って名誉の掟《おきて》にしばられているんでしょう。ねえ、家族から逃げるのに力を貸してくれない？　そうすればわたしはひとりで生きていけるわ」

「ひとりで生きていける？」ニコラスが鸚鵡《おうむ》返しに言った。真剣なまなざしは恐怖を湛《たた》えるほど鋭くなった。「無理に決まってるだろう。世間は甘くないんだぞ、ミス・メリソープ」

彼女は眉をつりあげた。「だったらわかるでしょう、なぜあなたを信用できないか」

「きみを守りたいとぼくが思っているからか？」

「わたしはここから永遠におさらばしたいと思っているからよ、子爵さま。見知らぬ他人のなかに身を置いたらたしかに危ないかもしれないけれど、今のままでいても危険なことに変わりはないの」

ニコラスは厚みのある唇を引き結び、全身を硬直させた。「リッチモンドか」

その名前にシンシアは衝撃を受けた。そしてこの数週間というもの、ミセス・ペルとは〝あの男〟としか呼んでいなかったことに気づいた。「ええ」口元に手をあげたい衝動をこらえて言う。「たぶん、彼はあなたのロンドンのご友人なんでしょうけど」

「違う」声こそ荒らげなかったものの、ニコラスのその一語は重苦しさをはらんでいた。シンシアが驚いて目をあげると、これまで見たことのない表情が彼の瞳に浮かんでいた。氷のような、冷え冷えとしたまなざしだった。

ありえないわ。

けれども、彼はもう思い出のなかの隣のかわいい男の子ではない。ランカスター子爵だ。さよならも言わずにここを去り、それから一〇年近くものあいだ、おそらく一瞬たりともこの地を思い返しもしなかった人だ。ロンドンでどんな生活を送っているのか、彼女に知る由はない。

娼館通い、賭事《かけごと》、喧嘩、酒びたり。向こうでニコラスはどんな面倒に巻きこまれるだろうかと、シンシアは何年も前から思いをめぐらしていた。実らなかった淡い恋に苦しみながらも、彼がロンドンで道楽にふけっているであろうことは理解していた。ところが一〇年ほど前は、ニコラスが都会の生活にどっぷりつかろうとは思いもしなかった。都会の色にすっかり染まってしまうとは。

彼は変わってしまった。わたしの知るニック少年は、たとえ一瞬だってあんなに非情な目をしたりしなかった。

「なにがあったか話してくれ」ニコラスがそう言ったときも、シンシアはまだ人が変わってしまった彼に頭が混乱していた。まばたきをすると、ふいに見知らぬ他人は消え去った。目の前にいるのはニコラスで、心配そうな顔でシンシアを見つめている。

「継父から聞いたでしょう」

「きみを無理やりリッチモンドと結婚させようとしたという話は聞いた。でも、きみがぼくの地所にある崖から飛びおりて自殺したという話も聞いた。だからすべてを信じられなくても許してほしい」

疲れが霧のようにまとわりついてきた。膝から力が抜けてしまい、シンシアはベッドに腰をおろした。彼女が座るのをニコラスは待っていたのだろう、すぐさま椅子に手を伸ばして引き寄せ、倒れこむように腰かけたところを見ると。

「出血多量だからね」彼は眉間の小さな切り傷を指差してぶつぶつ言った。

「あら、ずいぶん大げさね、子爵さま」

「どうしてぼくのことを、さっきから子爵さまと呼んでいるんだ？」

シンシアはふくれっ面をした。「正式に紹介されていないことはわかっているけど、それがあなたの爵位なんでしょう？」

「まあね。友人たちにはランカスターと呼ばれている。でも、きみはいつもニックと呼んでいたじゃないか」

「あなたはもうニックじゃないわ」

ありのままの事実だ。それなのになぜ彼がうつむいたとき、わたしは罪悪感を覚えたのかしら？　〝そうだね〟とニコラスは小声で言った。それを聞いてシンシアは、ニックと呼びかけて彼の手を取りたくなったが、そんな衝動は抑えなければならない。その代わりに、もともとの質問に答えた。

「リッチモンド卿と婚約していたのはたしかよ」

「だが、なぜなんだ？」

「継父は彼に借金があったの。多額の借金が。返済に困った継父に、リッチモンドは別の返済方法を提案した」

ニコラスが目をつぶった。「きみを差しだせということか」

「ええ、そうよ。思いとどまらせようと、わたしは必死に説得してみたわ。継父のことも、リッチモンドのこともね。継父に結婚を勧められたのはこれが初めてじゃなかったけれど、今回はいくら反論してもだめだった。だから思いきった手を打たざるをえなかったの」

彼はまぶたをあげた。そして眉もつりあげた。「今聞いた話は内容をはしょりすぎている気がするのはなぜかな？」

シンシアは肩をすくめた。

「ミセス・ペルから聞いたが、お継父《とう》さんはきみに食事をさせなかった」

「夕食を与えられず、ベッドに寝かしつけられもしない子供って、どんな子かしら？」

「部屋に閉じこめられて、ひもじい思いをさせられるのは？」ニコラスは歯ぎしりをしながら言った。

「また大げさなことを言うのね。継父はもともと思いやりのある人じゃなかった。破産に直面しているときにやさしい心づかいを期待するほうが間違っているわ」

「じゃあ、なにを期待したんだ？」

彼女は首を振った。継父はいつものように行動しただけだ。特別冷酷だったということはない。ただ継娘のことが理解できないだけだ。伯爵夫人になりたくない娘がどこにいる？

そう、継父がいつもとは違う行動を起こすと思っていたわけではなかった。シンシアが驚いたのは求婚者が変わり者だったことだ。結婚をいやがる花嫁を喜ぶタイプだったのだ。

「どうやって逃げだしたんだ？」

唇がひりひりと痛んだが、口元に手をあげはしなかった。いくらさすっても、痛みは決して消えなかった。「婚約者と話しあってこいと継父に送りだされたの。リッチモンドが油断した隙に逃げだしたわ」

言葉を選んで話すシンシアを、ニコラスは目を細めて見つめた。しばらく視線を釘づけにされても、彼女はひるまなかった。それでもまなざしが目元からさがると、顔をそむけたくなる衝動と闘わなければならなかった。今度は口をじっと見つめられた。見られただけで怪我の原因を知られるはずはなかったが、それでもぎざぎざした赤い傷跡は見られたくなかった。

「きみが崖から飛びおりるのを見たとミセス・ペルは言っていた。それはどう説明をつけるつもりだ？」

ふいにはっとして、傷のことも、傷をつけた男のことも頭のなかから消え去った。そうだわ、ミセス・ペルのことがあった。「あの……ほら、身を投げるところを誰かに目撃させないとだめだったでしょう。さもないと、家出をしただけだと思われるから」

「だが……」ニコラスが脚を組んだ。ローブの前が割れ、膝とふくらはぎが見えた。シンシアは彼の黄金色の体毛をじっと見つめないようにした。「そんな行きあたりばったりの計画で、どうやって逃亡をお膳立《ぜんだ》てしたんだ？」

「なんですって？」少しだけあらわになった彼の素肌にシンシアは意識の半分で見とれていたが、考えなければだめでしょうと彼女を叱る声も頭のなかに響いていた。

「シンシア、ミセス・ペルはきみがここにいることを知っているのか？」

「えっ？」彼女は息をのんだ。「まさか！　そんなわけないでしょう！　どうして……どうして彼女にわかるの？」

ニコラスは組んでいた脚をおろし、身を乗りだしてシンシアの目を見た。「ここが住まいだからだ。ミセス・ペルはここに住んでいる」

「たしかにそうだけど、屋根裏部屋にはあがってこないわ」

「屋根裏部屋？」

「そう、屋根裏部屋よ。ミセス・ペルがわたしを招き入れて、客室を使わせていると思った？」

「まあ……そんなところだね」

「ばかなことを言わないで。わたしは屋根裏部屋で鼠みたいに暮らしているの。それはそうと、もう夜も遅いし、疲れたわ」シンシアはそう言って腰をあげかけた。階下へ急げばミセス・ペルに警告できると思ったが、ベッドからおりるまもなく、ニコラスは立ちあがっていた。

「どこに行くつもりだ？」彼の胸はシンシアの顔から何センチも離れていなかった。石鹸のにおいがした。毎夜、この寝室へ入るたびに気づいたほのかな香りだ。

「自分のベッドに」ふいに胸が締めつけられたが、その衝撃が治まると、シンシアはなんとか口にした。目の前にニコラスが立ちはだかっていたら、まともにものも考えられない。

「屋根裏部屋にベッドはない。きみはここで寝ればいい」

「だめよ！」ミセス・ペルのところへ行かなくては。ニコラスが最初の質問を言い終えるよりも早く、ミセス・ペルは真相を告白し、自分も加担していたとばらしてしまうだろう。

「あなたのベッドで寝るわけにはいかないわ！」

「いや、添い寝はしないと約束する。ここはぼくの家だよ、シンシア。きみを屋根裏部屋に住まわせたりしない」

「それなら別の部屋で――」

「住みこみの新しいメイドがふたりいるし、アダムもいる。きみの存在を秘密にするのなら、疑われるようなまねは禁物だ」

シンシアは目の上をさすった。わたしの家族にばれないようにかくまってくれると言っているの？

ニコラスが頬に手を触れてきた。まるで暖炉から火の粉が舞いあがり、素肌の上に落ちたかのように、シンシアは飛びあがった。彼が言った。「明日になったら、計画を練ろう。だが、とりあえずきみはここで寝ればいい。ちょっと失礼、すぐに戻る」

ニコラスが背中を向けると、彼女ははじかれたようにベッドから腰をあげた。「どこに行くの？」

「ミセス・ペルに状況を知らせておかないといけない」

「だめよ！　こんなふうに知らせるのはよくないわ。もう夜遅いのよ。彼女はお年寄りだから心臓が……」

「今知らせておかなかったら、明日の朝、ぼくを箒《ほうき》でたたきながら卒中で倒れるかもしれないぞ」

「でも……ミセス・ペルには知られたくないの！　だって……ひょっとしたら誰かに……」

ああ、いやだ。ばかげた主張を最後まで言うことさえできない。

ニコラスが戸口から一歩出たところでシンシアのほうを振り返った。顔をしかめ、腕組みをする。彼女は身がすくんだ。真実がわかってしまったら、ミセス・ペルは首にされてしまう。わたしをかくまったからだけではなく、面と向かって主人に嘘をついたせいで。こういったたぐいの不服従を許す紳士はいない。

ミセス・ペルが家政婦の職を失うことになったら、わたしは決して自分を許せないだろう。

「だから、その……」シンシアは口ごもってしまった。

奇妙なことに、ニコラスがまるでおもしろい冗談を聞いたと言わんばかりににやりとした。びくびくしているシンシアを尻目に茶色の目を輝かせている。「まったく、きみって人は」くっくっと笑って、彼は言った。「嘘をつくのが下手だな。ミセス・ペルといい勝負だ。きみたちふたりがぼくに隠れてうまくやりおおせていたのが不思議だよ」

「それって……どういう意味？」

ニコラスはいっそう笑みを大きくした。「裸で泳いでいる村の少年たちをこっそりのぞき見しているところを、ぼくに見つかったときのような顔をしているぞ」

内心の不安を忘れ、シンシアは背筋を伸ばした。「そんなことしなかったわ！」そう言ったとたん、はっとした。じつはしたことを思いだしたのだ。さらにまずいことに、その光景が見られるのではないかと期待して海辺まで少年たちのあとをつけていったのだった。

「ほう！　どうやら思いだしたらしいな。あのときはたしか、五、六人の裸の若者たちがいたんだったな」

顔から火が出そうだ。「ニック」シンシアはとがめるように言った。二度と彼のことをそう呼ばないと決めたことは忘れていた。

そのひと言で室内の緊張が解けた。ニコラスは穏やかな笑みを浮かべて頭を振った。

シンシアは深く息を吸って言った。「お願いだから、ミセス・ペルのことを怒らないで。彼女はあなたに打ち明けたかったのだけれど、それはしないでほしいとわたしが頼みこんだの。だから彼女を首にするのはやめて」

「首にするだって？　とんでもない。ミセス・ペルはきみの命の恩人と呼んでもいいのに、どうして腹を立てないといけないんだ？」

それを聞いてシンシアはほっとした。リッチモンドと結婚したら命の危険にさらされると実の母親に訴えたが、舌打ちをされ、主張ははねつけられただけだった。けれどもニコラスには真剣に受けとめてもらえたようだ。

「さてと、いろいろ話しあうのは明日の朝になってからにしよう。ぼくはきみの味方だ。そういえば、お腹《なか》が空《す》いていたり、喉が渇いていたりしないか？」

「いいえ」

ニコラスはシンシアをベッドに追い立てた。

「でも、あなたはどこで寝るの？」

「隣の部屋に忍びこむよ」

彼女がぎょっとした顔で見守るなか、ニコラスは廊下に通じる扉の鍵をかけ、続き部屋の扉を手で示した。

「ぼくは向こうで寝る。鍵をかけたのは、メイドたちにきみが見つからないようにするためだ」

「こんなことしなくてもいいのに」シンシアは反対したが、彼は首を振っていた。

「ばかげているわ。まあ、とにかく、もう寝るわね」

「じゃあ、おやすみ」そしてニコラスはあっというまに部屋を出ていった。シンシアの人生に舞い戻ってきた余韻だけを残して。圧倒的な存在感を示したかと思ったら、またたくまに姿を消してしまった。

シンシアはその場に突っ立ったまま、色褪せた緑色の扉を見つめた。彼になにげなく触れられた頬は、まだかすかにうずいていた。

扉がまた開き、彼女は目をぱちくりさせた。

「ちょっといいかな……」ニコラスが戸口から部屋のなかをのぞきこんだ。「朝もここにいるだろうね、シン？」

シンシアは一瞬考えこんだ。逃げるべきなのかしら？　いいえ、わたしが生きていることを彼に知られてしまったのだから、今さら逃げだしても意味はない。「ええ、いるわ」恐る恐るそう答えた。

ニコラスが疑うように目を細めた。「約束するかい？」

「約束するわ」

彼の目に安堵の色が浮かんだ。それを見て、シンシアは胃の奥がじんわりとあたためられたような気がした。ニコラスは言った。「よかった」そして扉が閉まり、掛け金がかかった。

数分後、ようやくシンシアはベッドに腰をおろした。ニコラスのベッドにいるのは親密な行為に思え、心がなごむようだった。続き扉からいつなんどき彼が現われて、ぬくぬくとベッドに寝ている姿を見られてもおかしくないと思うとなおさらだ。だが、時を刻む時計の音がどこかから聞こえてくるだけだった。部屋のなかは寒い。緊張がほどけはじめ、疲れがどっと出てきた。

ニコラスがキャントリー邸に戻ってきてからというもの、毎晩ほとんど眠れない夜を過ごしていた。それにやわらかなマットレスには抵抗できなかった。やるべきことはなにもない。幽霊のふりはおしまいだ。今夜のところはなにもできないのだ。明日になったら、こちらの言い分を主張し、ニコラスの反応を見ながら計画を練り直そう。

シンシアはベッドに横たわり、体を丸めた。枕に頭を休めると彼のにおいに包まれ、やがて眠りに落ちていき、少女のころに幾夜となくそうであったように、ニコラス・キャントリーの夢を見た。

どうして平気で眠れるのだろう？

ランカスターは戸口にもたれ、頭を振っていた。シンシア・メリソープが寝ているベッドの上掛けがわずかに盛りあがっている箇所から目が離せなかった。

彼女は生きていた。それがいかに驚くべきことか、本人はわかっていないのか？　もっとも、その考えに慣れる時間がシンシアにはあったわけだが。

そんなことが思い浮かび、ランカスターは笑ってしまった。シンシアも目を覚まし、一緒に談笑してくれるのではないかとなかば期待した。だが、彼女は眠りつづけていた。疲れ果てているのは間違いない。起きたときには、きっと目の下のくまも薄くなっているだろう。

ランカスターは寄りかかっていた壁から体を離し、これから自分が寝る、冷え冷えとした暗い部屋を振り返った。戸棚のなかから虫の食った毛布を見つけだしていたが、今さら横になる気はしない。眠ろうとはしたが、どうがんばってもだめだった。それに、あと一時間もしないうちに夜が明ける。

目を閉じるたびに、シンシアがまたいなくなるのではないかという不安が飢えた獣のように胸に浮かんだ。こちらが寝ているあいだにこっそり出ていくか、朝になって目を覚ましたら、彼女が生きていたというのは夢だったとわかるか。気づくとランカスターは一〇分おきに身を起こしては扉をそっと開け、影になっているシンシアの寝姿を見ていた。やがて観念し、扉は開けたままにして、何時間も前からふたつの部屋を行ったり来たりしていた。

シンシアは死んでいない。ぼくが彼女を死に追いやったわけではなかった。つまり、彼女の仇《かたき》を取るためにリッチモンドの命を要求する必要はない。

「それはそうだ、でも」床に向かってつぶやいた。性急に答えを出す理由はない。リッチモンドは今でも死に値する男だ。

しかし、人を害することばかり考えることはできなかった。心が晴れ晴れとしているのだから、そんなことはしていられない。シンシア・メリソープが崖から身を投げ、岩に激突して体がばらばらになったのではないと知り、あらゆることに耐えられるようになるのではないかという気がしたのだ。ロンドンに帰って結婚することさえ楽観視できるようになった。ぼくはめちゃくちゃな人生を送っているかもしれないが、シンシアを破滅に導いたわけではなかった。

武者震いするほどのやる気をみなぎらせ、ランカスターは窓を覆う古びた鎧戸へそっと歩いた。芝居がかったしぐさで開けてみるのも悪くないと思ったが、いまいましい鎧戸は板が膨張しており、びくともしなかった。ゆうに一分は押したり引いたりして、ようやく開いたが、いざ鎧戸を開けてみると、水平線の上に薄紅色の筋が細長く伸びるすばらしい光景が広がっていた。夜が明けた。というか、空が白みはじめていた。ミセス・ペルがそろそろ起きだすころだろう。

ランカスターはズボンとシャツをとうに身につけていた。だから足音を忍ばせてシンシアの寝ている部屋に入り、ブーツを取って戸口をすり抜けるだけでよかった。彼女は目を覚まさなかった。

キッチンにたどりつく前に女性たちの声が聞こえた。ひとりは腹立たしげに声を荒らげている。

「今、辞めたら、旦那さまの屋敷では金輪際仕事につけないよ」ミセス・ペルの声は怒りにわなないていた。

「でも、もう二度とこちらで働くつもりはありません」少女が応えた。震える声には不安がはっきりと表われている。ランカスターは戸口の角から頭をめぐらせ、こっそりなかをのぞいた。

ふたりのメイドが裏口の近くで身をすくめていた。「だって出るんですよ！　幽霊が壁を走り抜けていく物音を聞いたんです！」メアリーがわめいた。ランカスターはにやりと笑い、頭を引っこめた。完璧《かんぺき》だ。

「なにを言ってるんだか」ミセス・ペルがばかにしたように言った。「ただの鼠だよ」

ランカスターはわざと髪をくしゃくしゃにした。深呼吸をしてから、勢いをつけてキッチンに足を踏み入れる。「そう、あれは大きな鼠だったな」三人の女性たちは息をのみ、あとずさりした。そしてあわててお辞儀をした。「ぼくも物音を聞いたよ」彼は言葉を続けた。「バタバタ、カサカサいってたな。悲鳴みたいな鳴き声もあげて」

「そうなんです！」リジーが叫んだ。「悲鳴や、恐ろしいうめき声も聞こえました」

うめき声？　ああ、あれか。シンシアに殴られたあと、少しうめいたかもしれない。ランカスターは片手を眉間にあげ、こぶにそっと触れてみた。

「ほら、旦那さまはきっと、こういう古いお屋敷で夜中に聞こえてくる物音に慣れておられないから――」

「襲われたんだよ」彼は少々もったいぶったしぐさで、ずきずきとうずく場所に手を触れた。

「寝こみをね」

ふたりのメイドは小さな悲鳴をあげ、われ先にキッチンを飛びだしていこうとしたが、ミセス・ペルは病的なほどに顔を青ざめさせていた。おびえたメイドたちよりも血の気の引いた顔をしている。

「襲われた？」しわがれた声で言った。

裏口の戸を壁に打ちつけるようにしてメイドたちはキッチンを出ていき、ほの暗い朝のなかに姿を消した。

「給金は出ないよ」ミセス・ペルは少女たちの背中に向かって声をあげたが、その言葉は力なく口からもれただけだった。

ランカスターが椅子を近づけてやると、ミセス・ペルはそこにへたりこんだ。

「あの子たちは歩きまわっている幽霊を怖がっているんだろうね」ランカスターは上機嫌になって言った。メイドたちがいなくなれば、シンシアは堂々とこの家で暮らせるだろう。

「ミセス・ペル、もうお茶の用意はできるかい？　喉がからからなんだ」

「ええ」彼女は開け放たれたままの裏口をしばらくじっと見ていたが、やがてはっとわれに返ったようだ。「まあ、これはとんだ失礼を、旦那さま！」あわてて立ちあがったので、スカートの裾が翻った。ランカスターの眉間の傷にさっと目をやる。「ほんとにすみません。お湯はわいています。すぐに朝食をお持ちしますから、図書室でくつろいでいてくださいな。今日は早起きなんですね」

「眠れなかったんだ」

「ああ……そうでしょう」

「朝食は自分の部屋に持っていく。そうしてもかまわなければ――」

「もちろんです」

「シンシアもそろそろ起きるだろう。きっと腹ぺこだ」

「ええ、そうですね。それじゃ――」ランカスターの言葉の意味をのみこんだとたん、ミセス・ペルは白目をむいた。「えっ？」

彼は薄情にも、ミセス・ペルの顔に刻まれた驚愕《きょうがく》の表情をとくと眺めてから言った。

「ゆうべ自室で寝ているぼくを襲った、あの気性の荒い幽霊のことを聞きたいかい？　なんとかつかまえたよ。幽霊のわりに生き生きしている」

「つか……つかまえたんですか……幽霊を？」

「ああ、そうだ」

ふたりはしばらく互いに見あっていたが、やがてランカスターは表情をやわらげ、ほほえんだ。「彼女の力になってくれてありがとう、ミセス・ペル。何週間も屋根裏部屋で暮らしていた娘さんのわりに、彼女は健康そうだ」

家政婦の表情は固まったままだった。

「でも、ちゃんとした部屋をあてがってやらないとね」

ミセス・ペルの目が潤んだ。「旦那さま？」小声でそう言ったかと思うと、目から涙があふれた。

おっと。女性が泣くのを見るのはつらい。「すまない」あわててそう言った。「こんなふうにきみをからかったりしてはいけなかった。シンシアはぴんぴんしている。なにも問題はないよ」

「まいったな」これ以上は耐えきれず、ランカスターはすばやく前に進みでて、ミセス・ペルを腕に抱き寄せた。抱擁されるとよけいに涙がとまらなくなる性質《たち》でなければいいのだが。

ミセス・ペルが深く息を吸いこんだ。彼は息をひそめた。家政婦の肩の震えは治まった。

「旦那さま！」ミセス・ペルは顔を皺くちゃにした。

「すみません。旦那さまに隠しておくべきではありませんでした」

ランカスターがほっとしてため息をつくと、ミセス・ペルのゆるく編んだ髪からほつれた白髪が揺れた。「ばかを言わないでくれ。ぼくを信用していいか迷って当然だ」自分で言った偽りのない言葉に自分で傷ついた。

ミセス・ペルはかぶりを振り、身を離した。「旦那さまは昔からおやさしい方でしたよ。昔も今も」

それは違う。今はもう。彼はちらりと目をそらし、咳払いをした。「部屋に朝食を持ってきてくれたら、シンシアと食事をしながら計画を立てられる。それにお祝いもできる」

「お祝いですか」ミセス・ペルはくり返し、ようやくほほえんだ。「たしかにお祝いにふさわしいでしょう。そうだ、サクランボのシロップ煮をひと瓶、取ってありましたっけ。それにゆうべの残り物ですけど、パウンドケーキもありますよ」

サクランボのシロップ煮。好物を思いだし、口のなかにつばがわいた。これもまた、一〇年近くたってもはっきりと心によみがえる過去の一片だ。ここに葬り去ったつもりが、結局この一週間で思いだしたことはどれくらいになるだろう。

「三〇分、時間をくださいな」ミセス・ペルはすでにこんろの前で忙しく立ち働いていた。「お祝いなら、もっと料理がないと」

ランカスターは待つあいだ一階の部屋を歩きまわり、鎧戸やカーテンを開け、明かりを取り入れた。ここに来て数日が過ぎたが、屋敷のなかは活気がなかった――人が住んでいるのに、死んだように静まり返っていた。でも、今は違う。明け方のまどろみと静けさのなかにあっても、たしかに活気があった。

父が愛用していた椅子を見つけた。幅が広く、ここで暮らしていた最初の数年は、父と並んでなんとか腰かけることもできた。暖炉のそばにはいつも母がいて、石造りの家の隙間から吹きこむ海風で冷えた体をあたためていた。

一家がキャントリー邸に移り住んだのは、ランカスターが八歳のときだった。夢のような家だと当時は信じていた。海を一望にでき、秘密の通路がいくつも走っている。そして、自分の家族のためだけにキャントリー邸と名づけられたのだろうと思っていた。

ときには寂しいところでもあった。ハル（イングランドの東海岸地方の都市キングストン・アポン・ハルの通称）で母の友人たちにちやほやされて育ったニコラス少年のような子供にとっては、とくにそうだった。しかし、彼は村の少年たちと友達になった。それにシンシアもいた。どう考えても、弟とシンシアが友達になったほうが自然だったが。けれどティモシーは女の子と友達になることを軽蔑していたし、妹のジェーンはまだ幼すぎて、ぬいぐるみ人形にしか興味がなかった。

だから雨の日にキッチンの炉の前に陣取って、トランプをしたり本を読んだりしていたのは彼とシンシアだった。あるいは芝生の上に腹這いになってブリキの兵隊で遊んだり、使用人用の通路をこっそり通って、身を隠しては互いに驚かせて遊んだりしたものだった。

ここ数年のあいだも、シンシアはぼくの頭のなかではあのころの少女のままだった。

「旦那さま?」ミセス・ペルの声が廊下から聞こえてきた。「あの子を起こしに行きましょうかね」

〝そうしよう〟とランカスターは胸でつぶやいた。長い眠りから救いだされる眠り姫のように。〝ただし〟とあわてて修正する。〝キスはなしで〟不思議なことだが、シンシアにキスすることを考えると、蝶の大群が胃のなかに解き放たれたような気がした。

「シンシア……」やさしい声が夢のなかに忍びこんできたが、マットレスはやわらかく、しっかりと体が沈みこんだ。羽根布団に身をすり寄せ、目をぎゅっと閉じて、ぬくぬくと上掛けにくるまっていた。

「シンシア」ミセス・ペルが呼びかけた。「起きる時間だよ。今日は大事な日だからね」

だったら、ミンスミートパイをこしらえないといけないかしら?

シンシアは枕に頬を寄せ、この枕カバーはニコラスのにおいがする、とひとり言を言った。ちょっと待って……。心臓がとまった。枕カバーに彼のにおいがして当然だ。

シンシアは片目を開け、斜めに向いている目の前の顔に焦点を合わせようとした。くしゃくしゃのブロンドの髪、輝く茶色の瞳、満面の笑み。

「おはよう、お姫さま」ニコラスが甘くささやいた。

心臓が胸から飛びだしそうになった。「いやだ！」シンシアは金切り声をあげて飛び起きたので、ばたばたさせた手が彼の鼻にあたってしまった。

「くそっ！　何度ぼくの顔を殴れば気がすむんだ？」

「これ、言葉に気をつけなさい」ミセス・ペルが、まだ幼かったニコラスが足繁くキッチンに出入りしていたころのように叱りつけた。彼も昔に戻ったような態度で謝り、鼻をさすった。

ふたりとも、頭がどうかしたのね。シンシアはニコラスからミセス・ペルに視線を移し、考えるより先に口走った。「だから言ったでしょう、彼にばれても首にされたりしないって」

ニコラスがふんと鼻を鳴らした。「ゆうべはそんなに自信満々じゃなかっただろう。今にもぼくの足元に身を投げだして、情けを請おうとしていたようだったぞ」

「そんなことないわ！」

「ほう、そうか。ひと晩ぐっすり寝れば、機嫌もよくなると思ったんだけどな」

ミセス・ペルが舌打ちをした。「この子は何週間もむっつりしていたんですよ」

頭にきた。はらわたが煮えくり返るようだわ。「わたしは死んだふりをしなきゃいけなかったのよ！　気がふさいでも仕方ないじゃない」

ミセス・ペルが手を伸ばし、上掛けを握りしめているシンシアの手をやさしくたたいた。

「おまえさんの置かれた状況はぐんとよくなったんだよ」

「そんなことないわ。偶然ばれてしまう前だって、わたしは死んでいたわけじゃないんだから」

「偶然ばれてしまう前、か」ニコラスがつぶやく。

「でもね、シンシア」ミセス・ペルはさとすように言った。「ランカスター卿はおまえさんを助けようとしているんだよ。だからもう心配することはない」

「心配することはないですって？　冗談でしょう」シンシアはニコラスをちらりと見た。一瞬、罪悪感で胸が痛んだが、避けては通れない話だ。「わたしはお金が必要なの。お金がないのは彼もわたしと一緒でしょう」

ニコラスは眉をつりあげただけだった。

「あなたは借金取りから逃げているの？　だからここに来たの？」

「シンシア」ミセス・ペルが息をのんだが、彼は侮辱されたとは思わなかったようだ。

「ずけずけものを言う子供のときのままってわけか。甘いものでも食べれば、機嫌も直るかもな」ニコラスはシンシアの近くにどさりと腰をおろした。マットレスが揺れ、彼はトレーのほうへ手を振った。

子供扱いされて傷ついたシンシアは彼から目をそらし、トレーを見た。鼓動が何拍か鳴るあいだ、静寂が流れた。罪悪感が胸いっぱいにふくらむ。

わたしはおびえて苛立っている。そして不作法でもある。追いつめられると食ってかかってしまうのは悪い癖だ。そういうわたしをニックは覚えていた。仮になにか覚えているとしての話だが。

ミセス・ペルが咳払いをして、果物のシロップ煮が添えられたパウンドケーキをひときれ、皿にのせて手渡してくれた。ふた皿目をニコラスに渡して言う。「とにかく、旦那さまはおまえさんが立てた計画を手伝ってくれるさ」

シンシアがすばやく視線を向けると、彼は目を丸くしていた。「きみが立てた計画というのは？」ケーキを頬張ったまま、もごもごと尋ねる。

彼女はニコラスがケーキをのみくだすのを待ち、自分もひと口食べて、舌にとろける酸味のある甘さを味わいながら、どう話そうかと思案した。ミセス・ペルに計画のことをもらされ、肩が痛いほどこわばってしまった。もちろん計画を隠し通せるわけがない。いくらわたしでも、そこまで子供じみた発想はしない。ニコラスには打ち明けなければいけない。それはわかっていたが、秘密を守ろうとするかのように、自然と両手で自分の体を抱きかかえていた。

「どんな計画なんだい？」彼がもう一度尋ねた。

シンシアはケーキをのみこもうとしたが、喉を通らなかった。あいにく口の乾きは時間稼ぎにならない。どんなささいなことも見逃さないミセス・ペルに、ものの数秒もしないうちに紅茶のカップを手渡された。

だが、ミセス・ペルはシンシアの口のなかになにもなくなるまで待たなかった。その代わり勝手に説明をした。「この子は埋蔵された財宝を発掘しようとしているんですよ」

いやだ、どうしよう。ケーキはもうのみくだしていたが、今度は紅茶が気管に入ってしまった。シンシアは激しく咳《せ》きこみはじめた。

ニコラスが彼女の背中に手をあてて、何度か強くたたいてくれた。「埋蔵された財宝を発掘？　これはまたすごい……作戦だな」

シンシアは首を振り、ニコラスの腕を払いのけた。すばらしい。彼にはすでに、子供じみていると思われているというのに。「べつに埋蔵されているわけじゃないのよ」彼女はぶつぶつ言った。

あいまいに「ふうん」とつぶやくニコラスの声には理解と哀れみが表われていた。

「崖に財宝が隠されているの」

彼は紅茶をひと口飲んでから言った。「うちの地所内の崖に？」

しまった。実際、たとえ財宝を発掘したとしても、正当な所有者はニコラスだ。「さあ、はっきりしたことはわからないけど」シンシアは言葉を選んだ。

「まあ、うちかイングルボトム家か、どちらかの地所だろうな。向こうの敷地との境界線は、一五キロは向こうだが」ニコラスはシンシアの目を見つめ、彼女が認めようとしない答えを待った。最後には肩をすくめて続けた。「どうしてうちの崖に財宝が埋蔵されていると思うんだ？」

「だから埋蔵されているわけじゃないの」シンシアはさっきと同じせりふをくり返した。「おとぎばなしじゃあるまいし」ミセス・ペルが鼻を鳴らしたけれど、シンシアはその反応を無視し、パウンドケーキを少しフォークで崩したが、もはや食べる気は失せていた。「二、三年前に古い日記が出てきたの。わたしの大おじが子供のころに書いたものよ。その日記によれば、密輸商人が隠したものを大おじは偶然発見したんですって。金貨のつまった箱を見つけて、海辺の洞窟《どうくつ》に隠したと書いてあったわ」

「盗まれた海賊の戦利品か？」ニコラスがはしゃいだような声をあげた。「だったらよけいにすごいな」

「冗談で話しているわけじゃないのよ、失礼な人ね」

シンシアがじっと見守っていると、彼は口元を引きしめて真剣な面持ちを取り繕おうとしたが、結局は失敗した。

「本当のことなのよ。それで、わたしはその財宝を見つけるつもりなの」

「そうか。では訊くけど、どうして金貨がまだそこにあると思うんだ？」

これなら自信を持って答えられる質問だ。「大おじは若くして亡くなったの。わたしが読んだ日記を書いた二年後にね」

納得したというようにニコラスは頭を傾けた。「わかった。見つけたら、その金貨をどうするつもりだ？　金を払って、誰かにリッチモンドを始末させるのか？」

妙なことだが、彼の言いぐさには、そうだったらいいのにと思っている節があった。「まさか！　家族の借金を返済して、アメリカ行きの旅費にあてるのよ」

「ほう。だが、なぜお継父さんの借金を払ってやるんだい？」

「妹のためよ。メアリーは来年一四歳になるの。母は妹をリッチモンドと結婚させようとはしないでしょうけれど、でも……母は自分の夫に刃向かうことができないのよ。だから、かわいい妹がわたしの身代わりになって嫁がされる事態だけは避けたいの」

ニコラスは急に真顔になり、口元にまるで何年も笑みなど浮かべたことがないような気配を漂わせた。「なるほど。それで、きみはこの財宝の存在を本気で信じているんだね？」

「ええ、そうよ」

「だったら、探すのを手伝うよ」

なんだか少し話がうますぎる気がする。「手伝ってくれるの？　見つかったら、わたしの前途を祝してアメリカに送りだしてくれるっていうこと？」

「いや……そうだな、それについてはまたあとで話しあおう」

「いいえ、話しあう必要はないわ」シンシアはきっぱりと言った。

まだトレーをいじっていたミセス・ペルがティーポットをどすんと置いた。「子爵さまは旅慣れたお方だよ。だから旦那さまの話をよく聞いたほうがいい」

「あと約二週間でわたしは成年に達するの。そうしたら自分の好きなように生きられるわ」

「すっかり大人気取りか」ニコラスがぼそりと言った。シンシアは彼の耳をたたきたくなる衝動を抑えなければならなかった。

「あなたになにがわかるというの？」ぴしゃりと言う。「噂では、財産付きの女性と結婚して、問題を解決するつもりなんですってね」

「まあね」ニコラスが向けてきた笑みは、ゆうべ見たような冷ややかな笑みではなかった。憂いを秘めたほろ苦い笑みだった。これもまた思いがけない発見だ。「そのとおりだ。ぼくは結婚する。相手はたしかに財産付きの女性だ。ぼくたちは金貨でできたお城で末永く幸せに暮らす。だから、きみも幸せな結末を見つけられるよう、ぼくが手伝おう」

今朝ベッドで目が覚めて、ニコラスが自分のほうへ顔を近づけている姿を見て、衝撃を受けたとシンシアは思っていた。けれども今の驚きとくらべたら、あれは衝撃でもなんでもなかった。「あなた、婚約しているの？　もうすぐ……もうすぐ結婚するの？　そこまでは聞いていなかったわ」

「結婚式があるので、あと二、三週間したら戻らないといけない。だから、きみの計画は早いところ取りかかったほうがいい。というわけで、ぼちぼち財宝探しを始めるとしようか？」冗談めかそうとした試みは完全にうわ滑りした。ニコラスはあまり楽しそうではなかったし、シンシアはといえば、たとえ一〇〇〇ポンド積まれても笑えなかった。

ニックはもうすぐ結婚する。誰か別の女性が彼の妻になるのだ。

6

毛糸の靴下をはく前に見えたシンシアの素足は華奢《きゃしゃ》で、幅も狭かった。靴下をはいた足が底の厚いブーツに押しこまれる。ランカスターはもう片方の足に視線を移し、素足が隠れる前に女性らしい足の形をじっくり眺めた。身を包んでいるのは使用人用の作業着だったが、そこからのぞく足の指は青白く、ほっそりとしていた。

彼女は今日、長靴下をはいていなかった。ミセス・ペルが繕うために持っていってしまったのだ。

「わたしの話を聞いているの？」シンシアがきつい口調で言った。

「ああ……なんだい？」

「もっとしっかりした手袋のほうがいいって言ったのよ」

ランカスターは手に持った手袋にちらりと視線を落とし、肩をすくめた。「それより、本当に大丈夫なのかな、レディがやっても危なくないのか疑問だよ」

シンシアは深いため息をつき、もう片方のブーツに足を入れた。「わたしはかれこれ何週間も崖によじのぼっているのよ。はっきり言わせてもらうけど、あなたよりわたしのほうが心配ないわ」

「それでも、万が一きみが崖から落ちたら……だめだ、こんなこと、きみにやらせるわけにいかないよ」

シンシアの目が怒りで燃えあがり、唇がぎゅっと引き結ばれた。長々と文句を聞かされるのだろうとランカスターは身構えた。

「ねえ、あなたも……」彼女は話しはじめた。「ぼくも、なんだい？」

ランカスターは何秒か待った。「だから……なんていうか……いいわ、はっきり言うわね。財宝は折半しましょう。そうしないと不公平だもの。あなたの所有地なんだから」

「金貨が手に入るのなら――どのみち見つからないだろうが――ぼくもきみの命を危険にさらす気になる。そう思うのか？」

「ちょっと、なんなの！」それまでどうやって癇癪《かんしゃく》を抑えていたのであれ、シンシアは堪忍袋の緒が切れたようだった。「わたしの命なら何カ月も危険にさらされているわ。あなたになにがわかるっていうの？　だいたい、なにが心配なのよ？　あなたにはなんの関係もないでしょう、子爵さま」

ずばりと核心を突かれてランカスターは胸が痛んだが、その気持ちは振り払った。「わざわざ言うまでもないと思ったんだけどね、ぼくに関係は大ありだと」ベッドも部屋も取り囲むほど、大きな円を手で描いた。「きみの夢物語に登場する舞台はすべてぼくの所有地だ。

だから怒っても無駄だよ、ミス・メリソープ」

シンシアの目がさらに細められた。あれでまだものが見えるとしたら驚きだ。彼女が子供のころによくそうしていたように、こぶしを固めて殴りかかろうとした場合に備え、ランカスターはうまくバランスが取れるように体重を移動させた。

だが、おそらくシンシアも成長したのだろう、ただ首をかしげただけだった。「わたしを手伝ってくれるとあなたは言ったわ。だからその約束は守ってもらう。〝手伝う〟というのは支援するという意味でしょう、支配するということではなく」

なるほど。たしかに彼女は成長した。声を荒らげもせずに淡々と話している。ならばご褒美をあげなくてはいけないな。「いいだろう、ふたりで一緒にやろう。ただし」シンシアの緊張した口元がほころびかけたところで言い添えた。「度を越えて危険な場合は考え直すかもしれない」

「とにかくやってみればわかるわよ」彼の心配をよそにシンシアは立ちあがり、塩をふいた灰色のスカートの皺を伸ばしてほほえんだ。

前夜のように、その笑みの威力が全身を駆けめぐり、ランカスターは胸が苦しくなった。

「どうかしたの？」彼女が尋ねた。

「いや、べつに。準備はできたかい？」

シンシアはランカスターの乗馬用のブーツに目をやって、肩をすくめた。「ええ、準備はできているわ。あなたは？」

「もちろんできている。できていないわけがないだろう」

とまどうような顔を見せたが、それでも彼女は戸口に向かった。ランカスターもあとに続いた。

階段をおり、玄関に向かいながら、シンシアはフードをかぶった。ミセス・ペルは今朝、彼女のほかにひとりだけ残った使用人を廄《うまや》での作業にあたらせていた。そのまだ若い使用人のアダムは、ロンドンから来たランカスターに仕える本職の御者とともに過ごす機会に恵まれ、興奮気味だった。それでも、シンシアが広い玄関を抜け、外の階段を急いでおりるあいだも、ランカスターの胃は締めつけられていた。緊張の原因がなんであれ、シンシアが彼のような緊張を感じていないのは明らかだ。海岸を目指し、道を東に折れたときも、彼女は後ろを振り返りもしなかった。

岸からの風に吹きつけられながら、ランカスターは足早にシンシアに追いついた。「人に見られないか心配じゃないのか？」

彼女は肩をすくめた。「こそこそしていたら、かえって人目につくでしょう」

ああ、そういうことか。納得した。目立たないようにする秘訣《ひけつ》は、そこにいて当然だというふうにふるまうことだ。しかし……。「どうしてそんなことを知っているんだ？　脱獄でもしたのかい？」

シンシアが向けてきたいたずらっぽい表情を見て、少女時代に彼女がしでかしたいたずらをランカスターは思いだした。「ほら、子供のとき、キャントリー邸へしょっちゅう遊びにいってはいけないと言われていたのよ。ここに入りびたれば入りびたるほど、継父からの締めつけは厳しくなった。そのころに身を持って覚えたの、こそこそ出ていこうとするとメイドに気づかれて、母に報告されるって。でも、あたりまえのように堂々と玄関から出ていけば……」彼女がウィンクをすると、ランカスターはどきりとし、思わずほほえんでいた。

シンシアはなんと……愛くるしいんだ。どうして今まで気づかなかったのだろう？

小首をかしげて、彼女は上目づかいにランカスターを見つめ、ゆるやかな下り坂の小道に足を踏み入れた。ぼくにちょっかいを出しているのか？　シンシアが唇を舐《な》めるのを見て、彼は肌のうずきを覚えた。

「ねえ……」彼女が話しかけてきた。

「なんだい？」

「傷はどこでつけたの？」

風が強く吹いたせいで、きっと聞き違えたのだろう。「えっ？」

「その傷跡のことよ」シンシアがいきなり立ちどまり、彼のほうを振り返って、少し苛立ったような笑みを見せた。「首のまわりについているでしょう。ゆうべ見たのよ」

ランカスターがかぶりを振りかけたとき、シンシアは手を伸ばして彼の顎の下を指でなぞった。その指が首巻き《クラバット》にたどりつく前に、彼は彼女の手をつかんで首から引き離した。

シンシアがはっと息をのんだ。ランカスターは指が震えたものの、なんとか手を強く握りすぎないようにした。肌はなおもうずいていたが、快楽のうずきではない。悪寒が走ったようなうずきだった。

「ニック」シンシアがあえぐように言った。

ランカスターは彼女の手を放し、つぶやいた。「すまない、悪かった」

「いったいどうしたの？」

「いや、なんでもない」

「そう、わたしも謝るわ。触れてはいけない話題だとは知らなくて」

ほら。言い訳ならすぐ出てくるだろう。ランカスターは作り笑いを浮かべた——始終しているとことだから難しくはない。「ぼくは自意識過剰なところがあってね。火傷《やけど》なんだよ。醜い跡が残っている。だから人に知られるのがいやなんだ」

「ああ」シンシアは困惑したように言った。「そういうことなのね」

「少しばかり虚栄心が強くたって、べつにいいじゃないか」

彼女が鼻で笑ったので、ランカスターの動揺は静まっていった。

「こう言ってはなんだけど、思いださせてくれて助かったよ。襟にフリルがたっぷりついたナイトシャツを結婚する前に買っておこう」

「襟にフリルがたっぷり……？」シンシアはそう言いかけて途中で笑いだした。

安堵の息がもれた。いつもなら、この手の質問には備えができていた。いつもなら、思いがけず親しげに手を触れられても動じないように身構えていた。とはいえ、女性が紳士の首に指を走らせる場面というのは状況が限定される。よもや財宝探しをしながらそんな場面に出くわすとは思いもしなかった。シンシアに触れられたところをさすって感触を忘れたかったが、そうはせず、彼はただほほえんだ。

「まあ、驚いた」シンシアは笑って言った。「あなたの虚栄心は方向性を間違えているわ。花嫁の気を引きたいのなら、ナイトシャツはやめて、いつもの格好で寝たほうがいいわよ」

「そうかい？」ランカスターはわずかに残っていた不安をすっかり振り払った。口説き文句としては変わっているが、彼女に言い寄られていることはたしかだ。「助言を受け入れるべききか迷うね。きみはめずらしいくらいに裸が好きだからな、シンシア。男性の肉体美をきみほど評価しないレディだっているかもしれない」

「わたしはべつに……」シンシアは頬をぱっと赤らめた。「もう、あっちへ行ってちょうだい！」

ランカスターは腹の底から笑った。彼女はくるりと背を向け、ぷりぷりしながら坂道をくだっていった。風でフードが持ちあがって髪がなびき、スカートがよじれて脚にからみつく。シンシアはフードを引っぱって元の位置に戻したが、ドレスはめくれ、ふくらはぎの上まであらわになった。

岩がちな小道をゆっくりと歩きながら、ランカスターは彼女の脚をまた盗み見た。ミス・シンシア・メリソープは、ぼくの裸のことなど考えるべきではない。そして婚約者のいる身として、ぼくは彼女にそんなことを思われてへらへらと喜ぶべきではない。だが、間違いなく喜んでいた。

シンシアは足元がおぼつかなかった。まったくもう。小道を歩いているときは大丈夫だったのに。何日もよじのぼっては這いおりていた場所なのに。

でも、ニコラスが一緒だと……おかしなことを考え、気持ちが乱れ、頭がぼうっとなってしまう。

昔、彼に恋をしていた。好きになりすぎて、そばにいると、ちょっとしたことで傷ついた。けれどもそれは胸があたたかくなる、甘い痛みだった。

大人の女性になったら、幼なじみ以上の存在に見てもらえるのだと、なんの疑いもなく思っていた。誰かが舞踏会を開き――誰なのかよくわからないが、カントリーダンスは地域住民のお決まりの催しだった――わたしは白と銀色のチュールの美しいドレスに身を包んで登場する。おそらく匿名で贈られたドレスだろう。

輝くばかりの美しさを見せつけ、わたしは曲線を描く階段をしゃなりしゃなりとおりていく。ニコラスは友人たちとの雑談から顔をあげ、わたしを見る。そしてわたしをひとりの女性として見るだろう。ふたりのまわりで世界はとまる。わたしたちは恋に落ち、若くして結ばれ、ロンドンに移り住む。新婚夫婦の熱愛ぶりに、社交界は目を見張るのだ。

けたたましい鳴き声が聞こえ、ぼんやりと思い浮かべていた場面に邪魔が入った。顔をあげてみれば、いきり立った鷗《かもめ》がこちらの頭めがけて急降下していた。シンシアは腹立ちまぎれに鷗を追い払うと、急ぎ足で巣のそばを通り過ぎ、背後に迫るニコラスの足音を強く意識した。

彼が後ろにいることが、いまだに信じられなかった。かつて彼が去ったときも信じられなかったが、あのときよりもっと信じがたいと言ってもいい。

当初の予定では、ミスター・トレビントンなる貴族のような物腰の男性とニコラスは、ひと月ほど湖水地方へ旅をするだけのはずだった。シンシアは妹と勉強部屋に閉じこめられていたので、あのよく晴れた朝、ニコラスの見送りに行くことができなかった。でも、彼はすぐに戻ってくる。そうすればこの悲しくてたまらない気持ちは消えるし、もう離ればなれにもならない。そう自分に言い聞かせていた。

数日後、ニコラスの家族はあわただしく荷物をまとめ、彼のもとへ向かった。そして……それっきりだ。なんの音沙汰《おとさた》もなし。ひと月が過ぎても、ニコラスの一家は誰ひとりとして戻ってこなかった。

その後何週間か、ミセス・ペルはシンシアの質問をはぐらかしていたが、やがていやでも事実ははっきりした。キャントリー一家の家財道具は徐々に梱包《こんぽう》され、ロンドンへ送られていった。使用人は次々と解雇され、最後はミセス・ペルだけが残った。シンシアもだ。シンシアも取り残された。

愛の告白をしたためた手紙を何通も書いたが、一度も送ることはなかった。ふたりで遊んだ場所に張った蜘蛛《くも》の巣を見ては無理やり理由をひねりだし、毎晩ニコラスのことを思って涙に暮れた。

そんなつらい思いをしたけれど、心の傷は癒《い》えた。そして今、彼は帰ってきた。シンシアは貝殻を小道から蹴りだし、高さ一メートル余りの小さな崖にまっすぐ向かった。歩きやすかった散歩道はここで突然終わる。

崖から飛びおりると、風でスカートが鐘のような形にふくらんだ。崖の上から砂浜は見えないが、しっかりと着地した。その場に佇み、打ち寄せる波を眺めた。

「シンシア！」そう呼びかける声が上から聞こえたかと思うと、ニコラスが隣に飛びおりてきた。「怪我はしなかったか？」

「えっ？」

ニコラスはかがみ、スカートに手を伸ばした。

「なにをしているの？」彼の手が着古したペチコートの下にもぐりこみ、膝からブーツの上の部分までを撫でると、シンシアは叫んだ。

「足首を痛めたんじゃないか？　あんなふうに崖から落ちたから、ひねったかもしれないぞ」

「落ちたんじゃないわ、飛びおりたのよ！」

ニコラスは手袋を外し、骨が突きだした部分を探しあてようとするかのように素肌をさすっていった。

「やめて」

彼のあたたかな手は動きをとめなかった。

「ニック」膝の裏側に触れられると、彼女は飛びあがってニコラスから離れた。「ニックってば！」指が強く押しあてられた余韻に脚はほてり、シンシアは彼の手から安全な距離を取った。「落ちたわけじゃないの。足首もなんともないわ。ここから砂浜を、まだあと一キロ近く歩かないといけないのよ」そう言うとくるりと向きを変え、さっさと歩きはじめた。

紳士はあんなふうに気安くレディに手を触れたりしない。紳士にあるまじき行為だ。ただし、くだんの紳士が相手を子供と見なしている場合は別だが。

仮に子供扱いをされているとしても、体ははっきりと答えを出している。わたしは大人の女性で、彼も立派な大人だ。しかもハンサムで、わたしが何年も夢に描いていた、力強くあたたかな手をしている。

ジェームズとのことは間違いだった。だけどニコラスは……彼ならもっとましなはずだ。ニコラスに軽く触れられただけで、手足が震えてしまった。ジェームズに触れられたときよりも激しく震えた。

ニコラスとのキスを想像してみた。壁に体を押しつけられて……。

砂浜の小さなくぼみにはまって、膝から力が抜けた。ニコラスに肘をつかまれ、シンシアはぎょっとした。彼がそんなに近くにいるとは知らなかったが、気づいた今、肌がうずいてしまった。

「どこに向かっているんだい？」ニコラスが尋ねた。低い声は波音にかき消されそうだった。

「昨日、わたしが調べた崖の先」

「まだ一キロほどしか調べは終わっていないわけか？」

「そうよ」

「なるほど。それで……その財宝のありかについて、日記にはなんと書いてあるんだ？」

シンシアはちらりと彼を見て、すぐに目をそらした。日記は切り札だ。ニコラスとの押し問答で優位に立つには、これをうまく利用するしかない。具体的な場所を説明してしまったら、彼はひとりで探そうとするだろう。それはだめだ、これはわたしの宝探しなのだから。悲惨な人生のなかで自分のものにできる、数少ないささやかな楽しみ。

だから、彼女はこうつぶやいた。「とくにはっきりとは書かれていないわ」そして歩を速めた。砂に足を取られながらも急いで歩いていくと、筋肉が熱く燃えるようだった。

ニコラスは難なくついてきた。「いいかい、シン。海岸線は何キロもうちの地所が続いている。一生かけても終わらないかもしれないぞ」

「まあね」

「具体的な記述はなかったのか？」

「ええ、なかったわ」行く手に約一〇メートルの岸壁が現われ、大いにほっとした。そちらへ注意はそれるだろう。シンシアはにんまりした。

ニコラスが咳払いをした。「その日記にぼくも目を通したほうがいいかもしれないな……おい、なにをしてるんだ？」

スカートをまくりあげて腰のまわりの革ひもにたくしこんでいるのを見れば、なにをしているのかわかるはずだ。シンシアは質問に答えなかった。ニコラスは彼女の膝をじっと見つめている。シンシアが岸壁に向かって走りはじめたときも、まだ見つめていた。

「シン？　いったいなにを――？」

彼女は多少なりとも慎み深く岩をふたつ飛び越え、最後に海の泡が渦巻く一メートル以上ある岩の裂け目も飛び越えた。狭い岩棚の上で足が横滑りし、岩に抱きつくようにして寄りかかる。押し殺したような怒声が背後から聞こえたかと思うと、あえぐような声がして、そのあと静まり返った。

「ためらってはだめよ」

シンシアは肩越しに叫んだ。

「さもないとずぶ濡れになるわ」

「なにを……ばかな……いいから動くな」

「ここしか通り道はないの。さあ、いらっしゃいよ」彼女は岩棚に沿ってすばやく移動し、やがて踵が宙に浮いた。ときおり波しぶきが岩の上まであがり、脚やたくしあげたスカートに振りかかる。

「正気の沙汰じゃない！」ニコラスが叫んだ。「シン、そこから動いてはだめだ！」

「ついてこられなくてもけっこうよ。恥に思うことはないわ。あなたは都会暮らしが長かったもの。ここで待っていて。二、三時間したら戻ってくるから」振り返らなくても、ニコラスの顔が赤くなったのはわかる。彼の神経を逆撫でしてしまうことは昔からよくあった。

教会の墓地の隣に生えている大きな樫《かし》の木のてっぺんまでのぼる競争をしようとシンシアが持ちかけるたびに、ニコラスはこう言ったものだ。〝きみが腕を折ったら、ぼくはミセス・ペルに頭の皮を剝がれるよ〟シンシアはうなずき、〝あなたが競争を放棄しても、女の子に完敗したと村の少年たちに思われないから安心して〟と憎まれ口をたたいた。たしかに少年たちは、そういうことについていたって公平だった。ニコラスは顔をしかめ、落ち葉を蹴り、シンシアの挑発に乗らなかった。彼女が木の枝にのぼりはじめるまでは。

もしかしたら、彼はこちらが思うほど変わっていないのかもしれない。なぜかといえば、岩肌が露出している場所の向こう側へシンシアが移動したとたん、ニコラスの靴が石にこすれる音が聞こえてきたからだ。そして、かすかな罵声も。

シンシアは足早に最後の一メートルを進み、比較的安全な湾曲した岩に移動した。その傾斜した岩をおりていけば浜辺に着く。

ニコラスはハンサムな顔立ちを台なしにするほど、ひどく顔をしかめた。

「潮が満ちているときはたしかに厄介よ」シンシアは何食わぬ顔で言った。彼の顔が、ひびが入ってふたつに割れてしまいそうにゆがんだ。

シンシアは思わずにやりとしそうになったが、笑みを押し殺して体の向きを変え、追いつかれる前に先を急いだ。しかし、ニコラスは一〇年近く前より俊敏だった。それに彼女のスカートは重くなっていた。あたりに鳴り響いている靴音がじつは彼の靴音だと気づいたときには、もう遅かった。足元をよろめかせながら二、三歩進むのが関の山で、ニコラスに追いつかれ、ののしられた。

両手で体をつかまれて向きをくるりとまわされ、胸騒ぎがした。不安となにか別の感情が入りまじっている。ぎょっとして、その拍子に息苦しい笑い声がもれた。狼《おおかみ》から逃げる敏《びん》捷《しょう》な猫のように、シンシアはあわてて体を離そうとした。ただし、この狼はなにかにしっかりと爪を立てている。

革ひもにたくしこんでいたスカートの片側が引っぱられ、ひもからほどけた。ニコラスと目が合った。力ずくでとらえられており、彼の目が勝ち誇ったように光った。

「放して！」シンシアは叫んだ。

「きみはとんだ跳ね返りだ」

彼女はスカートをそっとたぐり寄せた。

「ここで死んだっておかしくない、あんなふうに岩をよじのぼるなんて」

シンシアはスカートをつかんだ手に力を入れた。

「勝手な行動はもう――」

あらん限りの力でスカートを引っぱり、灰色の毛織りの生地からニコラスの手を振りほどいた。純然たる勝利の念が胸にわきあがる。あとずさりすると、砂の山に踵がすっぽりと埋まった。一瞬体が泳ぎ、シンシアは両手を振りまわした。視界のなかで空がゆっくりと傾いていく。

そして彼女は倒れた。

するとニコラスが飛びついてきた。

ふいに体を押しつけられて、シンシアの喉からあえぎがもれた。ニコラスは彼女の腰にのしかかり、膝をそのあばらにつけ、左右の手首を砂の上でしっかりと押さえた。

「放して」

「そうすれば、崖からぶらさがって命を危険にさらせるというわけか？」

「地面までは一メートル半くらいしかなかったわ」

「少しは黙ってくれ。お尻をたたいてやらないとだめか」

その言葉に――子供を相手に言う言葉に――シンシアはかっとなって頭に血がのぼった。

「わたしは子供じゃないわ！」そう叫び、思いきりニコラスの手を押しのけようとした。

彼は指を曲げ、手首を押さえる手にさらに力をこめた。「きみは充分子供じみているよ、あんな向こう見ずなことをして。ぼくに言わせれば、懲らしめてやらないといけないほど子供じみている」

全身の血が熱くたぎった。「じゃあ、やってごらんなさいよ」

ぴんと伸びたシンシアの腕に、ニコラスがちらりと目をやった。威圧するように身を近づけ、肌を撫でるように声を落とす。「そんなことはしないと高をくくっているのか？」

そうだろうか？　彼が本当にわたしの体をひっくり返して、スカートをめくりあげると思っている？　わたしに恥ずかしい思いをさせて、子供を叱るようにお尻をぶつと？　シンシアはうめき声をあげ、最後にもう一度、力まかせに腕を引き抜こうとしたが、やはりだめだった。

ニコラスが目を細めた。手元を見つめながら、彼女の手首にまわした右手にゆっくりと力を入れていく。

「ニック……」

彼の視線がシンシアの唇に移った。そして、口元を寄せてきた。

ほんの一瞬、それがふたりの口論にどんな役割を果たすものなのか、シンシアはわからなかった。やがて体が、なにが起きているのか心に報告した。ニックはわたしにキスをしている。ずっと夢見ていたように。ああ、こんなことが起きるなんて……。

さっきまでは鉄の帯のようなもので胸を締めつけられている気がしていたが、驚きのあまり、その締めつけがゆるんだ。シンシアは空気を求め、唇を開いた。どうやらそれは正解だったようだ。この動作に応じてニコラスがうめき、舌を滑りこませてきたのだから。ふいにあたたかく濡れたものが入ってきて、全身に戦慄《せんりつ》が走り、思わず彼の口のなかに声をもらした。

ニコラスはもはやシンシアの腰と手を押さえつけているだけではなかった。両脚で彼女の太腿をはさんでいる。腰で体を押さえ、腹部をぴったり重ねあわせていた。まるで愛を交わしているかのような格好だった。シンシアを求めているかのような。

いっそう激しく舌を差しこまれ、シンシアは首を反らして彼を迎え入れた。

こんな場面を幾度となく思い描いてきた。ニコラスの唇はかすかに触れるのだろうと想像していた。まろやかな味がして、愛情のこもった吐息が頬にあたるのだろうと。愛に飢えたように唇を重ねてくるとは、一度たりとも思わなかった。ジェームズのように荒々しいとは。でも、ジェームズ・マンローに奪われたあのキスよりもよかった。はるかに。

ニコラスは顔の向きを変え、シンシアの手首をしっかり握ったまま、腕をさらに高く押しあげた。膝のあいだにニコラスの膝が押しこまれ、シンシアは脚を彼の太腿に巻きつけて、続きを促した。スカートがいくらかたくしあげられるとともに、ズボンが彼女の太腿にじかに触れた。この感触にぎょっとしたシンシアは体をびくりと動かし、そのはずみでニコラスが彼女の太腿のあいだにぴったりと収まった。興奮の証が、シンシアの脚のつけ根にしっかりとこすりつけられる。

ふたりは同時にはっと息をのんだ。もっともニコラスの口からもれたのは、しまったというようなあえぎで、彼はすぐさま身を起こして肘をつき、呆然《ぼうぜん》とシンシアを見おろした。

波しぶきが彼女の膝にかかった。

ニコラスは息を荒らげ、動揺したように目を見開いた。きっとわれに返ったのだろう。

シンシアは目をしばたたいた。「潮が満ちてきているわ」頭が働かず、どうでもいい会話しか思いつかないのか、そう口走っていた。

「シンシア」

彼はうわずった声で言った。そして、よそよそしく言い直した。

「いや、ミス・メリソープ」

「えっ……なあに？」

「その……これは……すまなかった」

彼女はニコラスの太腿にからめていた脚をほどいた。謝ってもらう必要などない行動を、みずから起こしていたのだ。「いいの、気にしないで」足を地面におろしたとき、彼の硬いものに体がこすれてしまった。

ニコラスはうなだれ、しばらく静かに額をシンシアの額に預けた。彼女の手首にまわした指が震えている。やがて体を起こし、シンシアから手を離した。「すまない。こんなことを……こんなことをするつもりはなかった」

スカートの裾をおろそうとしたが、片側はまだたくしあげられていた。なんとか元に戻そうとしてみたものの、裾は革ひもにしっかりとたくしこまれ、ほどけなかった。

「ニック、いいのよ」

「そうか」ニコラスがすばやく立ちあがった。地面に無様に投げだされた格好にシンシアが耐えなければならなかったのは、ほんの一瞬だった。すぐに彼に助け起こされた。もう少し時間をくれたらよかったのに。足はひどくだるかった。脚全体が茎になったかのように力が入らない。

膝から砂を払い落とし、ニコラスは明るい笑顔を向けてきたが、それとは裏腹に目は不安げだった。「まあ、ぼくたちはもう子供ではないようだ。だから、ああいうゲームはするべきじゃない、そうだろう？」

「まあね」どうしても困惑が声に出てしまった。

彼がもうわたしのことを子供だと見なしていないのはよしとしよう。でも、それなら今はどう思われているの？

「きみをおびえさせなかったのならいいんだが。男というのは、いつでも礼儀をわきまえられるわけじゃない……あてにならない生き物なんだ」

あてにならない生き物ですって？　シンシアは頭を振り、スカートの裾をおろして、恥知らずにも彼に巻きつけていた脚を隠した。

ニコラスはほほえみつづけたが、あまり自然な笑みではなかった。「では、先を急ごうか？」

落ち着いてものを考えようとしたけれど、うまく思考がまとまらなかったので、シンシアはただうなずいて、狭い浜辺へ続く道に体を向けるしかなかった。

なにをしてしまったんだ？

やれやれ、いったいなにをしでかした？

ぼくを押しのけようとしたシンシアの腕の感触、ぼくの下で弓なりに反った体……。なにかがぴたりと心の奥にはまりこんだ。あるいは、心の奥から解放された。壊れてしまった魂は、ひどくゆがんだものに姿を変えていた。そういう瞬間に胸に迫るのは安らぎなのか、痛みなのか、ランカスターにわかったためしはない。

ありがたいことに、さっきはなんとか自制できた。あれ以上は辱めずにすんだ。

彼は震える手で後頭部をさすり、シンシアの後ろ姿を眺めた。新しい小道にたどりつき、ゆるやかな坂をのぼりはじめた。一歩踏みだすごとに、スカートのひだから砂粒がぱらぱらとこぼれ落ちる。彼女の動きを見るたびに、自分が犯した過ちをいやでも思いだした。

ろくに息もできずにいると、シンシアがちらりと後ろを振り返った。恥ずかしさからか、寒さからか、怒りからか、頬を赤らめている。

「あんなことはするべきじゃなかったわ」彼女がぽつりと言った。それを聞いて、ランカスターは胸がひどく締めつけられた。

「わかってる」レディをあんなふうに扱ってはいけない。それはわかっている。女なら、ほかにもいる……相応の金さえ払えば、少々手荒なまねをしても意に介さない女たちが。さっきのことは――。

「あなたには愛《いと》しい人がいるんだから」シンシアが肩越しに、たしなめるように言った。

「誰のことだ？」ランカスターは口走ってから、自分が婚約していることを思いだした。あわてて言い訳をひねりだそうとした矢先、彼女が急に足をとめた。

くるりと振り返り、手を振りあげて言う。「あなたの婚約者のことよ！」

「ああ、そうだ。もちろん。ぼくには婚約者がいる」

「ねえ、ニック！」シンシアが腹立たしげに言った。広げたままの腕はてのひらが空に向けられていた。

その華奢な手首には目を向けないようにして、ランカスターは言った。「なんだい?」

「うまくいかないことでもあるの?」

耐えられないほど顔がほてった。この質問にどう答えればいいのだろう。うまくいかないことはいくつもある。

「婚約者のことは好きじゃないの?」

少しのあいだ、その質問をじっくりと考えてみた。「ああ」やがて、彼はつぶやいた。「まったく好きじゃない」そう口にすると胸のつかえがおりた。ようやく本音が出た。

「でも……それって、ひどい話ね」

「ああ」

「あなたはお金のためだけにその女性と結婚するということ?」

そうなのだろうか、と一瞬考えた。そうでないに越したことはない。だが、ほかの理由をあげることはできない。「ああ」もう一度、同じ返事をくり返した。

「あきれた。あなたも継父と同じ、お金で動く傭兵《ようへい》のような人だったのね」嫌悪をにじませた言葉が冷ややかに響いた。

ランカスターはうなずいたが、シンシアの言葉にすっかり同意したわけではない。傭兵は体を張って戦うことで金をもらう。ぼくが金をもらう理由はそういうことではない。まったく違う。

金目当てという考えに、きっと慣れてしまったのだろう。もはや傷つくこともないようだ。

あるいは先々の見通しに実感がわかないほど、現実と隔たりがあるからかもしれない。

顔をあげると、シンシアはすでに何メートルも先を進み、その姿はどんどん小さくなっていた。ランカスターは上着の襟を立てて風をよけ、両手をポケットに突っこんで、彼女のあとを追った。

7

なんてひどい日だったのだろう。

シンシアは木炭を落とし、それが机に転がる様子を頬杖をついて眺めた。

気まずい沈黙が何時間も流れるなか、ニコラスと作業にあたった。崖をのぼり、岩の狭い裂け目を見つけるたびに、内部をのぞきこんでみた。

無茶をするなとも、危ないとも、もう彼は言わなかった。ほかのこともほとんど口にしなかったし、シンシアも話をしたい気分ではなかった。けれど、目の前の作業に集中したにもかかわらず、結局なにも見つからなかった。この約一〇年でふたりのあいだに広がった隔たりをひしひしと実感しただけだった。

午前中、短いあいだだったが、ニコラスは昔と変わらないように見えた。愉快で、ハンサムで、屈託がなかった。でもそのあと、別人になってしまった。生まれながらの魅力が人を惑わす、残酷な凶器と化したロンドンの紳士に。彼にはまだ人を引きつける魅力がある。それは否定できないし、その魅力はさらに磨きがかけられ、今では宝石のように輝いている。あるいは、武器のように。甲冑《かっちゅう》のように。

ニコラスがなにかを守っているのだとしても、それは少年のころに見せていたやさしさでないことはたしかだ。昔の彼は、怪我をした蛙《かえる》を見たら素通りできずに手を差し伸べるような少年だった。けれども、大人になった彼は人生をともにすると約束した女性を大事に思っていない。自分でそう言い放っていた。なんの感情もこめずに。

婚約者の女性は彼を愛しているのかしら？

そんな疑問を思いつき、シンシアは鼻で笑った。もちろん愛しているに決まってるでしょう。ニコラスは誰からも愛されているのだから。彼の母親はいつも言っていたものだ。あの子は人をなごませ、どこへ行ってもその場を喜びで満たす才能を持って生まれたのよ、と。

ロンドンでこの天賦の才をすり減らしてしまったということはありうるだろうか。才能が枯渇してしまったということは？

シンシアが深くため息をつくと、スケッチをしていた紙がはためいた。木炭のかすかな粉が飛ばされ、まるで絵に描こうとした崖から砂が吹き飛ばされていくかのようだった。

木炭を手に取り、岩に影をつけた。

彼女の絵はうまいわけではない。はっきり言って、芸術的でもなんでもない。それは自分でもわかっていた。砕ける波は岩にからみつく髪の毛のようだ。崖は牛肉を横から描いたみたいに見える。でも、少しずつ腕はあげていた。それに絵を描いていると、気持ちも落ち着く。羊皮紙にそっと木炭を走らせていると、ささやかだが達成感も味わえた。

けれど、今夜はニコラス以外のことは考えられない。そういうわけで、木炭を小さな書きもの机の引き出しにしまい、古い日記を取りだした。中身はすでに脳裏に焼きついていた。何度も読み返していたが、ここ一〇回ほど新たな発見はなかった。でも、もしかしたらこの日記は護符のようなものなのかもしれない。信じる気持ちを示せば、秘密は明らかにされるのかも。

　扉をたたく音が聞こえて、シンシアは目をこすった。もうくたくただ。今夜は夕食を抜きにしてもいい。

「どうぞ」ミセス・ペルにそう声をかけたが、廊下に通じる扉は開かなかった。開いたのは続き扉のほうだった。

「こんばんは」ニコラスがにっこりとほほえんで、覆いをかけた白いボウルを掲げてみせた。「ミセス・ペルから言われたんだ、アダムの仕事が終わるのは遅くなりそうだから、顔を合わせたくないなら、こっそり《アン・プリベ》食事をすますしかないってね」

　ポロネギのスープのにおいが部屋に立ちこめ、とたんにシンシアは口のなかが反応した。

「伝言をありがとう。それにスープも」

　ニコラスは部屋に入ってきて、まわりに視線を走らせたが、スープのボウルを渡そうとはしなかった。「居心地はどうだい？」

　外出しているあいだにミセス・ペルが掃除をしておいてくれたのだ。臨時の寝室は埃を払われ、ぴかぴかに磨かれて、新鮮なハーブの香りが漂っていた。「申し分ないわ」

「そうか」ニコラスは首を傾けた。「それが例の日記かい？」

シンシアは反射的に日記をつかみあげたくなって、こぶしを握った。「そうよ」

「ずいぶん小さいんだな」彼はまた一歩進み、シンシアからほんの一五センチほどのところで足をとめた。「それは場所の絵？」

彼女はぎくりとした。絵を人に見せるつもりはなかった。「まあね」

「日記をふたりで読んで、手がかりを探そうかなと思ったんだが、望みはないかもしれないね。おじさんは当時いくつだったんだい？　八つか、九つか？」

シンシアはさっと首をめぐらし、素描に目を向けた。八つですって？　ちょっと、失礼にもほどが――。

ニコラスの手が伸びてきたので彼女は絵と日記をつかみ、引き出しのなかに押しこんだ。

「一一歳だったわ」

「おじさんに絵心はなかったようだね」

「まあ……そうね……あの、スープをもらうわね、ありがとう」

シンシアが手を伸ばすと、彼はスープのボウルを胸元に引き寄せた。「ぼくの部屋にパンがある。あっちで一緒にどうだい？」

「すごく疲れているの」顔をあげるとニコラスと目が合った。熱心に誘いかけているのだと目を見てわかった。

「いいだろう、一緒に食べよう」彼は口の端をあげて言った。「ワインもある」浜辺でどんな気分に襲われたにせよ、それはもう払拭《ふっしょく》されているようだった。あるいは、すでに一杯引っかけたのかもしれない。理由はなんであれ、昔のニコラスが戻ってきた。こうなったら抵抗しても無駄だ。あくまでも推測だけれど。彼を拒絶しようとしたことなど一度もないのだから。

「わかった。わたしもワインが飲みたくなったわ。あなたのところにはワインがある。だったら選択の余地はないわね」

ニコラスについて彼の部屋――ゆうベシンシアが寝た部屋だ――に入り、ぐるりと見まわした。身のまわりのものを見ればなにかわかると思ったわけではあるまいが。

ひんやりした室内にかすかに湯気が立ちのぼる盥《たらい》が残っている。顔や首を拭いたのか、使用済みのタオルもあった。きちんと整えられ、彼女が寝た形跡のなくなったベッド。炉端のテーブルに用意された二脚のワイングラス。ひとつは空で、ひとつは澱《おり》が残っている。

ニコラスが手を振ってテーブルを示した。「かけてくれ。疲れているだろう」

シンシアは彼の目の端をちらりと見た。強くこすったかのように赤くなっていた。

「あなたも疲れているはずよ」

その言葉を裏づけるように、彼女が席についたとたん、ニコラスも倒れこむように椅子に腰をおろした。「じつはゆうべ、なかなか寝つけなかったんだ。ほら、世にも不思議な出来事が明るみに出たあとだからね」

まあ、驚いた。早くも彼にくすりと笑わせられるなんて。「そうね」シンシアは言った。

ニコラスがグラスにワインを注いだ。ふたりはまずスープを飲んだ。胃から手足に熱が広がる。どちらもあまり口を利かず、静かに食事を進めたが、午前中ともに過ごした数時間よりもはるかに心が安らいだ。ニコラスがパンに手を伸ばすと、シンシアは彼の指に目を奪われた。

優雅な印象の彼に似つかわしくなく、長いけれど無骨な指だ。その指でパンをちぎり、ぱりっとした皮を裂き、ふたつに分けた。炉の火明かりでブロンドの髪はきらめき、肌が照らされている。半分にしたパンをシンシアの皿にのせようとしてテーブル越しに手を伸ばした際に、腕の筋肉が収縮した。

あの大きな手に今日、触れられたのだ。体を撫でられ、抱きしめられた。「ありがとう」彼女はなんとかそれだけを口にした。

「礼を言うのはこちらのほうさ」甘い声でニコラスは応じた。

シンシアは視線をさっとあげて、彼の目を見た。この人はわたしの心のなかを読めるのかしら？　同じことを思いだしていたの？　けれど、ニコラスの笑みに含みはないようだ。彼女の気を引こうとしている気配はない。

罪悪感を覚え、胃におさめたあたたかいスープが熱い石炭に変わったような気がした。彼はほかの女性のものなのだ。

「家族のみなさんはお元気？」シンシアは空元気を出して尋ねた。

「ああ」ニコラスはそれ以上なにもつけ加えなかった。

「お父さまのことは残念だったわね。思いやりのあるやさしい方だったから」

一瞬、彼の顔を笑みがよぎった。笑みを浮かべたのか、それとも顔をしかめたのか。「ああ、立派な父親だった」ニコラスはグラスを手に取り、飲みかけのスープを横に押しやった。少し間を置いてワインを飲みほすと、おかわりをなみなみと注いだ。

「思いやりがあって」また無理にほほえんで言い添えた。

「寂しいでしょうね」

「まあね。もうずいぶんたつが」

ずいぶんたつ？　彼の父親が他界したのはほんの二年前だ。シンシアは驚きを隠そうとして、パンをひと口かじった。キャントリー家の父と子はいつも仲がよかった。ニコラス自身がそうであるように、彼の父親も心のあたたかい気さくな人だった。おそらく悲しみのあまり、二年の月日が永遠のように思えるのだろう。

けれど、ニコラスは遠い目をしている。最近のというよりも、昔からの痛みに耐えているかのようだ。〝もうずいぶんたつが〟

彼のグラスがまた空いた。シンシアは困惑を深めた。「お腹は空いていないの？」

ニコラスはグラスを置き、身を乗りだした。「あらためて謝りたい。今日のことはすべてぼくが悪い、すまなかった」

「いいのよ」彼女は反射的に言った。

「いや……説明すべきだろう。というか、できるかわからないが、とにかく説明させてくれ。つまりこういうことだ……ロンドンの社交界の女性たちは、きみのような女性ではないんだ」

シンシアの握っていたスプーンがボウルにかちゃりとあたった。彼女はスプーンを置いた。わざわざ言われなければわからないと思っているの?

「彼女たちはもっと……世慣れている」

「そうでしょうとも」シンシアは歯ぎしりするように言った。

「きみは田舎で大事に守られて育った」

「そうとも言えないわ」ぴしゃりと返す。

ニコラスが目をしばたたいた。「すまない。それはそうだ。どうもうまく説明できないな。もちろんロンドンにだって、きみのような女性は大勢いる。つまり、一般論で言えばということだ、個人的な感想ではなく」

「どういうこと?」彼女は〝きみのような女性〟という言葉を忘れようとしたが、この先何週間も、きっと何度も考えてしまうに違いない。

「きみに説明しようとしているのは、ぼくが結婚する女性は――イモジーンという女性は――ぼくのことがべつに好きではないんだ。ぼくも彼女をあまり好きではないが、彼女のぼくに対する気持ちはこちらと同等か、それ以下だ」

「お相手の女性は恥ずかしがり屋なだけかもしれないわ」

「いや」ニコラスがまた笑みを浮かべた。今度は目もほほえんでいた。「あいにくそうじゃない」

シンシアはグラスに手を伸ばした。こういう話は気が進まないけれど、それでも事情を知りたくてたまらなかった。「よくわからないわ。だって、あなたはみんなに好かれているのよ、ニック。それにあなただって、人のことを嫌ったりしない」

「シン」彼はなにかを言いかけたが、結局笑った。

ああ、この笑い声にとろけてしまいたい。ずっとこの声を聞きたかったのだ。ニコラスに会えなくて寂しかっただけではなく、彼の笑い声も恋しかった。もちろん昔よりも笑う声は低くなったが、そのぶん退廃的な魅力を醸していた。

「ぼくは従順な子供だった」しばらくしてニコラスは言った。「お人よしだった。それは本当だ」まだ彼は笑っていたが、やがて笑い声は静まり、悲しげな笑みに変わった。「お人よしというのは危険な性質だ」

「どういうこと?」どうも話がぴんとこなかった。でも、それはさりげなく重ねられてきた彼の手に気を取られていたからかもしれない。彼の親指に指の関節をさすられていた。

「お人よしであるということは……たとえばきみがお人よしだったら、それがきみの取り柄だったら、結婚したくないと抵抗しなかっただろう」

「それは――」

「リッチモンドが迎えに来たら、きみは彼についていったはずだ。そして今ごろはぼろぼろになっていた、従順な妻になるどころではなく」親指が指のあいだにもぐり、輪郭をなぞった。

「わたしの頑固な性格を褒めているの？」

ニコラスの口の端が片方あがった。「芯《しん》の強さを褒めているんだよ。それにもうひとつ言いたいのは、もしきみがみんなに好かれていて、きみもみんなのことが好きだったら……シンシア、きみの人生は惨めなものになっていただろう」

シンシアはニコラスの目を見ようとした。今、ふたりが話題にしていたのは彼のことだ。だったら、どういう意味で言ったのかしら？　尋ねてみたかったが、ニコラスは彼女の指をじっと見つめ、顔をあげなかった。

やがて彼は眉をつりあげ、笑みを顔に張りつけた。「レディ・リッチモンドとしての人生は、という意味だ。このうえなく惨めな人生になっていただろう、それは想像がつく」

機会を逸してしまった。たとえ言外の意味があったとしても、間違いなくニコラスは否定するだろう。シンシアはそう思ったので、彼に調子を合わせてほほえんだ。「どのみち、レディ・リッチモンドにはならなかったわ。継父に勧められた最初の男性のもとに嫁いでいたでしょうから」

それを聞くや、ニコラスは好奇心をありありと顔に浮かべた。「誰を勧められたんだい？」

ほかにもわたしと結婚したいという男性がいたことに驚いたの？　華々しい縁談が持ちこまれたのだと言って彼をびっくりさせられたらいいけれど、残念なことに少しも華々しくはなかった。「じつはね、最初に結婚を申しこんできた男性はレジナルド・ベイラー卿だったの」

「レジー卿だって？」ニコラスは声を裏返らせて叫んだ。シンシアも苦笑するしかなかった。

「そう、レジー卿よ。骸骨《がいこつ》みたいに痩せこけた、上背が一八〇センチはある男性。なかなかすばらしい牧草地を提供してくれるという話だったの」

「やれやれ、ぼくをかついでいるんだろう」

「そうだったらよかったわよ。あきらめてくれるまで、とことん口うるさい女を演じたの。でも、そのあとあの人は息子を送りこんできて、機会をうかがった」

ニコラスがワインにむせた。「まさかハリーじゃないだろう？」

「いいえ、そうよ、ハリー・ベイラー。成年に達する前に、髪がすっかり寂しくなっちゃったような人だったわ。彼のほうが父親よりも追い払うのはずっと簡単だったけど。あんなに骨張っているくせして、ろくに気骨がなかったんだから」

「なるほど、ぼくがここにいないあいだ、きみはけっこう忙しかったんだな」

シンシアは唇を噛んだ。「一〇年というのは長いわ」

「ああ。それにぼくはじきにまた、ここを去らないといけない」

ふたりの上にしばし沈黙がおり、シンシアの胸にまた昔なじみの痛みが広がった。彼は帰ってきたんじゃない。ずっとここにいるわけではないのだ。

「じゃあ」ニコラスが小声で言った。「きみの計画のことを話しあおうか」

「計画って？」

「アメリカへ渡るつもりだと言っていただろう。向こうに家族がいるということかな」

「ええ、父の妹が。おばが受け入れてくれるわ。継父はおばに疎まれているの」

「無理もない。だが道中、付き添いが必要だろう。ミセス・ペルが一緒に行くのか？」

「いいえ、だめなんですって。付き添いは雇うつもりよ。それはもう考えているの」

「そのようだね」

「ニューヨークを見物するのが待ちきれないわ。おばの手紙によれば……イングランドとは全然違うところなのだそうよ」

ニコラスの手はまだ彼女の手に重ねられていた。彼は気づいているのかしら？　それともわたしは取るに足りない存在なの？　結び目を作って、放り捨てられた草の葉のように？　そんなのには耐えられない。彼に触れられて、腕まで緊張が螺旋《らせん》を描くように這いあがってくるようなときにはだめだ。シンシアはそっと手を離し、感触がすぐに逃げていかないように、その手を慎重に膝に置いた。

ニコラスが手を握ってこぶしを作ると、彼女はなにもなかったようなふりをした。


極度の疲労がべとべとした膜のごとく体に張りつき、毛穴という毛穴がふさがれてしまったかのようだ。眠れない夜を過ごしたあと、崖をのぼったり、浜辺を歩いたりして、長い一日を過ごした……それなのにランカスターに眠りは訪れなかった。

筋の通らない夢を連続して見ているような一日だった。まず、シンシアが生き返った。そのあと密輸商人やら、埋蔵された財宝やら、アメリカ行きの話やらを聞かされた。そこまではよかった。隠された金貨を求めて海辺の崖を捜索する冒険にも喜んで乗りだした。だが、あの吹きさらしのじめじめした浜辺でシンシアとのあいだに起きたことは……。あれは収拾がつかなかった。

ぼくは女性が好きだ。昔からそうだった。年上の女性も若い女性も、美しい女性も素朴で家庭的な女性も。必ずしも肉体関係ありきではない。女性がほほえんだり、おしゃべりをしたり、声をあげて笑ったりする姿が好きだった。頭を悩ませていてなにかひらめいたときの顔を見るのも好きだった。女性の香りも声も好きだ。肌のなめらかさも、ウィットに富んだ話しぶりも。

ランカスターにとって、社交クラブで過ごす夕べほど苦痛を覚えるものはない。煙草《たばこ》の煙が充満し、ぎこちない身振りが行き交う部屋で、頬ひげを生やし、騒がしく、図体《ずうたい》の大きな紳士たちに囲まれて過ごすのは拷問に等しい。

そう、つまり女性が好きなのだ。だからあれは人生の一大悲劇だった。許すことも忘れることもできない鈍い痛みが、つねに胸でうずいた。自分の世界の軸が折れてしまい、わずかにバランスを崩しているみたいな感覚がぬぐえなかった。

なにごともなく無傷だったら自分の人生がどうなっていたか、ランカスターはわかっていた。黄色と赤で塗られた絵のような騒々しいほどに明るい光景が、はっきりと見えただろう。

おそらく今までに一〇回以上は恋に落ちていただろうし、相手が内気な処女であれ、田舎に暮らす貴族の退屈しきった人妻であれ、それぞれの女性と真剣につきあったはずだ。ひとりひとりの女性に惜しみなく愛情を傾けただろう。やがて妻をめとる段になったら、便宜的な結婚であろうとなかろうと、妻となる女性を愛したに違いない。

そして夜は……夜はまったく違うものになっていただろう。快楽を伴う親密な時間を過ごしたはずだ。笑いあい、睦《むつ》みあうひととき。互いに手足をからませ、体にてのひらを走らせ、キスを交わす。

女性と褥《しとね》をともにし、感じることができるなら、なんでも――文字どおりなんでも――差しだしただろう。キスをされ、愛撫《あいぶ》をされるためなら。体に手を触れられ、抱きしめられるためなら。

ランカスターは目を閉じて、ひもできつく胸を締めつけられるような感覚を無視しようとした。どんな人生を歩んでいたかなど、想像しても意味はない。ぼくは恋人を気づかい、大事にするたぐいの男ではないのだから。もっと邪悪なことを求めている男なのだ。

イモジーンが相手なら、欲求を抑えることができると思っていた。歯を食いしばり、それを無視すればいい。でも、シンシアとは……。ああ、シンシアとは、キスをしただけで抑えが利かなくなってしまった。

あんなふうに彼女を求めてはいけない。それはだめだ。しかしシンシアに覆いかぶさり、彼女の腕を頭の上に伸ばして押さえつけたことを思いだしただけで、体は硬くなってきた。もう一度あんなふうにしてみたい。スカートをたくしあげ、腕を押さえつけてみたい。娼婦を抱くように砂浜で奪いたい。

だが、彼女は幼なじみだ。たとえこちらに婚約者がいなくても、そんなことをするわけにはいかない。

自分に嫌気が差しながらも、ランカスターは手をゆっくりと下のほうへおろし、高ぶりを握った。みずからの願望を思うと吐き気がしたが、欲求を押しとどめはしなかった。そうすることは決してない。

8

崖に顔を押しあて、ランカスターはたじろいだ。動きを奪われた手を引き抜こうとした。

「悪いけど、ぼくの手から足をどけてくれないか？」

「なあに？」シンシアが上から叫んだ。

「きみの足だよ！」ランカスターは大声で言った。

彼女はわけがわからないと言わんばかりに肩越しに顔をしかめたが、結局はブーツを履いた足をあげた。ランカスターとしては、風のうなりがうめき声をかき消してくれたことを願うだけだった。

「さあ、こっちに来て。もう少しで着くわ」

「気が進まないな」彼は三メートル下の砂浜をちらりと見おろした。こんなことはしたくなかったが、罪悪感に負けてしまった。罪悪感とシンシアの頑固な性格に。そういうわけでここにいた。飛ばされそうなほど強く風が吹くなか、高い崖にのぼっている。

「シン！」ランカスターは呼びかけた。「とまるんだ！　意外と高いぞ」

「着いたわ！」彼女は体を引きあげて叫び返し、崖にできた割れ目の奥に姿を消した。

「まったく」ランカスターは恐る恐る次のくぼみに足をかけ、体を押しあげた。シンシアがぼくを殺すつもりなら、それはそれでけっこうだ。ろくでなしの弟がイモジーン・ブランディスと結婚して家族を救えばいい。怒りがこみあげ、その勢いを借りて残りの約一メートルをのぼりきった。岩棚に体を引きあげると、小石が滑り落ちた。

あまり見通しの利かない崖下から見たときの予想を裏切り、洞窟はそれほど大きくなかった。シンシアですら、まっすぐに立てない。ふたりで洞窟に入ろうとしたら、身をかがめてしっかりと抱きあうしかないだろう。シンシアのそばに行けばもたらされるであろう恩恵が頭に浮かんだが、そんな浅はかな考えごとはすぐに遮られた。

「なにかあるわ！」

「本当に？」たしかに財宝探しをしているとはいえ、実際に見つけたら驚くなんてものではないだろう。

「ちょっと待って」シンシアはひと呼吸置いた。「もしかして……これって……」

シンシアのほうを振り向いたとき、彼女の叫び声がした。ランカスターは崖の縁で胃が縮み、足元がよろめいた。「シンシア！」

シンシアのそばにたどりつくのとほぼ同時に、押し殺した悲鳴をもらしてあとずさりした彼女とぶつかった。

「どうしたんだ？」

「ごめんなさい、あの……穴から引っぱりだしたら、あれが……」シンシアは全身を震わせながら、こぶしほどの大きさの薄汚れた白っぽいものを指差した。

ランカスターは身を乗りだした。「これはなんだい？　猫の頭蓋骨かな？」

シンシアはじりじりと彼の背後にまわった。「なんなのかわからないけど、なかに……なにかあるみたい」

「なにかある？」

彼女は猛烈な勢いで手をスカートにこすりつけた。

「外に出て待っていればいいよ。あとはぼくが洞窟のなかを調べるから」

長くはかからなかった。骨はさらにいくつか散らばっていた。あとは、古い鳥の巣が何個かと鼠の糞《ふん》が少々転がっていただけだ。

「残念ながら、ここにはなにもないようだ」

シンシアはうなずいたが、目には失望の色が浮かんでいた。「だったら先へ進んだほうがいいわね。もしかしたら、ふた手に分かれたほうがいいのかもしれない。そのほうが時間を有効に使えるわ」

「いや、だめだ」彼女のいる場所まで戻ったところで地面に目を向けて、見なければよかったとランカスターは後悔した。崖をおりるのはのぼるよりも大変だということに、どういうわけか気づかなかったのだ。腰にロープをまわしていても、結びつける木がなければ無駄だとわかった。このあたりの岩は見た限り子供を支えるには充分だろうが、大人ふたりでは耐えられないだろう。

「ぼくが先に行く」ランカスターは言った。「あとからついてきてくれ」

シンシアがうなずくと、彼は深く息を吸い、海に背を向けて、岩の上にそっと膝をついた。一メートルほどおりて、ようやく息を吐く。あと三メートルもない。「さあ、シン。ゆっくり気をつけておりておいで」

シンシアは片脚を崖の縁からおろした。用心しているふうにはとても見えなかったが、ゆうに三〇秒はかけて爪先を引っかける場所を探しているようだ。ランカスターは手を伸ばして助けてやりたくてたまらなかったが、もし彼女が落ちてきても、クッションの代わりにはなれると願うしかない。

ようやくシンシアはしっかりした足の置き場を探しあて、ゆっくりと宙に身をさらした。たくしあげたスカートの裾がさらにめくれあがった。繕った跡のある長靴下の上まで見え、緊張で震える太腿もあらわになった。ミセス・ペルが靴下を繕ってくれてよかった。靴下をはいていないシンシアの脚を見せつけられたせいで、ゆうべは想像を激しくかき立てられたのだ。もちろん今も、長靴下越しに脚を眺められるわけだが。

崖の側面にぶらさがりながら、高所にはらはらするのも忘れ、シンシアの太腿が気になりだしていた。彼女が脚をおろすとブーツの爪先が下を向き、もう片方の脚の膝が曲げられた。シュミーズの裾が引きつれるようにぴんと張り、まくれあがっていった。

ランカスターは目を細め、陽光に照らされたなめらかな内腿をじっと見つめた。筋肉が収縮し、筋が浮きあがっている。その筋を上へと目で追うと……。

「お待たせ！」シンシアが大声で言った。よからぬことを考えていた彼は、その声にどきりとした。彼女はさらに言う。「もうおりていいわよ」

結局、不埒《ふらち》な行為は身を滅ぼすだけだ。ランカスターは注意散漫のままやみくもに足をおろし、空を踏んだ。はずみでもう一方の足も滑らせた。てのひらはなぜか汗ばみ、岩をつかみそこなった。そのとたん落ちていた。

風の音が耳に鳴り響いて、驚いた鳥の鳴き声のようなシンシアの悲鳴がかき消された。彼女の顔が小さくなっていき、波の音に襲われた。

そして、すべてがとまった。

世界がとまってしまった。音も光も空気も完全に奪われてしまったにもかかわらず、ランカスターはどうにかまだ生きていた。

空気がない。息ができなかった。

突如として恐怖に襲われた。息ができない。

いきなり、あの感覚がよみがえった。首にロープがきつく巻きついている。ロープを引き離したかったが、息苦しくて腕に力が入らない。肺が焼けるように熱く、火がついたみたいな首元までうずきがせりあがる。ぼくは死にかけている。またしても。

「ニック」奇妙なことに、鐘の音が自分の名前のように聞こえた。

「ニック！」今度はいくつもの叫ぶ声がした。それぞれの声はかろうじてほかの声に重なりあい、何キロも先まで続いているようだ。

なにかが胸の上にどすんと落ちた。光が急に戻ってきた。冷たい空気が肺にどっと流れこむ。

「ニック。ねえ、ニックったら」

頭上に漂っていた黒っぽいかたまりがくっきりとして、影の差しているシンシアの不安げな卵形の顔が見えてきた。

「どこか痛めた？」

ランカスターはうなずこうとした。彼女が頭を振っていることから考えると、なんとかうなずいたのだろう。

「どこ？」シンシアは動き、彼の上半身にざっと目を走らせていた。体に直接触ってもいる。それはランカスターも目で見てわかったが、触れられている感覚がほとんどなかったので、なすがままになっていた。といっても、胸に両手をあてられ、腕を上から下へと撫でられ、脚をじろじろ見られただけだったが。

ランカスターは空に顔を向けてほほえんだ。

「ねえ、どこが痛いの？」シンシアが叫ぶように言った。

「痛いというか……息ができなくなっただけだ」彼はなんとかそれだけ口にした。

「本当に？」

「ああ」あるいは、背骨がぽきりと折れたか。でも、それならすぐにわかっただろう。

シンシアは黙ったまま一瞬その場に立ち尽くしたが、やがて糸の切れた操り人形のようにランカスターの上にくずおれた。頭を彼の胸につけ、肩を抱きしめた。ランカスターは動揺の波に襲われるのではないかと身構えた。だが、しばらくたってもなにも起きなかった。腕をシンシアの体にまわしたくなり、実際にそうした。

「ああ、よかった」彼女がランカスターのシャツに口をつけたままささやいた。

本当にそうだ。よかった。彼はシンシアを胸に抱き寄せ、体を自分に預けさせた。驚いたことに、今は彼女の感触がした。シンシアの頭に手をあてがった。髪が指に滑り落ちる。やがて彼女の手が動き、ランカスターの肩をやさしくさすった。

彼は目を閉じて涙をこらえた。

「あなたの言うとおりだった」シンシアがつぶやく。「こんな無茶なことをするべきじゃなかったわ。ごめんなさい」

「きみはうまくやれた」

「でも、わたしはあなたと組んでるの。わたしたちは相棒なのよ」そう言って、彼女はランカスターにほほえみかけた。

そしていきなり体を起こした。「ごめんなさい。わたしったら、だめね、こんなふうにあなたをつぶしたりして！」シンシアはあわてて彼から身を離した。

「いや、だめじゃない」ランカスターはあえぐように言った。「離れないでくれ」だが、シンシアはすでに身をよじり、彼と並んで砂浜に寝そべっていた。

「これならいい？」

いや、だめだ。寂しいし、よそよそしいだけだ。ランカスターはシンシアの代わりに砂をつかんだ。すると、喉に砂のかたまりがつまったような気がした。口を利くことも、かたまりをのみくだすこともできない。

沈黙が広がり、何分か過ぎた。現実の世界がじわじわと戻ってきたが、彼はそれでもまだ動かなかった。

「今は髪を短くしているのね」シンシアがつぶやいた。

残酷な手に髪をわしづかみにされる幻影が脳裏に浮かんだ。「ほら、流行にはついていかないといけないからね、当然ながら」ランカスターは嘘をつき、気取った笑みを無理やり顔に張りつけた。

「そうね、当然よね」会話を楽しむ気配がシンシアの声ににじんだ。それにつられるように、彼は無気力な状態をようやく脱した。

「さてと」肘をついて体を起こすと筋肉が悲鳴をあげたが、体は正常に動くようだ。「財宝探しに戻ろう」

シンシアが隣で飛び起きた。「ばかなこと言わないで。今日はもう引きあげましょう」

ランカスターは反論しようとした。ぼくも男だ、不屈の精神を見せつけてやりたい。心臓が動かなくなりでもしない限り、ぼくのような精力的な男をとめることはできない。

だが、彼が口を開くより先に、シンシアはもう一度言った。「さあ、帰るわよ、ニック」

その言葉は夢みたいな響きがした。まるで彼が帰りたい場所へ帰りましょうと誘いかけているかのようだった。「じゃあ、そうするか」ランカスターは折れた。「うちに帰ろう」立ちあがってみると、同意してよかったとつくづく思った。精力的な男であるかどうかはさておき、息をできなかったひとときが脚にこたえていた。けれどもシンシアと帰途につくのなら、脚を動かすことに問題はなかった。

凍える体であたたかいキッチンに入っていったとたん、シンシアは毛織りの毛布に包みこまれた心地がした。あるいは、ウィスキーを一杯一緒にどうかとニコラスに誘いかけられたときのようだった。

歩いて戻る途中、ちょうど満潮と重なり、急に波が押し寄せてきて、スカートにまともにかかってしまった。冷たさに悲鳴をあげるまもなく波は引いていったが、それでもひどい目にあった。

そんなことを思いだして身を震わせると、ニコラスがおかわりを注ぎ、彼女にグラスを押しやった。その動きで、肘まで袖《そで》をまくってあらわになった彼の腕にシンシアは目を奪われた。水浴びパーティの真っ最中としか表現しようのない状態では、上着をきちんと着るよう求められるわけもない。

「お先にどうぞ」ニコラスが自分のグラスを浴槽のほうに傾けて言った。

「ばかを言わないで。あなたは背中の痛みを癒《いや》さないといけないでしょう」

「心配はありがたいが、背中は大丈夫だよ。きみが先に入らないなら、ぼくは入浴しない。

ぼくから騎士道精神を取ったら、あとにはなにも残らないからね。きみは体が冷えている。それに髪も洗わないといけない」

反射的に髪に手をやると、編んだ髪は塩水がかかってごわごわになっていた。それに気づいて、シンシアは顔を赤らめた。「騎士道精神なんてくそくらえよ」

「シンシア・メリソープ！」ミセス・ペルが魔法のようなタイミングで現われた。両腕にリネン類をかかえている。「行儀の悪い言葉が頭に浮かんだからって、口に出すのはやめてもらえないかね？」

ニコラスが真面目《まじめ》くさった顔でうなずいた。「ああ、かなり衝撃的だ」

シンシアはニコラスの向こう脛を蹴ったが、彼は無邪気な顔で家政婦にほほえんだだけだったので、肩透かしを食った。ニコラスが言う。「ミセス・ペル、なんならきみが入浴したらどうだい？　せっかくのお湯がもったいない」

ミセス・ペルは湯気の立つ浴槽をあきれたような目でちらりと見た。「冷たい水を浴びるほうがましですよ。皮膚が丈夫になりますからね」

「なるほど。われわれロンドンの紳士は、赤ん坊のお尻のようにつやがあってきめ細かな肌が好みでね」

シンシアは眉をつりあげた。「馬のお尻の間違いじゃないの？」

ひとりだけの観客であるミセス・ペルの目を意識して、ニコラスは心臓のあたりを強く押さえ、苦しみながら死ぬふりをした。

「ふたりとも手に負えませんね」ミセス・ペルは文句を言いながら、炉火に身をかがめ、深《ふか》鍋《なべ》の湯の温度を確かめた。彼女がフックに手を伸ばすと、ニコラスはすばやく席を立ち、鍋をフックから外しておろしてやり、エプロンにさげたぼろ布もさっとつかみとって手渡してやった。

「これで充分じゃないかな」ニコラスがつぶやきながら湯を浴槽に空けると、湯気がもうもうと立ちこめた。襟もとに巻かれたクラバットは湿気で張りを失った。彼は苛立たしげに結び目を引っぱって外し、タオル代わりにして額を拭いた。汗と湯気でシャツは湿って肌に張りつき、男性美を見せつける格好になった。

ああ、なんという眺めなの。

シンシアはミセス・ペルのほうをちらりと見た。ミセス・ペルも目を見張っていたが、満足そうな目ではなく、衝撃を受けたような目をしていた。ニックが大人の男性になったことを忘れていたのかしら？　わたしは忘れていなかったけれど。

ニコラスはポンプを動かして、大きな黒い鍋に水を汲《く》んだ。湿ったシャツ越しに、背中もすばらしい肉体美を誇っていることが見て取れた。背骨のくぼみからたくましい肩へと筋肉がなめらかな線を描いている。水の重みで腕も硬く引きしまっていた。

「ということは」彼は鍋を火の上にかけ直し、手の埃を払うしぐさをした。「ミセス・ペルはぼくがここに残ることを許さないだろうね、せいぜいのぞき見するくらいだと約束しても」

「ずうずうしいのね」シンシアは笑い飛ばしたが、彼にはずうずうしくなる権利がある。背中を流してもらえたらうれしいのに。

「でも、ミセス・ペル」ニコラスがさらに続けた。「頼むから、ぼくのために彼女から目を離さないでくれ。ほら、ぼくの寝室に隠し扉があっただろう？　ミス・メリソープは平気でのぞきをするんだよ」

シンシアはふんと鼻を鳴らした。「好みを言わせてもらうなら、わたしはたくましい田舎の男性のほうがいいわ」

ニコラスは訳知り顔で眉をつりあげた。「ほう、きみの好みなら知っているよ」

彼の背中に投げつけてやろうと、シンシアは硬くなったパンはないかと探したが、あいにく近くには見あたらなかった。そうこうしているうちに、ニコラスは無傷でキッチンから逃げおおせた。

「まったくずうずうしい人ね」シンシアは立ちあがり、濡れたドレスの裾を振って水気を飛ばし、ミセス・ペルに背中を向けようとした。けれどもミセス・ペルはまだ炉端に突っ立ったまま、額に皺を寄せてなにやら考えごとをしているようだった。

「ミセス・ペル？」

家政婦がはっとして頭を振った。「ああ、そうだった」そうつぶやき、シンシアのドレスの留め金を外しはじめた。

シンシアはウィスキーがおいしかったことをぼんやり思い返していたが、やがてミセス・

ペルが咳払いをした。

「もう少し敬意をもって接したほうがいいんじゃないかい」ミセス・ペルはドレスを引きおろし、コルセットを外しにかかりながら穏やかに言った。

「誰を？」

「ランカスター卿を。あの方はもう子供じゃない」

「それはそうよ。今ではロンドンの紳士だものね。彼にはちょっぴり刺激が必要かもしれないわ」

コルセットを外してもらったあと、シンシアはシュミーズを脱ぎ、浴槽へ急いだ。「最後にお風呂に入ってからどれくらいたつか知ってる？」片足を湯のなかに入れ、うめき声をもらした。「ああ、いい気持ち」

浴槽に身を沈めていくと、湯が少しずつあがってきた。熱が肌に染みこみ、骨の髄まであたたまるうちに、何週間も何カ月も胸にかかえていた不安がどんどんやわらいで、自然に顔がほころんだ。だが、ミセス・ペルのほうに顔をあげると、笑みは凍りついてしまった。

シンシアは思わず身を乗りだした。勢い余って湯が波打ち、浴槽の縁から少しこぼれてしまった。「どうかしたの？」

「いや、なんでもないさ」

シンシアは首を振った。「なんでもないことないでしょう。泣きだしそうな顔をしているのに」

「なにを言うんだね、ばかばかしい」

「ねえ、いったいどうしたの？」

家政婦は浴槽にタオルをひたし、石鹸をタオルになすりつけた。「ロンドンはきつかったに違いない。そう思っただけだよ」

「いったいなんの話をしているの？」

「旦那さまのことだよ。ロンドンは旦那さまのような方に合う場所じゃない」

「そうかしら、合っていると思うけど。楽しく暮らしているはずだわ」

ミセス・ペルはやけに力をこめて、シンシアの背中をこすりはじめた。

シンシアは顔をしかめた。「彼はこの土地を懐かしく思うことだってなかったのよ。一度だって、短い手紙すら送ってこなかったもの」

「おまえさんの思っていたようなことじゃなかったんだよ」静かに話すミセス・ペルの言葉は、戒めるような気配を濃厚にはらんでいた。どきりとしたシンシアは思わず浴槽の縁をつかんで体を支えた。背中をこすっていた手がとまる。シンシアの目の前に水差しが現われ、ミセス・ペルが湯を汲みあげた。シンシアがはっと息をのむやいなや、湯が髪にかけられた。けれども、まだ髪は編んだままだった。

「ああ、いけない」ミセス・ペルがため息をついた。「髪をほどいていなかったね」編んだ髪に手を伸ばしたが、その手をシンシアは押しとどめた。

「ミセス・ペル」シンシアは家政婦の細い手首に指を巻きつけた。「大事なことをまだ聞いていないわ。どういうことなの？」しかし尋ねても答えは得られず、ミセス・ペルはかぶりを振るばかりだった。シンシアは食いさがった。「お願いだから話して」

ミセス・ペルは青い目に涙をため、全身を震わせて深いため息をついた。「まさかと思ったよ」

「まさかって、なにが？」

閉めきった扉にさっと視線を走らせ、ミセス・ペルは床に目を落とした。「ニコラス坊っちゃんの噂さ」

入浴で緊張がほぐれたのは、つかのまの恩恵にすぎなかったようだ。不安がまたじわじわと体のなかに染みこんできた。「どういう噂なの？」

「坊っちゃんが旅に出たあと……」ミセス・ペルはシンシアの目をじっと見た。「なにかが起きた。なにか不面目なことが。具体的には知らないよ。でもそのせいで、ニコラス坊っちゃんは自殺をはかった」

その話を聞いても、シンシアの胸からはなんの反応も引きだされなかった。あまりにも荒唐無稽《こうとうむけい》な話だったからだ。「そんなばかな」

ミセス・ペルはうなずいたが、それは同意のしるしではなかった。「首をくくったと噂で聞いたんだ。ロープで……」そう言って、右手で首に触れた。シンシアはふいに合点がいった。

火傷だと彼は言っていた。首の傷は火傷の跡だと。

「そんなばかな」シンシアはもう一度言った。なぜなら、ありえない話に決まっているからだ。

「あたしもそう思ったよ」とうとう涙が目からあふれ、ミセス・ペルは手首で頬をそっとこすった。「御者のじいさんから……聞いたんだよ、ニコラス坊っちゃんが首をくっているのをご一家の友人が見つけて、ロープを切って、おろしたんだって。もう死んでしまったと最初は思ったそうだ」

「そんな」

「ご両親は坊ちゃんをロンドンに連れていって、知りあいが誰もいないところで療養させた。だからここを離れたのさ。でも、あたしは噂なんか信じなかった。御者に言ってやったんだ、そんな嘘っぱちをまた口にしたら、首にしてやるからねって」ミセス・ペルはしまいには椅子にへたりこみ、流れる涙を拭きもしなかった。「そんなの信じなかったよ」

シンシアは炉床で燃える火を見つめ、噂が本当であるはずはないと自分に言い聞かせた。ニコラスにとって、人生はいつでも薔薇色に輝いていた。彼は意気揚々と旅に出たのだ。

胃が重くなり、差しこむような痛みを覚えた。わけのわからない話だ。いったいなにが彼の身に降りかかり、人が変わってしまったのだろう？

彼になんと言われたのだった？　お人よしであることは危険かもしれないというような話だ。けれど、あれは深い意味などない、ただの世間話だ。ニコラスがよく笑う明るい若者だったこととくらべれば、取るに足りない話だ。

事実であるわけがない。

どれくらい長く火を見つめていたのかわからないが、ミセス・ペルに肩に手を触れられて考えごとからわれに返ったころには、新たに水を汲んで火にかけた鍋から蒸気が出ていた。

「こっちも片づけないとね」ミセス・ペルはつぶやき、三つ編みをほどいた。シンシアは体がぞくぞくして震えていた。風呂の湯はすっかり冷めてしまった。ぬるい湯をほどいた髪にかけられると、よけいに寒気が全身を走った。

「根も葉もない、ただの噂かもしれないよ」ミセス・ペルが小声で言う。

「そうよ、ただの噂だわ」シンシアは言い張った。「本当のことじゃない。だからわたしは信じない。ニックは火傷をしたの。ただそれだけのこと」

「ああ、もちろんだよ」そう言いつつも、ミセス・ペルの声は不安げで、シンシアは胸が張り裂けそうだった。

9

知られているのだろうか。

ランカスターが見ていると、シンシアは朝食のパンくずをキッチンのテーブルから払い落とした。今朝はずっとそうだが、今も彼と目を合わせようとしない。結び目がほどけていないか確かめるように三つ編みの端に手を触れ、手桶《ておけ》に水を汲んで炉端に置いた。

ゆうべもまた、自分で自分の体を慰めた。それをシンシアに知られているのだろうか？彼女のことを思いながらしたことを？

入浴を終えたあと部屋に戻ってみると、シンシアが炉火の前にいた。寝巻きとローブに身を包み、髪にブラシをかけていた。髪をおろした彼女を見たのは初めてだった。そのせいか、どきりとするほど親密な光景に思えた。あたかも就寝の準備をしているかのようだった。ふたりで一緒にベッドに入る準備を。

しかし、シンシアは彼に気づき、あわてて部屋を出ていった。自分の部屋には暖炉がないからとか、あたたかい場所にいたかったからだとか、もう二度と邪魔はしないとかしきりにまくし立て、最後に〝おやすみなさい〟と言い残して。ランカスターが手をあげて話を遮ろうとしたときには、彼女はすでにいなくなり、ふたつの部屋のあいだの扉はしっかりと閉められていた。けれども、さらさらした茶色の髪がほの暗い明かりのなかで輝いていた残像が、いつまでも消えなかった。

ランカスターは想像のなかでシンシアの髪をつかんでいた。彼女を抱き寄せ、激しく唇を重ね、どうやって自分を悦《よろこ》ばせてほしいか具体的に命じていた。そして頭上で彼女の手をしばり、ベッドの支柱にしっかりとくくりつけた。シンシアはまったく抗《あらが》おうとしなかった。恐怖ではなく、喜悦に身をよじらせていた。後生だからと彼女が泣き叫ぶまで激しく突くことを思い浮かべ、ランカスターは果てたのだった。

そんな行為をシンシアに知られているはずはない。それでも、まるで知っているかのようなふるまいだった。

自己嫌悪が胸に渦巻いた。ランカスターは紅茶を飲みほした。驚いたことに、それでも喉の渇きは癒えなかった。

「準備はいいかい？」かすれた声で言った。シンシアは顔もあげずにうなずいた。もしかしたら、彼のみだらな性癖を察したのかもしれない。餌食《えじき》にされようとしている動物が捕食動物の存在をかぎ分けるように。

シンシアはフードをかぶった。ランカスターは上着の袖に乱暴に腕を通し、玄関へ向かった。

顔をしかめたまま扉を開けると、外はすばらしい天気だった。鳥はさえずり、太陽は輝き、からりとしたあたたかなそよ風が吹いている。ランカスターは美しい景色に目を細めた。すると、道端の草陰から近づいてくる男に気づいた。背は高くも低くもない。西からこちらへ歩いてくるが、顔は陰になっていた。

シンシアが横をすり抜けようとしたところで、警戒心が高まった。

ランカスターはすばやく腕を出して、彼女を家のなかに押し戻そうとした。

「ちょっと！　なにを――」

「人がこっちに来る」

「誰が？」

彼はシンシアの体をさらに押して玄関のなかに連れ戻すと、扉をばたんと閉めた。「誰だっていいだろう。きみが生きていることは人に知られていないんだぞ。とにかく早く隠れるんだ！」

心臓が飛びだしそうになっていなければ、はっとして口を開けたシンシアの表情に笑いを誘われたかもしれない。

「うっかりしていたわ。ごめんなさい。わたしったら……」

彼女はあわてて姿を隠した。あの男に自分たちの姿を見られただろうか、とランカスターは不安になった。顔が陰になっていたということは、おそらく男は下を向いて、岩の多い牧草地を足の踏み場に気をつけて歩いていたのかもしれない。さっきは物思いに沈んでいたので、男の様子をはっきり思いだせなかった。

まったく。

玄関ホールにすばやく目を走らせる。シンシアの存在をあからさまに示すしるしはない。てのひらにかいた汗を毛織りの上着で拭いたところでノックの音がした。

深く息を吸い、喉にできた結び目のようなかたまりをのみくだし、作り笑いを浮かべて扉を開けた。「ごきげんよう！」そう大声で呼びかけたが、目の前には誰もいなかった。ところが、男がいきなり視界に飛びこんできて、ランカスターは危うく舌をのみこみそうになった。

シンシアの継父だった。しゃがんだ格好から起きあがり、なにかをランカスターに差しだした。「これを」

ランカスターは目をぱちくりさせて自分の手袋を見た。「ああ。わざわざどうも。書斎に置き忘れたのかな？」

「えっ？」キャンバートソンは団子鼻に皺を寄せた。「違いますよ。すぐそこに、玄関先の階段に落ちていました。おかしなことですが」

「そうですね。さっきまではめていたのに。いや、これは助かりました」ランカスターはどうでもいいことをぺらぺらと話しつづけた。「本当に、どうも」頭のなかにあることが口から勝手に飛びだすといけないので、つけ加えた。

キャンバートソンは顎を引き、恐る恐るランカスターを見た。「それはともかく、ちょっとお邪魔してもよろしいですか？」

「ええと……」いい口実が思い浮かばなかったので、仕方なく言った。「どうぞ」

キャンバートソンが玄関に足を踏み入れ、扉を閉めた。そのとたん、厩の話でも持ちだして、そちらへ連れていけばよかったとランカスターは後悔した。やれやれ、ロンドンではいつも巧みに嘘をついているというのに。新鮮な田舎の空気のおかげで健全になったに違いない。心の奥底までは、その影響も及ばないようだったが。

自分の不健全な行為を思いだし、シンシアのことが頭に浮かんだ。なにが危険にさらされているかを思い起こして、ランカスターは背筋をしゃんと伸ばした。これまでずっと見せかけの人生を歩んできた。キャンバートソンをだますくらいはお手のものだ。

「さて！　どんなご用件でしょうか」

「用件といいますか……」キャンバートソンはいったん言葉を切り、応接間に通してもらえないかと期待するように目をきょろきょろさせた。結局、誘いの声はかからず、彼は肩をすくめた。「噂を小耳にはさんだんです」そう言ってランカスターから廊下へ視線を移し、また戻す。

「噂？」

「聞くところによると……」キャンバートソンは帽子を脱いだ。もつれた髪と青白い額があらわになった。「ここに幽霊が出るとか」

ぎょっとした拍子に喉がふさがり、ランカスターの発した言葉は不明瞭《ふめいりょう》になった。〝ゆうれい？〟と聞こえたとしても不思議ではないだろう。

それでもキャンバートソンはうなずいた。「こんなことを尋ねるのもなんだが……」鼓動が一回打つほどのあいだランカスターと目を合わせ、すぐにまた床に視線をさげた。「本当なんですか？」

ランカスターはしばらく相手の頭のてっぺんをじっと見た。薄くなった巻き毛の下で、青白い地肌が光っていた。この男は常軌を逸した人物にシンシアをくれてやろうとした。継娘は身勝手だったと言い放った。ランカスターはようやく落ち着きを取り戻して言った。

「つまり、わが家は幽霊屋敷なのかと訊いているんですか？」

キャンバートソンの頭皮が紅潮した。「ばかげて聞こえるのはわかっていますが、村人たちのあいだで噂になっています。女がこのお屋敷にいて、廊下をさまよっていると」

「女？」

キャンバートソンは顔をあげたが、ランカスターが予想した疑念はその目に浮かんでいなかった。そうではなく、血走った目にはあきらめが浮かんでいた。「崖をうろついている姿を見た者もいるらしい。死んだ場所で」

ランカスターはどんな言葉を返せばいいのかわからなかった。シンシアが目撃されていたのなら、幽霊の伝説は悪いことではない。「新しいメイドたちが幽霊に驚いたのは事実です。仕事を放りだして逃げてしまった。それに、これは認めざるをえませんが、おかしな物音ならぼくも何度か聞きました」

「では、本当なんですね？　その幽霊はシンシアなんですか？」

「まあ……たぶん」

「やっぱり。あの子はみずから命を絶った。永遠に呪《のろ》うんでしょう」キャンバートソンは帽子をくしゃくしゃに握り、そわそわと歩きはじめた。「わたしを責めているんだ、あの子は」

ランカスターはまたしても不安な気持ちになり、あたりに目を走らせた。シンシアだったら、肌に小麦粉を振りかけて、フードを目深にかぶり、幽霊になりすまして継父を苦しめることぐらいやりかねない。

「妻はうちに帰ろうとしません」キャンバートソンはぼやいた。「わたしは家内にも責められている。それは間違いない。でも、わたしだって知らなかったんだ。もちろんリッチモンドの噂は聞いていました。しかし……取るに足りない噂だった。それで最近になって、リッチモンドの手の者が、またこのあたりをうろつくように――」

「手の者？」ランカスターは目をしばたたき、話に意識を集中させた。「誰のことです？」

キャンバートソンはじれったそうに手を振った。「ブラームという男です。リッチモンドは秘書と呼んでいるが、秘書には見えない。いつもぬっと現われて、やけに静かに様子をうかがっているだけ。風貌《ふうぼう》がリッチモンドにそっくりでしてね、ちょうど二〇歳ほど若くした感じですよ。そう聞けば、どういうことかわかるでしょうが」

いや、まったくわからない。「その男はこのあたりに来たんですか？　最近？」

「ゆうべ、わが家に立ち寄りました。お嬢さんが帰ってきたか、リッチモンドが知りたがっていると言っていました」

雷に打たれたかのごとく、ランカスターの心臓は恐怖に襲われた。「でも、彼女は死んだ」

「そっちの娘のことじゃありません」キャンバートソンが首を振る。「妹のメアリーのほうです。あの冷血漢は、ほんのひと月だって遺族を喪に服させてくれやしない！」

ああ、そうだった。当然、シンシアの妹のことだ。「そのブラームという男は生前、シンシアに会ったことはあるんですか？」

キャンバートソンは苛立たしげな視線を送ってよこした。「もちろんありますまずいな。その男がシンシアを見かけたら、たちまち厄介なことになる。

「就寝中に出てきたそうですね」キャンバートソンが尋ねた。

「出てきたって……なにが？」

「幽霊ですよ。あなたは暴力を振るわれたとか。真夜中だったんですか？」

「そう……たしか真夜中でした」

キャンバートソンはうなり声をもらして物思いにふけった。やがてあたりに目を走らせ、玄関ホールの四隅を触れてまわったのち、玄関扉に向かいかけた。「シンシアに伝えてもらえませんか、継父《ちち》はもう許している、と。幽霊がわが家に出たらかなわない」

「お継父さんはもうきみを許している、ですね？　わかりました。次に彼女が枕もとに現われたら、伝えておきます」

「そうですか、よかった」キャンバートソンは帽子をてのひらに何度か打ちつけ、そのあとでぞんざいに頭にのせた。「あなたはわたしより勇気がある。それでは」

玄関扉が閉まると、その扉に引っぱられでもしたかのように隠し扉が開いた。なかからシンシアが出てきた。怒りに顔を紅潮させている。「〝許している〟ですって？」

ランカスターは顎をさすった。「そのブラームという男は何者なんだ？」

シンシアは腹立ちまぎれに歩きまわっていたが足をとめ、自分で自分を抱きしめるように胸の前で腕を交差させた。「継父から聞いたでしょう。リッチモンドに使われている人よ」

「どんな仕事をまかされているんだろう？」リッチモンドの動向に長年目を光らせていたとは言えないが、協力者がいるという噂は聞いたことがない。

「さあ」

「リッチモンドの息子ではないかと、きみの継父はほのめかしていた」

「ありうるわね。たしかにあのふたりは血がつながっているみたいにそっくりだから」

シンシアのしかめっ面を見て、ランカスターは頭を悩ませていた謎《なぞ》を一瞬忘れた。彼女が自分の体にまわした腕をさすっている様子が気になった。「どうして彼の話をするとぴりぴりするんだ？」

「あのふたりの話はしたくないのよ！」

ああ、その気持ちならよくわかる。シンシアが口元に手をあげたときに、とりわけそう思った。あの傷にはとうに気づいていた。薄紅色に変色したぎざぎざした線は、申し分ない形をした下唇の真ん中を走っている。最近つけられた傷なのだろう。

ランカスターは部屋を横切り、彼女の手に手を触れた。目からよそよそしさが消え、シンシアは口元から手をおろし、あとずさりした。それに彼もついていった。

シンシアの背中が壁につくと、ランカスターは彼女の頬に手をあてがい、親指でそっと傷跡に触れた。「彼にやられたのか?」

彼女は答える素振りも見せなかった。悲しみと苛立ちの入りまじった目を光らせている。

「リッチモンドに、それとも彼の手下に?」

シンシアが唇を開くと、熱い吐息が親指にかかり、ランカスターはどきりとした。

「リッチモンドよ」彼女がささやくように言う。「ブラームは指一本わたしに触れなかったわ」

「でも、リッチモンドは違ったんだな?」怒りが胸に広がり、シンシアに呼び起こされた新たな情欲に火をつけた。「すまない」ランカスターは言った。

彼女は首を振った。その動きで、しっとりとした唇が親指にこすりつけられた。ランカスターの内側でなにかが壊れた。知りたくないという気持ちとは裏腹に、彼は質問を発していた。「リッチモンドになにをされた?」

「なにって……そうね、わたしは彼を怒らせた。だから彼はわたしを怖がらせたかったんでしょうね。でも、わたしは怖がらなかった。それでよけいに彼を怒らせたの」

一語一語が肌に触れ、ランカスターを熱くさせた。そうとも、リッチモンドはなによりも相手に恐怖を抱かせることを好む男だ。

「彼が目の前に迫ってきて……」シンシアは頭を振った。「それくらいなら、たいしたことじゃなかった。だけどつばを吐きかけたら、彼は逆上した。てっきり……強引なキスをされるだけかと思っていた。押しのけようとしたら彼が歯を立てて……唇を切れるほど嚙んだの。わたしは悲鳴をあげたわ、リッチモンドに嚙まれたと叫んで。大声で助けを求めた。そうしたらブラームは……彼はただ突っ立っているだけだった」

「ブラームもその場にいたのか？」

「ええ、いつもそうよ。でも……なんていうか、彼はそこにいるだけで、わたしの存在を無視しているの。それでわたしは血だらけになって、泣き叫んで――」

「ああ、シン」

「そのとき、母が部屋に入ってきたの。助かったわ。わたしは母の横をすり抜けて走って逃げて、そのまま家出した」

「そして、ここに駆けこんだ？」

涙がひと粒、ランカスターの指の関節に触れた。焼けつくように熱かったが、やがて肌の上で冷めていった。

「ええ、そうよ」

「かわいそうに」彼はそうつぶやきながら、シンシアの大きな瞳に目が吸い寄せられていた。「あの男に痛めつけられて気の毒だったね。だが、ここに来てくれて本当によかった」彼女はじっとしていた。身じろぎひとつしなかった。ランカスターはできるだけゆっくりと身を寄せて、そっと唇を重ねた。

二度とシンシアに触れるつもりはなかった。けれど、この痛みをキスでぬぐい去ってやらなければならない。彼女の魅力には抵抗できないし、抵抗しようとも思わない。

シンシアも抗うつもりはないようだった。唇を開き、舌をランカスターの口のなかにゆっくりと差しこんで、両手で彼のシャツを握った。ランカスターは彼女の手首をつかむ必要がなくなりほっとしたが、同時にそうする機会を逃したことに失望も覚えた。

どんなためらいを抱いていたにしろ、シンシアに引き寄せられると、そのためらいは消え失せた。ランカスターは嬉々《きき》としてキスを続けた。彼女を壁に押しつけ、望みどおりに激しく唇を重ねる。やがて口のなかに舌を差し入れた。太腿のあいだに押し入りたいという願望を表わすように。だが、シンシアからうめき声がもれたとたん、正気に戻った。

体を離そうとした。しかし、彼女にシャツをさらにしっかりとつかまれていた。

「すまなかった」ランカスターはうなるように言ったが、シンシアは首を振った。

「いいえ、謝らないで。わたしもこうしたいの。ねえ、こうしたいんだから。お願いよ」

ああ、なぜ彼女はその言葉を口にしたのか？　ぼくがゆうべ思い描いた空想のなかでも、シンシアは〝お願いよ〟と懇願していた。〝お願いよ〟突如わき起こった、痛いほどの欲求で下腹部が張りつめる。「だめだ」ランカスターはうなるように言った。けれども彼女はふいに爪先立ちになり、自分からキスをしてきた。

思わず心が乱れ、ランカスターは頭がくらくらした。シンシアの両腕をつかみ、唇を、舌の上をそっと滑る彼女の舌を味わった。シンシアはまるでもがくように彼の上着を引っぱっていた。彼女の内側はとても熱かった。このうえなく熱い。ランカスターはもっと深くシンシアを求めた。

唇を徐々に顎までおろしたとき、シンシアが甘いうめきをもらした。首筋のどこよりもやわらかな部分を吸うと、鼓動が舌に伝わってきた。

「お願いよ、ニック」せつなげな声に、ランカスターは胸がいっぱいになった。

男はときとして、求めるものにあっさり背を向けることなどできないものだ。逃げずにそこに留まり、向きあわなくてはいけないときもある。


間違っているわ、こんなの。

いろいろな理由で間違っている。それでもシンシアはかまわなかった。ふたりの関係に未来はないが、そんなことはどうでもよかった。わたしたちには今があるのだから。

ひと晩じゅう、ニコラスのことを考えていた。彼の不遇と自分自身の不遇についてを。どうして彼もわたしも、こんなに不幸な道を歩むことになったのだろう？　なぜふたりとも、道の途中で喜びを得る希望をなくしてしまったの？

けれども今、ニコラスは口をつけてわたしの首を味わっている。そうされているうちに悩みは忘れてしまった。これこそ喜びだ。ほんのひとときなら、ふたりしてその喜びを分かちあえる。

邪魔が入るまでは。

「こっちよ」シンシアはつぶやいた。「来て」やみくもに右側に手を伸ばし、壁の隠し扉を開けた。すると狭い通路が現われた。ニコラスはどういうことかよくわかっていないようだったが、とにかくついてきた。廊下に入り、扉を閉めると、そこは闇に包まれた。

ぎょっとしたようにニコラスが顔をあげたが、シンシアは彼の唇にみずから唇を重ね、自分に注意を戻させた。

暗闇のなかにいると感覚が研ぎ澄まされる。彼の存在と味とにおいと感触だけが感じられる。暗闇では、婚約者も首のまわりの傷跡もアメリカ行きの船も存在しない。

むさぼるように求められ、体力をすっかり消耗してしまい、シンシアは壁にもたれて力の抜けた体を支えた。

ニコラスが手をさげて裾をめくろうとすると、衣《きぬ》ずれの音がした。〝そうよ〟とシンシアは祈るように胸でつぶやいた。〝そうよ、そうしてほしいの〟彼はドレスの裾をたくしあげてひとまとめにし、空いているほうの手をシンシアの太腿に広げた。指の一本一本が肌にしっかりと押しあてられる。〝こうしているのはニコラスなのよ〟頭のなかで自分に言い聞かせ、唇を重ねたままほほえんだ。〝わたしの太腿に手を置いて、その手を上へと滑らせているのはニックよ〟

てのひらはさらに上へ伸びてきた。倒れないようにしっかり支えようとするかのように、ニコラスは彼女を壁によりいっそう強く押しつけた。シンシアは息を切らし、首をのけぞらせて背後の壁に後頭部をつけた。

彼の指が秘められた場所を覆う茂みをかすめ、シンシアの喉からすすり泣くようなあえぎがもれた。やがてニコラスの手はしっかりと秘部に触れた。脚のつけ根に手があてがわれ、驚くほどたやすく指は割れ目をたどった。

「すばらしい」彼女がはっとして息をのむと、ニコラスはうめくように言った。小刻みに指を動かし、指の腹をさらに深く滑らせる。「シン、きみはすごく濡れてる」

たしかにそうだった。シンシアは恥ずかしさで顔を真っ赤にした。こんなことは初めてだった。「ごめんなさい」

ニコラスは彼女の耳の下に鼻をこすりつけた。「えっ？」

「ごめんなさいって言ったの。自分でもわからない……どうしてなのか」

「どうしてって、なにが？」

彼はシンシアをさする手をとめなかった。どういうわけかニコラスの指のせいで息ができなくなっていることに、彼女は気づいた。「どうして……」息を切らして言う。「どうしてこんなに濡れているのか」

彼の指がぴたりととまり、シンシアはがっかりした。暗がりにいるにもかかわらず、その彼女の顔を見ようとするかのようにニコラスが顔をあげた。「すまない」小声で言う。「ぼくが悪かったよ、こんなことをきみが……」彼はじっとしていた。刻々と時間が過ぎるうちに、シンシアの体に置かれた手から力が抜けていく。わたしのせいで、彼はやめてしまう。

「いやよ」彼女はささやいた。「お願いだからやめないで」ふいに涙があふれた。こうしてほしかっただけなのに。今してくれたように。これがそんなに贅沢《ぜいたく》な願いとは思えない。

「ただ触ってくれるだけでいいの。お願いよ」

頬にあたる吐息が荒くなった。両脚のつけ根にあてがわれた手が震える。ニコラスはその手に力を入れ、指を一本、深くまで滑らせた。

「そうよ、お願い、ニック、そうして」シンシアは懇願した。

ニコラスはあえいでいた。シンシアは彼の体に触れてもいないのに。それでも、小さな円を描くように秘所を指でさすりながら、彼は身を震わせた。「きみは濡れている。なぜなら興奮しているからだ」

きつく締めつけられるような感じがしたかと思うと、いきなり体の奥にするりともぐりこんできた。「ああ!」シンシアは叫び、ニコラスがうなるように彼女の名前を呼んだ。

「濡れているのは、ぼくに入ってきてほしいと体が求めているからだ」

彼は話しながらシンシアを愛撫していた。内側に分け入っては引き抜き、先ほどと同じように小さな円を描いて湿り気を帯びた部分をさすった。

「すんなり入ってきてほしいと思っている」彼が息を切らして言う。「ここは……窮屈だけれど」

そう、まさにそのとおりよ。シンシアはニコラスに満たされたいと思っていた。彼に内側を押し開かれ、奪われたいと思っている。指を差しこまれている体の奥こそ、今や全世界だった。この身が彼の指を締めつけていた。

「シンシア」ニコラスは吐息まじりにささやいた。歯を彼女の首筋に立て、舌をしっかりと押しあてる。

シンシアに必要なことが……なにかあった。もっと彼の近くにいたかった。

つかんでいた上着を放し、手をもっとあげてニコラスを引き寄せ、体に密着させた。ひんやりとしたやわらかな彼の頭髪を手に感じ、指をからませ、髪の毛を引っぱるようにして身を起こした。


ランカスターは闇を恐れたことは一度もなかったが、恐れるべきだった。暗闇からふいに悪夢にとらわれた。髪をつかまれ、無理やり体を押しさげられている。

〝膝をつくんだ、坊や〟

彼は身を振りほどこうとした。

〝心配するな。じき好きになる〟

いっそうきつく髪をつかまれた。

ランカスターは急に身を後ろに引いた。その拍子に脳天を低い天井に打ちつけた。

「ニック？」シンシアがはっとした声で言った。

「やめてくれ。頼むから」ランカスターは彼女から離れ、足元をよろめかせながらあとずさり、反対側の壁にぶつかった。頭頂部がずきずきする。

「どうかしたの？」

「だめだ……」からみついた網を振りほどくように、恥辱を振り払おうとした。麝香《じゃこう》と、汗と、なにかもっと違う味がした。喉に胆汁がせりあがり、体は必死で記憶を消そうとした。

シンシアの手が胸に触れた。だが暗闇のなかでは、その手はほかの誰かの手であってもおかしくない。「すまない」ランカスターは衝動のままにそう言った。「こんなことはするべきじゃなかった」右側に手を伸ばし、手探りで出入口を探しあてると隠し扉を押した。闇に包まれていた通路に、ありがたいことに光があふれた。シンシアは目がくらんだようで、激しくまばたきをした。蝶の羽ばたきのようにまぶたが動く。

「どうしたの？」

「これはいけないことだ」ランカスターはシンシアの横をすり抜けた。玄関ホールの冷気に思わずむせる。「こんなことをしてはいけない」腕を額にあげ、袖で汗をぬぐった。

「まあ！」息をのんだような声がした。

ランカスターが顔をあげると、ミセス・ペルが玄関ホールに突っ立っていた。

「ふたりでいったいなにを？」

「いや、これは……」なにも考えられなかった。いろいろなことが一度に起こりすぎていた。心のなかの半分ではまだ過去と格闘していた。そしてもう半分では壁の向こう側に戻って、扉を閉め、シンシア・メリソープと最後まで愛を交わしたいと願っていた。

そういえば……。肩越しに振り返ると、シンシアはなおも薄暗い戸口に佇んでいた。困り果てた顔で額に皺を寄せている。傷ついたような目をしていた。少なくともドレスの裾はきちんとおろされていたが。しかし、唇は腫《は》れあがっている。ふたりが秘密の通路でこそこそとなにをしていたのか、一目瞭然《いちもくりょうぜん》だろう。

「ミスター・キャンバートソンが来た」ランカスターはミセス・ペルに顔を戻し、出し抜けに切りだした。ミセス・ペルは彼の話が耳に入っていないようだった。シンシアにじっと目を据えている。

しばらくして、ようやくランカスターに視線を向けた。「あの男がなんですって?」

「ここに来たんだ。シンとぼくはもう少しで彼と鉢あわせするところだった。万が一見られていた場合、隠れたほうがいいと思って、そこに入った」

「それで、あの男に見られたんですか?」

「いや。彼は何度か玄関をノックして、そのうち帰っていったよ」

ミセス・ペルはふたりを交互に見て、目を細めた。「あたしはなにも聞こえませんでしたけどね」

「もしかして二階にいたのかい?」

ミセス・ペルは疑いの目でランカスターの体を見た。だが、見た目にはなにもわからないはずだ。少なくとも今はもう。

「たしかに二階にいました。だから聞こえなかったんでしょうね」

「きっとそうだ。じゃあ、ぼくたちはもう出かけるよ。ミスター・キャンバートソンがいつ戻ってくるかわからないからね」

ミセス・ペルの射るような視線を背中に感じながら、ランカスターは平然とシンシアのそばに戻り、彼女の手を取って秘密の廊下から引っぱりだした。「さあ、宝探しに出かけようか？」

シンシアは頭がどうかしたのかと言わんばかりの目でまじまじとランカスターを見たが、彼が手を引くと抵抗せずについてきた。

「フードをかぶったらどうだ？」ランカスターが勧めると、彼女は言われたとおりにした。

「裏から出たほうがいいだろう」

ミセス・ペルはぴったりとあとをついてきた。まるで、ふたりきりにさせたらランカスターがシンシアを二階に連れていくのではないかと疑っているように。

彼は注意を払って裏口の戸を開けた。「アダムはどこにいる？」

「魚を買いに行きましたよ」ミセス・ペルが答える。

「明日は夜明け前に出たほうがいいかもしれないな」

シンシアからはなんの返事もなかった。振り返ったところ、どうやら衝撃が徐々に薄れ、その裏に隠れていた怒りがこみあげているようだった。

目を合わせると、シンシアはフードを目深にかぶり直した。

「では、行こうか」

安全を期して家のなかにいるべきだったのだろうが、何時間もただじっとして一緒に過ごすのかと思うと、ランカスターとしては安全どころではない気がした。ある単純な質問の答えを知りたがる女性と一日家に閉じこもっているのだから……〝どうしちゃったの、あなたは?〟という質問の答えを。

太陽の下に出て、新鮮な空気を胸いっぱいに吸うと、最後まで頭に巣くっていた厄介な記憶は押し流された。ランカスターはシンシアの手を取り、小道へと足早に向かった。

あのときシンシアに髪を触れられなかったら、おそらくふたりは今も隠し扉の陰に身をひそめていたはずだ。彼女はあと少しでのぼりつめるところだった。そうなっていたら、キスで絶叫をかき消してやっただろう。もしかしたら、もう一度高みへ導いてやれたかもしれない。今度は舌で。彼女の味を口いっぱいに含んで。

でも、だめだ。膝をつくことは……それはどうしても無理だ。

つばをぐっとのみこみ、ランカスターは周囲を注意深く見まわして浜辺に近づいた。ここそあたりを探っている男の姿はないだろうか。見渡す限りに目を配ったが、明るい日差しのもとには誰の姿も見あたらなかった。ここにいるのはふたりだけだ。

小道が視界に入るやいなや、シンシアが手を振りほどいて駆けだした。誰かを見たか、なにかを聞いたかしたのだと思い、ランカスターはあとを追い、彼女にならって草に身を隠せるところまで頭を低くした。

すると、シンシアがくるりと振り返った。「どうしてやめたの?」そう叫び、彼の胸に両のこぶしをたたきつけた。

「うっ!」ランカスターは彼女の手を押しのけたが、再びこぶしは振りおろされた。今度はさらに強くたたかれた。

「ひどい人！」

「おい、ちょっと」やれやれ、以前より彼女は腕力が増しているぞ。手こずった末、ランカスターは彼女のこぶしをつかみ、しっかりと押さえた。

「いきなり」シンシアが息を切らして言う。「やめたでしょう」

「わかっている。すまない。本当に悪かった」

彼女はランカスターの手を振りほどき、あとずさりした。「でも、なぜなの？」

真実を打ち明けることはできなかった。いずれにしろ、事情をすっかり明かすわけにはいかない。だから、真実には違いないが、さほど重要ではないことでごまかすことにした。

「ああいうことはするべきじゃなかった。きみもそれはわかっているだろう」

「だけど、あなたは実際にしたのよ。おかしいわ、そんな説明」最後のほうは声が割れていた。シンシアは泣きだしてしまい、ランカスターは大きく頭を振った。

「泣かないで。シンシア、ぼくが悪かった。だから泣かないでくれ」

彼女は腹立たしげにうめき、頬をぬぐおうとしたが、涙はとめどなくあふれてくる。

ランカスターが近づくと、シンシアはまた殴りかかろうとしてきた。すかさず彼女に腕をまわし、抱き寄せた。「すまなかった。ぼくはあんなことをするべきではなかったんだ。それに、もう少しのところできみをほったらかしにするべきじゃなかった」

シンシアは首を振っていたが、急にぴたりと動きをとめた。洟《はな》をすすりあげてから、むっつりとして尋ねる。「もう少しのところでなんだったというの？」

ランカスターはぎゅっと目をつぶり、深く息を吸った。その質問に答えるつもりはない。

「シンシア、ぼくたちは結婚しているわけじゃない。婚約すらしていない。ぼくはきみに触れるべきじゃなかった。今だってそうだ」

彼女はあからさまに鼻で笑った。「保護者ぶらないで、ニック。わたしはちゃんと知っているの、夫婦になってできることはすべて、夫婦にならなくてもできるって」

「それは正しいことではないよ、シン」

「間違ったことでもないわ」

「間違っているに決まってるだろう！」

「あら、本当に？　じゃあ、わたしはあなたが手を触れた最初の女性なのね？」

「それは……」ランカスターは口ごもった。

「ねえ、早く手を離してちょうだい」

彼はそうした。

「ニック」シンシアはなにか言いかけたが、結局思いとどまったようだった。深々と息を吸い、ため息をついて、肩をすとんと落とした。「幸せになりたくないの？」

ランカスターは顔をしかめて彼女を見た。そんなことを訊いてくるのか？　なにをわけのわからないことを。「もちろん幸せになりたいよ。誰だってそうじゃないのか？」

シンシアはゆっくりと腰に手をあてて、彼の目を見た。「それが本心なら、どうして好意すら寄せてくれない女性と結婚するの？」

「金が必要だからだ。喉から手が出るほど」

「少なくともあなたと一緒にいて楽しいと思う財産持ちの女性を見つけられなかったなんて、言わないでね。冗談じゃないわよ、ニック、あなたは魅力的で、ハンサムで……」シンシアはうんざりしたように手を振った。

彼女になら話してもいいかもしれない、とランカスターは思った。誰かに話を聞いてもらいたかった。目の前には女性が、女性の友達がいて、本当のことを教えてほしいと言っている。その本当の話は、彼の腹のなかで薪のように真っ赤に燃えていた。

シンシアのドレスの裾から五〇センチ程度しか離れていない平らな岩にちらりと目をやって、ランカスターはそこへ向かい、硬い岩に腰をおろした。今日の海は穏やかで、水面はガラスのようになめらかだった。平らで、暗く、秘められた世界が広がっている。

「本当のことを知りたいんだね？」彼は尋ね、シンシアがうなずくのを目の端でとらえた。

「ぼくが子爵の爵位を父から受け継いだとき、とんでもない事実が明らかになった。わが家は破産寸前だったんだ。父からはひと言も聞いていなかったし、父は出費を抑えたこともなかった。控えめに言っても衝撃的な事実だった。そして、ぼくに課せられた義務がなんなのかは明らかだった。何カ月もしないうちに、ぼくが財産付きの女性をつかまえないといけないことは社交界じゅうに知れ渡った。でも、ぼくはまだ二三歳だった。だから丸一年近く抵抗を試みた」そう言って静かに笑った。

「結局、悪あがきにすぎなかった。イモジーンに出会ったのは去年だ。彼女はきれいな娘だった。頭がよくて、美人で。自立心があって、機転が利いた。そのうえ彼女の父親は、貴族と縁戚《えんせき》関係を結ぶことを求めていた。ぼくには……」うなじをさすり、どう言い表わすべきか頭をひねった。〝えり好みはできない〟もう少しで愛を交わそうとした女性の前で言うべき言葉ではない。

シンシアは海のほうを向き、待っていた。

「ぼくは人嫌いじゃない、以前きみに言われたとおり。イモジーンとはうまくやっていけると思った。ぼくとしては……まったくお笑いぐさだが、彼女と友達になれると思ったんだ。きみとぼくが友達であるように」

シンシアはランカスターをちらっと見て、すぐにまた海へ視線を戻した。

「ぼくは彼女の父親のところへ挨拶に行った。求婚して、イモジーンは承諾してくれた。だがその後、ぼくたちの関係は少しずつぎくしゃくしていった。いざ結婚ということになって、彼女は臆病《おくびょう》になったのだろうとぼくは思った。でも結局、彼女はぼくに真実を知らせたかったんだろう」

「真実？」両腕で自分の体を抱きしめ、シンシアはようやく彼に向き直った。

「ほかの男と恋に落ちているということだ」

信じられないという彼女のあからさまな表情に、ランカスターのひどく傷ついた自尊心は慰められた。「誰なの、相手は？」

彼は脚を前に伸ばし、崖のでこぼこした岩肌に背中をもたせかけた。「彼女とは結婚できない男だ。父親の部下でね。まともな男のようだったが」

「その話は婚約者本人から聞いたの？」

「いや、そういうわけじゃない。ふたりがかなり親密に抱きあっている現場に出くわしたんだ」

「なんですって！」シンシアは嫌悪もあらわに目を見開いた。「ひどいわ、そんなの」

「ああ、プライドをずたずたにされたよ」

急に強い風が吹き、ドレスが鐘の形にふくらんで、シンシアは腹立たしげに裾を押さえた。

「そうよね、今さらその女性と結婚するのは無理でしょう、ニック。誰が聞いても、あなたは結婚を取りやめて当然だと思うわ」

ランカスターの胸の真ん中に小さなぬくもりが宿った。現実を考えればそうはいかない。事情がどうであれ、結局ぼくはイモジーンと結婚すると世間の誰もが思っている。シンシア以外の誰もが。「残念ながら、そうするわけにはいかないんだ。これは愛とか、いや、情の問題ですらない。金と権力の問題なんだよ」

「だったら、せめてもっと思いやりのある財産持ちの相手を見つければいいじゃない！　その女性とは結婚しないで」

ランカスターは目を閉じて、新鮮な潮の香りを吸った。今日の海は凪《なぎ》で、波が激しく砕け散ることもない。ふいに季節は夏になり、彼は一四歳の少年に戻って、世界はごく単純なものになった。鷗が甲高い鳴き声をあげ、太陽は輝き、シンシアが目の前に立ち、腰にこぶしをあててなにかに怒り狂っている。いつものように、そんな彼女を見ると顔がほころんでしまう。小さな足を踏み鳴らしてうなり声をもらしているときのシンシアは、すごく可憐だ。

「ニック！」彼女が不機嫌そうな声で言った。ランカスターは目を開けた。

そう、ぼくは一四歳ではないし、シンシアは子供ではない。世界は単純かもしれないが、少しも寛容ではない。「べつにいいんだ」

「いいわけないでしょう。あなたは幸せではない。あなたには幸せになってもらいたいの」

胸に宿った小さなぬくもりは炎になり、胸を焦がした。長いあいだ、ぼくをなにかから守ろうとしてくれた人は誰もいなかった。結局のところ、父でさえ、ぼくのことをちゃんと考えてくれなかった。「ぼくは幸せだよ」

「絶対に違うわ」

「でも、ぼくは社交界きっての果報者だと思われている」

シンシアは顎を引いて言った。「あなたのことをろくに知らない人たちには、そう思われているということでしょう？」

「それは……」どう言い返せばいいのかわからなかった。どうしてシンシアは、ほかの人たちに見えないことが見えるのだろう？　なぜぼくの魂が抜けがらだとわかるんだ？　彼は陽光が紺碧《こんぺき》の海に降り注ぐさまを眺めた。「〝消してくれ、わたしの心にかすかに光る、あらゆる喜びを〟」スコットランドの詩の感傷的な一節がふと頭に浮かび、海に向かってつぶやいていた。

「なんなの？」苛立ちをぶつけるように、シンシアが短い言葉を返した。

物思いにふけっていたランカスターはわれに返り、彼女と目を合わせた。「そもそも幸せな人間なんているのかい？　きみは幸せじゃない。リッチモンド卿のようなとんでもない男に結婚を迫られて、幸せなものか」

シンシアはしばし彼を見つめた。穏やかな、迷いのないまなざしだった。「たしかにそうね。でも、わたしはいつか幸せになるわ。それにね、ニック……今わたしは幸せよ、あなたと一緒にいられて。昔からずっとそうだったわ」

ランカスターは胸がいっぱいになった。率直な言葉に驚き、目をしばたたいた。シンシアが生きていたとわかった瞬間から、彼は安らぎを覚えていた。幸せだった。まるでわが家に帰ったような気がしていたのだ。

両親にロンドンへ連れ去られなければよかったのかもしれない。キャントリー邸に帰るべきだったのだ。そうすれば本来の自分を取り戻せただろう。

シンシアがおもむろに腰をおろした。幅の広い岩にランカスターと並んで座り、ドレスの裾を引っぱって乱れを直す。そして、彼と一緒に静かに海を眺めた。

「どうしてやめたの？　さっき通路で」しばらくして、彼女はささやくように尋ねた。

岩の冷たさが太腿にじわじわと染みこみはじめていたが、隣に来たシンシアのぬくもりを感じた。彼女をもう一度あの通路に引っぱっていって、やりかけたことを終わらせたい。二階へ連れていき、手首をしばり、なぜ途中でやめたのか見せてやりたい。けれどもそれ以上に、昔に戻って、彼女と釣りあいの取れる男に戻りたかった。

「ここで暮らしていたころ、ぼくは自由だった」ランカスターは話しはじめた。「きみもぼくも自由だった。でも、今のぼくは子爵だ。借金で首がまわらなくなった一家の家長だ。ぼくがどうしたいかということは、もはやどうでもいいことなんだよ。今後もずっと」

「ニック――」

ランカスターは首を振った。「だが、きみは望むものをいつか手に入れられる。アメリカに渡って、若いアメリカ人と出会い、働き者で前向きな彼に心を奪われるんだ。恋に落ちるだろうね。そしてその彼と結婚したら、ぼくのことは懐かしく思いだすだけだ」

「ばかばかしいわ。将来会うかどうかもわからない人のことを語るなんて」

「ばかばかしくなどないさ。それに、ぼくはきみを傷ものにしたりしない」シンシアがまたもや口をはさもうとしたので、ランカスターは片手をあげて押しとどめた。奇跡的に彼女は口を閉じた。「シンシア、きみの純潔は宝石のように価値があるんだよ」

「宝石ですって？」当の本人はつばを飛ばすような勢いで言ったが、それを尻目にランカスターはうなずいた。

「そう、貴重な宝石だ。あるいは花か。そうだな、花だ。花のようにはかない贈りものだよ。夫になる男にだけ捧《ささ》げられる、金では買えない贈りもの。結局のところ、花を摘めるのは一度きりだからね」頑固なシンシアにようやく耳を傾けさせることができた。彼女は黙りこくり、額に皺を寄せて考えこむような顔をしていた。

「花を安売りするのはだめだ……。いや、やはり宝石に近いかな。貴重な宝石をただの知人に簡単に触らせたりしないからね。結婚するまでは安全なところにしまっておくものだ」

「わたしの夫になる男性は宝石を気に入るはずだから？」

「もちろんさ」ランカスターはもう一度うなずき、両手で膝をたたいた。「さてと」腰をあげて肩をまわす。「念のため、フードはかぶったままでいるんだ。さあ、宝を探しに行こうか」

10

宝石？　わたしの純潔は宝石ですって？

シンシアは、小道をおりていくニコラスの背中を見つめていた。こんなばかばかしい話に、どう言葉を返せばいいのかわからない。だから口を閉じていた。彼は陳腐な言葉に酔いしれているようだった。

けれど、あんな言葉をかけられても意味はなかったのだ。彼の言う花はとうに摘まれてしまったのだから。

あるいは宝石にたとえるとするなら、価値のわからない男性のポケットにうかつにも入れてしまった。もしかしたら、わたしの宝石はまがいものだったのかもしれない。

笑いがこみあげ、うっかり声に出してしまい、ニコラスに振り返られてしまった。彼の気持ちを傷つけたくなかったので、シンシアは咳きこんだふりをし、手を振って、先へ進んでと合図した。詩的でもなんでもないたとえ話を深遠だと思って熱弁を振るったのなら、わざわざ彼の思い違いを正すことはない。

ニコラスは物腰がやわらかで、思いやりのある男性だ。かつて彼に恋い焦がれたのも当然といえば当然だろう。

ところが妙なことに、性的な行為になると、その柔和な性格はどこかへ消えてしまう。思いやりはあるかもしれないが、決してやさしくはない。

シンシアは額に手を走らせた。どうして、そう思っても不安にならないのだろう？　初めての恋人もやさしくなかったけれど、ニコラスに乱暴に扱われると興奮し、どういうわけか変な気持ちになって、心がかき乱されてしまう。

こういうことはよくわからなかった。ふたりとも同じなのかもしれない。でも、ニコラスのものはジェームズほど立派ではなかったので、大きさの違いだけでニコラスは魅力的に思えた。彼となら、もっとすんなりいくだろう。きっと、もっとうまくいく。

「ニック」シンシアが呼びかけたとき、彼は砂浜におりて足をとめた。

片手をあげて、膝をついた。

彼女は当惑し、ニコラスのそばに急いだ。「どうしたの？」

「蹄《ひづめ》の跡だ」

シンシアは横滑りしながら足をとめた。不安で心臓が飛びあがっていた。「たしかなの？」そう訊いてみたものの、今では自分の目で確認していた。乾いた砂の上に跡がついている。波打ち際には、もっとくっきりと跡が残っていた。

「これはついたばかりの跡だ」ニコラスは身を起こし、少し先まで歩いて浜辺を見おろした。

「ここにいてくれ」

シンシアは後ろにさがり、やがて肩が岩に触れた。そこに佇み、彼がまっすぐ水辺に近づき、あたりの様子を探る姿を見守った。ニコラスはブーツの先まで波が打ち寄せる前に体の向きを変え、海岸を見まわした。

「誰も見あたらないが、跡はひと組しかない。誰であれ、その人物はまだ戻ってきていないということだろう。ぼくたちはここを離れたほうがいい」

「その人は次の小道へ馬を走らせて、戻ってこないのかもしれないわ」

ニコラスは浜辺をじっと見おろし、目を細めた。「わざわざ危ない橋を渡ることはない」

「でも、別の道を通ればいいでしょう。それに、あの岩肌が露出した崖は馬では通れないはずだわ。だから大丈夫よ」

彼は振り向いて、細めた目でシンシアを見た。「気が進まない」

「いつものようにね」彼女は北の方角へ向かった。ニコラスもついてきてくれると確信していた。この宝探しに懐疑的だとしても、冒険自体は彼も楽しんでいる。それはわかっていた。歩きながらニコラスは、よく口笛を吹いていたのだ。だが、今日は背後から口笛は聞こえない。それもそのはずで、ふたりとも走っていた。

ひと足ごとに砂が蹴りあげられ、脚に振りかかった。急げば急ぐほど誰かに追われている気がして、シンシアの胸に恐怖が広がった。

心臓が激しく打ち、崖にはほんの数秒でたどりついたような気がした。脚にしっかりと力が入り、楽々と岩をのぼった。ニコラスもすぐ後ろにいた。奥までたどりついたとたん、シンシアは砂の上に両膝をつき、大きく息を吸った。

「やれやれ」彼が息を切らしながら言う。「きみはぼくより足が速いね」

「きっと……ロンドンの……都会暮らしのせいよ」

「ああ。お茶の時間にビスケットを食べすぎているんだな」

「わたしが思ったのはそういうことじゃなくて……ブランデーと娼婦に溺れてるんじゃないかってことだったんだけど」

ニコラスがほほえんだ。「ぼくもそう思った」

一瞬、間が空いた。「ビスケットですって？」シンシアはつぶやき、いきなり噴きだした。

彼は奥歯が見えるほどにやりと笑った。

「わたしの繊細な心をよくも傷つけてくれますこと、閣下」

「おや、娼婦のことを口にするくらい生意気なら、その繊細な心とやらは、ぼくが守ってやらなくても平気だろう」

「もっともだわ」ニコラスに助け起こされたときも、シンシアはまだ笑っていた。しかし、口元に彼の視線がふと向けられたことは見逃さなかった。願望に抗った直前の言葉は無駄な抵抗であるかのような目つきだ。ほんの一瞬ためらいを見せたあと、ニコラスはにっこりした。

ふたりでゆっくりと歩きはじめてからも、ニコラスは彼女の手を放さなかった。シンシアの世界の中心には、固く握りあった手があった。春めいた日で、なんだかふたりで仲睦まじく散歩にでも出かけているような気分だった。

もっとわたしが大胆だったら、ブーツと靴下を脱いで、裸足《はだし》で波打ち際を歩いたかもしれない。ランカスター子爵は脚をじろじろ見たくなる気持ちを隠し、足首を盗み見る機会を辛抱強く待つことだろう。彼からの賞賛でわたしは気が大きくなり、ドレスの裾をめくりあげて、ふくらはぎの曲線を見せつけてしまうかもしれない。彼は情熱に負け、波が引いた水辺でわたしを立ちどまらせ、愛を告白するかもしれない。

「ちくしょう」ニコラスの悪態にシンシアはぎょっとして、足元がよろめいた。「これは失礼」彼はぼそぼそと言った。「ブーツのなかが水びたしだ」

ニコラスにシンシアの空想を邪魔するつもりはなかったのだろうが、ほかの誰かにはあったに違いない。子供のころとまったく同じ空想にふけってしまうとは、なんとばかげているのだろう。彼に愛されていて、ふたりで馬に乗り、夕日に向かって走り去るという妄想だ。

そう、ニコラスは自由にわたしを愛せるわけではない。いずれにしても、わたしは乗馬などできないのだ。それでも受け取れるものは受け取り、それで満足するつもりだ。

「じゃあ、少し休みましょうか？」

「いや、いい。もうちょっとで着く。それにいったんブーツを脱いだら、二度と履けなくなりそうだ」彼がつないだ手に一瞬ぎゅっと力を入れてから離すと、名残り惜しさでシンシアの手はうずいた。

「おや、ここはぼくが臨終を迎えた忌まわしい場所だね」

「冗談でも、そんなことを言うものじゃないわ」彼女はたしなめ、思いきりニコラスの腕をたたいた。「あなたが死んでしまったと本気で思ったのよ」

彼はウィンクを送ってよこしたが、それでもシンシアの胸騒ぎは治まらなかった。あのときニコラスは砂浜に強くたたきつけられた。その彼がぴんぴんしていることが、いまだに信じられない。彼女はニコラスが転落した地点を足早に通り過ぎ、短い岩の連なりをまわりこんだ。ここまでは波も届かない。

「おや、これを見てくれ」ニコラスが言った。

シンシアは足をとめた。陸地がここで曲がり、小さな馬蹄形の入り江を形成している。だが入り江に海水は満ちておらず、平らな砂浜が広がり、ところどころに岩山があった。

「この場所は覚えてるよ」彼はその場でゆっくりとまわった。「満月が近づくと、満潮時に海水がいっぱいに流れこむんだ。きみも覚えているかい？」

「ええ」シンシアは応えた。もちろん覚えている。わたしはこの地の人間だ。

ニコラスがあたりを見てまわっているあいだ、彼女も周囲の崖を注意深く調べはじめた。一時間後、気力がくじけて砂浜に倒れこみ、腕を目の上にのせた。「ここにはなにもないわ」

「ああ。もう引きあげたほうがいいだろう。さもないと日焼けするぞ」

「日焼けなんて気にしないわ」

「ああ、それも知ってる」ニコラスはくっくっと笑った。「でも口の悪さと気性の激しさを考えたら、きみの取り柄はきめの細かな肌だけだ。せいぜい大切にしないとね」

「ろくでなし」シンシアはぶつぶつ言った。さわやかな天気と上機嫌な彼に苛々しはじめていた。むしろむっつりしていてくれたほうがいいと願うのは、無理な注文だろうか？

「こんなことなら忘れずに……」

言葉を切ったニコラスがいつまでも黙っているので、シンシアは目を覆っていた腕をあげた。すると彼はかすかに首をかしげ、遠くに目を凝らしていた。彼女は尋ねた。「どうかしたの？」

「なにか物音が聞こえた気がした」

シンシアは息をつめ、耳を澄ました。やがて音が聞こえた。金属がかちゃかちゃとぶつかりあう音だ。ニコラスがさっと顔をあげ、小さな入り江の向こう側の崖の上に目を据えた。

「誰かが馬に乗っている」

馬の鼻息が風に乗って運ばれてくると、シンシアはあわてて立ちあがり、周囲を見まわした。いちばん大きな岩は遠すぎて、すぐにそこまでたどりつけそうにない。隠れる場所はどこにもなかった。

「向こうだ」ニコラスが断固とした口調で言って、いちばん近くの岩畳のほうへ彼女を押しやった。「フードをかぶって、できるだけ縮こまっているんだ」

いちばん大きな岩でも、幅は五〇センチくらいしかない。シンシアはその岩の横にひざまずいたが、ニコラスが上着を脱ぎ、シャツのボタンを外しはじめたのを見て、思わずドレスの裾を踏んでつまずきそうになった。

「なにをしているの？」

「泳ぎに行く。さあ、身をかがめて」

シンシアは言われたとおりにした。灰色のマントを膝の下にたくしこみ、フードをすっぽりとかぶった。体を小さく丸めたので、なにかが背中に落ちてきたときも、かすれた悲鳴をもらすのがやっとだった。

「ぼくの服をきみの上に重ねてる。じっとしていてくれ」

先ほどより軽いものが背中にのせられたとわかった。そして次々と重ねられていった。何秒かたち、水が揺れ動く音が毛織りの衣服でこしらえた小さな空間に満ちた。水がはねる音にまじって、口汚い悪態をつく言葉も聞こえたような気がした。

春めいた日であろうとなかろうと、海水は間違いなく冷たい。

できるだけじっとしていたが、心臓があまりにもばくばくいうので、脈を打つたびに全身が上下しているかもしれない。すぐに首が痛くなってきたが、額を膝にしっかりと押しあてていた。ニコラスが水しぶきをあげる音は次第に遠ざかった。今聞こえてくるのは自分の呼吸が砂浜に響く音だけだ。

時間が刻々と過ぎた。汗がこめかみにしたたり落ちてくる。またあの金属がぶつかりあう音が聞こえたようだった。今度はさらに近くで聞こえたが、ただの気のせいという可能性もある。おびえるあまり、あらぬ想像をふくらませているだけかもしれない。

太腿が震えはじめた。砂がこぶしに食いこみ、肌がすりむけ、やがては危険を承知で少しだけ動いてみようかという気持ちにまでなった。

まるで半日が過ぎたような気がしたあと、ようやくニコラスが戻ってくる水の音が聞こえた。「馬はもう行ったよ」押し殺した声でそう告げられた。

シンシアは顔を起こし、大きく息を吸いこんだ。しかし、せっかく吸った新鮮な空気は喉につまってしまった。

ニコラスはまだ五〇センチほど水につかっていた。そのうえ全裸だった。胸の皮膚は腕よりも青白かった。そして、くすんだ薄紅色の首の傷跡が目立って見える。そこからはすぐに視線をそらし、広い胸板をうっすらと覆う黄金色の体毛を目でたどった。体の線は腰で引きしまり、たくましい太腿は体毛も濃い。

男性の証のまわりと同じく。

シンシアは目を見張った。魅入られたように視線を外せなかった。

「はっきりとは見えなかった」ニコラスが崖の上を見据えたままつぶやいた。目線をシンシアにおろしたとたんに毒づき、すばやく両手を下腹部にまわして、日ごろは人目にさらさない部分を隠した。

「おいおい、こっちを見ないでくれ、シン」

「あなたの裸を見るのは初めてじゃないわ」無理な体勢で背中が悲鳴をあげていたので、シンシアは姿勢を崩して砂浜に腰をおろした。

「でも、あのときはこうじゃなかった！　今は……最高の状態じゃないよ。海水は冷たかったからね……きみにはわからないだろうが」

そう、たしかに最高の状態ではない。最初の夜とくらべても、さらに小さい。それはシンシアにもわかったが、肩をすくめるに留めた。

「さあ、目をつぶってくれ。早く服を着たい。海のなかはとんでもなく寒かったから」

言われてみれば、彼の唇は少し青くなっていた。シンシアは体の向きを変え、岩に顔を向けた。

「ご協力をどうも」ニコラスがそっけなく言う。シンシアの耳に衣服が振り動かされる音が聞こえ、彼のぼやきも聞こえた。「次回は釣り竿《ざお》を忘れずに持ってこないとな」

「名案だったわね」彼女は言った。「泳ぎに行ったのは」

「思ったんだよ、馬に乗っている男がブラームだとしたら、ぼくが浜をぶらぶら散歩しているのを見て、なにかおかしいと思うんじゃないかって」

シンシアはちらりと視線をあげた。「ブラームだったと思う？」

「その可能性はある」ニコラスは彼女の背後の岩の上に座った。彼の背中が肩をかすめる。

「ぼくに判別できたのは、馬に乗っていたのは男だったということだけだ。痩せてもいなければ太ってもいない。ただ、年寄りではなかったようだ。でも鐙《あぶみ》に立って、しばらくぼくを見ていた」

「景色に見とれていただけかもしれないわ」

ニコラスは暗い目でシンシアをさっと見た。「家に戻らないとだめだ。今すぐに」そう言いながら、歯をがちがち鳴らしていた。

「まずは体があたたまるまで待ったらどう？」

彼は震える手でブーツを履いた。「動いたほうが早く体はあたたまる。それに新しい計画を考えるのに一日はかかるだろう。きみはもう浜辺をうろついてはいけない」


「子供扱いされて、軽くあしらわれるなんてごめんだわ」シンシアがそう不平をこぼすのは、これで四度目だった。ニコラスはそれにはかまわず、顔を伏せて歩きつづけた。時間はかかったが、とにかく体の震えはとまっていた。ふたりはキャントリー邸の玄関まであと数メートルのところまで来ていた。

「急ぐんだ」ニコラスにせき立てられて、シンシアは従ったが、彼の速い歩調に合わせていたので脚が棒のようだった。

「わたしに命令なんてできないでしょう」

「いや、もちろんできる」ニコラスは玄関の扉を開け、手を振ってシンシアを促した。なかに入ると、彼はすぐさま大きな木製の扉を閉めた。その後も足をとめず、シンシアの横をすり抜けてキッチンに向かった。「ウィスキーをひと口飲んだら、相談しよう。あそこが縮むほど――いや、その、体が芯まで冷えているんだ」

シンシアは彼を突き飛ばし、口喧嘩を始めたかったが、言いたいことをぐっとこらえた。ニコラスがウィスキーを一杯飲むあいだくらいなら待てないことはない。そうよ、こうなったら、わたしだって一杯引っかけても悪くないはずだわ。

というわけで、彼女はマントのフードを後ろに押しやり、あわててニコラスのあとを追った。そしてキッチンの戸口に佇む彼の横で急に足をとめたせいで、思わず前後に体が揺れた。「いやだ、どうしよう」ミセス・ペルの姿を見て、シンシアはつぶやいた。傍らにアダムがいたからだ。

アダムは家政婦に胸を押されながら、後ろ向きで裏口から出ていくところだった。力が入りすぎてミセス・ペルの指関節は白くなっていたが、アダムはすでに足をとめていた。シンシアに目が釘づけになっている。驚きで口をぽかんと開けたので、一二歳の少年は五歳の子供に戻ったような顔つきになった。「ミス・メリソープ？」アダムがうわずった声で訊いた。

四人とも、その場に突っ立ったまま黙りこんだ。驚愕のあまり血の気が引き、表情が固まってしまった四つの顔。炉で火がぱちぱちと音を立てていた。風が吹きこみ、裏口の戸がさらに開いた。それでも誰も身じろぎひとつしなかった。

やるべきことはひとつしかない、とシンシアは腹をくくった。「ううう」おどろおどろしく声を震わせてうめいた。フードをかぶり、またもやうめく。「うううううう！」

ニコラスを肘でつついたが、彼はぽかんとしてシンシアを見るだけで、じりじりと体を離した。彼女は悲しげなうめき声をあげながら、ニコラスに合わせて動き、もう一度肘でつついて、意味ありげにアダムのほうへ眉をあげた。ニコラスが怪訝《けげん》な顔で頭を振る。シンシアはアダムのほうに顎をしゃくり、ニコラスをにらみつけた。しまいにはニコラスもあきれ顔で目をぐるりとまわし、組んでいた腕をおろした。

「これは大変だ！」いかにも口先だけという口調だったが、ニコラスは叫んだ。「シンシア・メリソープの幽霊だぞ！」

「ううう、ううう」彼女はそれに応えて泳ぐように腕を振り、体のまわりにマントを大きく広げた。

「シンシアの霊が海からぼくを追いかけてきたんだ！」ニコラスは腕を額に振りあげ、よろめくようにあとずさりした。

シンシアはアダムをちらりと見やった。彼はまだ同じ場所で立ち尽くしているものの、眉をひそめ、その顔は驚きから困惑の表情に変わっていた。

「さあ、立ち去るがいい」彼女はうなるような声で言った。「さもないと、海の墓場へおまえを連れていく！」

アダムが頭を振った。「ミス・メリソープ、ほんとにあなたなの？」

「ええ、そうよ。わたしはシンシア・メリソープの幽霊よ」

少年は顔をしかめ、首をかしげた。

ニコラスが腕をおろした。「もう無理だよ、シン。きみが死んではいないとアダムにもわかってる」

シンシアはむっとして、こぶしを腰にあてて、ニコラスのほうを向いた。「ちょっと、ひどいじゃない、もう少しで説得できるところだったのに」

「それはきみの思いこみだろう」ニコラスは鼻で笑った。

「あなたなんて、説得しようともしなかったくせに！」

「生きてるんだね！」うわずった声が聞こえ、シンシアとニコラスがアダムのほうを振り向くと、少年は驚きながらもにっこりとほほえんでいた。

シンシアは部屋を横切り、彼のそばに行って肩に手を置いた。「アダム、誰にも話したらだめ――」ほかになにを言うつもりだったのであれ、いきなり彼の腕にあばらを締めつけられ、言葉は遮られた。アダムは痩せっぽちだが、数年来の重労働で腕力がついていた。シンシアも彼を抱きしめ、抱擁を解こうともがいた。

「背骨を折るなよ、アダム」ニコラスが言った。「彼女は早まった死から生還してきたばかりなんだから」

少年はようやくシンシアから体を離し、にこにこしながら彼女を見つめた。「元気そうに見えるよ」

「ありがとう。でも、本当に誰にも話したらだめよ、わかった？」

「もちろん！」アダムは答え、ありえないほどの速さでまくし立てはじめた。シンシアに聞き取れたのは〝幽霊〟と〝霊〟という言葉だった。それにトミーとサイモンの名前があげられ、ドディ老人に関することも話題にのぼった。

ふとニコラスの目を見ると、心配そうに曇っていた。しかし最後には彼もほほえみ、アダムに近づくと、肩にぽんと手を置いた。

「アダム、うちでもっと手伝ってもらえると助かる。やめたいと言いだしたメイドたちを引きとめるわけにはいかなかった。ぼくたちの秘密はきみに知られてしまったわけだから、一、二週間、住みこみで働いてもらいたい。お母さんから許しはもらえるかな？　ミセス・ペルがどこかにきみの部屋を用意してくれるだろう」

アダムはさらに顔を輝かせた。「厩の上に余りの部屋があります！」

「名案だな。そこで寝泊まりするあいだ、馬の飼育法をぼくの御者に一から教えてもらえばいい」ニコラスは裏口の外にちらりと目をやった。「まだここにいるんだろう、うちの御者は？」

「もちろんいます」アダムが言った。「午後になると酒場に出かけちゃうけど」

「それならちょうどいい。御者も忙しくさせておかないと。これで問題はすべて解決だ」

「じゃあ、急いで家に戻って、いいかどうか母さんに訊いてきます！」

ニコラスはアダムの肩にのせた手に力を入れ、あわてて出ていこうとした彼を引きとめた。

「ひと言も秘密をもらしたらだめだぞ、アダム。わかったな？」

「はい、旦那さま」少年はそう言うと、シンシアがまばたきする間もなく、裏口から飛びだして小道を走っていった。

「お許しは出ないかもしれませんよ」ミセス・ペルがぶつぶつ言った。「アダムは末っ子で、母親は少し過保護に育てていますからね」

ニコラスは背中を丸め、炉で赤々と燃える炎にちらりと目を向けた。「そういうことなら、ぼくがアダムの母親に直談判《じかだんぱん》したほうがいいかな。あの坊ずが一日だって黙っていられるとは思えないから」

「ニック、今すぐ行かなくても――」シンシアは言いかけたが、ニコラスはただ手を振って、村へ出かけていった。彼が歩くとブーツがかすかに湿った音を立てた。

ニコラスを見送りながら、シンシアは頭を悩ませた。この壮大な計画はすばらしい結末を迎えることになるのだろうか？

11

ミセス・ペルはもつれを探し探し、シンシアの髪をブラシでそっととといていた。風でからまった髪がすっかり元どおりになると、今度はしっかりとブラシをかけた。

「ああ、まるで天国にいるみたい」シンシアは吐息をもらした。

「ドレスも仕上げておいたよ。夕食に着るかい?」

シンシアは興奮で胸がざわついていた。「本当に? わたしがこの古ぼけたドレスにどれほど飽き飽きしているか、知ってるでしょう?」新しいドレスのことを考えて、思わず手をたたいた。厳密に言えば新しいわけではない。ミセス・ペルがシンシアに合わせて仕立て直すために買ってきた古着だ。直しの必要なものを調達するしかなく、サイズは大きすぎたが、シンシアとしては体にぴったり合わなくてもかまわなかった。ただ単に別のものを着たかったのだ。

「今、見せてもらえる?」

「ちょっと待っておくれ」ミセス・ペルは手際よくシンシアの髪を高い位置で三つ編みに結い、ぐるぐるとまるめて頭のてっぺんできっちりピンをとめた。そしてどういうわけかいったん手をとめてから、こめかみのところの髪を少しだけ引きだして、ほつれ毛を遊ばせた。

「なにをしているの？」

「きれいに見えるようにしてるんだよ」ミセス・ペルはそうつぶやいて一歩後ろにさがり、仕上がりを確認した。

「どうして？」

「どうしてって、おまえさんは新しいドレスを手に入れたんだろう」

シンシアはその理屈に反論できなかった。そういうわけで髪にそっと手を触れ、本当にきれいに見えるかしらと思いをめぐらせるしかなかった。

ミセス・ペルが衣装戸棚に歩いていき、ドレスを取りだすと、シンシアは髪のことなどどうでもよくなった。

ドレスはすてきだった。いや、すてきといっても、チュール（薄い網状の絹）の夜会服ではない。それどころか、一年前ならこのドレスのよさはわからなかっただろう。フリルもレースもついていなければ、華美なデザインでもない。しかし、松を思わせる色はすばらしい深みがある。襟ぐりの曲線は胸の谷間は隠すとしても、鎖骨をあらわにするだろう。

「すてきね」シンシアは吐息まじりに言った。

「そうかねえ、地味な女が教会に着ていくようなドレスだろうに」

「だって、すごく……はっきりした緑色だわ」

「おまえさんはずっと灰色ばかり着ていたから。さあ、そのよれよれのドレスを脱いでおしまい。明日はまた着なきゃならないだろうけど。新しいドレスは砂浜を這いまわるには向かないからね。さあ、後ろを向いてごらん」

ミセス・ペルが古びたドレスの留め金を外すあいだ、シンシアはベッドの枠にかかった上質な毛織りのドレスを見つめていた。

「今朝、おまえさんとランカスター卿のあいだになにがあったんだい？」

「なんのこと？」

「使用人用の通路でのことだよ」

血の流れがとまった。「えっ、ああ、あれ？ 隠れていたのよ。ふたりで。それ以上のことはなにもなかった。隠れていただけよ」

「それ以上のことはなにもなかった？ ということは、暗がりのなかでひどい目にあったんだね」

シンシアはためらいがちに言った。「どうしてそう思うの？」

「ほら、おまえさんの唇は真っ赤に腫れてる。壁に二度も三度も顔面をぶつけたんだろう。もっとも、顔をぶつけるような場所じゃないけどね。かわいそうに」

シンシアは体をこわばらせ、ミセス・ペルの手を借りてドレスの袖から腕を抜きながら、懸命に頭を働かせようとした。息を吸って、吐く。心配することはない、と胸のなかで自分に言い聞かせた。

ミセス・ペルが咳払いをした。「いいかい、もし純潔を奪うようなことがあったら、旦那さまはおまえさんと結婚するだろう」

「なんですって？」喉につまりそうになったが、言葉が口から飛びだした。

「旦那さまは高潔な方だからね。昔からそうだった」

「いったいなにが言いたいの？」

「自然の成り行きに従って旦那さまと褥をともにしたらどうなるか、という話だよ」

「ミセス・ペル！」

家政婦は灰色のドレスを勢いよく振って皺を伸ばした。「暗がりでおまえさんたちがなにをしていたか、あたしがわからないと思うのかい？」

「キスをしていたのよ！」

「で、ふたりともそれを楽しんだようだね」

「わたしは……」ミセス・ペルが新しいドレスを慎重にかかえて運んでくる様子をシンシアは見守った。依然としてうろたえてはいたけれど、やわらかに波打つ緑色の生地をむさぼるように見つめるのはやめられなかった。「想像に水を差すのは悪いけど、あなたは彼が怒った雄豚に追いかけられでもしたかのように暗がりから逃げだした姿を見ていないんでしょうね」

ミセス・ペルはシンシアの頭からドレスを着せかけた。「おまえさんへの気持ちに旦那さまが恐れをなしたのなら、その気持ちがいかに強いかを表わしているだけだよ」

「無茶苦茶なことを言わないで」留め金をかけてもらうと、ドレスは体にぴったりと張りついた。「どのみち彼はわたしと結婚できないわ」自分で口にした言葉に胃が締めつけられる。

「男というのは道理に合わないことをするもんだよ」

「まるでわたしがニックをたぶらかして結婚に持ちこんで、彼の一家全員を破滅させたいと思っているように聞こえるわ」

家政婦は鼻であしらった。「そうかい、だったらべつにいいけどね。ただの一意見を言っただけだから」

「かなりあきれた意見だわ、はっきり言って」

シンシアに侮辱されても、ミセス・ペルは動じていないようだった。「あたしも昔は若い娘で、男に誘惑されて体を求められることもときどきあった。それほど若くなくなってからもね」

シンシアはふと気がそれて、ミセス・ペルの話に興味をそそられた。「誰に？」

「キャントリー邸に雇われていた、なかなかハンサムな廏務長《きゆうむちよう》に誘われたこともあったよ」

「遠乗りに連れだされたの？」シンシアはくすくす笑ったが、やがて廏務長が誰だったか思いだした。「まさかサーグッドじいさんのこと？」白髪まじりのひげを生やした粗野な老人が誘いかける姿を想像して、すっとんきょうな声をあげた。

「ジョンという名前だった。あのころはジョンもそんなに年寄りじゃなかったんだよ。いや、まだ全然年寄りじゃなかったね。まあ、それはともかく、旦那さまの部屋に忍びこんでみれば、どういうことかおまえさんもわかるだろうよ」

シンシアの頭のなかにサーグッドじいさんの新たな一面が思い浮かび、やがてニコラスの部屋に忍びこむ自分の姿も浮かんできた。

ニック。

ほんの数時間のうちに、ニコラスからもミセス・ペルからも、結婚に結びつけてわたしの純潔のことを話題にされた。それだけが、この誘惑に対する障害なのかしら？　存在しもしないわたしの処女性が？

ニコラスに真実を告げたら、きっとこちらの好奇心を満たしてくれるだろう。あるいはわたしのふしだらな本性に恐れをなして、汚れた体で屋敷に出入りされたら家名が傷つくとばかりにたたきだされるかもしれない。

そういうことにはおそらくならないだろうが、これまでにもシンシアの人生にはいろいろと思いがけない出来事があった。紳士に過度な期待を抱くのは禁物だと、身をもって知っていた。

「ほら、見てごらん」ミセス・ペルがじれったそうにシンシアの肩をさすった。「ぴったりじゃないか」

物思いにふけっていたシンシアはわれに返って目をあげ、鏡のなかの自分の姿を見て、はっとした。「完璧だわ！」

ミセス・ペルが肩越しにほほえんでいる。

深緑色のドレスは白い肌を引き立て、真珠のようなやわらかな色合いに変貌させていた。

茶色の髪はより色濃く、唇は赤みを帯びて見える。そして襟ぐりからは肩と鎖骨がのぞいていた。

ブーツが床を踏む音で誰かが部屋に来たことに気づいたとたん、ニコラスの声が響いた。

「おっと。これは失礼。ぼくの部屋にいるとは思わなかった」

そう、もちろん銀色のチュールのドレスが流れるように階段に広がっているわけではない。それでもシンシアはほほえみ、深く息を吸って、ニコラス・キャントリーのほうを振り返った。

床板の段差はさほどないにもかかわらず、ランカスターは部屋の敷居でつまずいた。シンシア――不思議と大人びたシンシア――の顔から笑みが消えた。彼女は怪訝な顔でこちらを見ている。

「おや、その、それは」ランカスターは口ごもった。「新しいドレスだね?」

「ええ」彼女が答える。

ふたりはじっと見つめあった。結局、目新しいのはドレスだけではなかった。髪型も変わったようだ。よりやわらかく、官能的な印象になっている。首筋はさらに長く見え、肩は……あらわだ。

ミセス・ペルが沈黙を破った。「プディングの様子を見てくるとしますかね」そうひと声かけて、せかせかと部屋を出ていった。

ランカスターはうなずいた。しばらくして、まだ敷居をまたいだところに突っ立っていることに気づき、今度はシンシアに向かってぼんやりとうなずいた。それからにっこりとほほえみ、とまどいを隠そうとした。「新しいドレスを手に入れられて、ほっとしただろう」

「ええ、そうね」シンシアが腰の前で手を組みあわせると、ランカスターはそこに目が引き寄せられた。「お部屋を占領しちゃってごめんなさい。鏡が必要だったの」

「なるほど」

奇妙なことに、彼女のヒップは急に発育したように見えた。それとも、今までがサイズの大きすぎるドレスの下に隠れていたということだろうか？　納得のいくまで考えてみてもいい疑問だ。

「さて」シンシアがつぶやいた。「そろそろ失礼するわね」

「だめだ！　待ってくれ」

鋭い口調に彼女は少しびくっとした。それを見て、ランカスターは無理やり笑みを大きくした。

「きみと話がしたかったんだ。宝探しについて。ぼくたちが進めている宝探しについてね」

シンシアが疑わしげに眉をあげたので、話の腰を折られる前に、彼はあわてて先を続けた。

「ぼくも日記に目を通すべきじゃないかと思うんだ。新たな視点で見てみるべきではないかと」

「その必要はないわ」

「必要があるとは言っていない。でも、調査の助けになるんじゃないかと思う」

シンシアは腕を組み、顎をこわばらせた。

「シン、ぼくにも手伝わせてくれ。きみは言っていただろう、ぼくたちは相棒だって、違うかい？　それなのにぼくはまだ、ただ荷物を運ぶラバでしかないような気分だ」

「あなたはラバよりましよ」

いかにも失望したという顔でシンシアをにらんだ。彼女はとんとんと足を踏み鳴らした。裸足の足を。かわいらしいピンクの爪先をした足を。

「日記を自分のものにしてひとりで勝手に探しに行かないと、約束してもらわないといけないわね。これはわたしの宝探しなのよ、ニック」

シンシアの足の土踏まずをじっと見ながら、ランカスターはうなずいた。

「そう、ならいいわ」彼女はふうっと息を吐いた。「読んでみて」

「いいのかい？」ランカスターはシンシアが自分にあてがわれた部屋のほうに裸足で歩いていく様子を見守った。これまで曲線がさらされることのなかったヒップが左右に揺れている。

「さあ、こっちに来て」

「わかった」彼がヒップを目で追っていると、シンシアは自分の部屋に入っていった。

椅子に腰をおろし、机の引き出しを開ける。「はい、どうぞ」

「ありがとう」てのひらに無造作に置かれた日記をランカスターはつかんだ。だが、いざこうなってみると言葉につまってしまった。ふたりの会話は一段落ついたのに、彼としてはまだ立ち去りたくなかった。

シンシアが引き出しを閉めかけた瞬間、日記の下にあったものが彼の目にとまった。

「おや、それはなんだい？　また別の絵があるのか？」ランカスターはその絵に手を伸ばしたが、シンシアは彼の指をはさみそうな勢いで引き出しを閉めた。「おっと！」

「なんでもないの」彼女はぴしゃりと言った。もちろんそのとおりなのだろう。これもまた少年だった彼女の大おじが描いた拙《つたな》い絵なのだ。そうは思いつつも、なにか引っかかるものがあった。

「裸で泳ぐ者を盗み見る性癖が、きみの一族の血には流れているようだな」

「なんですって？」シンシアが大声をあげた。

「きみの大おじさんのことだよ。海辺に裸の女性がいる絵だったね。あるいは裸の男性が。どちらなのかよくわからなかった、いずれにせよ腰まで波が届いていたから。それにあとの部分は、その……見分けがつかなかった。乳首は男女どちらにもついている。絵のなかの人物の髪は海藻のように見えた。もしかしたら人魚を描いたのかもしれない」

「男性だと思うわ」シンシアはうなるように言った。

「どうかな。肩幅は広いが、バランスに問題があるんじゃないか。自分が一一歳のときにどんなことを考えていたか思いだしてみると、服を着ていない女性のことばかり考えていたからね」

「さあ、もういいわ。出ていってちょうだい」

やれやれ、話題の選択を誤ったようだ。ランカスターはしぶしぶながらゆっくりと向きを変え、彼女の部屋をあとにした。けれども、シンシアが急にこちらへ来たくなるかもしれないと思い、続き扉は開けたままにしておいた。

とにかく手元には日記がある。これを借りるために来たのだが、それでもやけに手のなかが空っぽで、どこか虚《むな》しい気がした。炉端の椅子に座り、惨めな気持ちで日記の表紙を眺めた。上部の隅に〝エドワード〟と書かれた名前の跡がうっすらと見て取れるが、目を凝らせば凝らすほど文字はぼやけていくようだ。

名前の上に指を走らせ、そっと表紙をめくった。最初のページには〝エドワード・メリソープ〟と書いてある。〝一七九七年春〟シンシアの先祖たちはあの崖を歩きまわり、何十年も前から裸の人物はいないか探しまわっていたのかもしれない。そうと思うとなんだか奇妙な気がした。もしかしたら、何百年にわたって同じことをしてきたのかもしれない。

最初の数ページは、一七九七年に生まれた羊についてのみ綴《つづ》られているようで、そのあとには毛刈りの季節が来てわくわくしているという内容が続いた。実直な地主の息子であるエドワード・メリソープは、羊を所有し、飼育する方法をしっかり身につけるようにと親から期待され、彼自身も進んで勉強に励んでいた。エドワード少年は語りの才があり、ランカスターも子供時代に覚えのある事柄が生き生きと描写されていた。三〇ページ読み進めても、崖のことは出てこなかったが、いつしかエドワードの世界に引きこまれていた。

「ニック？」シンシアの呼びかけにぎょっとして、ランカスターは日記を膝に取り落とした。

彼女はほんの一、二メートルのところに立ち、片方の手でもう一方の手首をつかんでいた。

「なにも物音が聞こえなかったから驚いたよ。それにしても、きみの大おじさんには絵心はなかったが、文才はあるね。生まれながらの語り部《べ》だ」

シンシアが足の位置を変えた。ランカスターががっかりしたことに、彼女は厚手の靴下をはいていた。

「夕食まで、ここに一緒にいるかい？」向かいの椅子を手振りで示すと、シンシアはうなずき、そこに腰をおろして足を体の下に組み敷いた。ランカスターは日記をもう一度手に取り、読みさしの続きに戻ろうとしたが、気づくとちらちらシンシアの顔を盗み見ては、彼女が自分を見ているのか炉火を見ているのか確かめていた。これまでのところ、彼女は火だけに目を注いでいた。

ランカスターは脚を組み、いかにも真剣な表情を装って、同じくだりを三度も読み返していた。

〝雨で北の牧草地が水びたしになった。雌羊が溺れ死に、子羊は殺された。子羊を解体しないですむ口実をぼくは思いついたけれど、父さんは気づかなかった。父さんは――〟

「あなたに話したかったことがあるの」シンシアが小声でそう話しかけてきたおかげで、ランカスターは日記を読むふりをやめることができた。

そそくさと日記を閉じ、左手にある細長いテーブルに置く。「なんだい？」

「さっきの話しあいで……」彼女は口ごもり、新しいドレスのスカートから糸くずを振り払った。「はっきりさせておきたいことがあるのよ」

シンシアの頬はかすかに赤らんでいた。もしかしたら、暖炉の火が熱すぎるのかもしれない。頬の赤みはどこまで下におりたのだろうかと、視線を胸のあたりにさげた。

「花壇について言えばね」彼女は蚊の鳴くような声で言った。「わたしの宝石はもう摘み取られたの」

赤みが首筋をおり、胸元まで広がった。「なんだって？」ランカスターは咳払いをした。「花壇？　きみは比喩《ひゆ》をごっちゃにしているだろう」

「てっきりあなたこそ比喩をごちゃまぜにするのが好きなんだと思っていたわ」シンシアがぴしゃりと言った。声に苛立ちがあらわになっていた。

ランカスターは肩をまわし、頭のなかから彼女の薄紅色に染まった肌を追い払おうとした。

「すまない。それで、どういうことなんだ？」

「ニック、わたしの花はすでに摘み取られてしまったの。だから心配する必要はないのよ」

「きみの花が……？」わかりにくい比喩ではないものの、シンシアの意味していることが、こちらの思うことのはずはない。

彼女は長々と息を吸った。「わたしはもう経験したのよ、ニック」

「きみはもう……」最初はよくのみこめなかったが、数秒がたち、眉間をがつんと殴られたかのようにランカスターは悟った。シンシアは処女ではない。今や彼の目に赤く映るものは彼女の肌だけではなかった。部屋全体を真っ赤に染められたかのような錯覚を抱いた。

彼ははじかれたように立ちあがった。「あいつを殺してやる」

「あいつって?」シンシアが目を丸くしてランカスターを見た。

「リッチモンドだ。あいつの腹を撃ち抜いてやる、何年も前にそうしておくべきだったんだ」

「リッチモンドじゃないの」

「あのろくでなしは頭に弾丸を撃ちこむ価値もない」

「ニック、彼じゃないのよ!」

ランカスターは壁に一撃をお見舞いしようとこぶしを引いたところで動きをとめ、振り返ってシンシアを見た。「もちろんあいつに決まってる」

「違うの、本当にリッチモンドではないのよ」

「じゃあ、ブラームか。そうなんだろう?」膝をつき、彼女と目を合わせた。「ブラームに……あの男に傷ものにされたのか?」

「前に言ったでしょう、ブラームには指一本触れられたことがないって」シンシアは手を振って否定した。「相手はあなたの知らない人よ。だから、これはそういう問題じゃないの」

「そのとおりだ。そんなことはどうでもいい。誰であろうと、ぼくはそいつの息の根をとめてやる。いやがっている女性を無理やりものにするような男はそうされても当然だ。その男はいったいどこのどいつ――」

「ねえ、待ってよ、ニック。無理強いされたなんてひと言も言っていないでしょう。本当のことを知りたいのなら言うわ、わたしがみずから進んでしたことなの」

「だが……」もしかしたら、あまりにも衝撃的な出来事だったので、一部始終が記憶にないということも考えられる。なぜかといえば、彼女の話はつじつまが合わないからだ。シンシア・メリソープは空気の新鮮な田舎に暮らす純朴な娘だ。舞踏会に出かけたり、堕落の道に誘いこむようなロンドンのごろつきと遊んだりしない。ある男からの求婚を承諾しながら、ほかの男の手を握って胸元へ引き寄せるような娘ではない。

時計の音が先刻よりも大きく耳に響いた。膝が痛くなりはじめていた。「何度も訊いて悪いが……いったいどういうことなんだ？」

シンシアはため息をついた。「あなたの言いまわしを借りるなら、わたしは貴重な宝石をただの知人のポケットに入れてしまったの。今、大事なのは――」

「誰なんだ？」ランカスターは叫んでいた。

彼女は顎を引き、口を閉じた。

「すまない、謝るよ。でも、誰なのか教えてくれないか？」

「どうして？」

どうしてかって？　それこそがこれまで彼女に尋ねたなかで、最も重要な質問だからだ。

シンシア・メリソープは男に抱かれた。どこかの男に。それがいかに衝撃的なことか、わからないのだろうか？　「お願いだ、教えてくれ」ランカスターは頼みこんだ。

「あなたの知りあいじゃないのよ」彼女は再びため息をもらし、椅子の上で前かがみになった。

「どうしてそう思うんだ？　ぼくはこのあたりの紳士たちなら全員知っている。ああ、そうか、ハリー・ベイラーか、そうなんだろう？」

「まさか！　ねえ、ニック、あなたはわたしの言いたいことが全然わかっていないのね」

「そんなことはないさ。きみは誰かに処女を捧げた。なぜなのかぼくは知りたい。それに相手が誰なのかということも」

シンシアがランカスターをじっと見た。決然としたまなざしだった。彼女が恥じ入るものと思ったとしたら、いつまで待ってもそんな表情にはお目にかかれなかっただろう。悔やんでいるというよりも、苛立っているような顔をしていた。

「なぜなのかって？」彼女はくり返した。「そうね、理由はふたつあったわ。まず、処女でなくなれば、結婚したくもない男性を継父に押しつけられたときに、求婚を思いとどまらせることができるかもしれないと思ったの。もうひとつには、継父が見つけてきた男性と結局は結婚することになって、その縁談に乗り気になれなかったとしても、少なくともわたしはひとつだけは自分の思いどおりにしたことになるからよ。最初に愛を交わす相手は自分で選んだ。ほかの誰かが選んだ相手ではなくて。ささいなことだけれど、わたしにとって自由に選択できる最後の機会でしょうから」

彼女の説明は筋が通っているが、情緒には欠けている。「それで、きみはその男と恋に落ちたのか?」

「ジェームズと? いいえ、そういうことじゃなかったの」

ジェームズ、とシンシアは言った。〝ジェームズ〟知らぬまに爪がてのひらに食いこんでいた。膝が抗議の悲鳴をあげていたので、ランカスターはようやく立ちあがり、椅子にどさりと腰をおろした。

「昔の話よ、あれからもう何年も――」

「昔の話?」希望を抱くように自分の声がうわずったことに、ランカスターは気づいた。時期が気になったわけではない。それでも、去年ではなかったことがうれしかった。あるいは先月ではなかったことが。

「ああ、もうたくさん。こんなことなら話すんじゃなかった。あなたもほかの人と一緒よ。鼻持ちならない、いやな人だわ」シンシアが椅子から立ちあがった。部屋を飛びだしていこうとしているようだったが、ランカスターはすばやく身を乗りだし、彼女の手をつかんだ。

「待ってくれ。ぼくが悪かった。ただ……あまりにもびっくりしてしまって」

「そうね、でも、わたしだって打ち明けづらい話なのよ」

「もちろんそうだろう。つまり……光栄だよ。打ち明ける相手にぼくを選んでくれて。きっと長いあいだ重荷だったろうから」

「重荷?」シンシアはあきれたような目で彼を見おろし、鼻で笑った。「あなたは聖職者でもなんでもないのよ、ニック。わたしはべつに懺悔《ざんげ》をしに来たわけじゃない。はっきりさせたかっただけなの、処女ではないって。だから、わたしたちが恋人同士になってはいけない理由はないってことをね。わかりきったことでしょう」

「なんだって？」ランカスターはつかんでいたシンシアの手を放した。わかりきったことだって？　彼女は頭がどうかなってしまったのか？

「これでわかったでしょう？　わたしは想像上の未来の夫に捧げる繊細な花も持っていなければ、貴重な宝石も持っていない。あなたは良心の呵責《かしやく》に苛《さいな》まれる必要はないの」

「だが……じゃあ、きみはそのジェームズという男のことが気に入って、身を捧げたということか？　何年も前ということは、きみはまだ子供だったのに」

シンシアはうなり声をあげ、両手を振りあげた。「どうしてそこばかり気にするの？　そもそも、わたしの話を理解している？」

「いくつだったんだ、そのジェームズというやつは？」なぜ自分の声がこんなにやかましく聞こえるのだろう。シンシアに尋ねながら、ランカスターはそんなことを思った。

彼女がくるりと後ろを向いた。その動きに合わせてドレスの裾もきれいな円を描いた。ランカスターは今度もまた手をつかもうとしたが、シンシアはすばやく身を離し、彼は手をつかみそこなった。そして彼が椅子から立ちあがる間もなく、ドアがばたんと閉められた。

なにが気に入らないんだ？　動転するのはこっちだろう？

ふいに怒りに駆られ、ランカスターはすっくと立ちあがり、大股《おおまた》で戸口へ向かった。ノックもせずにシンシアの部屋につながるドアを開け、敷居をまたいだ。すると、ブーツの先が自分の胸に向かってまっすぐ飛んでくるのが目に入った。

ニコラスは驚きの声をあげながらも腕を振りあげ、難なくブーツをはたき落とした。幸い、ブーツは左右ひとつずつある。もう片方のブーツも彼に投げつけたが、狙《ねら》いは大きく外れ、傍らの壁にあたった。「いったいどうしたんだ？」ニコラスが叫んだ。

「あっちに行ってよ！」シンシアはわめいたが、彼はさらに近づいてきた。

「なぜぼくにブーツを投げつけたのか説明してもらうまではだめだ」

彼女はニコラスに背を向け、ほかに投げるものはないかと目で探した。あんか用の煉瓦《れんが》がベッドの下にしまってあった。けれども、あれを投げたらやりすぎだ。

「ぼくが動揺しないと思ったのか、きみが……若気の至りでしでかしたことを聞いても？」

「あなたって、どこまで頭が悪いの？　さっき言ったでしょう、わたしたちは恋人同士になれるんだって。それなのに、あなたは口を開けば相手の男性のことばかり！」

ニコラスは部屋の真ん中でぴたりと足をとめた。身を守るようにあげていた腕をわきにおろす。「そうか」眉を高々とつりあげて言った。「なるほどな」

「わたしに怒鳴りつけてもいいなんて言ってないでしょう」泣くつもりはない。悔しいかもしれないし、傷ついたかもしれない。でも、決して泣くものですか。

ニコラスが咳払いをした。「怒鳴っていたかい？　すまない」シンシアが見ている前で、彼の顔はじわじわと赤くなった。「シンシア、ぼくたちは恋人同士にはなれないよ」

彼女は喉が締めつけられた。胸が苦しくなる。「そうよね。わたしはもうほかの人に汚された、傷ものだものね」

ニコラスはあてつけでやるせないふりをしているわけではなかった。まず目にやるせなさがあふれ、そのあと顔じゅうに目と同じ表情が広がるのをシンシアはまのあたりにした。彼は言った。「そういう意味じゃない。そんなことではないんだ」

「じゃあ、どういうことなの？」

「だから……」ニコラスはさらに顔を紅潮させた。まるで恥ずかしがっているかのようだった。「きみはぼくの友人だ。きみとそういうことはできないよ。友達同士だから」

シンシアはうなずいた。それは正しい。そのとおりだと感覚的にはわかる。けれども、友情だけではだめだ。もっとほしかった。「そうよね、それはわかってる。わたしはただ、友達以上の関係になりたいと思ったの。ほんのひとときでいいから。一緒にいられるあいだだけでいいから」

黒い翼がはためくように、ニコラスの顔に苦痛の色が走った。「ぼくも友達以上の関係になりたいよ」ささやくように言う。「だが、無理だ。きみとはできない」

今度はシンシアも痛みを覚えた。何千羽もの小さな黒い鳥が胸のなかを旋回しているみたいだった。どんどん速度をあげて飛びまわっている気がしてならなかった。「わたしではだめなのね」うなずきながら、そうつぶやいた。

わたしはロンドンにいるような女性ではない。ダンスが得意で、ハンサムな男性たちと戯れ、彼らを誘惑するすべを身につけた女性ではない。男性からせいぜい友達扱いしかしてもらえない女なのだ。わたしは昔からずっとそうだった、そうでしょう？

今の今までニコラスとやりあってきた。シンシアは怒っていたし、苛立ってもいたし、それに少しおびえてもいたからだ。けれど、もっとまずいことになった。今さら彼と言い争うふりをすることはできない。

〝ロンドンの社交界の女性たちは、きみのような女性ではない〟と前に言われたのだった。シンシアは田舎くさい地味なドレスに目を落とし、レースや香水やおしろいや華奢なサンダルを思い浮かべた。そういうサンダルを男性の頭めがけて投げつけても、有効な武器にはならないだろう。つらくてたまらないが、彼女はなんとかほほえもうとした。「わかったわ」

ニコラスが床から視線をあげて首を振った。「いや、きみにはわかりっこないよ、シン。それにわかってもらおうとも思わない」

別れを告げるように片手をあげて、彼は部屋を出ていった。

シンシアは無理やり足を動かし、廊下に通じる戸口へ向かった。

ミセス・ペルには夕食の手伝いが必要だろう。少なくともそういうことなら、わたしもうまくやれる。

12

「わかったよ」深みのある声が夢のなかに侵入してきた。ニコラスと思《おぼ》しき裸の男性が波の打ち寄せる海に佇み、銀色のチュールのドレスをまとった美女にほほえみかけている。ブロンドのレディはくすくすと笑い、レースの扇を胸元であおいでいた。扇の柄についた真珠に陽光が差し、玉虫色にきらめいて、その光がニコラスの胸に反射した。

レディは手を伸ばし、素肌の上で舞うように動く光の跡をきれいに磨かれた爪でなぞった。

塩水につかったらドレスがだめになってしまうことを、あの人は知らないの？

「シンシア」ニコラスが振り返って言った。レディの手を取り、口元へ引きあげ、指にキスをする。「目を覚ましてくれ」

レディとふたりきりにしてほしいと彼は思っているようだ。いいえ、この女性に彼を譲ったりするものですか。

「さあ、起きてくれ！」体をつかまれ、浜辺から引きずりだされた。

シンシアは身を起こして目を開けた。するとニコラスが顎をあげ、彼女の額にぶつからないようよけていた。

「ほら、これ」彼はシンシアの顔の前で日記を振った。

「わかっているわよ、あなたの手元に日記があるのは」彼女はぶつぶつ言った。「貸してあげたんだから」ニコラスの手を押しのけ、またベッドに背中を戻す。ゆうべはなかなか寝つけず、何時間も寝返りを打っていた。自分を混乱に陥れた男性と顔を合わせる心の準備は、まだできていなかった。

「きみは違う場所で探していたんだよ」

シンシアはずっしりした枕の下に頭をもぐりこませた。

「聞く気はないのか？」彼女は先手を打って枕の端をつかんだが、それでもニコラスは枕を取りあげて、床に放り投げた。「きみは探す場所を間違えていたんだよ」

「今、何時？」

「もうすぐ夜が明けるところだ。いいかい、これを見てくれ」

紙がカサカサいう音が聞こえ、文才に富んだ故人の日記から黴《かび》のにおいがした。目を開けると、インクのにじんだ白い紙が鼻先に突きつけられていた。

「わかったわよ」シンシアはうめくように言った。「ベッドに座らせてちょうだい」マットレスに両肘をついて起きあがり、体をねじった。ニコラスは協力的だった。背中に枕を立てかけてくれ、日記を彼女の膝に置いた。そうして手が空くと、ランプをつけた。

「ここだ、読めるかい？」ページのなかほどの行を指差した。

「〝乗馬道を進んだ〟」シンシアは示された場所を声に出して読んだ。「知っているわ。何回も読んだもの」

「ああ、そうだろう。だが、この日記が書かれたのは一七九七年だ」

「だから？」

「昔の乗馬道のことを指しているはずだ、現在使われている乗馬道ではなく」

どきりとして、シンシアはようやく目が覚めた。「どこなの、昔の乗馬道って？」

「村の反対側を走っている。ほら、古い防波堤にたどりつく道だよ。そういえば、きみは乗馬をやらなかったね。だけどティモシーとぼくは、週に一度はその道を馬で通っていた」

「村の向こう側の道」彼女はつぶやいた。期待が大きなうねりのようになって高まった。

「ニック……ニック！　いやだ、どうしよう、あなたの予想はたぶんあたりよ！」

「そうだね」彼は見事に謎を解いた腕前に得意になっている少年のように顔を輝かせて、シンシアを見た。

疲れが抜けず、ニコラスのそばにいることで胸が痛んだが、それでもシンシアは思わずにやりとしていた。彼はほほえましくて、まるで子犬のようだった。身なりも乱れている。夕食のときと同じいでたちで、服を着たまま寝てしまったか、椅子に腰を据えて夜通し日記を読みふけっていたかのような様子だ。ワインのにおいもした。

「じゃあ、今日からそちらの調査を始めましょう」シンシアは興奮して、ぽんと手をたたいた。

ニコラスがおずおずと言った。「きみが調査に出るのは、できれば遠慮してもらいたい」

「だけど――」

「危険だよ。ブラームというやつが、またうろつくかもしれない」

「彼だったとは限らないわ！」

ニコラスは彼女のほうに頭を傾けた。「ああ、そうだ。だから今日の午後、ぼくは村へ行ってこようと思っている。でも、話の腰を折られる前に言おうとしていたことがあるんだ。きみがどうしてもと言うなら、行くのは今だ。日がのぼる前に出かけないといけない。馬車で小道の端まで行って、一時間か、長くても二時間、作業にあたる。それなら納得できるかい？」

「納得できるかですって？」うわずった声は抑えきれなかった。シンシアはすばやく立ちあがり、彼の首に腕を巻きつけた。「もちろんよ、ありがとう」

「おいおい」驚きの声をあげつつも、ニコラスも彼女に腕をまわし、ほんの一瞬だったが抱きしめた。「さあ、服を着て。御者を起こしたら、ミセス・ペルに手伝いに来させるよ」

「わかったわ」そう、いずれにしても、ニコラスはわたしの心のなかから無念な思いを巧みに取り除いてくれた。重苦しい倦怠感《けんたいかん》はすっかり消え、宝探しの興奮に取って代わった。そしてドアが閉まったあと、背中に彼の手のぬくもりの余韻が残っていてもつらくはなかった。

調査を始めて一時間で、太陽は雨雲の陰に隠れてしまった。その時点で戻るべきだったが、このまま続けようとシンシアが言い張ったのだった。もっとも、彼女を責めることはできない。昔の乗馬道が伸びるあたりの崖はほかとは様相が異なり、裂け目や洞窟が山ほどあったのだから。

シンシアは舞いあがっていた。雨のなかを一時間も財宝を探しまわってびしょ濡れになった今でも有頂天のままだ。ゆっくりと馬車に揺られてキャントリー邸へ戻るあいだ、彼女の座席の下には水たまりができていた。

ランカスターが見ていると、シンシアは身震いし、馬車用の毛布をさらにしっかりと体に巻きつけて、彼にほほえみかけた。

「きっとあそこにあるわよ、ニック」

根拠のない期待が彼女の声ににじみ、ランカスターは苦笑した。「不確実なものに期待をかけるのはどうかと思うよ」

「いいえ、あそこよ。あそこの洞窟のどこかに……。あなたって天才だわ」

「そうかい？　そんなふうに思うのはきみだけだよ」

「じゃあ、わたしって並外れた洞察力があるのね」

「そのようだ」

シンシアはくすくす笑った。その姿を見て、ゆうべの彼女がどれほど女らしくて魅力的だったか、ランカスターは思いだした。彼が拒んだときに見せた打ちひしがれた表情も。窓の外に目をやり、どんよりと湿った景色を眺めた。

「半分でどうするの？」シンシアが尋ねた。

ランカスターは問いかけるような目で彼女を見た。

「あなたの取りぶんの金貨よ」

「まずは全部でいくらあるのか確かめないことには始まらない」

彼女は濡れそぼった肩をすくめた。「今日のあなたは悲観的ね」

「ああ、真面目な役まわりは板につかないようだな」

「わたしはすぐにまた、むっつりした気分に逆戻りしてしまいそうよ。だから、いつもと違う精神状態をせいぜい楽しむことにするわ」

シンシアの目がいかにも楽しそうに輝き、ランカスターは彼女を抱き寄せたくなった。喜びのおこぼれにあずかりたくなったのだ。幸い、ばかなことをしてしまう前に馬車が左右に揺れながらとまった。

「フード」ランカスターは小声で指示をして、ジャクソンが御者台からおりてくる前にすばやくドアを開けた。

シンシアはびしょ濡れのフードをかぶり、下に引っぱって顔を隠した。

「毛布も持っていくんだ」ランカスターはシンシアの手を取って馬車からおろし、せかせかと裏口に向かう彼女の後ろ姿を見守った。正体をうまく隠すことができたようだ。御者はミセス・ペルの送迎をしたのだと思いこんでいる。雇い主から気前よく差し入れられたウィスキーも、目くらましにひと役買っていた。

ジャクソンが重そうな体で地面におり立ち、馬車のドアを閉めた。

「雨のなか、よく辛抱強く待っていてくれたね、ジャクソン。昼食のあと、ぼくは村に向かう。それまでは自由にしていてくれ」

「そいつはどうも」ジャクソンは帽子に軽く手を触れて挨拶し、裏口のほうをちらりと見た。

「それにしても、ミセス・ペルとはね」

「えっ？」

御者はわずかに左へ体をかしげ、そのあと馬車の横で大げさに姿勢を正した。「いえね、ちょっと年増すぎやしませんか」そう説明した。「でも、男というのはふくよかな体に弱いものですからね。べつに問題ありませんよ」

「いや、そういうことでは……」ランカスターとしてはミセス・ペルの評判を貶《おとし》めたくはなかったが、人気《ひとけ》のない浜辺で家政婦とふたりきりで何時間も過ごしたことについて、ほかにどんな弁明ができるだろう？

「全然問題ありませんって」ジャクソンは大きな声でくり返し、自分の言葉を強調するように主人の背中をどんとたたいた。気をゆるめさせようと潤滑油代わりの酒を飲ませたあとだったので、多少の脱線をとがめるわけにはいかなかった。

「馬の世話を頼むよ、ジャクソン。アダムに手伝いを頼むといい。あの子を仕込んでやってくれ」

「承知しましたとも、旦那さま」

ランカスターは目をぐるりとまわし、雨をしのげる室内に向かった。村へ行く前に、水気をぬぐって体をあたため――またしても――腹になにか入れておかないといけない。この一〇年近くで顔ぶれががらりと変わっているのでない限り、住民たちはたまに現われるようになったよそ者のことを喜んで話してくれるはずだ。その見慣れない男がどこに宿を取り、どんなことをしているのか。お礼にエールをおごらざるをえないだろうが。

「ミセス・ペル」あたたかいキッチンに入りながら声をあげた。「ちょっといいかな――」

「出かけているわ」

顔をあげると、シンシアがティーポットに熱湯を入れていた。炉端に新たな水たまりができている。

「どこに出かけたんだ?」

彼女はキッチンの長テーブルのほうに頭を傾けた。山吹色の木のテーブルの上に、小さな紙切れが目立つように置かれていた。「牛肉を買いに行ってきます、という書き置きがあったわ。この雨のなかを歩いて戻ってくるとは思えないけれど。たぶんミセス・ペインターの家にこもって、友達の噂話に花を咲かせたり、薬用のシェリー酒を飲んだりしているんじゃないかしら」

「なるほど」

「とりあえず紅茶をいれているわ。ありがたいことに、お鍋にお湯が用意されていたの」

「それはよかった」妙なものだが、家のなかにふたりきりだと思うと、どういうわけかひどくおかしな気がした。まったく理屈に合わない話だ。何時間も浜辺でふたりきりだった。今朝だって、シンシアのベッドに一緒にいたのだ。

それでも親密さを思わせるこの新たな状況は、嵐《あらし》が近づくような重苦しさで彼を圧迫した。

一方、シンシアはけろりとしているようだった。元気に動きまわって紅茶の用意をしている。ドレスが重そうに腰に張りついていた。

「着替えなくては」ランカスターは宣言し、廊下へ向かった。シンシアからは引きとめられなかった。階段をのぼりきったところで、彼はほっとため息をついた。

ぼくの心構えは問題ない。高潔ですらある。どれほどシンシア・メリソープを抱きたいと思っていても、それを実行に移すことはできない。

だが、シンシアはこちらの決意を台なしにしている。

〝友達以上の関係になりたい〟と彼女は単刀直入に提案したのだった。心が揺さぶられるほどの欲求はすでに治まっていたが、率直な言葉にぐらりと来ても不思議ではなかった。友達以上の関係はぼくだって望んでいる。自分自身のためにも、シンシアのためにも。そしてふたりのためにも。どんなことになるのか、今ならランカスターにもはっきりとわかった。突然、情欲の火がついた友情。またたくまにふたりをとらえ、永遠に続く幸せな愛。

彼は窮屈になったクラバットの生地を引っぱってゆるめ、上着を脱いだ。

イモジーンのことについて言っていたシンシアの意見はおそらく正しいのだろう。彼女と結婚しなくてもいいのかもしれない。しかし、どうがんばってもシンシアとは結婚できなかった。もし結婚したら、家族の人生を狂わせてしまう。

家族に貧乏貴族の仲間入りをさせてしまうだろう。弟と妹は、ぼくが避けようとした道を選ばざるをえなくなる。財産目当ての結婚をするしかない。さもなければ貧しい暮らしに甘んじるしかないのだ。きょうだいに押しつけることになるだけだと知りながら、義務を放棄することはできない。それに、結婚を踏み台にして家族の生活を守ることができるのはぼくだけだ。

シンシアとの結婚は選択肢にない。

だが、機会さえ与えられれば結婚するだろうか？　死ぬまで夜ごとベッドをともにするだろうか？

ランカスターは濡れたシャツを引っぱって頭から脱ぎ、部屋の奥にあるベッドに目を向けた。

彼女は処女ではない。一生は重すぎるかもしれないが、一夜ならどうだろう？　シンシアがあのベッドにいる姿が目に浮かぶ。昨日そうしたように、愛撫を受け入れて体を弓なりにする姿が。彼女はきっと喜ぶだろう。喜んで、もう一度ベッドをともにしたいと思うだろう。

やがて、時が過ぎ――。

高らかなノックの音がして、空想が打ち破られた。ランカスターは、自分の考えていたことに自分で腹が立った。「なにをばかな」彼はつぶやいた。またノックが聞こえた。

「お茶を持ってきたわ！」シンシアが大声で言った。

ランカスターはローブをはおり、慎重な足取りで戸口へ向かうと扉を開けた。身なりを整えていない状態であり、自分がふけっていた考えごとの内容も内容だったので、なんだか無防備な気がした。しかし、シンシアはにこやかにほほえんでいる。彼女を部屋から閉めだす理由はなにもない。

シンシアは足早にランカスターの横をすり抜け、テーブルにトレーをおろした。彼は渡されたカップを受け取り、礼の言葉をつぶやくだけで精いっぱいだった。シンシアは暖炉の前に立ち、自分のぶんの紅茶を飲んでいた。ランカスターの不安は潮が引くように徐々に消えていった。鼻をつく強いブランデーのおかげかもしれない。

「紅茶は何杯飲んだんだ？」

彼女は目をぱちくりさせた。「一杯だけよ。このドレスは凍えそうなほど冷たいの」

ランカスターはカップを持って口元にあげかけた手を、あと五センチのところでふいにとめた。シンシアの濡れたドレスを見た。ふいにドレスが不思議な作風の劇に使用される不吉な小道具のように見えはじめたのはなぜだろう。

「ドレスを脱ぎたいから手伝ってほしいの」

おや、そうきたか。潮はまだすっかり引ききってはいない。力を蓄えるように少しだけ引き、頭上で砕けようとしているだけだ。またしてもシンシアはこちらの動揺に気づいていないようだった。にっこりと笑顔を向けられ、ランカスターは知らぬまに唇がほころび、笑みを返していた。頭のなかでは彼女の服を脱がせる期待が渦巻いているというのに、いたって普段どおりに見えるらしい。

彼の自制心はひびや穴だらけのもろい板のようなもので、欲望の重みできしんでいた。シンシアはその板の上に、全速力で助走をつけて飛びのる覚悟を決めたみたいだった。

「本当にミセス・ペルはまだ戻ってこないと思うかい？　そろそろ昼食の準備をする頃合《ころあ》いだが」

シンシアは彼の問いかけを鼻で笑った。「パンやソーセージを切るくらい、わたしたちにまかせても平気だとミセス・ペルも思うんじゃないかしら」

「まあ、そうだな」

彼女がティーポットを持ちあげた。ランカスターは自分のカップに目を落とし、空になっていることに気づいた。シンシアはしっかりとした手つきでおかわりを注ぎ、ランカスターは礼儀正しくそれを飲みほした。

熱が筋肉に染みこんでいく。

「暖炉の前で着替えてもいい？　火から離れられそうにないのよ」

「もちろんだとも」素肌に炎の熱を感じたいと思って当然だろう。冷えきった体に舐めるように熱が広がり、血色が戻るさまを眺めたいと思って当然だ。シンシアの頼みを拒むことはできない。

「さあ、もう充分暖を取ったから大丈夫よ」彼女はカップをおろし、最後にもう一度ランカスターにほほえんで背中を向けた。

彼はドレスをじっと見つめ、留め金が隠れている長い継ぎ目を見つめた。カップをかかえる指先に力が入る。シンシアがじれったそうに小首をかしげた。

「じゃあ、始めようか」ランカスターはつぶやいた。カップをテーブルにそろそろとおろしながら、まるでほかの誰かを見ているような気がしていた。誰か別の男が手を伸ばし、ドレスの背中でそっと指を動かす。どこかの冷静な紳士が最初の留め金を外した。彼女の素肌に指の関節がこすれた。

シンシアは留め金を外しやすいように頭《こうべ》を垂れた。やわらかな巻き毛がランカスターの手の甲をくすぐった。彼は二番目の留め金を外し、三番目も外した。ドレスが左右に開きはじめた。

コルセットの上部があらわになると、ランカスターの興奮は一気に高まり、また元の自分に戻った気がした。下腹部はすでに張りつめている。シンシアの髪の香りが喉につまっていた。指先に触れる肌はなめらかで、彼女が呼吸をするたびに手に背骨が押しあてられた。

手は勝手に留め金を外していった。ドレスの口が開き、シンシアは身をくねらせ、ぴったりした毛織りのドレスの袖から腕を引き抜いた。突然、素肌の全景が目の前に現われた。平らな肩甲骨。首の曲線。むきだしの腕に、なだらかにさがっていく肩。総毛立ち、粟立《あわだ》つ肌。

ランカスターは手の動きを速めた。ものの数秒でドレスは床に落ち、ぐっしょり濡れた生地のかたまりが山を作った。

シンシアが腕を後ろにまわし、薄いペチコートをよじってひもをほどいた。湿ったペチコートはほとんど透けて見えた。それが床に滑り落ち、シュミーズまで濡れているのがわかった。

薄手の白い生地の裾からのぞくヒップは淡いピンク色だった。その下に伸びる脚は素足だ。靴下はすでに脱いで、階下の炉端で乾かしているのだろう。

「ニック」シンシアが彼のほうになかば振り返り、苛立った目を向けた。「コルセットもお願い」

「ああ」ランカスターは言った。「もちろん」緊張して声がうわずってしまったことに気づかれただろうか？　どうやら気づかれなかったようだ。シンシアは少しだけはずむように爪先立ちになり、目をくるりとまわしただけだった。

そのはずむようなしぐさで、ランカスターの注意はコルセットに引き戻された。仕立てに目を引きつけられたのではない。ものは質素で、見るからに着古されていた。そうではなく、体に合っているかどうかが気になったのだ。

おそらく、誰か別の女性のために作られたものだったのだろう。あるいは買ってから何年もたっているのか。いずれにしても、今は体に合っていなかった。へりが窮屈なせいで胸のふくらみが上部からこぼれ、その下の部分は平らに見えるほど押さえつけられている。

「向こうを向いてくれ」ランカスターはつぶやき、結び目に手を伸ばした。クリーム色のリボンに触れると指が震えた。リボンを引っぱりながら、今にもコルセットは外れるだろうと思ったが、結び目をほどいても体にしっかりと張りついていた。ほかに選択の余地はなく、指を背骨に沿って滑らせ、レースをゆるめていった。

小さなうめきが肋骨《ろっこつ》から彼の手に響いた。「気持ちいいわ」

そう、たしかに気持ちいい。手に触れている肌は熱を帯びていた。ランカスターは片手をゆっくりとシンシアの肩に這わせて体をしっかりと支え、リボンを引っぱった。そして目を閉じて、別の理由で彼女の体を支えているつもりになった。

とうとうコルセットは充分にゆるんだようだった。シンシアが体をよじったりくねらせたりして、腰の下までさげられたところを見ると。ランカスターは粘るだけ粘って彼女の肩から手を離さずにいたが、やがてその手をゆっくりと腕におろし、絹のようになめらかなすばらしい肌へと滑らせた。

シンシアは身を震わせて、床に落ちたコルセットから足を抜いた。「どうもありがとう」

「どういたしまして」口から出た言葉はささやき声になっていた。

「毛布を借りてもいい？」

彼女はドレスを振って水気を飛ばそうとし、ランカスターはベッドの足元の収納箱を開けて、上質な赤い毛布を取りだした。お役目が終わって残念だったが、シンシアが毛布で体を包み、部屋から出ていくのだと思うとほっとする気持ちもあった。

ほしくてたまらないが、さりとて彼女を求めるのはよくないことだ。

「ほら――」ランカスターは毛布を渡そうとして振り返った。けれども、シンシアの姿が目に入って、思わず言葉が途切れた。

彼女がベッドに入るときに着ていた寝巻きは生地も厚手で、サイズも大きすぎたので、体の線はまったく見えなかった。だが、シュミーズは……透けるように薄かった。雨で湿った光沢のある布地が胸元にぴったりと張りつき、腰と戯れるように下半身を覆っている。胸ははっとするほど豊かで丸みがあり、先端は薄紅色の硬い蕾《つぼみ》のようで、薄い生地を押しあげていた。

シンシア・メリソープは官能的な夢そのものだ。

こちらの熱い思いに気づいたのか、彼女は胸元で腕を重ねた。「貸してくれないの？　それとも自分で使うことにしたの？」

「えっ？」彼女がほしいものなら、なんでも差しだそう。

「毛布のことよ」

「ああ、忘れてた」内なる獣をその気にさせている。もはや獣をなだめようとも思わないほど正気を失いかけているという自覚もあった。ふたりのあいだのほんの一メートルの距離を埋めると、毛布を広げ、シンシアの肩にかけてやった。近すぎるくらい近くに立っていた。

理性が揺らぎ、分別をなくしてしまった。

ランカスターはシンシアの顎に手をあてがい、瞳をのぞきこんだ。「すごくきれいだ」

彼女は驚いたように目を見張った。「なんですって？」

「きみはきれいだよ、シン」ランカスターは彼女の顎を指でなぞった。やわらかな肌に伝わせ耳の下まで触れながら、きめ細かな肌と対照的な自分の手を眺める。身も心も痛いほど張りつめていった。

シンシアが彼の手に自分の手を重ねた。「ニック？」

「すまない」ランカスターはささやくように言って、彼女の唇に強く唇を押しあてた。シンシアはかすかにまだ雨のにおいがした。この世でなによりも清らかな存在であるかのようだった。彼女に手を出すべきではないと、あらためて暗示を受け取ったような気がした。

彼はシンシアの首に手をおろし、さらに下へとさげていった。彼女は身じろぎひとつしなかった。息さえしていないようだ。けれども、胸の下に手をあてがうと、息をのんだ。てのひらにずっしりと重みがかかった。親指を頂まで動かし、やわらかなふくらみと正反対の硬い先端にランカスターは驚いた。

シンシアが甘いうめきをもらす。

「こうされるのが好きか？」

ランカスターが身を引いて顔を見ると、彼女は目を閉じてうなずいた。

「きみはすばらしい」もっとほしくなり、シュミーズを引きおろして、胸の先端をあらわにした。指の腹で濃いピンク色の輪をなぞると、先がいっそう硬くなり、つんととがってきた。

「ニック」シンシアは吐息まじりにささやいた。

もう一度、彼は乳輪をぐるりと指でなぞった。ギャザーの寄ったシュミーズの襟に手を伸ばし、さらにずりさげてすっかり脱がせた。

一糸まとわぬ裸身を見て、息をのむ。

シンシアの胸は豊かで、ほっそりしたウエストとくらべると大きく見えた。申しぶんのないバランスで腰が張りだし、ヒップは丸みを帯びて、やわらかな曲線を描く太腿へと続いている。

ランカスターの口のなかにつばがわいてきた。

見つめていると、彼女が手をおろして脚のつけ根の茂みを隠した。ランカスターはその動きを追いかけ、自分の手をそっとシンシアの手に重ねて、強く押しつけた。

「隠さないでくれ」そうささやく。「きみはとてもきれいなんだよ」

シンシアは唇を開き、息をはずませた。

ランカスターは親指を彼女の手の下にもぐりこませ、そっと手をどけさせた。茶色の巻き毛を見て、胸が締めつけられた。

そして突如として、シンシアと一緒にいることはちっとも間違いではないと思った。

13

彼にじっと見つめられ、シンシアはまたしても体を隠したくてたまらなくなった。男性に裸を見られたことは今までに一度もない。リッチモンドにも見られなかったし、ジェームズにさえ全裸は見られなかった。自分がどんなふうに見えるのか見当もつかないので、ニコラスの目にどう映っているのか、まったくわからなかった。

ニコラスの指が腰におりてきて、肌がうずいた。彼は目をあげて、ほほえみかけてきた。愛嬌《あいきょう》たっぷりの笑みでも、陽気な笑みでもなかったが、その目には純然たる喜びが浮かんでいた。

心があたたまり、やさしい気持ちに包まれた。これこそ望んでいることだ。ニコラスと安らぎをともにすること。たとえいっときであっても。

きれいだと彼は言ってくれた。だから、もしかしたらわたしはきれいなのかもしれない。それでも、裸身をさらしている緊張からか肌が震えた。どう見えていようとかまわない、と最後にはシンシアも覚悟を決め、ニコラスの手を引いてベッドへ向かった。

上掛けをめくり、その下にもぐりこんだ。「さあ、今度はあなたよ」寝具の下に体を隠して、シンシアは言った。

まだ笑みを浮かべながら、ニコラスは物問いたげに頭を振った。「今度はぼくだって？」

「服よ」シーツを顎の上まで引っぱりあげ、ほてってきた頬を隠す。「服を脱いで」

「本気で言っているのか？」彼は笑いながら尋ねた。

「ええ、本気よ」シンシアはニコラスの裸が好きだった。首の傷跡を見ると、考えたくないことをいやでも考えてしまうけれど、彼の体はすばらしい。

顔から笑みを消し、ニコラスはローブのひもをほどいて前を開いた。ローブの下にはまだズボンをはいていたので、少しがっかりした。だがローブが脱ぎ捨てられると、シンシアはじっくりと時間をかけて彼の肩と広い胸を眺めた。自分が触れられたように彼に手を触れてみたかったが、それには体を隠している上掛けの下から出ていかないといけない。ベッドでくつろいだまま、このままショーを楽しむことにした。

ズボンのボタンに手を伸ばしたときも、ニコラスは目をそらさなかった。ためらう素振りもまったくない。平然とボタンをひとつずつ外し、やがてズボンと下着を一気に脱いだ。

彼が体を起こして再び立つと、シンシアは悲鳴をあげた。ほんの短い悲鳴だったが。

「どうしたんだ？」ニコラスは彼女が誰かに驚いたとでも思ったのか、戸口にちらりと目をやった。

「前はもっと小さかったのに」シンシアは恐怖におびえてささやいた。

「なんだって？」

「なんでもない」

ニコラスは顔をしかめた。「なにがいけないんだ、シン？」

「なんでもないの」今さらがたがた言っても始まらない。ほほえみ、うなずいて、耐えるしかない。それにもう処女ではないのだ。それほどつらいはずはない。ただ、彼とならもっとことは簡単だろうと思いこんでいただけだ。「なにも問題ないわ」

「じゃあ、ベッドに入ってもいいかい？」

シンシアは上掛けをゆっくりとめくり、万が一ニコラスが心変わりをしてもいいように時間をかけた。

どうにもよくわからなかった。初めて彼の裸を見た夜は、とくにやわらかそうには見えなかったのだ。でも、きっといろいろな段階があるのだろう……あの部分の大きさには。

「何人もの裸の男を見てきたのだろうから、きみが動揺するとは思わなかった」ニコラスはそうつぶやきながら、隣にそっと入ってきた。シーツの上に身を滑らせ、シンシアに体を押しつける。

「ああ」彼がささやくように声をもらすと、シンシアはぎょっとして、息さえできなかった。ニコラスに熱い全身を押しあてられ、彼女の体は燃えるようだった。まるで一瞬のうちに、彼の一部になってしまったかのようだ。ニコラスの手が腹部に置かれ、指が大きく広げられた。

「ああ」

「きみはすごくやわらかいんだね」ニコラスは唇を彼女の頬にかすめさせ、吐息まじりに言った。

胸元でシーツをつかんだままシンシアは体の向きを変え、彼にキスをした。すると、腹部に押しあてられた手に力が入ったことに気づき、キスに溺れた。ニコラスを味わい堪能《たんのう》するあいだ、彼の手がそぞろ歩きを始めた。

包みこむようにして胸に触れ、もう一方の胸に移り、肋骨に沿うように指を這わせて、親指をへそにもぐらせた。どんな体をしているのか以前から思いをめぐらせていたかのように、ニコラスは彼女の体を探索した。こういう出だしの愛撫を待ちかねていたかのように。

キスは続いていたので、彼が手を離したことに一瞬気づかなかった。ニコラスは上掛けから腕を出し、シーツを握っているシンシアのこぶしをつかんだ。両の手をそっと下におろし、その動きにつられて毛布も押しさげられた。

胸元があらわになり、まもなく腹部もあらわになった。ニコラスは腕をシンシアに伸ばし、彼女をしっかりとつかまえた。シンシアは両手でシーツをつかみ、腰を隠した。

「自分の姿を見てごらん、シン」彼はささやき、顔をうつむけて、胸の頂に唇をつけた。

ニコラスの口が胸を這い、乳輪に舌がこすりつけられ、下腹部の奥から驚くような感覚がわき起こった。やがて彼の唇が開き、舌だけで乳首を執拗《しつよう》になぞられて、シンシアは思わずうめき声をもらした。

そうやって、しばらくじらされた。舌先で軽く触れたかと思うと、激しく求めるようになぶられる。それを交互にくり返されるうちに、ほどなく彼女のうめき声は消え、欲求をにじませたあえぎに取って代わった。

こんなふうに感じたのは生まれて初めてだった。たまらなくほしくて、飢えを覚えた。もはや自分の不安も、ニコラスの悲しみもどうでもよかった。肉体に自分自身を乗っ取られてしまった。そしてその肉体は、求めるものを手に入れようとしている。

シンシアは必死に握りしめていたシーツを放し、ニコラスの腕を振りほどいた。腕をつかんだとき、彼の硬い筋肉のたくましさに驚いた。ニコラスはとても男性的だ。この彼にのしかかられているというのに、それでも安心感を覚え、大切にされていると感じた。

腕の筋肉が収縮し、シンシアの手を押してきた。そんな彼の体の動きは新たな発見だった。

ニコラスが顔をあげ、まぶたをなかば閉じた目で彼女を見つめた。

シンシアは彼の腕を握った手をあげていき、肩までたどりつくと、今度は体の前におろして胸を覆う体毛に驚いた。その動きにニコラスの目がついてきた。視線がゆっくりとあがり、彼女の目を見る。彼の瞳はありえないほど翳りを帯び、あたかも暗い水を湛えた井戸のようだった。

心臓のあたりに手をあてがうと、てのひらの下で鼓動が雷鳴のように轟《とどろ》いていた。胸毛はふわりと縮れ、毛皮のような手触りではなかったが、それでも興奮した獣を連想せずにはいられなかった。

どうしていいかよくわからなかったので、シンシアはなにかしらの反応を待ったが、ニコラスは無言のままだった。円を描くように彼の胸をそっと撫でながら尋ねる。「これって、気持ちいい？」

ニコラスは目を閉じ、彼女の胸に忍びこんだ不安を追い払った。「ああ」ささやくように言って身を離した。

そして肩に手をあててシンシアの体勢を変え、自分に背を向けさせた。とまどった彼女は一抹の寂しさを覚え、胸が寒々としたが、それもほんの一瞬のことだった。そんな不愉快な気持ちも、ニコラスの体が消し去ってくれた。彼は後ろから、シンシアのくびれや曲線に自分の体をぴったりと合わせた。

こんな姿勢では、彼自身を避けることはできない。硬いものが焼き印を押すようにヒップにあてがわれた。熱気を帯びた肌のなかでも、そこはひときわ熱を持っていた。

けれども、シンシアはその部分のことを考えられなかった。なぜならニコラスに腕を巻きつけられ、首に口を押しあてられたからだ。「本当にいいのかい、シン？」彼はそう尋ねながら、キスで肩の線をたどっていった。

「ええ」自分の答えに確信は持てないかもしれないが、シンシアは即答した。相手はニコラスで、彼のすべてをほしいと思っている。すべてを心のなかにかき集め、思い出を胸の奥に永遠に封じこめなければならない。

「ええ、いいわ」ニコラスの手が脚のつけ根に滑りおり、そこを撫でられながら、シンシアは一瞬前より大きな声で言った。彼にとってなんであれ、シンシアにしてみれば、これこそがよりどころだった。今までに味わってきたどんな経験よりも現実味を帯びて感じられる。ニコラスとの思い出があれば、前途に広がる道を歩いていけるだろう。なじみのない土地で、自分のことを知らない人たちのあいだに入って、新しい生活を始められる。たとえどんなことがあろうとも、彼との思い出は新天地でわたしのよりどころに、故郷になるだろう。

ニコラスはさらにしっかりとシンシアを抱き寄せ、首筋をやさしく吸った。ゆったりしたリズムで彼の指が動くと、シンシアは思わず身をよじらせた。まぶたを閉じ、息を整えようとした。それはすでに不可能なことだったが、指が体の内側にもぐりこんでくると、いっそう不可能になった。

彼女の叫びが部屋にこだました。

「シン」ニコラスはうめき、より深く指を差し入れた。

シンシアは背中を反らして彼に体を押しあて、みずから進んで脚を広げた。彼の愛撫は気持ちよかった。信じられないほど気持ちがいい。依然としてヒップに硬いものが触れているせいか、愛撫は不埒なまでに甘美に感じられた。シンシアは吐息まじりにニコラスの名前をつぶやき、首をのけぞらせて彼にもたれかかった。

首筋をついばまれ、彼女はあえいだ。ニコラスの指が体から抜かれてしまうと、懇願するような甘いうめきをもらした。

「しいっ」彼がささやく。するといきなり体の奥が圧迫され、指が二本滑りこんでいた。

これは度がすぎている。シンシアはニコラスを押しやろうとして、見動きが取れないことに気づいた。二本の指がするりと抜けたかと思うと、ゆっくりと、さらに深くもぐりこんできた。「ああ、どうしよう、ニック」

「いいのか、これが？」

いいのかですって？　どちらかというと痛いくらいだけれど、どういうわけか別の感覚も生まれていた。指を抜き差しされるたびに、耐えがたいほどの快楽に近づいていく。

体はますます潤い、ふいに指への抵抗感がなくなった。するりと入り、ごくゆっくりと引き抜かれた。

「いやよ」シンシアは小声で言った。体の奥が急に空っぽになってしまった。秘密の通路で味わった感覚と同じだ。突然ニコラスが身を引いて、わたしを置き去りにしたあのときと。

「やめないで」

「やめないよ」そう言いながらも、彼は濡れた指をシンシアの腹部にまで引きあげた。

「お願い、やめないで！」彼女は懇願したが、ニコラスは聞き入れてくれなかった。

手をさらにあげていき、胸をてのひらで包みこむ。首筋につけた口元を肩へとおろした。軽く歯を立てながら吸いつくように唇を這わせ、そうしながらも親指と人差し指で乳首をなぶった。蕾をつままれ、シンシアは悲鳴をもらして、彼の興奮の証にヒップを強く押しつけた。

胸の先端は濡れて、ひんやりとしていた。これは自分の体の奥の湿り気のせいだとシンシアは気づいた。とてつもなくみだらな気がして、いっそう身悶《みもだ》えした。

「ねえ、ニック！」

彼女の声に表われた懇願の響きを無視して、ニコラスは親指と人差し指ではさんだ乳首を転がした。体の奥でわき起こっているうねりがさらに激しくなる。「きみの手触りがどんなにいいか、きみにはわかりっこない」彼はつぶやくように言った。「とてもあたたかくて、やわらかくて、しっくりくる。できることなら……」言葉は途中で立ち消えた。

ニコラスが片手をまた下にさげて、脚のあいだに指を滑りこませる。シンシアはせがむようにてのひらのつけ根を彼の手首に押しつけた。もしかしたら、そのしぐさが彼になんらかの決意を促したのかもしれない。ニコラスは乳首をいたぶるのをやめ、手を腰におろして、シンシアの体を押して腹部をベッドにつけさせた。膝を割り入れて脚を開かせると、そのあいだにひざまずいた。

さあ、いよいよだ。彼に奪われるときが来た。

ニコラスは彼女の上にかがみ、肩と背中にキスをした。熱を持ち、ずっしりとした彼のものがヒップの上でうごめいた。

今、体にのしかかっているのはニコラスだ。だから前とは違うはずだ。それはシンシアもわかっている。優雅でもなければ、魔法にかけられたようでもないかもしれないが、それでもジェームズに抱かれたときよりはましだろう。にもかかわらず、ニコラスにヒップをつかまれ、膝をつくように促されると、彼女はたじろいだ。結局、違いがなかったら？

ぞっとするほどの寂寥感《せきりょうかん》がこみあげた。ニコラスと一緒にいるときに、こんな気持ちになりたくない。彼に求められているときに孤独は感じたくない。彼がうめき、うなり声をあげ、なかに身を沈めているときに汚されていると思いたくない。ジェームズがことを終えたあとは、使用済みのハンカチになったような気がした。どうしてニックにはそのときと同じ気持ちにさせられるはずがないと思いこんだのだろう？

彼の手が滑るように腰におりてくると、シンシアは思わずひるんだ。両手をマットレスにしっかりとつけて体を支え、ヘッドボードの渦巻き模様をじっと見つめる。そして彼の指先が最も秘められた箇所に触れると、まつげから涙がひとしずく落ち、皺くちゃのシーツに染みこんで消えた。

ニコラスが再び愛撫を始め、秘部の合わせ目をゆっくりとなぞった。指がするりと前に伸び、ごく敏感な部分に触れられて、シンシアは思わず体をびくりとさせた。そのはずみで彼に押しあてる格好になった腰をもう一方の手で押さえられ、感じやすい芯をさらにじっくりと指でこすられた。

「ああ」彼女は吐息をもらし、少しだけ体から力を抜いた。この先どうなるのであれ、こうされると気持ちがいい。

背後でニコラスが体の向きを変えたようだった。すると突然、なにか別のものでそこをこすられていた。彼が前後に腰を動かし、欲望の証が敏感な部分にそっとなすりつけられた。

「ああ、すごいわ」そんなに恐ろしいことではないのかもしれない。ニコラスのものがこすりつけられても、それはなめらかで、むしろ心地よかった。われながら驚いたことに、身構えようと思う気持ちも、固唾《かたず》をのんで見守ろうと思う気持ちも失せていた。その代わりにヒップを押しつけ、膝をついた格好で腰を振ると、彼の愛撫のペースが少し速まった。そして、あの体の奥のうねりがまたもや頭をもたげた。「ううん」

シンシアが驚いたことに、ことは本当に起きていた。ニコラスは姿勢を変えた。彼女が腰を突きあげると、秘部の合わせ目に自身を滑らせるのではなく、なかに沈めてきた。シンシアは内側が圧迫されるのを感じ、引き伸ばされるようだった。逃げようかと思ったが、なぜかニコラスはすでに身を引いていた。

衝撃のあまり、彼女は体が硬直していた。自分の両手に視線を落とし、目をしばたたく。ニコラスが再び腰を押しだし、シンシアのなかに身を沈めると、ようやくどういうことか悟った。彼のものがなかにあり、奥へと分け入っている。そしてそれは……気持ちがよかった。でも、以前に体験したときと同じように動きはなめらかだったが、今回はきつく締まっていた。でも、痛みはない。まったくなかった。息をつめる必要も、唇を嚙む必要もない。やっぱりやめてちょうだいと頼みこむ必要も……。

ニコラスが少しだけ激しく突き、シンシアは悦びのあえぎをもらした。衝撃で内側の筋肉がきゅっと収縮した。

「ああ」彼があえぎながら言う。「シンシア、きみは……きみは……」

その切れ切れの言葉に、彼女は全身が熱くなった。さらに激しく速く突かれ、ますます快感が増した。

寂しさはもうない。彼で満たされていた。

ニコラスは荒々しく深く突き、やがて奥に身を沈めたまま動きをとめた。彼の低いあえぎが部屋に響く。ぴったりと重なったふたりの太腿が汗で滑った。

息づかいがいくぶん落ち着くと、ニコラスは身をかがめ、片方の腕を胸に巻きつけてシンシアの上体を起こし、膝立ちの格好を取らせた。もう一方の腕を腹部にまわして、手を茂みに押しあてる。シンシアの背中に上半身をつけ、秘められた部分のいちばん上にある小さな真珠を指でなぞり、彼女に悲鳴をあげさせた。

「いいぞ、その調子だ、シン」彼はつぶやき、腰を引いて、今度は高く激しく突いた。

「ああ、すごい」シンシアはうめき、みずから膝を広げた。

「そうさ」ニコラスは指で敏感な部分を愛撫した。「これなんだろう？　こうしてほしかったんだろう？」

「ええ、そうよ」うめくように言う。まさにこれこそ求めていたことだったが、そうだという自覚は今の今までなかった。けれども、もうほしくてたまらなくなっていた。全身がぴんと張りつめ、震えるような悦びがあふれて、さらなる高みを求めている。

「お願い」シンシアは懇願した。「お願いよ、ニック」

彼はいっそう突きを速めた。「もう一度言ってくれ。ぼくの名前を。シン、ぼくの名を呼んでくれ」

「ニック」彼女は下腹のうねりをさらに強く感じた。「ニック、すごくいいわ」やがてなにも言葉にならなくなった。体の奥からわきでてくる悦びにひたり、魂を奪われ、叫ぶしかなかった。まわりの世界は闇に包まれ、それでいて同時に輝きにも包まれた。

ニコラスが体を引き抜きながらシンシアの名前を叫んだ。彼女の背中に熱いものが撒《ま》き散らされ、臀部《でんぶ》へとしたたり落ちた。指の愛撫で皮膚が傷ついたようだったが、シンシアは少しも気にとめなかった。

長々と息を吐き、顔をさげ、ニコラスの腕に顎をのせた。ありがたいことに、彼はまだ上半身をシンシアの背中につけ、後ろから抱きしめていた。そうでなかったら、手足の力が抜けた彼女は倒れこんでいただろう。

果てしなく時間が過ぎたように思えるころ、ようやくニコラスが呼吸を整えた。「シン、大丈夫かい？」

彼女はうなずいた。疲れて口を利くこともできなかった。ニコラスが腕を動かし、ベッドにそっと横たわらせてくれた。初めて味わう心地よさにひたりながら、シンシアは枕に顔をうずめた。脱力感に襲われ、吐息をもらした。

ニコラスはしばらく背後で静かにしていた。シンシアは顔をあげることもできず、彼の表情はわからなかった。

「これからちょっと……」やがて彼はそう言いかけたが、言葉を切って咳払いをした。「少し動かないでいてくれ」

動けと言われても動ける状態ではない。目を閉じたのはほんの一瞬のような気がしたが、突然ベッドが沈み、ひんやりした布が背中に触れた。

「すまない」シンシアが小さく悲鳴をもらすと、ニコラスが言った。タオルで背中の下のほうをこすられ、そのあと腰と太腿も拭かれた。「さっきは少し、その……」

結局、彼はシンシアの背中に寄り添うようにベッドに身を横たえ、深い吐息をもらした。腕がそっと腰にまわされると、彼女は顔をほころばせた。想像以上の幸福感に包まれていた。


ランカスターは自分の心臓が心配になった。愛を交わしたときは、当然ながら狂ったように鼓動が打っていた。しかし、それが今もなお続いていて、痛みさえ覚えはじめていた。心配は心配だが、これはさしたる問題ではない。そうではなく、本当に心配なのは度がすぎるほどの快楽だった。そう、たしかに肉体的な快楽だが、それだけではなく、心で感じるものもなにかあったのだ。

こんなふうに感じたことは……女性を抱きながら心のつながりを感じたことは一度もなかった。思い出になると思ったことも、大切なひとときだったと思ったこともなかった。女性たちをそこまで踏みこませなかったからだ。

性的な関係をそつなく結ぶすべを、ランカスターは何年かかけて身につけた。金を払って不埒な欲望を女性に満たしてもらう場合は別として、支配欲を相手には悟られないよう気をつけた。だがそうしたたくらみのせいで、彼は誰に対してもよそよそしかった。どんなに親しい間柄になっても、つねに心は距離を置いていた。

シンシアにも同じやり方を通していた。そんな自分が恥ずかしくなり、胃が痛くなったが、どういうわけか彼女がうれしがっていることも感じた。彼女の喜びをひしひしと感じたのだ。そばにいるだけで喜んでくれる人は誰もいなかった。ぼくと一緒にいて欲望を覚えるという女性ならいた。めったにないことだが金銭がからまない関係であっても、情欲と満足感を覚える女性もいた。一緒にいて楽しいと思われることもあっただろう。しかし、うれしいと思われることはなかった。

シンシアの肩に額をつけ、肌のにおいを吸いこんだ。完全にではないが、ほぼ普段どおりの心境に戻っていた。安らかと言ってもいい気持ちになっていた。彼女が口を開くまでは。

「予想とは全然違ったわ」シンシアはため息まじりに言った。

ランカスターの心臓はとうとう静かになった。それどころか、すっかりとまってしまったみたいだ。彼は息をつめた。だが、シンシアは言いっぱなしで満足げだった。「それで？」ランカスターはしわがれた声で尋ねた。「どう違ったんだ？」

「初めてのときのようではなかったの」

ランカスターは額をさらにしっかりとシンシアの肩につけ、目をぎゅっと閉じた。彼女に悟られた。気づかれてしまった。

たぶん最初の恋人は、シンシアを野の花の咲く原っぱに横たえたのだろう。全身にキスの雨を降らせ、胸に抱き寄せて愛をささやき、月明かりと星屑《ほしくず》のことを語りかけたのだ。

一方、ぼくはといえば、まるで動物のように後ろから彼女を奪った。「すまなかった」ランカスターはシンシアの背中につぶやいた。

彼女の笑い声が聞こえた。「すまなかったですって？　あなた、どうかしているわ。初めてのとき、わたしは恐ろしい思いをさせられたの。今回は……そうね、とてもすばらしかったわ」

ランカスターは目を開けて、視界に映るほんのりと赤く染まった素肌を見つめた。「本当に？」

シンシアは彼から身を離し、仰向けに寝そべった。「賞賛の言葉を引きだそうとしているの？　まったく困った人ね。あなたとわたしとでは、あなたのほうが経験豊富なのよ。あなたこそ、わたしに甘い言葉をかけてくれるべきなんじゃない？　きみはすてきだったよ、とか」

彼女に笑みを向けられていることが、ランカスターは信じられなかった。恐怖から安堵にまだ気持ちが切り替わっていない。「きみはすてきだった」まぬけなことに、彼女の言葉をそのまま返していた。

「ありがとう」シンシアが笑いだし、彼の頭のなかはようやく会話に追いついた。

「なぜ初めてのときに恐ろしい思いをしたんだ？」

彼女の顔から笑みが少しだけ消えた。「なぜもなにも、とにかく恐ろしかったの」

初体験の相手が別の男でよかったと思うべきなのだろう。シンシアに苦痛を味わわせたのは自分ではなかったのだから。だが、彼女の目に悲しみが浮かぶのは見たくない。ランカスターは指でシンシアの頬を撫でおろした。「痛かったからか?」

「ええ」シンシアは彼の顎に視線を落とした。

「それから?」

「それから」彼女はため息をついた。「間違いだったからよ。とんでもない間違いだった」

ランカスターが頬に手をあてがうと、シンシアは目を閉じて、彼の手に頬をすり寄せた。

「ぼくとしてはそれに異議を唱えることはできない」ランカスターは言った。「なぜかといえば、まず、きみは別の男に抱かれたからということ。それに、そのことを話そうとして、きみが悲しそうな顔になっているからということもある。どういうことか話してくれるかい?」

シンシアは首を振ったが、結局目を開けて話しはじめた。「その人は絵描きだったの。スカーバラで依頼を受けて作品に取りかかっていたのだけれど、賭事にも手を出していた。わたしの継父に負けたとき、絵を描くから、それを支払いにあてさせてもらいたいと継父に持ちかけたのよ。一応言っておくけど、継父はその取り決めに不満だったわ。でも、お金がないんだもの、ほかにどうしようもないでしょう?」

シンシアが肩をすくめると、ランカスターの胸に彼女の肩がこすれた。「だからジェームズはわたしの肖像画を描いた。そして、わたしたちは戯れあった。彼は何度かわたしにキスをしたわ。すごくどきどきした。わたしは一七歳で――」

「一七だったのか」ランカスターはうなるように言ったが、シンシアは彼の反応を無視した。

「彼はとてもハンサムで、洗練されていた。当時、わたしはすでにレジナルド・ベイラー卿から求婚されていて、息子のハリーとの縁組も検討されていたの。こうなったら、結婚相手としての価値を自分で落とすしかないと決心したのよ」

「処女を失うことで」

「ええ」

「きみはまだ若すぎた」

「いいえ、充分大人だったわ。とにかく肖像画は完成した。でも、そのころになって諍《いさか》いが起きたの。当初の取り決めに含まれていたのは製作費だけで、絵の具やキャンバスの代金は入っていなかったのだけれど、継父は材料費の支払いを拒否したのよ。ジェームズは怒って部屋から飛びだした。わたしはそれを見かけて、厩まで追いかけていった。最後の機会だとわかっていたから。わたしは処女を奪ってほしいと彼に頼み……彼はそれをこなした」

ランカスターは話の続きを待ったが、シンシアはそれ以上は話そうとしなかった。

「まあ、なにも語らないなら語らないでいいが、どういうことだ、〝彼はそれをこなした〟というのは？」

「だから、彼は頼まれたことをこなしただけという意味よ。わたしはロマンティックなことを期待していたの。なんといっても、彼は絵描きなんだから。それまでに何度か交わしたキスはとてもよかったの。でも、抱かれたときはロマンティックではなかった。期待するなんて愚かだったわ。二、三度キスをして、彼はわたしに……そそられたようだった。だけど、そのあと彼はほくそ笑んで、わたしを馬房に引っぱりこんだ。樽《たる》に寄りかからせて――」

「そいつはなにをしたって？」

怒鳴るように問われて、シンシアは体をびくりとさせた。「彼はまだ腹を立てていたんでしょうね。経費を払ってもらえず、ばかを見た気がして。だから、自分を安売りしようとする娘には親切にしてやる価値はないと思ったのよ」

「シン」ランカスターははっと息をのんだ。「そんなことを言うものじゃない」

「だって本当のことよ、そうでしょう？　頼んだとおりのことをされただけだもの。彼に恋をしているわけじゃなかった、それは自分でもちゃんとわかっていたわ。厩では遠まわしな言い方で伝えようともしなかった。単刀直入に〝抱いてくれる？〟と訊いたの。それで抱いてもらった。終わったあと、彼はズボンのボタンをはめ、シャツをズボンにたくしこんで、こう言ったわ。〝これで貸し借りはなしだと親父《おやじ》に言っておけよ〟って。そして立ち去ったの。話はこれでおしまい」

ランカスターは口が利けなかった。シンシアの目に涙はなかったが、彼女のために泣きたい気持ちになった。彼女の額から髪をそっと払いのける。「その男のフルネームを教えてくれ」

「どうして？」

「探しだして、殴り倒してやりたいからだ」

シンシアは笑った。ぼくの胸は張り裂けそうなのに、どうして笑えるのだろう？

「彼も普通の男性だったというだけでしょう、ニック。だからといって、罰するわけにはいかないわ」

「普通の男性？」ランカスターは吐き捨てるように言った。「そいつのしたことはまるで動物じゃないか！」

「ただ単に差しだされたものを――」

「ぼくもそんなまねをすると思うのか？　きみだけじゃなくて、誰に対しても？」

シンシアは即座に彼の目を見た。「いいえ、あなたのことはそういうふうには思っていないわ」

「そんなやり方で女性を傷つけるなんて、いったいどんな男なんだ？　恐ろしい思いをしたときみが感じるのも当然だよ」

今度は彼女も目に涙をためていた。ランカスターはわれながら驚くほど激しい怒りに駆られた。そのジェームズとやらをぶちのめしてやってもいい。なんの迷いもなくとどめを刺せるだろう。

「泣かないでくれ、シン」

シンシアは彼の首元に顔をうずめ、ささやくような声で言った。「ごめんなさい。あんなこと、するべきじゃなかった」

「しいっ」

「初めての相手があなただったらよかったのに。あなたはすてきだったわ、ニック。さっきはとてもすてきだった」

すてきだって？　ランカスターはシンシアをぎゅっと抱きしめ、怒りの治まらない心のなかを静めようとした。すてき、か。ぼくとの行為をすてきだったと彼女に思わせただけでも、そのろくでなしに生きている価値はないだろう。

だが、怒りは冷めやらないものの、今の言葉を何度もくり返し言ってくれと彼女に頼みたい気持ちが募った。〝あなたはすてきだったわ。さっきはとてもすてきだった〟

シンシアとだから、そうだったのかもしれない。

「ニック？」

「なんだい？」

シンシアは顔をあげて彼を見た。「どうしてわたしに触れさせたくなかったの？」

部屋じゅうの空気がすっと引いていったようで、息苦しくなった。見せかけではない関係には厄介なことがあると、遅まきながらランカスターは気づいた。他人は気づかないようなことでも、友人になら気づかれてしまう。

〝どうしてわたしに触れさせたくなかったの？〟ぼくにどう答えられるだろう？　嘘をつけばいい。嘘をつくことには慣れているはずだ。それなのに、口に綿がつまったように言葉が出てこなかった。

「なにを言いたいのか、よくわからないな」

「あなたに触れられたように、わたしもあなたに触りたかったわ」

喉から出そうになった本音をのみくだすように、つばをのみこんだ。「男というのは、そういうふうにかまってもらわなくても平気なものなんだ」

こう言えば、男性経験の少ないシンシアは反論しないだろう。ランカスターは期待をかけたが、彼女は顎を引いてふっと笑った。「そう？　わたしの知る限り、男性はかまわれるのが好きな生き物よ。とにかく、あなたはそうだもの。よくお母さまの足元に座って、本を読んでいたでしょう。お母さまに髪を撫でてもらって、猫のようにかわいがってもらっていたわ」

「子供のころの話だ」ランカスターはつぶやいたが、たしかに事実は事実だった。「それに男というのはそういうものじゃない……ああいう愛撫をされたいとは思わないのさ」

シンシアは鼻に皺を寄せ、疑いをあらわにした。「本当に？」

「ああ、本当だよ」

「じゃあ」いたずらっぽい顔で言う。「試してみるべきかもしれないわ。あなたを愛撫してみたいの」

ランカスターは完璧な作り笑いをした。一〇年近い偽りの日々で身につけたおかげで、真に迫った笑い声だった。「うれしいね。でも、愛撫はぼくにまかせてもらわないとだめだ」

「今にわかるでしょう」シンシアは予感めいた口調で言ったものの、一瞬ためらった。あちこち体をまさぐられるのだろうとランカスターは覚悟を決めたが、彼女の質問に意表を突かれた。「それで……あなたの初めてのときはどうだった？　きっと刺激的だったんでしょうね」

「え……」やれやれ、この女性には気まずい話題を持ちだす天賦の才のようなものがある。「村の男の子たちが、相手をものにしたと自慢話をするのを何年も聞いてきたのよ。わたしの耳に入らなかった噂話はひとつもないわ」

「いや……うまくいかなかったよ。ぼくもきみの最初の相手と似たり寄ったりで。それよりひとつ言っておきたいんだが、愛を交わしたあとは静かに物思いにふけるか眠るかしないと、心地よい余韻にひたれない」

「でも、今は真っ昼間よ」

「眠くないのかい？」

「ええ」しかしシンシアはおとなしくなり、ランカスターの胸に鼻をこすりつけ、深い吐息をもらして体の力を抜いた。

ぼくは嘘つきだ。愛を交わしたあとにどうふるまうのがいいかなど、まったく知らない。いつも服を着てさっさと帰るだけだからだ。甘いささやきもなければ、あたたかな抱擁もない。初めて経験したときからずっとそうだった。今の今までは。

シンシアの髪の香りをかぎ、肌が触れあう感触を味わった。どちらの体も熱をはらんでいた。彼女が膝の向きを変え、ランカスターの太腿に脚をつけて、少しだけ膝を持ちあげた。

素肌と秘められた部分のにおいが鼻に届き、爪先から頭のてっぺんまでシンシアの全身を感じた。吐息に胸をくすぐられる。胸の鼓動が聞こえるほど、ぴったりと寄り添っている。

ランカスターは目を閉じた。

「ぎこちなかったよ」穏やかな声で話しはじめた。シンシアは隣でじっとしている。「わくわくしながら、同時におびえてもいた。相手が……相手がきみだったらよかった」

14

「おかしな男でね」舟職人の老人は言った。自分の言葉をあらためて考え直すように、歯のあいだから舌をのぞかせる。「奇妙というのかな」

「どう奇妙なんだ？」ランカスターはなるべく苛立ちを隠そうとした。ブラームは変わり者だと誰もが口をそろえて言うものの、なぜそう思うのか、ひとりとして説明できる者はいなかった。

「言ってみれば、あいつには魂がないってことですよ」いたってまっとうな意見だと言わんばかりに、老人は肩をすくめた。

「魂がない、か」ランカスターは淡々とくり返した。

舟職人の老人はうなずいた。「ああ、ないね」

「で、彼はここに来たんだって？」その小さな宿屋の酒場は泥炭の煙で空気がにごり、漁網を携えた舟乗りたちでにぎわっていた。伯爵に仕える者が立ち寄るような場所には見えない。

「たまに来る。三日前にも、一杯やりに来ましたよ」

「いったいなにを探しているのかな？」はっきりした答えは返ってこないとわかっていたが、

一応訊くだけ訊いてみた。

「さあ。向こうはひと言も口を利かないもんで」

「そうか」ランカスターは帽子を膝に打ちつけて言った。「目を光らせてくれて助かるよ、ありがとう」

「もったいないお言葉を、旦那さま」

ランカスターは帽子をかぶり、あたりにちらりと視線を走らせた。新たに酒場へ入ってきた者はいないか確かめたが、彼が来たときから店にいた五人の男たちが視線を返してきただけだった。挨拶代わりに帽子をあげ、酒場をあとにして雨のなかに出た。

記憶が正しければ——自信はなかった——リッチモンドの地所は馬車で西へゆうに五時間揺られた先にある。馬に乗っていけば所要時間はそれより短い。ブラームがリッチモンドの屋敷から数日おきにここまで出てきて、とんぼ返りすることは可能だ。どこか近くに宿を取っても、村人たちから怪しまれたりはしないだろう。

雨は降っていたが、ランカスターは馬車の前を素通りし、通りを渡ってアダムの家族が住む家へ向かった。昨日は不意を突いて母親を驚かせてしまった。アダムの母は、狭い自宅に子爵が急に訪ねてきて興奮するやら、幽霊屋敷に息子を住みこませるのは心配やらといった状態だった。喜んで送りだしたくはなかったようだが、断ることもできないというわけだ。母親の不安を思うと気がとがめたが、ランカスターは雨をものともせずに少し足を伸ばして、アダムの母親に挨拶をしに行った。そして、あなたの末っ子は住みこみの生活になじんでいると伝えて安心させてやった。

そのあとペインター家に立ち寄り、ミセス・ペルが来ているか確かめたが、雨が小やみになった頃合いに屋敷へ帰っていったという。なにごともなければ今ごろはもう屋敷に戻り、今夜のために肉入りシチューをせっせと作っているだろう。

ふとやるせない気持ちになり、ランカスターは路上に目を落とし、馬車に乗りこんだ。シンシアに思いを馳《は》せることは別として、どれもこれも中途半端な状態だった。

抱いてほしいというシンシアの主張は、狭い部屋に閉じこもっていたときには完璧に理にかなっていた。炉の明かりに輝く裸身を見せつけられていたときには、なにもかもが筋が通っていた。ふたりが愛を交わすのは当然だと思った。なんてすばらしい考えなのか、と。

しかし、今は頭が混乱していた。ぼくはなにをしてしまったのだ？　シンシアと結婚するわけにいかなかったのに、こうなった以上、結婚しないわけにもいかなくなった。予防の手立ては講じたが、妊娠させてしまったかもしれないのだから。

シンシアはとてもかわいらしく、魅力的で、心もあたたかい。彼女に肉体的な欲望を覚えたことは以前はなかったが、昔なじみであることに変わりはない。

ランカスターは指の関節で額をこすった。シンシアを抱くべきではなかった。それでも、なかったことにしようと思うと、はらわたに突き立てたナイフをねじられたような感じがした。

この宝探しの冒険が首尾よく終わったら彼女をアメリカに送りだしてやらなければならな

いと思うと、なおさら苦しかった。

シンシアと結婚はできないが、さりとて結婚しないわけにもいかない。

頭がずきずきと痛みだした。キャントリー邸にまもなく到着する。彼女にどんなふうに言うか、心づもりをしておかなくてはならない。〝もう二度としてはいけない〟と切りだすのがいいだろう。そのあとはなんと言う？

はらわたに刺さったナイフが、またもやぐるりとねじれた気がした。

「ジャクソン」こぶしで馬車の天井をたたき、ランカスターは大声で御者を呼んだ。小さな仕切り窓がすっと開いた。「オーク館にまわってくれ」

ジャクソンの返事は風に消されたが、仕切り窓は閉じられた。

まっすぐ屋敷には戻らず、ミスター・キャンバートソンに質問をしに行くとしよう。借金とブラームの謎めいた出没について、もう少し事情を調べてみるか。話を引き伸ばせば、シンシア・メリソープのことをどうすればいいか、なんとなくわかるかもしれない。今は彼女の問題を解決するために手を貸したいとしか考えられなかった。

ブラームは謎に包まれている。素性も、所在も、行動の意図も、なにもかも謎だった。そんな謎など放っておいて、さっさと彼を始末してしまえばいいのかもしれない。乱暴はされなかったとシンシアは言っていたが、彼女が暴力を振るわれるのをブラームはとめなかった。そばに立って、シンシアが異常な男に襲われるのを黙って見ていたのだ。

だが、リッチモンドのことはすでに息の根をとめてやろうと思っていた。それに加えて、あのけだもの、ジェームズのことも許せない。三人も始末するのはやりすぎかもしれない。あたかも死の花束を捧げるように死体の山を築いても、シンシアには感謝されないだろう。

このブラームというやつはあの世送りにするまでもないかもしれない。したたかに鞭《むち》を打つだけでいいだろう。よし、これで裁きは二件に絞られた。二件なら妥当じゃないか、違うか？　ランカスターの内なる獣はそう考えているようだった。

五分後、オーク館の玄関をノックしようとしたところ、風が起きるほど勢いよく扉が開いた。

「伝言が届きましたか？」

扉の取っ手を握りしめたままのキャンバートソンを、ランカスターはあっけにとられて見つめた。あの老執事はどこだ？　とうとう倒れたか？

「さあ、入ってください」キャンバートソンが手招きをしながらぼそぼそと言った。

「伝言というのは？」

「気の利かないメイドに伝言を持たせたんですよ。受け取っていないんですか？　やれやれ、いったいどれだけ苦労させられたらいいのやら」

シンシアの死も、使用人への不満も同じようなものだと言わんばかりの口ぶりにランカスターはむっとしたが、文句を言いたくなる気持ちをこらえ、彼女の継父について玄関ホールを通り、むさ苦しい書斎へ向かった。執事は部屋の外の椅子で眠りこけていた。

「ブラームがまた訪ねてきました」キャンバートソンは机をまわりこみ、椅子にどさりと腰をおろすと大声で言った。

「今日ですか？」

「いや、昨日の正午ごろ。メアリーはいつ戻ってくるのかリッチモンド卿が知りたがっている、と伝えに来たんです。話はそれだけでした。いつ戻ってきたっていいだろう、と言ってやりました。あの子はまだ一三歳なんですよ！」

「それで、なぜぼくにその話を？」

「理解できる人は、わたしのまわりにあなたしかいないからです」

「ぼくが？」ランカスターはうんざりしたように頭を振った。「なにを理解できると？」

「重圧に耐えながら生きるとはどういうものか。紳士の生活とそれに伴う借金についてです」

ランカスターは、相手の顔につばを吐きかけ、ぼくとあなたは似た者同士ではないと叫びたかった。けれども威厳ある態度で戯言《たわごと》を聞き流し、埃まみれの机にじっと視線を向けた。

「わたしがシンシアを利用しようとしたとあなたに思われていることはわかっています。でも、わたしはあの子をいいところに嫁がせてやりたかっただけだ。あの子の父親には爵位があった。だから身分の低い相手と結婚させるわけにはいかなかったんですよ。あの子の父親の名前に泥を塗らないように最善を尽くしただけです」

「リッチモンドにいくら借金しているんですか？」

「一三〇〇ポンド」キャンバートソンはぽつりと言った。

一三〇〇ポンド。それほど大金ではない。ひとりの娘の一生を台なしにする額ではない。ふたりなら、なおさらそうだ。しかし、おそらくこの土地の五年分の収入に相当するだろう。土地を大幅に売り払っていないとするなら。

「それで、これからどうするつもりです？」ランカスターは尋ねた。

「さあ、どうすればいいですかね？　法廷に引っぱりだしてやると、すでにリッチモンドに脅されていました。シンシアをくれてやるか土地を売るか、どちらかしかなかった。土地を失えば、われわれは無一文だ」

「だが、シンシアをくれてやっても平気だったわけですか」

「それはそうですよ」キャンバートソンは迷いもなく言った。「あの子もどのみち、いつかは結婚したでしょう。だからメアリーがいなくなっても平気です。妻を説得できたらの話ですが」

驚いたことに、キャンバートソンの目に涙が光った。もっとも、継娘たちの運命を憂えてというより、借金を悲嘆しての涙だろう。土地を売りたくない気持ちはランカスターも理解できるが、娘たちを切り捨ててしまったら、いったい誰に土地を相続させるというのか。

一方、リッチモンドを排除すれば、このにっちもさっちもいかない状況は解決するだろう。ただし、債権者がリッチモンドの相続人に替わるだけだが。

「ブラームがリッチモンドの跡継ぎだと思いますか？」ランカスターは尋ねた。

キャンバートソンは肩をすくめた。「ありえますね。リッチモンドは三度結婚しているから」

「そして三度、妻に先立たれている」

ランカスターの棘《とげ》のある口調を、キャンバートソンは無視した。「跡継ぎについてはなにも聞いたことがないけれど、ブラームが血縁者であることは間違いありませんよ」

「誰が跡を継ぐのか調べられますか？」シンシアとその妹の運命が、魂がないと評される男の手に握られるはめになってほしくない。

キャンバートソンがまた肩をすくめた。「あなたのことを訊かれました」

「誰に？」

「ブラームに」

それは気がかりだ。ブラームがキャントリー邸に目を向ける理由はないに等しいのに。

「どんなことを訊かれたんです？」

「あなたは何者で、なぜ戻ってきたのか」

「それで、なんと答えたんですか？」

「あなたは子爵で、いつでも好きなときに自分の領地を訪れるのは当然だと答えました。それから、おそらく借金取りから身を隠しているのだろうということも」

「なるほど」うら寂しい海辺の村に長逗留《ながとうりゅう》する、完璧に筋の通った理由だ。本当は死んでいないが死んだとされている若い娘とつきあっているというよりも、ずっと筋が通っている。

シンシアの継父が咳払いをした音がやけに大きく響き、ランカスターは思わず体をびくりとさせた。「それで」キャンバートソンはおもむろに切りだした。「彼女に話してくれましたか？」

「えっ？」

「わたしの言ったことを幽霊に伝えてくれましたか？」

キャンバートソンは不安げに両手をこすりあわせていた。こんな質問に答えること自体ばかばかしい気がしたが、相手は大真面目だ。ランカスターは言った。「真夜中に暗い部屋で叫んでみましたが、幽霊がいたかどうかはよくわかりませんでした」

「ううむ」キャンバートソンがうなり声をもらす。「返事はなかったんですか？」

「ええ、でも、ぬくもりのような不思議な気配を感じました」

キャンバートソンは眉をつりあげた。「本当に？」

「ええ」

「友好的な気配でしたか？」

「ああ、それは間違いありません」

キャンバートソンは訳知り顔でうなずいた。「いい兆しだ。わたしが憎んだりしていないとわかれば、おそらくあの子も安らかに眠るでしょう」

「そういえば前より幸せそうでしたよ」相手の思いこみにつきあうことにうんざりして、ランカスターは腰をあげた。「ブラームはまだこのあたりにいるんでしょうか？」

「リッチモンドにこちらの意向を説明すると言ってました。だから帰ったでしょう」

「また来たら、知らせてもらえませんか？　見送りはけっこうです」戸口でいったん立ちどまり、年老いた執事にちらりと目を落とした。「あなたの執事は大丈夫ですか？　少々顔色が悪いですよ」

キャンバートソンがふんと鼻を鳴らし、気にしなくていいとばかりに手を振ったので、ランカスターはうたた寝をしている執事にはかまわず書斎をあとにした。永遠の眠りについたのでなければいいのだが。

廊下の角を玄関ホールへ折れかけたところで足をとめ、扉が閉じてある音楽室に向き直った。扉を押し開けると、四角いキャンバスに明るい色調で描かれたシンシアの肖像画が現われた。作者が誰だかわかったので前とは違うふうに見えるだろうと思っていたが、より美しく見えただけだった。今回は頑固そうな顎と目尻のあがった目をじっくりと眺め、胸に安堵の念がこみあげた。

身を乗りだして、署名に目を凝らす。マンロー、と書いてある。ジェームズ・マンロー。ろくでなしかもしれないが、この絵描きはシンシアのとらえどころのない美しさをうまくつかんでいる。瞳から輝くなにかを。完璧な顔立ちからは生まれないが、魂からは生まれるなにかを。彼女はたしかに頑固者だが、性根は穏やかだ。

肖像画を眺めているうちに、ランカスターは胸の奥で確信した。ぼくは彼女と結婚する。家族も財産もどうでもいい。なんとか手立てを見つけよう。

少なくとも今のところ、ブラームはいない。したがって明日はふたりで丸一日、崖の調査ができる。なにがなんでも財宝を見つけだしてやる。そしてそれが本当にひと財産あるのなら……。そう、シンシアの自由を買えるほどの金貨なら、ぼくの自由も買えるだろう。

「ならず者」ニコラスが勝ち誇ったようにワイングラスを掲げてみせると、シンシアはうなるように言った。「けだもの」

彼はさも同情するふりをして口をすぼめた。「かわいそうに。世慣れた紳士につけこまれて」

シンシアはぎろりとにらみつけ、ミセス・ペルは頭を振ってテーブルの上を軽くたたいた。

「おふたりはまるでお金を賭けて勝負をしているみたいですね、豆じゃなくて」カードを一枚ニコラスのほうへ滑らせ、手をおろして顔をあげた。「お金ではなくてなによりでしたよ、さもないとふたりとも物乞《ものご》いでもしないといけなくなる」

シンシアとニコラスが視線をおろすと、家政婦が最後に何粒か残った乾燥豆をすくって、自分の山に加えたところだった。

「ちくしょう」ニコラスがつぶやき、またミセス・ペルから言葉づかいの注意を受けた。

「だから気をつけてくださいよ、旦那さま。慎み深い娘と同席したことがないわけじゃあるまいし。さてと、あたしは先に休ませてもらいます」ミセス・ペルはエプロンのひもをほどき、たたんで椅子にかけた。「寄る年波のせいで、一〇時を過ぎたら起きていられやしない。おやすみなさいまし」

ミセス・ペルの部屋の扉が閉まると、ニコラスは眉をつりあげて言った。「慎み深いだって？」

シンシアは彼の目がきらりと光ったのを見て顔を赤らめ、大声で笑いたくなる気持ちを抑えて、くすりとほほえんだ。「あなたって、本当にならず者ね」

「ならず者はならず者でも、すごく幸せなならず者だ」

幸せ、と彼は言ってくれた。シンシアはほほえんだまま手持ちのカードに目を落とし、その残り数枚の手札を押しやった。わたしも幸せだ。

ニコラスが留守にしていた何時間かは気が気でなかった。彼は顔をしかめ、真剣な面持ちで出かけていった。けれども、戻ってきたときは昔のチャーミングなニックに戻っていた。非の打ちどころがない洗練された紳士ではないものの、親しみやすさをにじませていた。そして、幸せそうだった。

「明日も朝は早いぞ」ニコラスがそう言うと、今夜のことを思ってシンシアはどきりとした。欲望が手足に巻きつき、からめとられるような気がした。

「じゃあ、もう寝室に引きあげたほうがいいわね」彼女は小声で言って、上目づかいにニコラスをちらりと見た。

彼は穏やかな笑みを浮かべた。テーブル越しに手を伸ばし、シンシアの手を取る。

「もうあれはできないよ、愛しい人《ラブ》」

〝ラブ〟と呼ばれた。まるで愛されているかのようだ。一瞬、それしか耳に入らなかった。

やがてシンシアは純情ぶるのはやめて、すっと背筋を伸ばした。「もうあれはできないって、なんのこと？」

「今日、最後までしたことだ。ぼくはもう……あんなふうにきみを抱くわけにはいかない」

彼女は目を細めてニコラスを見つめ、身を乗りだした。「じゃあ、どんなふうになら抱いてくれるの？」

「シン……」彼の途方に暮れた表情には謝罪の色しか浮かんでいなかった。

「悪いけど、ニック、わたしに……肉体的な悦びを手ほどきしてくれたのはあなたでしょう。今さら手を引くなんてあんまりだわ」

「手ほどきしたつもりはないよ！」

「そう、でもね、まさしく手ほどきだったのよ。じゃあ、ワインをもう一杯飲んだらどうかしら？」

ニコラスは彼女の手を握っていた手を引っこめ、腕組みをした。「シンシア・メリソープ、よく聞いてくれ。ぼくたちはもう愛は交わさない。ふたりが結婚するまでは」

「ふたりが――」ニコラスの言葉は稲妻のように部屋のなかを走り抜けた。「なんですって？」

「ぼくと結婚してくれ、シン」

「無理よ！」

彼はほほえみ、また手を伸ばして、シンシアの指に自分の指をからめた。「どうかぼくの妻になってほしい」

「ならないわ！」髪の生え際から汗が噴きだした。シンシアは急に寒気に襲われて体が震えた。「そもそも、あなたはもう婚約しているのよ、ばかなことを言わないでちょうだい」

「婚約しているといっても、ぼくを嫌っている女性とだ」

彼女は手を振りほどこうとしたが、ニコラスはさらにぎゅっと握りしめてきた。

「ぼくには幸せになってもらいたいと言っていたね、シンシア。きみと結婚すれば、ぼくは幸せになれる」

「そんなこと言わないで」

「本当のことだ」

てのひらのふくらみを彼に親指で撫でられ、敏感な肌がかすかにうずいた。なんて憎らしい人なのかしら。わたしが夢に描いていたことをすべてかなえようとしているとは。

〝ふたりのまわりで世界はとまる。わたしたちは恋に落ち、若くして結ばれ、ロンドンに移り住む。新婚夫婦の熱愛ぶりに、社交界は目を見張るのだ〟

でも、だめだ。夢物語が実現するわけがない。ニコラスがわたしと結婚したら、ロンドンでいい暮らしを送る余裕などなくなる。社交界の人たちだって、あまりに愚かな縁組にあきれるばかりで、ふたりが熱烈に愛しあっていることなど気にもしないだろう。

「わたしたちは結婚するわけにはいかないわ。たとえその女性と結婚しなくても、あなたはわたしを妻にできないでしょう」

「妻にできるし、そうするつもりだ」

「このことについて、わたしの意見は聞き入れてもらえないの？」

その言葉でニコラスの目の輝きがかすんだ。「だが、てっきり……。きみを愛しているんだよ、シン」

もう！　どうしてそんなことをあっさり口にできるの？　澄んだ茶色の目で見つめれば、どうとでも言えるっていうこと？「友達として好きだという意味でしょう？」

「違う、女性としてきみを愛している。それに、愛しているとほかの女性に言ったことは今までに一度もない。心のなかで思ったことさえないんだ」

これは信じられなかった。恋愛経験をかぞえたら一〇本の指では足りないだろう。ニコラスは昔からロマンティックな人だった。何人もの女性を愛してきたはずだ。

部屋のなかが螺旋を描くようにまわっていた。ニコラスだけがじっと動かず、音もなく荒れ狂う嵐のただなかにいるかのようだった。

彼はあたたかなまなざしをシンシアに注いでいた。「さっきも言ったが、結婚するつもりがないなら愛は交わせない」

「そんな屁理屈《へりくつ》をこねるのはやめにしたのかと思っていたわ。ねえ、ニック、お願いだから聞いてちょうだい。たとえあなたが本当にわたしを愛していても、借金取りに押しかけられたとたん、わたしたちの関係は終わるでしょう」

「ぼくは喜んでここに住むよ、きみがいてくれればそれでいい。シチューを並べた食卓をきみと囲めれば、ほかにはなにもいらない」

ああ、なんてこと。ニコラスはまた本来の彼らしさを取り戻した。若く、希望にあふれていて、損得勘定のできないニックを。昔からずっとシンシアが愛おしく思ってきた男性に戻った。「まったく現実的じゃないわ。ご家族はどうなるの？　妹さんと弟さんはあなたを頼っている。領地だって、きちんと管理していかないといけない。あなたのご家族はわたしを恨むわ。とことん恨むでしょう。そして、やがてはあなたもわたしを恨めしく思うようになるのよ」

彼はとまどいを隠せない苦笑を浮かべた。「どこからそんな発想が出てくるんだ？」

「一五年以上、借金に苦しみつづけた家庭で生活していたのよ。うちの家族はいつもお金のことで頭を悩ませているの。新しいドレスを買う余裕はある？　ない。でもドレスを新調すれば、シンシアにいい条件の嫁ぎ先が見つかるのなら、無理してお金を捻出《ねんしゅつ》してもいいんじゃない？　絨毯を売り払ったら近所の人にわかってしまうかしら？　知られてしまったら、近所のお宅の息子さんたちは結婚に尻ごみするのでは？　だけど絨毯を売らなければ、馬を手放さないといけない。そっちを隠すほうが難しいかもしれない」

「シン――」

「使用人を雇うお金にも困るようになったら、愛だの恋だの言っている場合じゃなくなるのよ、ニック。あるいは、あなたのお母さまが毎晩お茶に涙をこぼすようになったら。妹さんが仕方なく商人のもとへ嫁ぐことになって、社交界の人々からおつきあいを拒否されてしまったら。わたしが素直に協力しなかったから、継父は何年も破滅の瀬戸際に立たされているの。あなたのことも破滅させたくないのよ」

シンシアが話しているあいだ、ニコラスは一度も目をそらさなかった。やがて、彼女を見つめたまま言った。「家族のために犠牲になることがどういうものか、ぼくはわかっているよ、シン。ちゃんとわかっているんだ。義務と責任は理解している」

「だったら、わたしたちが結婚できないのもわかるはずだわ」

彼は口の端を片方だけねじりあげた。「さてどうなるか、楽しみだな」

「楽しみなんかじゃないわよ」涙がこみあげ、喉にかたまりのようなものができたが、大きすぎてのみくだせなかった。

ニコラスはシンシアの手を引きあげ、指にそっと唇を這わせた。

どうして彼はこんなに愚かになれるの？　そんなに魅力的に、それでいて恐ろしいほど愚かに。

彼女はニコラスの手を強引に振りほどき、彼の前から、おとぎばなしのような夢物語から逃げだした。

床の冷たさが靴下越しに伝わってきたが、シンシアは部屋のなかをぐるぐる歩きつづけた。もう夜ふけで、明日はまた朝早くからニコラスと顔を合わせることになっているが、どうしても寝つけなかった。腰をおろしていることすらできなかった。

自室に逃げ帰ってから、ゆうに一五分は泣いていたが、ひとたび涙が乾くや、頭のなかに想像が広がった。

ふたりが本当に結婚したらどうなるだろう？　ニコラスの領地を効率的に運用すれば、もっと収入を増やせるかもしれない。売却できる宝石もあるかもしれない。もしかしたら収入は充分にあるのに、彼の一家は質素な暮らしを送っているだけなのかも。

そうしたことが頭のなかを、かれこれ一時間近く駆けめぐっていた。小さな机につき、手をつないで日のあたる小道を歩く自分とニコラスの姿を絵に描いたりもした。

なんてばかなことをしているのかしら。

ありがたいことに風が強まり、鎧戸がかたかたと鳴った。冷たい隙間風が吹きこみ、机の上の素描画が揺れると、シンシアはぎょっとして顔をあげた。扉を開け放したままの衣装戸棚に、ふと視線を向ける。なかにはドレスが二着つるされていた。

一着はもはやドレスと呼べないほど、ぼろになっている。

踵がすり減り傷だらけで、もともと何色だったかわからないくらい色が褪せた革のブーツが一足。

寝巻きが一枚、コルセットが一着、ペチコートが一枚、シュミーズが一枚、くたびれた長靴下が一足。そしてすべての希望を託した古い日記が一冊。

持ちものはこれで全部だ。嫁入り道具はたったこれだけ。

それで、ニコラスはどうだろう？

シンシアは、隙間風の入る、がらんとした寒い部屋のなかをゆっくりと見まわした。彼は明らかにこちらが差しだせる以上のものを必要としている。

だからわたしはこうして、ひとりぼっちで頭に血をのぼらせ、狭い寝室のなかを行ったり来たりしながら、熱い一夜を過ごそうとした計画がどうしてこんなわびしい結果に終わってしまったのかと悶々《もんもん》と考えあぐねている。

そもそも、悩むことなどなにもないのだ。最初から気がかりだったのはひとつだけ、紳士の面目とやらだ。

「いまいましい」シンシアはつぶやき、てのひらにこぶしを打ちつけた。男性たちが大事にしているくだらない面目。そのせいでわたしは命を落としたかもしれないのに。

面目を保つために家財道具のように見なされ、賭事でつくった借金を返済するために結婚させられそうになった。そして今、その面目のせいでこちらの計画は台なしになり、ニコラス一家の人生を左右するお荷物にさせられそうになっている。

そんなことにはなるものですか。ニコラスの面目など知ったことではないわ。立てるべき面目なら、こっちにだってある。計画だってある。夢も、欲望もある。唯一慣れ親しんだ土地を去る前に、ごく単純なことを求めているだけだ。これまでほしいものに正直に生きてきた。自分の生き方を今さらニコラスのために変えるつもりはない。

シンシアは腕を組み、彼の寝室に通じる扉をにらみつけた。半時間前に向こうからノックがあったが、当然ながらそれは無視した。彼はもう寝てしまっただろうか？　面目をつぶさない計画にわたしが同調するはずだとうぬぼれて、ベッドに横たわっているの？
今夜もまた裸で眠っているのかしら？
シンシアは意を決し、寝巻きを脱ぎ捨てた。目を細め、靴下も脱いだ。
ニコラスの面目なんて、どうでもいい。

15

シンシアと蜂蜜《はちみつ》の壺と絹のひもが出てくる、心地よい夢のなかに漂いはじめたときだった。床板がきしむ音がして、ランカスターは夢から覚めた。物音で恐怖が呼び起こされ、全身の筋肉という筋肉に即座に緊張が走った。

「誰だ、そこにいるのは？」ベッドから跳ね起きて叫んだ。

「わたしよ」穏やかな声が答えた。

ランカスターは深く息を吸い、体の緊張を解いた。つけっぱなしのランプの薄明かり越しに、青白い人影が見えた。「シン、どうかしたのか？」

「ううん、なにもないわ」

「話しあう気になったのか？」

「いいえ」シンシアはぴしゃりと言い返した。

ランカスターは眉をひそめ、暗がりに目を凝らした。「じゃあ、ぼくの息の根をとめようとでも思って来たのかい？」

「たぶん違うわ」彼女の声が近づいてきた。

声の聞こえたほうに目を細め、ランカスターはランプに手を伸ばした。つまみをひねり、芯をやや高く押しあげた。そのとたん、彼は言葉を失った。

シンシアは裸だった。一糸まとわぬ美しい裸身をさらし、まっすぐこちらに歩いてくる。

「だめだ」ランカスターは言った。「絶対にだめだ」

彼女は目を細めたものの、歩みはとめなかった。一歩ごとに胸のふくらみが揺れている。

「もうしないと言っただろう」

「わたしは同意していないわ」あと三〇センチのところでシンシアは足をとめ、もっとよく見てもらおうとするかのように両手を広げた。

もっとよく見る必要はなかった。すべてがはっきりと見えていた。寒さでとがった胸の先端が、彼の舌を求めるように誘いかけていること。わしづかみにしたくなる完璧な角度でヒップが張りだしていること。茶色の巻き毛が秘められた場所を覆い隠していること。シンシアのなかに滑りこんだらどうなるか、その感触さえよみがえった。なかはきつく、最初は抵抗するが、やがて彼を受け入れる。すっかりうずめたらどうなるのか、あの感覚が手に取るようによみがえった。

そんなことを考えていると、夢のなかですでに硬くなりかけていた彼のものはすっかり目覚め、脈打ちはじめた。

「自分の部屋へ戻るんだ」ランカスターは必死の思いで命令した。

シンシアは眉をあげ、最後の一歩を踏みだしてベッドのすぐ近くまで来た。

彼はあわてて後ろにさがったが、シンシアがマットレスに片方の膝をあげると、意に反して目をそらすことはできなかった。「ああ」ピンク色の秘所がちらりと見え、思わずうめき声をもらす。「シン……」

彼女に手を出さないでいる自制心は充分に残っていたが、これ以上後ろにさがることはできなかった。追いつめられた野兎《のうさぎ》よろしく、見動きが取れない。

「今朝してくれたことをして」シンシアの声は低く、穏やかで、まるで肌に触れる極上のなめし革のようだった。

ランカスターは首を振った。「待たないとだめだ」だが、彼女が懇願するように目の前で膝をつくと、視線は顔から胸元へとさまよった。

「わたしを抱いて、ニック」

ひざまずき、請い願っている。

筋肉に震えが走った。やがてシンシアの手が伸びてきた。あたかも髪に指を差し入れようとするかのようだったが、ランカスターは彼女の両手首をつかんで動きをとめた。闘いはもう終わりだ。

手首に指を巻きつけた。シンシアが手を振りほどこうと抵抗すると、腱がぴんと張りつめた。鼓動が速まる。世間の人々のことも、悩みも頭から消えた。

欲望が胸にわいた。今すぐシンシアとそれを分かちあいたいと思った。真面目な心構えなど、どうでもいい。いずれ財宝は見つかる。ぼくは彼女と結婚し、すべてうまくいくだろう。

なぜなら、うまく運ぶようにするつもりだからだ。

仰向けに押し倒すと、シンシアの口からあえぎ声がこぼれた。脚のあいだに割りこみ、体の上にのしかかる。彼女は目を見開いた。

「ああ」シンシアから吐息まじりの声がもれる。それだけでも充分すばらしい響きだったが、ランカスターはふいに彼女の甘いうめき声が聞きたくなった。すすり泣き、悲鳴をあげる声が聞きたい。

「脚を開いて」うなるように言った。

シンシアは目をしばたたいて彼を見あげた。唇が半開きになり、息が浅くなった。ランカスターの太腿をはさんだ膝が、少しだけ持ちあげられた。

「もっと。脚をぼくの腰に巻きつけるんだ」

最初シンシアは従わなかった。どうなるか、ランカスターは様子をうかがった。彼女は信頼してくれるだろうか。あるいはぼくを押しのけて、なにをするのよと食ってかかってくるか。きっと体を押しのけようとするだろう。それはわかっている。だが、シンシアの膝が彼の腰まであがり、足首が太腿の裏を滑りおりると、ランカスターの胸に勝利の念がこみあげた。

今、彼のものは揺りかごのようなシンシアの秘所にぴったりとあてがわれ、熱に包まれていた。ランカスターが腰を前後に動かすと、彼女のまつげがそわそわとはためいた。胸で鼓動が乱れ打った。

シンシアの体はやわらかく、甘いぬくもりが感じられた。ランカスターはゆったりしたリズムを刻みつづけた。やがて彼女は潤いはじめ、動きがスムーズになってきた。よりなめらかに、速く、彼は体を滑らせた。

「ニック」シンシアがうめくように言う。ランカスターは彼女のヒップを上へ傾けさせ、やわらかな部分に屹立《きつりつ》したものを押しあてた。「ああ、そうよ、そう」

「これが気持ちいいのか、愛しい人《ラブ》？　こうしてほしいのか？」

「ええ」シンシアは彼に手首をつかまれたまま手を握り、こぶしを作っていた。「そのまま続けて。ああ……気持ち……」

汗がランカスターの首をしたたり落ちた。「なんだい？　ちゃんと言ってごらん」

彼女は首を振った。「気持ちがいいの、すごく。やめないで。お願いだから」

もちろんだ。やめるつもりはない。こんなふうにして、シンシアを永遠に自分のものにするつもりだ。

腰に巻きついている太腿が震えはじめた。彼女が首をのけぞらせた。ランカスターは腰の向きを変え、シンシアの体の奥に身を沈めたくてたまらなかったが、歯を食いしばり、同じリズムで腰を動かし、同じ力加減を保った。すると彼女の顎が小刻みに震えはじめた。

すすり泣くような声が喉から小さくもれる。踵がランカスターの太腿に食いこんだ。腕が震えたが、彼はどうにか自制心を保った。やがてすすり泣きは悲鳴にまで高まった。そこでシンシアのなかに深く分け入った。締めつけられ、思わず身震いがした。

「ああ！」彼女は叫び、ランカスターが突きあげる動きに合わせて腰を振りあげた。まるで天国のようだった。いや、天国よりもすばらしい、地上の楽園だ。善も悪も存在しない、時を超越した忘却の彼方《かなた》。過去もなく、未来もない。ただシンシアがいるだけだ。彼女の熱くきつい内側に包まれているだけだった。

ランカスターは握っていたシンシアの手首を放して指をほぐし、彼女の腕に手を滑らせて、また手首をつかむとより力をこめた。腰の動きをゆるやかにして、このままの状態を持ちこたえ、いつまでも踏みとどまろうとした。

「シン」ささやき声で言う。「愛している」

シンシアが顔を向けると、ランカスターはキスでその口をふさいだ。まったくなじみのない親密な行為だった。体を奪いながらキスをすること。相手を満たしながらのみほすこと。激しい欲求をやわらげる、愛にあふれた甘美な営みだ。

甘い雰囲気と、愛と、しっかり押さえた手の下で震える彼女の腕。それらは相容《あいい》れるはずのないものだが、今ここでは互いにからみあい、嵐のように渦を巻いている。

回転しながらどんどん圧力が高まり、ランカスターは息もできなくなった。

シンシアのなかに精を放ちたくてたまらなかった。彼女を満たし、自分の跡を彼女につけたくてうずうずした。

だが、ふたりはまだ結婚していない。「まだだ」ランカスターは小声で自分に言い聞かせた。「まだだめだ」

「ニック」シンシアがうめくように言った。それを聞いて、ランカスターは彼女に何度も呼んでほしくなった。その名前を。今ではもう誰からも呼ばれなくなった愛称を。シンシアと一緒にいると、本当の自分になれる。少しも偽ることなく、自分らしくいられるのだ。

「ニック」シンシアが吐息まじりに再び彼の名を呼んだ。ふいに強烈な圧力がかかり、彼は自分が絶頂に近づいていることに気づいた。

「ああ、シンシア。シン」ランカスターは気力がくじけそうになりつつも、奥の奥まで身を沈めたいという欲求が最高潮に達した瞬間、すばやく引き抜いて彼女の腹の上で果てた。

何度も出入りしていたにもかかわらず、シンシアが寝ているあいだ彼女の寝室に立っていると、なんだか興味をそそられた。ランカスターはおもむろにくるりとまわってみた。とくになにかに目をとめるでもなく、ただ視界に入ってきたものを見た。

鎧戸の隙間から、夜明けのほの暗い光が差しこみはじめたところだった。まるで水のなかにいるような気がした。海中に住む、光り輝く天使のもとへ向かって、暗い海の底を歩いているようだ。

われながらロマンティックなことを考えるようになったものだ。ランカスターはにやりとし、ほんの数歩だけ足を運んで、シンシアの眠るベッドのわきまで歩いた。夢の神モルペウスの拘束について本を読んだことはあるが、眠っているときのシンシアは天使には見えなかった。少し不機嫌そうな顔だ。眠りを邪魔してやろうかと、ぼくが近くでうろつくことを予期していたかのようだ。額に皺を寄せ、噛んでほしいと誘いかけるように下唇を突きだしている。けれど、うっかり試したら耳にこぶしをお見舞いされるかもしれない。

この娘《こ》はお天気屋さんだ。

どういうわけか、シンシアのかっとなりやすい気性のおかげで、胸の奥にひそむ重圧がやわらげられていた。ロンドンでは、心のなかまでは見通せないうわべだけの知人たちに囲まれていた。彼らからは、たわいない気晴らしの相手だとか、目新しい遊び相手のように扱われていた。知人だけではない、家族にさえ……。

輝きを失ったとたん、両親は残酷なまでにさっさとてのひらを返した。傷つくにしろ、その傷を癒すにしろ、ランカスターはひとりぼっちで取り残された。

当時はまだ一五歳だった。ほんの子供だ。突然見捨てられ、孤独に押しつぶされそうになったものだ。

薄明かりのなかでシンシアを見つめながら、肩のやわらかな線に思いきって指を一本走らせた。彼女はいっそう大きく顔をしかめたが、目覚めはしなかった。

息をつめ、ランカスターは誘惑に屈した。ゆっくりと身をかがめて、シンシアの隣に寝そべる。けれども毛布の上に横たわり、彼女の体とは肌身を触れあわせなかった。やがてまつげの下でまぶたがぴくりと動いた。だがなおもまぶたが閉じたままなのを見て、ランカスターはとめていた息をゆっくりと吐き、シーツの下にもぐりこんだ。

そばに寄ると、シンシアもいくらか天使のように見えたが、近すぎて顔の輪郭がぼやけて見えた。肌は最高級の絹みたいだ。そう思いつつも、いかにも月並みな感想だという自覚もあった。もっと言えば、自分で認めることすら恥ずかしいが、彼女の唇はサクランボのようだ。眠りにつきながらも深紅に染まっている。編んだ髪が頬骨にかかり、顎の下に流れていた。

髪を顔から払いのけてやろうとは思わなかった。彼女を起こしてしまうかもしれないし、そうなればにっこりほほえんで、冗談のひとつでも飛ばし、さっさとベッドから跳ね起きなければならない。

起きあがりたくなかった。これまでに女性に添い寝をしたことは一度もない。女性の隣で眠れるのかどうか、よくわからなかった。もしも相手が夜中にこちらへ手を伸ばし、うなじに触れられたら……。そう思っただけで、ランカスターはぞっとした。もしそんなふうにされたら、目を覚まして叫んでしまうことだけはたしかだ。それどころか暴言を吐いてしまうかもしれない。

だが、結婚生活を送るうえでさしたる問題ではないと今までは思っていた。妻とは寝室を別にすればいい。今になってみればよくわかるが、イモジーンなら喜んでこの取り決めに賛成しただろう。でもシンシアがどう思うか、それはなんとも言えない。自分自身がどう思っているのかも、今やわからなくなっていた。

こうしていると安らかな気持ちだった。ここで、シンシアの胸が上下する様子や、脈を打つたびに喉の下がかすかに動く様子を眺めていると。人生が宙ぶらりんになっている。ランカスターはそんな気がしていた。またもや水のなかに戻り、静かな淵《ふち》で漂っているかのようだ。

何分かが過ぎた。実際にどれくらいたったのか、よくわからなかった。しばらくうとうとしていたのかもしれない。しかし、ようやく夜は白々と明けはじめた。シンシアを起こす頃合いだ。ふたりで宝探しに出かけ、将来の計画を立てなければならない。

最後に深く息を吸い、ランカスターはそっとベッドをおりた。上着を引っぱって、着心地を調節する。髪を撫でつけ、眠気の残る目をこすった。

「シンシア」やさしく起こしてやりたかったが、穏やかな口調で呼びかけても、まったく功を奏さなかった。彼女はぴくりとも動かない。「シン！」

反応なし。

これなら隣にどさりと倒れこんでも、なんの問題もなかったということだ。

「シンシア！　起きてくれ！」

ようやく彼女は体を動かしたが、うめき声をもらし、ランカスターの声に背を向けただけだった。体にかけたシーツの下から手を出して、毛布を引っぱって頭からかぶった。

ため息をつき、彼は机のほうへぶらぶらと歩いた。「昼前に今日の調査を終わらせるのなら、そろそろ起きださないとだめだぞ」

「うーん」シンシアがうなった。

「朝露のようにさわやかな君よ」彼はそうつぶやいて、机の上に散らばった白紙の紙をなにげなくいじった。「ベッドから起きてくれ。いいかげんに――おっと！」紙の山が崩れ、とても興味深い素描画が現われた。ランカスターは目を細めてそれを見た。

「なあに？　どうかしたの？」シンシアが苛立ったような声で尋ねた。

彼は手にした素描画に向けていた視線を、机の端に転がる木炭に移した。そして、もう一度絵を見る。

裸の男の絵だった。明らかに体が高ぶっていて、少し不格好に見える。いささかずんぐりした体形に描かれた彼の絵だった。

「これはぼくだね？」

突然シーツが動く音が聞こえ、ランカスターが振り向くと、ちょうど彼女がこちらを見て目を見開いた。彼の手のなかの紙に目を向けたとたん、シンシアはがばっと身を起こした――残念なことに、シーツを胸元で握りしめて。

「なにをしているの？」金切り声で尋ねる。

「きみを起こしていたんだよ。シン、親戚のおじさんが描いたんじゃなくて、きみが描いた絵だったとは聞いていなかった」

「出ていって！」

「すまない。そうとわかっていれば、下手くそだとか子供が描いたみたいだとか言わな――」

「下手くそだなんて、あのときは言わなかったくせに」彼女はぴしゃりと言った。「いいから出ていって！　わたしの寝室に勝手に入ってこないでよ。そもそも、わたしは服だって着ていないのに」

「いいかい、シン……」

「とんでもないわ！」

「きみはそもそも、自分の部屋で寝ていなかったかもしれないんだぞ。ぼくが夜中にきみをここへ運んでこなければ。それにそのときもきみは服を着ていなかったよ。一応、言っておくけど」

「もう！」彼女はうなり、額に皺を寄せて、一心不乱にベッドのまわりに目を走らせた。

「投げるものはなにもないだろう？」

シンシアの目が細くなったときにあとずさりしておくべきだったのだろうが、結局はそうしないでよかった。彼女は薔薇色に染まった裸身をさらしてベッドをおり、ランカスターに飛びかかってきた。

身構えた瞬間、シンシアの熱に包まれていた。

「狙いはよかった」ランカスターは彼女の豊かなヒップで両手を広げてから息をのんだ。

「すばらしい、本当に」

いざ抱きかかえられてしまうと、シンシアは次にどうしたらいいのか考えあぐねているようだった。そこでランカスターは助け船を出すことにした。ベッドに彼女を連れていき、仰向けに横たえた。そして自分もベッドにあがった。

「さてと」そうつぶやき、彼女の両手を押さえて、太腿のあいだに座る。

「こんなことを勝手に……」首筋に唇を押しつけたとたん、シンシアは口ごもった。「勝手にしちゃだめ」

ランカスターは肌をやさしく吸い、首筋をキスでたどって、薄紅色の胸の頂まで濡れた小道を残した。

「ああ」シンシアは悲鳴をあげ、背中を反らして彼の口に体を押しつけた。乳首を吸われ、歯を立てられるうちに哀れっぽくあえぎはじめ、せがむように腰を彼に押しあてた。

「こういうことをする時間はあるかな」〝でも、時間がなんだ？〟と頭のなかで異を唱えて加勢する声が聞こえた。それに出かけるのをもう少し待てば、漁から遅く帰ってくる漁師たちに海岸で姿を見られ、詮索《せんさく》の目を向けられることを避けられるかもしれない。

寝室はひんやりとしていたが、シンシアの体は信じがたいほど熱くなっていた。まるで新たにかき立てた炎のようだ。

ランカスターは不安を追い払うように頭を振り、片手をおろしてズボンのボタンを外した。歯を食いしばって息をとめ、彼自身をズボンのなかから解放すると、荒々しくシンシアのなかに突き入れた。

彼女が口を開けて無言の悲鳴をあげる。ランカスターはベッドをおりて、わきに立った。そして、ヒップがマットレスの端にかかるところまでシンシアを引き寄せた。

ああ、すばらしい。この体勢なら、腰を突きあげる動きを申し分なく制御できる。ゆっくりとなかに入り、またゆっくりと引き抜くと、快感が背筋を駆け抜けた。

シンシアは、ランカスターの手からすでに自由になっていた両手をどうしたものかわからないといったように振りまわしていた。再び奥まで身を沈めたとき、彼女の指が空《くう》をつかんだ。もう片方の手はシーツをねじるように握りしめている。

彼は目を閉じて、してみたくなったことをしてはいけないと自分に言い聞かせた。しかし、ひとたびその考えが頭に入りこむと、無視することはできなくなった。それにシンシアも喜ぶだろう。きっとそうだとランカスターはわかっていた。

目を開けると、シンシアが唇を噛み、悦楽に首をのけぞらせている光景が目に飛びこんできた。ランカスターは彼女に手を伸ばした。

「シン」かすれた声で言い、シーツをつかんでいるシンシアの指をほどく。「こっちだ」その手をシンシア自身の胸元に持っていき、てのひらを乳房に押しあてさせても、彼女はまったく抵抗しなかった。ランカスターはもう一方の手を下腹部にそっとおろさせ、茂みの上に置いた。

シンシアがようやく目を開けた。その目は悦びの高まりでとろんとしていた。

「自分で触ってごらん」彼はささやいた。

シンシアはみずからの体にちらりと視線をさげ、目を見開いた。拒むだろうか？　愕然として手を引っこめるだろうか？　そうしても当然だ。だが、胸にあてた彼女の指にぎゅっと力が入ったのを見て、ランカスターは歓喜のあえぎをもらしそうになった。

「そうだ」すさまじいまでの欲望が胸を突きあげ、生々しい欲求をどうにか言葉にした。「ぼくに抱かれながら、自分で自分の体に触ってごらん」

紅潮した顔がこわばったが、シンシアは言われたとおりにして、乳首を指でつまんだ。

「ああ」ランカスターの突きに合わせて背中を反らしながら、彼女はあえいだ。

「きれいだよ」

シンシアは目を閉じ、顔をそむけて、もう一方の手を秘部にあてがった。快感の源である小さな真珠に、彼女の指がじわじわと近づいていく。その様子を見ていたランカスターはゆっくりと慎重に突き、シンシアがみずからそこに触れたくなるよう、じっくりと時間をかけた。ふたりの体がひとつになる場所、屹立したものが湿り気を帯びた内側にぴったりと収まる場所に。

彼女の指がこわばりをかすめ、太腿がぞくりとした。シンシアにもわかるだろうか？　彼女を求めてどれほど硬くなっているか。ぼくを求めて自分がどれほど濡れているか。この俗っぽい行為が奇跡のように完璧な営みであるとわかるだろうか？

シンシアがまたもや彼に触れた。今度は触ろうとして触ったという手つきだった。そして彼女は自分の感じるところを探りあてた。そのとたん、身悶えした。押し殺した必死の叫びが喉からもれる。それを聞きつけ、ランカスターは嬉々として突きを速めた。

「きれいだよ、シン」息を切らして言う。「きれいだ」その言葉どおり、彼女は本当にきれいだった。信じられないほど美しい。ランカスターはシンシアの膝の下に腕をかけ、しっかりと体を支えて、彼女が自分で悦びを味わう様子を見守った。

ランカスターの胸の奥にひそむ、あの場所が再び開いた。彼が自分らしくいられる場所。怒りも恐怖も感じず、心が押しつぶされることのない場所だ。

快感がぐんぐんと一点で高まり、彼のものの根元にずっしりと圧力がかかった。シンシアのなかに身を沈め、彼女の指が小さな円を描いて喜悦の芯を擦るさまを見ているのだから、刺激が強すぎた。彼女のもう一方の手は指を大きく広げ、豊かな胸を包んでいる。頭はやわらかなマットレスにしっかりと押しつけられ、首筋がぴんと張りつめていた。

「ニック」礼拝で歌うように、シンシアが彼の名前をくり返した。「ニック、ニック」祈りの言葉みたいな響きだ。彼のために祈りを捧げているかのようだった。「ああ、すごく……いい……」

彼女の指が胸のふくらみにめりこんでいた。もう一方の手はどんどん動きが速くなり、ランカスターは彼女の体の奥深くまで貫いた。乱暴に、すばやく腰を突きあげる。しかし、その動きはシンシアの内側で高まっていたうずきを楽にしてやったようだった。なぜかといえば、彼女は踵をランカスターの臀部に押しあて、もっと刺激を求めるように体を弓なりにしたからだ。腰を彼のほうにびくりと動かし、シンシアは叫んだ。

熱いものにぎゅっと締めつけられ、ランカスターは痙攣《けいれん》が治まるまで歯を食いしばった。ようやくシンシアの体から力が抜けはじめると、彼は抑えていた情熱を解き放ち、激しく彼女を奪った。腰をシンシアの腰に打ちつけ、彼自身を何度も抜き差しする。

ぎりぎりまで待って最後の瞬間に体を引き、シンシアの腹部と胸の上に精を散らした。その光景はみだらでありながら優雅で、ランカスターは思わず息をのみ、胸を熱くした。首をのけぞらせ、じっと立ち尽くす。全身を駆けめぐる痛みにも似た強烈な快感にひたり、あますところなく酔いしれた。

「ああ」シンシアが吐息をもらした。

ランカスターは息を吸って、吐いた。足元がゆっくりとまわっているような感じがする。シーツが乾いた音を立てた。彼女が見動きしたのだろう。

「まあ！　これって、あなたの？」

ランカスターはぱっと目を開けた。板張りの天井がその目に映った。「なんだって？」

視線をおろすと、シンシアが両肘をついて身を起こし、彼に汚された自分の体を凝視していた。

「こんなにたくさん？」

「ああ」ランカスターはうなずきながら、顔はかまどのようにほてっていた。思わず男らしさの象徴を片手で隠す。実にみっともない。みっともないどころか、シンシアが指を伸ばして腹部に滑らせると、いたたまれない気持ちにさえなった。彼女は興味深げに額に皺を寄せている。

「おいおい」ランカスターは思わずしわがれ声でつぶやいた。

「ニコラス・キャントリー、あなた、赤面しているの？」

「そんなわけないだろう!」彼は一歩あとずさりした。

「裸の女性なら何人も見ているはずなのに、こんなに動揺するなんて信じられないわ」

「違う……ただ……いいから、ちょっと失礼する」ランカスターはタオルを探しに自分の部屋へ逃げこみながら、背後でシンシアが愉快そうに鼻を鳴らすのをはっきりと聞いた。

友人である女性と愛を交わすのは実に不思議なものだ、と彼は気づいた。不思議であり、すばらしくもあり、そして……幸せなことだ。

16

「今日、見つかるんじゃないかな」ランカスターはにっこりと笑った。そう言うのは三度目だった。

シンシアは疑わしげな視線をちらりと送ってきたが、彼は身を切るような風に顔を向けて、なおもほほえんでいた。

きっと見つかるという予感がしているのだ。その音は耳には届かないけれど、地層が震動しているかのようで、頭のなかがうずく気がした。

シンシアが黙りこんでいたので、ランカスターは暗算に戻った。便宜結婚から逃れるためにはいくら必要だろう？

理想をいえば、二万ポンドといったところか。自分に一万ポンド、シンシアに一万ポンド。もっとあればそれに越したことはないが、欲をかいてはいけない。一万ポンドあれば、家族の借金をほとんど返済できる。それだけ返してしまえば、あとは無理のない程度で倹約に励み、領地からあがる二、三年分の収入で残りは払いきれるだろう。そしてシンシアにも自分の財産ができる。後ろめたさやためらいを覚えることなく、ぼくの妻になれる。

五〇〇〇ポンドくらいしかなかったら、結婚への道のりは厳しくなるだろう。けれど、楽な道を選ぶのはもうやめにした。本当なら何年も前にそうしていればよかったのだ。五〇〇〇ポンドあれば、債権者たちと条件を交渉できる。二、三年はきゅうきゅうの暮らしになるかもしれないが、耐える価値はある。家族は恥ずかしくない生活水準を保てるだろうから、妹には望ましい結婚相手が見つかるだろう。弟は贅沢さえ慎めば、ロンドンでの生活を続けていける。

そして、ぼくとシンシアは末永く幸せに暮らしていく。めでたし、めでたし。

岸から一〇メートルほどの灰色の海でアザラシが跳ねあがり、水中にもぐった。海上に再び頭を突きだし、黒い目をこちらにじっと向けたとき、これもまたよい兆しだとランカスターは思った。シンシアもアザラシに目をやったが、表情はまったく変わらなかった。アザラシなど見飽きているのだろう。

「あらためて謝らせてくれないか？　きみの素描画について、心ないことを言ってしまった」

「あら、いいのよ。お粗末な絵だって、自分でもわかっているから」

「お粗末だなんて言ってないだろう。まったく、きみは……すぐむきになる」

「うるさいわね」

ため息をついて沖に目をやると、アザラシがふたりをじっと見つめていた。

「あのアザラシはぼくのことが好きみたいだな」

「まさか。あなたを漁師かと思っているのよ。餌《えさ》を撒くのを今か今かと待ってるだけでしょう」

ランカスターは苛立った目でシンシアをにらんだ。「今日はどうしてそんなに虫の居どころが悪いんだ？　朝はとても幸せそうだったのに」

彼女は目を細めて前方の小道を見つめた。てっきり食ってかかってくるかと思ったが、やがてシンシアは表情をやわらげた。何歩か歩いてからランカスターと視線を合わせ、ため息をついた。「ごめんなさい。でもあなたのせいで、どうしてもかりかりしてしまうの」

「なぜだい？」

「わざとわたしに期待を抱かせようとしているみたいだから」

「きみとぼくが結婚することか？」

「もう！　わたしたちは結婚しないわ、ニック。それはまた別の話。とにかく、結婚のことを考えるのはもうやめてもらわないとね」

「今朝以降、結婚のことを考えずにいるのは難しくなったよ」

「あら、本当に？　あなた、性欲を処理するたびに、相手の女性との結婚を考えるの？」

「シンシア・メリソープ！」ランカスターは声を張りあげた。鼓動がひとつ打つあいだに、衝撃が怒りに変わった。「よしてくれ、あれは単なる性欲処理なんかじゃなかった」

「いいえ、そうだったわ」シンシアはぴしゃりと言った。

あれがぼくにとって取るに足りないことだったと思われるはずはない。彼女への恋心は隠していないのだから。つまり、〝わたしにとって取るに足りないことだったのよ〟とシンシアは言おうとしているのか？　ランカスターはふいに足をとめ、彼女のほうを振り返り、肘をつかんで立ちどまらせた。

「きみから本当のことを聞くまではここを一歩も動かない。きみはぼくを愛しているのか、それとも愛していないのか？」

まるでつねられでもしたかのように、シンシアがはっと息をのんだ。

「質問に答えてくれ」

「いやよ！」

「なぜだ？」

彼女は腕をびくりと動かした。「なぜなら意味のない質問だからよ」

「ぼくはきみを愛している、それはすでにはっきりさせている」

「あなたはわたしを愛してなどいない。あなたがそう思うのは、わたしが目新しいおもちゃだからよ。わたしは社交界にいるような女性じゃない。あなた、そう言っていたわよね？　わたしはそういう女性たちとは似ても似つかない。あなたの借金なんて関係ないし、あなたの身分もどうだっていい。最新の流行の装いをする余裕があるかどうかも、どうだっていいことなの。わたしは単なる一時しのぎの相手なのよ、ニック。そのひと言に尽きるわ」

信じられない。こんなのどかな村に生まれ育ったのに、どうして彼女はこれほど皮肉屋になってしまったのだろう。「そうじゃないよ。よくもそんなことが言えるものだな」

「あら、そう？」シンシアは腕組みをした。「じゃあ、なんだっていうの？　わたしのどこがロンドンの女性たちよりいいの？　すてきな財産があって、すてきなドレスを着ている、すてきな女性よりわたしのほうが優れている取り柄ってなに？　なにもないわ」

「なにもないだって？」彼は叫んでいた。

「わたしは教育も受けていない平凡な田舎娘よ。お金もないし、取り柄もない。美人でさえない。ロンドンの社交界の女性なら、誰を選んでもあなたにふさわしい奥さんになるわ」

「誰を選んでもだめだ。ぼくのことをわかっている人はロンドンにいない。ただのひとりもいないんだ。きみが幽霊のふりをして出てきても、なぜぼくが怖がらなかったと思う？　どうしてあっさりと受け入れたかわかるかい？　なぜならぼくも幽霊だからだよ、シン。ぼくこそ幽霊なんだ。そして、きみだけはぼくのことが見える」

鷗でさえ鳴くのをやめてしまったようで、彼の言葉はふたりのあいだで宙に浮いた。自分の口から出た言葉に驚いて、ランカスターは思わず一歩あとずさりしたが、シンシアは彼よりもはるかに驚いた顔をしていた。

「どういうこと？」

彼は頭を振った。「どういうもこういうもないよ、ただ……ここにいるときとは違うということだ。それだけさ」

「それだけってことはないでしょう」シンシアはささやくように言った。

ランカスターは笑みを浮かべた。「ほかになにがあるというんだい？　郷愁に駆られるときがあるんだよ。素朴な田舎暮らしへの憧れだ」

「じゃあ、わたしがそういう素朴さの象徴にすぎないと認めているのね？」

「そんなことはない」

突風にあおられ、シンシアの豊かな髪をひとつにまとめていたリボンがほどけて、口元に髪がかかった。彼女は一瞬視線を海に向け、乱れた髪を耳の後ろにかけた。髪はまたほつれ、頬にかかったが、シンシアはほつれ毛をそのまま放っておいた。

目が合った瞬間、彼女の瞳にためらいの気配を察し、ランカスターは身をこわばらせた。

「ニック……ここを去ったとき、いったいなにがあったの？」

急に耳元で風がうなりだしたようだった。シンシアの目に不安が広がるさまを見つめていると、寒さが肌の奥まで染みこんだ。

「べつに」たしかに自分の声が聞こえたが、誰かが代わりに答えているような気がした。

「ロンドンに住まいを移した。それだけの話だ」

「そういうことを訊いているんじゃないの。ほかにもなにかあったんでしょう？」

「いいや、なにもなかった」

「わたしに嘘をつかないで。言いたくないのなら、言いたくないと言ってくれればいいの。でも、嘘だけはやめて」

肺が突然小さくなった気がした。ランカスターは唇を開き、必死に息を吸おうとしていることを隠そうとした。同じ主張をくり返すつもりだった。誰にも彼にも嘘をつくように、シンシアにも嘘をつくつもりだった。ところがどういうわけか、それはできなかった。正直でいてほしいと頼んできた彼女に嘘はつけない。「その話はしたくない」今度は他人が話しているようではなく、自分らしく聞こえた。本音をさらす恐怖で手が震えていた。

「わかったわ」だが、シンシアの目に浮かんだ不安は深まり、恐れに満ちていた。「わかったけど……」

ランカスターは踵《きびす》を返し、目的地に向かってまた歩きはじめた。一歩進むごとに砂を踏むブーツの音が響いた。シンシアに呼びかけられたが、立ちどまることはできなかった。たとえ彼女の頼みであっても。ただ、足をもう一方の足の前に踏みだす動作をくり返した。過去から遠ざかり、願わくは未来に向かって、ひたすらに歩みを続けた。

一五分たっても、シンシアの膝はまだ震えていた。彼女はわからなかった。理解できなかった。

本当なのだろうか？　彼が自殺をはかったというのは。そう思っただけで嫌悪感が胸にわいた。ニコラスが死んでいたかもしれないと思うと胃がよじれそうになるからであり、自殺願望を抱いたニコラスは自分の知る彼と相容れないからでもあった。けれど、自分は幽霊だったとニコラスは言っていた。幽霊。まるで死の淵からよみがえったと言わんばかりに。

彼に抱きついて、そんな話は嘘だと言って、と懇願したかった。

だが、ニコラスはマントのように沈黙をまとい、ただ歩きつづけた。それにたとえ抱きついたとしても、取り乱した彼に押しのけられるのが関の山だ。でも、いったいどうしてなのだろう？

「中断したのはここだったたと思う」ニコラスの声は、友人同士の会話にしてはよそよそしかった。「向こうのあの岩棚に見覚えがある」

シンシアはうなずき、喉にせりあげてきた涙をのみこんだ。

「さあ、調査を再開しよう」彼の笑顔は不気味なほど本物らしく見えた。〝ぼくのことをわかっている人はロンドンにいない〟岩をまわりこみながら、ニコラスはウィンクをして、地面から一メートル半ほどの高さにある狭い裂け目を指差した。「ぼくが見てくるよ」

動物の頭蓋骨に遭遇して以来、深くて暗い裂け目を調べるときは彼に主導権を握らせていた。けれど、いずれにしても異は唱えなかっただろう。口が利けなかったのだ。ニコラスのように、なにごともなかったかのようにふるまうことはできなかった。そのため、彼がぐらぐらする岩をよじのぼり、岩棚に体を引っぱりあげる様子をシンシアは見守りながら、砂浜からは見えない奥まった場所はないかしきりに目で探した。

一時間近く黙って様子を見ていたが、ニコラスがまだ上機嫌のふりをしているのか、それとも本当に機嫌のいい状態に戻ったのか、もはやわからなかった。とにかくシンシアは不安な気持ちを忘れかけ、彼が立ち働く姿を眺めて単純に楽しんでいた。ニコラスの髪は風に吹かれてくしゃくしゃに乱れ、足をあげるたびに臀部にズボンが張りついている。

〝きみはぼくを愛しているのか〟ついさっきニコラスはそう尋ねた。もちろん愛している。

昔からそうだったように、今も彼を愛していた。彼の髪が好きだし、笑顔も笑い声も好きだ。誰かに話しかけられると、いつでもぱっと顔を輝かせるところも好きだった。あたたかな茶色の目も、頭で考えるより先に体が動いて示してくれるちょっとした親切も。

今はそれだけではない。好きなところはほかにもたくさんある。たくましい手と熱い口。広い胸板を覆う縮れた毛。それに暗がりのなかで仕掛けてきた、すばらしくもみだらな営みのすべて。暗がりだけではなく、日の光の下でも。

もちろんニコラスを愛している。だからどうなるわけでもないけれど。昔も彼を愛していた。あやふやな記憶が信用に足るとするならば、父のことも愛していた。母のこともずっと愛していた。そしてニコラスや両親を愛しても、痛みがもたらされただけだった。何週間も何カ月も何年も続き、しまいに使い古したひものようにぼろぼろになる深い痛みだ。終わりはない。細い糸が見えなくなるほどすり減るか、無視できるようになるくらい胸の奥底に沈みこむまで、痛みは広がるだけだった。

だから、そう、ニコラスのことは愛している。これからも愛しつづけていくしかない。以前そうしていたように、離れていても彼を愛することはできる。彼がそれでかまわなければ。けれども、そうすることがいいことなのか、シンシアはもはやわからなかった。

「シン！」どこか遠くからニコラスの声がした。

彼女は目をしばたたき、自分が、泡立つ波が岩のあいだの小さな水たまりに流れこむ様子をじっと見ていたことに気づいた。

「シンシア！」ニコラスは地面から一メートルほどの高さのところから、こちらに手を振っていた。「ちょっと手を貸してくれ！」

彼が見るからに潑溂と手を振っていなかったら、不安に襲われていたかもしれない。だが、シンシアの胸には興奮がほとばしった。

「どうしたの？」駆け足でニコラスのもとに向かい、息を切らして尋ねた。

「上に洞窟があったんだ。自分ではのぼれないが、ぼくが押しあげれば、きみならそこの縁に手が届くだろう」

シンシアは差しだされた彼の手を取り、幅の広い岩棚によじのぼった。次の平らな場所は少なくとも二メートルは上だった。

ニコラスは手を組みあわせて腰をかがめ、踏み台役を務めようとした。ニコラスが数日前に崖から落ちてからというもの、シンシアは高所恐怖症のようになってしまったが、不安をのみこみ、彼が作ってくれた足場にブーツの足をのせた。

「一、二、三！」高く押しあげられ、シンシアは岩の縁にしっかりとつかまった。ニコラスは靴底にてのひらのつけ根をあてがい、さらに持ちあげた。彼女は自分の腕力だけで体を引きあげ、両手の上に覆いかぶさるようにして、片方の膝を岩の表面に引っかけた。

すばやく這いずって縁から離れる。目の前にあるものがなんなのか一瞬わからなかったが、膝をついて体を起こすと、シンシアは凍りついた。

「どんな様子だい？」ニコラスが大声で訊いた。

どんなって……洞窟のように見える。いかにもそれらしい岩の空洞ではないが、洞窟であることはたしかだ。立ちあがると、彼女の膝は震えていた。

「シン？」

「洞窟よ！」シンシアは叫んで飛び跳ねた。ごく控えめに。ほんの三〇センチ後方には虚空が口を開けていたからだ。

「よかった」下からニコラスの声が聞こえた。

「よくないわ！」シンシアはくるりと後ろを向き、彼の姿が見えるところまでじりじりと戻った。「本格的な洞窟なのよ、ニック！　あなたにものぼってきてもらわないと」

彼は眉をつりあげた。「ロープをくくりつけられそうな、しっかりした岩はあるかい？」

あたりにざっと視線を走らせたあと、シンシアは身振りでロープを求め、それを洞窟の入口にほぼ垂直に伸びる細長い岩に結んだ。ほどなくニコラスが荒い息で横に立っていた。

「冗談ではなかったんだな」息を切らしながら言う。「これは本物の洞窟だ」

「そうよ！」今朝ふたりのあいだに漂っていたぴりぴりした雰囲気のことなど忘れて、シンシアは彼の手をつかみ、洞窟の入口のほうへ引っぱった。即座にニコラスは彼女の手を引き、自分の背後に追いやった。

「ぼくに先に行かせてくれ。なかがどんな様子かわからないからね」

やがて日の光が届く範囲を越えたとたん、先頭を譲ってよかったとシンシアは思った。洞窟の天井は低く、彼女でさえ体をかがめなければならなかった。天井をマントがかすめるたびに、岩のかけらが肩に落ちてくる。地面に散らばった石に足を滑らせながら、這って逃げていく蜘蛛のことは、努めて気にしないようにした。蜘蛛の巣があれば、ニコラスが払いのけてくれるだろう。

「ぼくから離れるなよ」シンシアの手をしっかりと握って、彼は命じた。

「その心配はいらないわ」彼女は小声で応えた。あたりは薄暗くなり、岩壁がじわじわと迫っていた。

「おっと」ニコラスが頭のてっぺんに指を走らせると、小石が落ちてきた。「そろそろ端だろう。あるいは、いきなり地面がなくなっているからなにも見えないのか」

「気が滅入《めい》るようなことを言うのね！」

彼が小さく笑った声が洞窟内に反響し、あたかもドラゴンが目覚めたかのような物音を立てた。すり足で進む音がまわりに響いた。つまり慎重に足を運ぶつもりだということならいいのだけれど、とシンシアは思った。洞窟の縁から転げ落ちないように、なおさらしっかりとニコラスの手を握りしめた。

「洞窟はここまでだ、間違いない」

ニコラスの肩越しにのぞくと、白っぽい岩の表面についた彼の手の輪郭が見て取れただけだった。じっと見ているうちに目が慣れてきて、やがて爪も見分けがついた。そしてあばたのような穴の空いた岩肌も見えてきた。黴くさいにおいが鼻孔に充満する。シンシアはそっと周囲を見まわした。

「なにかの死体があるみたいなにおいがするけど」ぼそりと言う。「なにか見える？」

「いや、まだなにも見えない」

ニコラスがなんのためらいもなく、両手を小さな岩棚に沿って走らせはじめた。その姿を見て、シンシアは驚いた。こういう場所には蜘蛛がいるはずだ。それにまた骨が出てくるのではないかとも思っていた。あるいは、いまだ乾ききっていないなにかが出てくるかもしれない。

「やだ」ぞっとして、思わず息がつまった。

ニコラスがくすりと笑いながら、シンシアのほうをちらりと見た。手を伸ばして彼女のこめかみのあたりの髪をそっと払ったときも、笑みは浮かんだままだった。

「どうかした？」

「なんでもない」

「ねえ、なんだったの？」

「ただの蜘蛛の巣だよ」

その言葉が一瞬信じられず、シンシアは必死になって髪を手で払った。そのあとドレスに手を移して同じことをした。ひととおりやり終えるころには、不安とくだらない少女じみた行動について、自分の胸に厳しく小言を言っていた。このいやになるほど広い海岸線を調べまわって、これほど期待できそうな場所に行きあたったことは今までなかった。だから蜘蛛やなにか腐敗したもののごときでチャンスを逃すつもりはない。

シンシアは胸を張り、その拍子に天井の小さな出っぱりに頭をぶつけた。狭い洞窟のなかの反対側へまわってみた。壁際へたどりつく前に、厚手の手袋をはめる。発掘する価値のある財宝だとしたら、潮風にさらされて硬くなった革の手袋越しであっても、手探りで探しあてられるはずだ。

指に触れたものが動いたような気がするたびにシンシアは動揺した声をあげたが、それ以外は彼女もニコラスも黙々と作業にあたった。〝ただの岩よ〟シンシアはそう自分に言い聞かせながら探りつづけた。〝ただの小石よ〟とも言い聞かせて。けれども、広い穴に手が深く入ると、鉤爪《かぎづめ》が動く独特の物音が暗がりから聞こえてきた。

「いやだ」彼女はささやいた。「どうしよう」二度深呼吸をして、ゆっくりと手を穴のなかに戻す。鼠に怪我をさせられることはない。溝鼠《どぶねずみ》であっても、手袋を通してまで害が及ぶことはないだろう。穴は幅が四〇センチはある。ものを隠すには申し分ない場所だ。

シンシアは穴のくぼんだ壁面に手をおろした。指の下で転がった硬い粒状のものは砂だろうか、それとも動物の糞だろうか。

「こっちだ！」ニコラスが叫び、彼女はぎょっとした。穴から勢いよく手を引き抜き、そのはずみで尻もちをついて悲鳴をあげた。お尻に岩が食いこんだため、悲鳴はうめきに変わった。

「なにかあったよ」彼はシンシアのうめき声もまるで無視して言った。「ここになにかある」岩にこすれる金属の音が小さな洞窟内で反響した。膝立ちになっているシンシアは息を殺し、ニコラスが腕を動かしてなにかを引っぱりあげる様子を背後から見守った。

「もう少しだ」悲鳴のような金属音が響き、彼はうなり声をもらした。やがて小さな岩がばらばらといくつも地面に落ちてきた。「ほら、これだ！」

シンシアははじかれたように立ちあがった。

「箱だよ、シン！」ニコラスが日の光が差しこむほうへ移動していき、彼女はあわてててついていった。「しかも、ずっしりしている」

血管にどっと血が流れ、心臓がばくばくいった。見つけた。とうとう見つけた。「見せてちょうだい」

洞窟の入口で彼は足をとめ、シンシアを振り返った。両のてのひらに箱がのっていた。小ぶりだが、見るからにどっしりしている。鉄と鋲《びょう》で補強された木箱だ。つまり、いかにも密輸商人の宝箱のようだ。頑丈で、かつ目立たない。

「ああ、ニック」彼女はささやき、恐る恐る箱の角の鉄に指で触れた。

「きみのものだよ。さあ、どうぞ」ニコラスはほほえみ、細めた目にも笑みを湛えていた。箱を取ると、シンシアは目を見開いた。箱はたしかに重かった。あわてて地面に置き、手袋を外す。

「だから言っただろう、見つかるって」ニコラスが彼女の横で膝をつきながら言った。

「何度も言わなくてもけっこうよ」シンシアは苛立ちを目で訴えようとしたが、彼のほうに顔をあげると、いきなりキスをされた。触れたか触れないかわからないような巧みなキスだった。そんなあっけないキスでも、彼女は頭がくらくらした。

「さあ、開けてごらん」ニコラスがせかした。

唇はまだうずいていた。シンシアはうなずき、ひんやりした金属部分にてのひらを走らせた。鍵をかけるための輪の形をした留め金がついているが、ひもでふたが固定されているようだ。これもまた、目当てのものが見つかったしるしなのかもしれない。これを隠した一一歳の少年なら宝物をどうやって守ろうとするだろう?

ニコラスは小型ナイフをシンシアに手渡したが、気をまわす必要はなかった。彼女がひもにナイフを軽くあてたとたん、それはぷつんと切れた。長年にわたって湿気にさらされてきたせいだろう。

「さて、心の準備はいいかい?」ニコラスがつぶやいた。シンシアはふたを開けた。

17

ほのかな陽光のもとで金貨が輝き、小さな木箱に光が差しかかった。その光は変色して黒ずんだ銀貨と銅貨に吸収された。

喜ばしく、晴れやかなその瞬間、ランカスターは期待に胸が高鳴った。

黄金の輝きに思わず魅入られたが、やがて彼はわれに返り、少しずつ細部に目が行きはじめた。木箱の側面の板は分厚く、内側は縦横が一〇センチもない。それに銀貨にくらべて金貨は少ない。

それでも……財宝は財宝だ。

シンシアが彼を見た。その瞳は興奮と疑念が相なかばしていた。

ランカスターはほほえみかけた。ふたりのために希望を失わないでほしかった。「見つけたね」

「ええ」

「どうやら昔のギニー金貨のようだ」

「そうね」シンシアは手をあげ、いったんおろしてから、すぐにまた伸ばして硬貨に触れた。

「きみは財宝を手に入れた」そう自分で口にしながら、その言葉の裏の意味にランカスターは気づいた。これはシンシアのものだ。探しものは見つかったが、山分けするほどたっぷりはない。ぼくが借金を返済できる額はないだろう。木箱の底までの深さを考えれば、おそらく五〇〇〇ポンドもないはずだ。下手をすれば一〇〇〇ポンドにも満たないかもしれない。

木箱から中身が空けられた。金属がぶつかりあい、おまえの読みは間違っているぞと説得するような音が響いた。そうであってほしいとランカスターは願った。

「いくらくらいあると思う？」シンシアがささやくように言った。

「数えてみよう」ピクニックに行こうと提案したかのごとく、気軽な口調で答えた。

彼女ははりきったようにうなずき、硬貨をすくいあげて種類別に分けていった。ランカスターは心がかき乱され、なにかにすがりつきたい気持ちになった。今さらなにができる？なにができるというんだ？

動揺をなんとか無視しようとした。〝見た目よりもたくさんの金があるかもしれないだろう〟と自分に言い聞かせる。〝ぱっと見ただけでわかるわけがない〟

だが仕分けした山が大きくなっていっても、金貨はほかの硬貨の山に追いつかなかった。気持ちは見る見る沈み、彼は胸が痛くなった。

シンシアが咳払いをして、数えはじめた。ランカスターは彼女がどの山を数えているのか見ないようにした。彼女が数字を足すときも金額を計算しないようにした。しかし、総額を聞かずにすますわけにはいかない。

「この金貨の価値が二一シリングに相当するなら……」シンシアはつぶやいた。「ほとんどは五ギニー金貨だから……三〇四ポンド一一シリングだと思うわ。正確じゃないかもしれないけれど、だいたいそのくらいよ」最後は少し声が震えていた。

ランカスターはへなへなと地面に座りこんだ。彼女は昔から計算が得意だった。

「ニック？　ねえ、大丈夫？」

「ああ、大丈夫だよ」大丈夫だ。というか、完全に打ちのめされている。

「そうは見えないわ」シンシアが彼の腕をつかんだ。

「てっきりもっとあるのかと思っていただけだ」

「わたしもそうよ」シンシアはランカスターの横に座り、ふたりで硬貨の山を見つめた。

「少なくとも一〇〇〇ポンドはあるだろうと思っていたわ。いいえ、もっと期待していたかもしれない。だけど、しょせん子供の宝物だものね。三〇〇ポンドといったらけっこうな金額よ」

「ああ、そうだな。たしかに。でも」気がかりなのはそれだけだと言わんばかりに、ランカスターはつけ加えた。「きみのお継父さんの借金を返すには足りない」

「ええ、そんなにはないわね」彼女は硬貨を積み重ねた山をぼんやりといじった。「もしかしたら、これだけあればうちの家族はいくらか時間稼ぎできるかもしれないけれど、リッチモンドがそれほど寛大だとは思えないわ」

ということは、結局やつを始末する計画に話は戻るということか。シンシアを守るためにリッチモンドには消えてもらう。だが、誰がぼくを守ってくれるだろう？　馬車で轢《ひ》いてまわるには、借金をしている相手が多すぎる。いささか趣味の悪いことを考えて、ランカスターは苦笑をもらした。

「どうしたの？」

「なんでもない。きみはこの結果を予想していたかい？　もしかして代案でもあるんじゃないか？」

「ないわ。なんていうか……じっくり考えていなかったみたい」最後のほうは声が震えたが、こみあげてくる感情を振り払うようにシンシアは頭を振った。

「なにか手立てを見つけよう、シン」ランカスターはそうつぶやいて、力の抜けた彼女の手に自分の手を伸ばした。

なにが起きたのか、ようやく実感がわいてきた。とんでもない高さから飛びおりたかのように、胃が下に引っぱられる感じがした。

考えうるなかで最悪の結果だった。ランカスターの借金を完済できるほどもなく、シンシアと結婚できるほどもなく、家族の借金を返済して彼女がリッチモンドから自由になり、アメリカへ渡ることができるほどもない。これなら財宝が見つからないほうがましだった。少なくとも希望は抱いていられるのだから。

ぼくはこの女性に大事な約束をした。信じてもらえなかったが、それでもぼくは彼女と結婚する道を見つけると約束した。さあ、これからどうしたらいい？

シンシアが硬貨をつかみ、小さな木箱のなかに戻しはじめた。ぎこちない手つきでランカスターも手伝おうとした。

「さてと」彼女は決然とした面持ちでうなずいた。木箱のふたを閉め、手の埃を払って立ちあがる。「歩きながら考えましょうか」

考える。そう、考えないといけない。この問題の奇跡的な解決方法を思いつかなくては。おかしなものだ。三、四日前は財宝の存在さえ信じていなかった。まったく信じていなかったのに、どういうわけかいつのまにかすっかり頼みの綱にしていた。それなのに今、望みは絶たれてしまった。

「ぼくが先に行く」ランカスターはぼそりと告げて、ロープ伝いに地面へおりた。「おりる前に木箱をぼくに放ればいい」

ここに来てから本当に一〇日しかたっていないのだろうか？　たしかにそうだが、それにしても信じがたいことだ。なぜならシンシアが木箱を落とし、岩棚の縁からだらりと脚をさげたとき、むきだしの脚を見てもランカスターはぎょっとしなかったのだから。ドレスの裾がたくしあげられている光景は、すでにおなじみのものになっていた。昨夜分かちあった親密な行為が思いだされ、心があたたまるようだった。

ほんの一〇日のあいだに昔なじみの知りあいと旧交をあたためた、奔放な恋人にまでなれるものだろうか？　そして今後はいい思い出にできるものなのか？　いや、無理だ。

シンシアはブーツを履いた足でロープをはさむようにして、少しずつおりてきた。ランカスターは彼女の下に立ち、膝に腕をまわしておりやすいように手を貸した。シンシアがさがってくるのに合わせて腕をあげ、やがて頬が彼女の太腿にじかに触れて、腕に脚がしっかりとからみついた。

小さな声が打ち寄せる波のように漂ってきた。「ええっ！」

ランカスターは凍りついた。シンシアのドレスの裾が、彼の肩の上でひとかたまりになってふくらんだ。「しまった」後ろを見るわけにいかなかったので、体を揺すりながらロープ伝いにさがってくる彼女をちょっとずつおろしていった。ブーツの足が膝にぶつかる。「振り返るな」そう命じたが遅かった。顔をあげると、シンシアは浜辺のほうに首を伸ばしていた。

「まあ！」彼女が叫び、ランカスターはようやく振り返った。

浜辺で四人の少年たちが身じろぎもせずに立ち、まるで歌の途中で歌うのをやめたかのように口をぽかんと開けていた。小柄な子からずんぐりと太った子まで体格はさまざまだったが、みな一様にシンシアの太腿に見とれているようだった。

「裾をおろすんだ」ランカスターは小声で言った。彼女はロープから手を離した。「フードをかぶって」さらに命じた。

シンシアがフードに手をあげた瞬間、小柄な少年が指差した。「ミス・メリソープだ」ごていねいにさらにひと言つけ加えた。「死んだ女の人だよ」

ふたりの少年は震える手で十字を切ったが、あとのひとりはくるりと向きを変えて逃げていった。彼らを集め、口外したら海賊に売り飛ばすぞと脅してやろうかと思っていたランカスターの希望は打ち砕かれた。

「幽霊だよ」小太りの少年が叫んだが、小柄な少年は首を振った。

「なんで幽霊がロープを使っておりてくるんだい？」

まったく、子供はいつからそんなに賢くなったんだ？　目ざとい坊ずめ。

「この人はシンシア・メリソープじゃない」ランカスターはすばやく言った。「だからもちろん幽霊でもないんだよ」

「お言葉を返すようですけど、この人がミス・メリソープじゃないなら、ぼくはヘンリー・ジョンソンじゃない」

「いいか。ヘンリー、きみの名前はヘンリーだね？　この女性はぼくの連れで、ロンドンから一緒に来たんだ」

ヘンリーという少年は顎を突きだした。「ロンドンからレディが来たなんて噂は聞いてないよ」

「ミス・メリソープが死んで、海の底に横たわっているのではないと仮定して、まさか彼女が寂しい浜辺で紳士とふたりきりでいるわけがないだろう？　そんなのはどう考えてもおかしい。ミス・メリソープはレディだったのだから」

少年は、そんな話は信じられないという顔をした。繊細な花のようにシンシアは女らしいという主張をしても、どうやら彼女の場合には功を奏さないようだった。「では訊くけどね、ヘンリー、シンシア・メリソープは崩れそうな崖になんの用があるんだい？」

少年がずる賢そうに目を細めた。それを見て、ランカスターは思わずひるみそうになったが、なんとか平静を装った。少年は言った。「だったら、ロンドンから連れてきたあなたの愛人は崖になんの用があるんですか？」

その場に残っていたほかのふたりの少年が、あとずさりしはじめた。

「あの子をつかまえて」シンシアはささやき声で言ったが、その声は充分に大きかった。三人の少年たちはくるりと背を向けて逃げていった。

ランカスターは追いかけようとしたが、ほどなくあきらめた。太めの少年は別として、少年たちは砂に足を取られもせず、逃げ足が速かった。ただし厄介なのはヘンリー・ジョンソンで、彼はすでにニーリー村のほうに半分くらい引き返していた。「なんてことだ」

シンシアもついてきていたが、彼の後ろで足をとめた。「ヘンリーはすごく利口な子なのよ。幼いころからそうだったわ」

「だろうね。おかげで問題が解決したよ、ぼくたちが次にどんな手を打つべきか」

「そうなの？　どんな手を打つの？」彼女の手が肩に触れた。ランカスターが振り返ったので、その手はおろされた。

彼はシンシアの目を見たが、のんきそうにも屈託がなさそうにも見せかけようとしなかった。「きみとぼくはキャントリー邸をあとにする。出発は今日だ」

「サクランボのシロップ煮の最後のひと瓶も荷物に入れておくよ。黒パンに合うから」ミセス・ペルは食料庫からテーブル、食器棚へとめまぐるしく動きまわっていた。

「こんなことをする必要はないのに」シンシアはぶつぶつ言った。ニコラスがタイミングを見計らったかのように、廊下からキッチンへ入ってきた。

「なにを言うんだ。きみがこの家にいると聞きつけたら、お継父さんは力ずくできみを連れ戻しに来るに決まっている。ここにいなければ、その心配はない」

「あと九日で、わたしは二一歳になるのよ」

「九日後には大手を振ってここに帰ってこられる。でも、今は離れないとだめだ」

「どこへ行くというの?」シンシアは叫んだ。

キッチンのなかを歩きまわっていたニコラスは足をとめ、彼女の目を見た。「サマーハート公爵のことは知っているかい?」

「誰?」シンシアは衝撃で顔から血の気が引いていくのがわかった。「もちろん知らないわ。公爵ですって?」

「サマーハートの住まいはここからさほど遠くない。馬車でだいたい六時間かな」

「でも……公爵家のお屋敷にのこのこ出かけていって、いきなりかくまってくださいなんてお願いできないでしょう!」

ニコラスは物思いにふけるように床に視線を落とした。「彼はぼくに借りがある」

「公爵が? おかしな話ね。公爵になにをしてあげられるっていうの?」

彼は目尻に皺を寄せてほほえんだ。「逃げた花嫁を見つける手助けをした。いや、厳密に言えば、逃げだしたときに彼女は公爵の花嫁ではなかったけどね。でも、そのあとすぐにふたりは結婚した。だから見つかってよかったんだろう」

「だけど……これって誰に頼むにしても、大きすぎるお願いじゃないかしら。まして、そういう身分の方に頼むには」

「彼は傷心していたんだよ、シン。報われない愛に苦しんでいた」なにがおかしいのか、ニコラスは自分の言葉にくっくっと笑いだしたが、その笑い声を聞いてシンシアはわめきたくなった。

彼はこの状況を一方的に仕切り、こちらの反対意見はことごとく退け、丸めこもうとしている。どんな事態になったのか、しばらく様子を見てもよさそうなものを。

「アダムはどこだ？」ニコラスが尋ねた。

「まだ戻ってきていないわ。わたしが言いたいのはそこなの！　あの少年たちがどんなことを言いふらしたのか、まだわからないのよ」

「意固地になるのはやめてくれ。相手がひとりなら、脅して黙らせることもできたかもしれない。でも、四人の少年を相手に？　うまくいく望みはない。この瞬間にもきみの家に駆けこんで、真っ先にきみのことを告げ口しようとはりきっているに違いない」

彼の言い分はもっともだとわかっていても、なかなか納得できなかった。オーク館を出て、ニーリー村を離れるつもりではいた。もともと、そのサマーハートという公爵家の地所よりも遠くへ旅立つつもりだった。それでも、あまりにもあわただしい気がしたのだ。ゆうべがここキャントリー邸で明かす最後の夜だったわけだが、昨日の時点ではシンシアもそうとは知らずにいた。ミセス・ペルとキッチンで夕方を過ごすのも昨日が最後だったのだ。心の準備はどこまでできているのか、よくわからなかった。最後に海辺は散歩した。村の景色は見納めした。

でも、やり残したことがある状態で、どうして故郷を去れるだろう？

「継父が訪ねてきたら、秘密の通路に隠れればいいでしょう。わたしはあなたに内緒でこの家に住んでいたけれど、あなたは何日も、わたしが立てる物音にさえ気づかなかったじゃない」

「シンシア」ニコラスは苛立ちを隠しきれない様子で頭を振り、彼女の反論を一蹴《いっしゅう》した。「もう荷造りは終わったのか？」

シンシアは歯を食いしばり、叫びたくなる衝動を抑えた。「ええ、でも、アダムが戻ってくるまではどこにも――」

裏口の戸がいきなり開き、手足のひょろりとした人物が飛びこんできた。目もあてられない顔をしている。

「アダム！」シンシアは息をのんだ。「どうしたの、その顔は？」

「みんなに言われたんだ、あなたがふしだらな女だって！」アダムは叫び、裂けた唇に手を押しあてた。目のまわりは腫れあがっているようだ。

「まあ！」シンシアはわきによけて、早くも水に濡らした布を持って近づいてきたミセス・ペルを通した。「ランカスター卿がわたしのことをあの子たちにそう説明したのよ、ロンドンから連れてきた女だって！　ほかに言いようがなかったの」

「いやだったよ、そんなこと聞かされて」アダムはきっぱりと言った。そして軽蔑の目でニコラスを見た。

「連れの女性だと言っただけだ！　だが、きみが紳士らしい勇敢な行動を取ったことを考えると、あらぬ噂が広まっているんだろうな」

「そうです」ミセス・ペルの腕の下から、アダムはためらいがちな目でシンシアをそっと見た。「母さんに伝えてきました、ぼくはしばらく遠くに行くって。一週間か二週間」

「だめだ」ニコラスはにべもなく言った。

ミセス・ペルが首を傾けた。「この子のためにはいいことじゃないですかね、旦那さま。外へ出て、ちょっとばかり世の中を見てみるっていうのは」

「ぼくとシンシアは逃亡しようとしているんだよ、ミセス・ペル」

「かわいい子には旅をさせろって言うじゃありませんか」

ニコラスは鼻で笑った。「危ないことに巻きこまれるかもしれない」

「愚にもつかないことを」家政婦はぴしゃりと言った。「旅に危険はつきものですよ」

ニコラスに目を向けられ、シンシアは肩をすくめた。アダムを公爵家に同行させるのを拒む理由は見つからなかったが、ニコラスは心配でたまらないという表情だ。

「お母さんにはなんて言われたんだ、アダム？」

「気をつけていってらっしゃいって。ミス・メリソープのお世話をしっかりして、口答えせず、ランカスター卿に言われたとおりに従うんだよって」

なにか強烈な感情がニコラスの顔を一瞬よぎったが、あっというまにそれは消えてしまったので、なんだったのかシンシアにはよくわからなかった。「きみのお母さんが賛成するとは信じがたいな」彼がつぶやいた。

「母さんはあなたを信頼してるんです」

「そうか、でも、信頼すべきじゃない。きみのお母さんはぼくのことをなにも知らないのだから」

ニコラスの顔をまじまじと見ているのはシンシアだけではなかった。ミセス・ペルも作業の手をとめて彼に目を向けた。ふたりに見られていることに気づくと、ニコラスは顔をしかめ、手を振りあげた。「わかったよ。きみはジャクソンの隣に乗って、馬車の御し方を覚えればいい。それでいいか？」少年が返事をするより先に、ニコラスは廊下へ大股で歩いていった。「旅行かばんを取ってくる」

ミセス・ペルはアダムにタオルを放り投げた。「荷物をまとめておいで。旦那さまはおまえのような者を待ってはくれないよ」

シンシアは道中に飲もうと準備しているリンゴ酒の水差しのほうに振り返ったが、ミセス・ペルのなじみ深い手がぬっと目の前に現われ、手を握られた。「旦那さまと結婚しないといけないね」

「えっ？」やましさがどっと胸にこみあげ、シンシアは家政婦のてのひらの下から手を引っこめた。「なんのことかわからないわ」

「いいや、おまえさんはわかってる」

赤面するのをとめることもできず、彼女は横を向いてかばんに水差しをそっとしまった。

「ううん、さっぱりわからない」

「今朝、おまえさんを起こしに行ったんだよ」

その冷静で簡潔な言葉が弾丸のように胸を撃ち抜いた。この日の朝、自分のベッドでなにがあったかシンシアは思いだし、体が固まってしまった。

「ここのお屋敷は古いけど、壁はそんなに厚くない。あたしらみんなにとって幸運なことに、あたしは扉を開けなかった」

「わたし……」視界の端が少しぼやけたが、シンシアは自分の選択したことを突きつけられて卒倒するほど弱くはなかった。「わたしが彼を誘惑したの。彼は断ろうとしたのよ」

「ああ、そうだろうとも。それにしてもうれしいよ、あたしの助言におまえさんが従ってくれて」

「従ってはいないわ」シンシアは思いきって振り返り、ミセス・ペルに向き直った。この年配の女性の目に非難がましさや当惑の気配さえ浮かんでいないことに気づいて驚いた。「結婚するという話じゃないもの」

「じゃあ、これからそういう話になるよ、ああ、きっとそうだ」

「ならないわ。彼はお金持ちと結婚しないといけないのよ。どうしてこんなに単純な事実を、誰も認めることができないのかしら？」

ミセス・ペルはシンシアの肘をつかみ、無理やり椅子に座らせようとした。「なぜなら、人生はそんなに単純じゃないからだよ。さあ、おかけ」

シンシアは腰をおろし、震える脚で体重を支えずにすんでほっとした。

「あたしがキャントリー邸に来たのは一八一三年のことだった。息子のトムのことは覚えているだろうね。当時あの子はほんの赤ん坊だったけど、今やすっかり大人になって、インドに住んでる。よりによってあんなに遠くにね」

「ええ、知っているわ。あなたのご主人は海で亡くなったのよね」

「あれは嘘だよ。今まで本当のことは誰にも話していない。あたしはね、未亡人じゃなくて、一度も亭主がいたことがないんだよ」仰天するような告白をしたとは思えない物腰で、ミセス・ペルはテーブルからパンくずを払った。

「なんですって？」

「トムの父親はあたしの恋人だった。あたしは金持ちに生まれたわけじゃないけど、うちはそこそこちゃんとした家庭でね、地元で宿屋を開いて、父さんは馬を貸す商売もしていた。身ごもったとき、あたしは当然結婚するつもりだった。ほら、若くして赤ん坊ができても、べつに恥ずかしいことじゃないからね、正式に教会で結婚の署名をするなら」

シンシアはあっけにとられて言葉を失い、ただうなずいた。

「相手は地元の司祭だった。だから――」

いきなりシンシアの喉から声がもれた。「えっ？」

「だから、あたしは妻になって、まっとうな生活を送ることになるんだろうって思った。でも妊娠を告げたら、恋人に平手打ちを食らわされた」ミセス・ペルはパンくずを払う動作をとめ、その手を凝視した。「そして、がめついあばずれだとののしられた。どうやら、地元の郷士の娘くらいは狙えるだろうとあの男は思っていたようだった。いいところの娘と結婚して、社会的地位を高めようともくろんでいたんだ。それなのにほかの女につかまって、なにもかもおしまいさ。宿屋の娘と結婚するはめになったわけだから」

「ねえ、ミセス・ペル、それってひどい話だわ！」

「ああ、ひどい話だよ。だからあたしも受け入れられなかった。自分の人生をそんな男に捧げるいわれはなかった。あたしは自分で自分の道を選んだ。なぜなら、残りの生涯を毎日その男につばを吐きかけられるかと思うと、耐えられなかったからだよ。てっきり愛されていると思ってたから、妥協するつもりはなかった」

シンシアはミセス・ペルの手をぎゅっと握りしめた。「だけど、ほら、わたしはニックの奥さんになりたいわけではないから。わたしのせいで彼の暮らし向きを傾かせようとは思わないわ」

「すでに傾いているじゃないか。おまえさんとは関係ないことだ、違うかね？」

「本当のところはわからないわ」

「じゃあ、直接訊いてみればいい。人生にはお金より大事なことがあるんだよ。ランカスター卿はもう承知していなさるはずだ」

「なにをだい？」ニコラスの低い声が背後から聞こえた。声とブーツの踵の音がかすかに反響していたことからすると、彼は玄関ホールにおりてきたところなのだろう。つまり、それまでの話は聞かれていない。ありがたいことだ。

ミセス・ペルはシンシアの想像以上に機転が利いた。にっこりとほほえんで椅子から腰をあげた。「あたしの大事なシンシアの身を守れなかったら、あたしに一発お見舞いされるってことですよ」

「ああ、もちろんだよ。承知しているとも。準備はできたかい、シン？」

「ええ」とはいえ、彼女は来るべき瞬間を迎えたくなくて、まだ椅子に座ったままだった。

ニコラスが咳払いをした。「そうか、では、お別れの挨拶をする時間をあげよう。ほんの数日で戻ってくるはずだけどね」

シンシアは気が進まなかったけれど、どうにか椅子から立ちあがった。ミセス・ペルの腕が体にまわされる前からすでに泣いていた。

家政婦はたしなめるように舌打ちし、なにやらつぶやいたが、シンシアは声をつまらせて泣きじゃくるばかりだった。ミセス・ペルが言った。「さあ、もう泣くのはおやめ」

「わたしと一緒にアメリカへ来て」シンシアはすがるようにささやいた。ふたりがすでに何度も話しあってきたことだった。ミセス・ペルはなにも応えず、ただ首を振った。

「でも、あなたはここでひとりぼっちになるわ」

「望むところさ。あたしがニューヨークみたいな大きな町に行って、どうしようっていうんだい？　人がわんさかいるんだろう、想像もできないね」

シンシアはミセス・ペルの肩に顔をうずめて、鼻をぐすぐすいわせていた。

「どっちみち、おまえさんも向こうに行かないかもしれないしね。まあ、いずれわかる。さあ、くれぐれも気をつけるんだよ、人には親切にしてやること。手紙をよこしておくれ。たくさん手紙を」

馬車の扉を閉めに来たジャクソンに涙に濡れた顔をじろじろ見られたときも、シンシアはまだ大泣きしていた。しかし不思議なことに、遠くにオーク館を望む道を通り過ぎると涙は乾いた。自分が生まれ育った屋敷を、彼女は無表情な目で見つめた。

18

たそがれどきの空の輝きのもとで、ニコラスの顔は青白く見えた。死人のように青白かった。

夕食はとうにすませていた。日は暮れかけていたが、公爵家に予告もなしに押しかけるまで、あと一時間は馬車に揺られなければならない。これまでの数時間のあいだ、シンシアは通り過ぎていく田園風景に目を凝らしていた。自宅からこんなに遠くまで足を伸ばしたのは初めてだった。アダムも同じように興奮しているのか、早口でしゃべっている声が御者台から聞こえてきた。

とはいえ、外はだんだんと薄暗くなり、一同は疲れていた。そしてシンシアは、ニコラスの青白い顔を見つめずにはいられなかった。

彼がかつて自殺をはかったというのは本当だろうか？　そうだとするなら、計画どおりにニコラスのもとを去るわけにはいかない。彼がわたしを本気で好きだと思っているのなら、そんなまねはできはしない。

ニコラスの目が閉じると、はっとさせられた。座席の背に頭をもたせかけたため、痛々しい傷跡が襟の上にちらりとのぞいた。

火傷だと聞かされた。でも、どうして首にぐるりと火傷を負ったりするの？

わかりきった答えが頭に浮かび、シンシアは胃がぎゅっと締めつけられた。

雨を予感させるにおいが馬車のなかに立ちこめ、どういうわけか彼女の脳裏にさらなる重圧がのしかかった。喉に言葉がこみあげてくるのをとめられず、その言葉をやわらげる手立ても思いつかなかった。「首をつったの、ニック？」

ニコラスが目を開けて、馬車の天井を仰いでからゆっくりと視線をおろし、シンシアと目を合わせた。「なんだって？」

彼女は自分の首に手を触れ、皮膚の脆《もろ》さを実感する。思わず心が乱れた。「死のうとしたの？」

あたたかな茶色の目が、凍った地面のように冷ややかになった。「なぜそんなことを訊く？」

「なぜなら、あなたの首のまわりには傷跡があるから。予定とは違って旅から帰ってこなかったから。使用人たちが噂話をしているから……旦那さまは首つり自殺をはかったって。だから訊いているのよ、ニック」

「ただの噂だ、事実じゃない」彼は再び座席にもたれ、この話はこれで打ち切りだとばかりに目を閉じた。

「その傷はどうしたの？」

「前に話した。火傷だ」

「なんの火傷？　煮え立った油にひたしたクラバットを首に巻いたの？」

ニコラスの口元がぐいと引きあげられ、笑みが浮かんだ。そうなった時点で、彼はもうニックではないのだとシンシアは気づいた。死に瀕《ひん》した体験を笑って話せるランカスター卿に変貌していた。

「本当のことを教えてほしいの」シンシアが懇願すると、彼の顔から笑みが消えた。「なにかがあなたを変えてしまった。わたしたちはあのころも友達だったわ。だから、なにがあったか、わたしにも知る権利はあるでしょう」

ニコラスは再び彼女と視線を合わせたが、その目は怒りに燃えていた。「きみにそんな権利はない。もう一〇年近くも前のことだ。これについて話しあうつもりはない。今後いっさい」

「ばかなことを言わないで。話しあわないとだめよ」

彼は椅子の上で前かがみになり、怒りで首に青筋を立てた。「自殺をはかってなどいないと前に話しただろう？」声を荒らげて言う。「ぼくの言葉だけでは納得できないのか？　嘘をついていると思うのか？　心のゆがんだ臆病な自分を隠そうとして事実を偽っていると？」

「それは……」ニコラスを恐れたことは一度もなかった。そんなことになると想像したこともない。けれども、ほんの一瞬、彼の目の奥になにかが浮かんだのが見えた。暗く、怒りをみなぎらせたなにかが。「思っていないわ、もちろん」シンシアはささやき声で言った。「どうしてわたしがそう思うの？」

ニコラスは首を振り、顔に手を乱暴に走らせた。「どうしてそう思わないんだ？」

「ニック……わたしはただ知りたいだけなの、なにが――」

「ここでおりる」彼がこぶしで天井をたたいた。すでに速度を落として走っていた馬車はゆっくりと停止した。

「待って！」彼女は叫んだが、ニコラスは扉を開けて馬車からおりてしまった。「どこに行くの？」シンシアが馬車の外に頭を突きだしたときには、彼は薄暗がりに姿を消していき、踵の音が小道に響いた。彼女は足音が聞こえなくなるまでニコラスが消えたほうを見つめていたが、やがて御者台に顔をあげると、ふたつの顔がじっとこちらを見ていた。アダムは狼《ろう》狽《ばい》したように目を見開いている。

「どうして旦那さまはあんなに怒ってるんだい？」

「彼なら大丈夫よ」シンシアはそう言って、馬車のなかに顔を引っこめた。嘘の味が口に残っていた。彼は大丈夫ではない。全然そうじゃない。いったいなにがあったの？

ニコラスの言葉を信じなくてはいけない、そうでしょう？　でも、どう説明がつくだろうか。シンシアはまつげにこぼれた涙をぬぐい、座席に座り直して、ニコラスが戻ってくるのを待った。なんであれ、これから起きるであろうことを待つことにした。

雨が鼻を伝い落ちた。南の空で稲妻が光った。日はとっぷりと暮れ、ランカスターは癇癪を起こした子供のように雨のなかを歩きまわっていた。

子供、か。シンシアは傷跡のことを二度と訊いてこないと思いこんでいたなんて、子供のように浅はかだった。それでも、ここヨークシャーの使用人たちのあいだで噂が広まっていたとは知らなかった。ロンドンの使用人たちは知っていた。両親は当初、用心して三人しか雇わず、全員が口が堅いと定評のある使用人だったにもかかわらず。

〝死のうとしたの？〟

そんなことは誰にも訊かれなかった。両親にさえも。自殺をはかったのではないと信じてほしいと、彼は何度も訴えたというのに。しかし、苦しみに耐えて何年もたった今となっては、もはや確信が持てなくなっていた。

自分は死ぬつもりだったのだろうか？　ある時点で、たしかにそう思った。死ねば楽になれる気がしたのだ。もがくのを体があきらめたとたん、死は安らかなものになった。暗い雨のなかをひとりで歩きまわるようなものに。

ぬかるんだ道から顔をあげたとき、怒りが消えていたことに気づいた。今はただ疲れているだけだ。それに体が濡れてもいた。馬車の明かりが前方でぼんやりと光っている。ランカスターは歩みを速め、明かりのほうへ向かった。

馬車までほんの数メートルのところまで戻ったときだった。脚に振動が伝わってきた。ランカスターは足をとめて首をかしげ、近づいてくる蹄の音を聞きつけた。アダムが御者台からあわてておりてきた。

「誰なんですか？」

「わからない」ランカスターはつぶやいた。「だが、ミス・メリソープには、馬車のなかに身を隠してカーテンを閉めるよう伝えてくれ」

アダムは指示されたとおりに行動すると、小走りで主人の横に戻ってきた。ジャクソンが御者台で立ちあがり、ライフル銃を引き抜いた。ランカスターは承認のしるしにうなずき、馬で近づいてくる相手のほうに向き直った。

馬上の男は二〇メートルほど手前で速度を落とし、並足で馬を走らせて近づいてきた。向こうはひとりだ。少しだけ肩から力が抜けた。追いはぎの一団ではなかった。男の背筋がしゃんと伸びていることから察するに、シンシアの継父でもない。

男が黙ったままでいるので、ランカスターも口を閉じていた。

最初、馬車の明かりは馬だけに差しかかっていた。大きな鹿毛《かげ》の馬で、片方の目にややゆがんだ白い星形模様が伸びている。やがて男のブーツに光があたり、脚にもあたった。男が馬をおりると、ようやく顔が明かりに照らされた。

悪魔の顔だった。醜いわけでも、邪悪な美しさがあるわけでもなかったが。ランカスターは思わず一歩あとずさりした。しかし、ひるまずに胸を張った。

この男がブラームに違いない。なぜなら顔に……リッチモンドの面影があった。

思わず総毛立ったが、ランカスターはその場に踏みとどまった。もうあとずさりもしなければ、前に進みでもしなかった。胃がひっくり返り、なかのものを地面に吐きだしそうになったが、その吐き気もぐっとこらえた。そして、ごく平凡で、人畜無害に見える男が近づいてくる様子を凝視した。違いは目だけだ。村人たちが口々に言っていたことの意味がふいにのみこめた。リッチモンドの目は一見陽気に輝き、熱を帯びてぎらぎらと光るときもあった。だが、ブラームは目が……乾いた木材のように死んでいた。残忍でもなければ、怒りや悲しみを湛えているわけでもない。ただ、死んだような目をしているだけだった。

その目がアダムにじっと向けられると、ランカスターはもうじっとしていられなかった。アダムの肩に手を置いて、ブラームから遠ざけた。「持ち場に戻っていろ、アダム」太鼓の皮のように胃がぴんと張りつめた。少年をこの男の視線にさらしたくなかった。

アダムはとまどったような顔を見せたが、結局くるりと後ろを向き、ぎこちない足取りで御者台に戻った。ブラームはその動きをじっと見ていた。

「天気の話でもしようかと思って馬をとめたわけではないんだろう？」ランカスターは言った。

「あんたがランカスターか？」男がぼそりと尋ねた。

「ああ、ランカスター卿だ」

生気のない目が彼の全身におろされたあと、馬車に向けられた。「ミス・メリソープはあのなかか？」

「失礼、お目にかかったことがあったかな？」

「いいや。でも、あんたのことは聞いている」

霧雨とは違う冷たいものが上着の下を流れ、寒気が走った。いったいどういう意味だ？

「リッチモンド卿は花嫁を取り戻したいと思っている」

「ほう。なんのことかさっぱりわからない」

「あんたがミス・メリソープと一緒にいるところは人に見られているんだ」

ランカスターはさも驚いたというように眉をあげた。「彼女は死んだんだろう。少なくともぼくはそう聞いている」

ブラームは馬車に向かって足を一歩踏みだしたが、腕をつかまれるとそれ以上は近づこうとせず、ランカスターの手を振りほどいた。ブラームも体に触れられるのを好まないようだ。

「名乗るつもりがないのなら、これで失礼する」そこまで言えば、ブラームも名乗るだろうとランカスターは思った。ひょっとしたら、どういう立場でリッチモンドのために動いているのかをみずから説明し、なにかもっと質問してくるのではないかと期待した。しかし、ブラームからはなんの反応も返ってこなかった。ただ一〇秒か二〇秒ほど、こちらを見ているだけだった。あの死んだような目でじろじろと見て、それから横を向き、再び馬にまたがった。

馬に乗っても走り去らず、じっと待っている。どうやらランカスターたちの馬車のあとをつけるつもりのようだ。

勝手にすればいい。

植物の文様が彫りこまれ、天井に庭が再現されている。

シンシアは田舎者に見えないように気をつけつつも、首を伸ばして漆喰《しっくい》の蔦《つた》模様を鑑賞していた。薔薇の模様も。およそ五メートル下からでも、花びらの一枚一枚がくっきりと見えた。

「ニック」シンシアは声をひそめて言った。「わたしたち、ここにいるべきじゃないわ」応接間を端から端まで行ったり来たりしているニコラスは、彼女の声が聞こえていないようだった。見たところ、天井など気にもとめていないみたいだ。たぶん、こういう大邸宅を訪問してぶらぶらすることに慣れているのだろう。

「きっと放りだされるわ、連絡もせず真夜中に押しかけるなんて非常識だと激怒されて！」

「まだ夜の八時だ」ニコラスがぽつりと言った。

「公爵夫人のことはどうなの？」

「どうって？」

シンシアは両手を握りあわせた。「どんなふうに言葉を交わせばいいの？」

ニコラスがようやく彼女のほうを見た。口元をあげて言う。「言葉なら英語が堪能だよ」

「えっ？ どういうこと？ まさかフランス人なの？ ということは、すごく優雅な方なんでしょうね」

「違うよ、フランス人じゃない。からかっただけさ」

「ちょっと、やめてよ。わたしがびくびくしているのがわからないの？ でも、夫人はここにいないかもしれないわよね」

ニコラスが近づいてきた。シンシアが握りあわせていた手を引き離し、手首を親指で撫でた。「ぼくの知る限り、サマーハートは夫人のそばを決して離れない。だからここにいるはずだ。でも、おびえることはなにもない。エマは……なんというか、型破りだが、とてもやさしい女性だ」

「エマ？」シンシアは言った。〝型破りですって？〟と心のなかでつぶやく。

「公爵の奥方のことだよ、言うまでもなく」

「奥さま」彼女は小声でつぶやいて練習してみた。「はい、奥さま」この呼び方を忘れてしまったらどうしよう？　敬称を間違えたり、よりにもよってエマと呼んでしまったら？

「もう、どうして名前なんか教えてくれたの？」

「すまない」ニコラスはくすくす笑っていた。「ぼくは彼女が高貴な身分になる前から知っていたからね、威圧的な立場になる前から」

「威圧的ですって？」彼が笑いだすより早く、またからかわれたのだとシンシアは気づいた。かっとなって大股で部屋を横切り、暖炉に向かい、炉棚に伸びる漆喰の蔦をじっと眺めた。

少なくとも、ふたりのあいだにもはや沈黙は流れていない。少なくとも、ニコラスは笑っている。彼はいきなり馬車に戻ってきて車体を揺らしたあと、ブラームがサマーハート邸までついてこようとしているが、許可なく公爵家の地所に立ち入ることはできないから心配はいらないと説明してくれたのだった。

そののち笑みを浮かべ、最前の無礼なふるまいをていねいな言葉で詫《わ》びてもくれた。

とにかく、先刻のことはシンシアも心配していなかった。それよりもっと大きな不安が胸にのしかかっていた。公爵のことだ。貴族のなかで最も身分の高い紳士。その公爵はシンシアとこれまでになんの接点もない。紳士としての道義心を考慮に入れないのなら、手を差し伸べようとは思わないだろう。あと九日間、継父はシンシアに対して権限を有している。継娘を取り戻したいと思えば、サマーハート公爵とて彼女を継父のもとに送り返すしかない。あるいは、継娘を本当に取り戻したいのか問いあわせる手紙を送らなければならない。

「ニック、お願い」シンシアはもう一度説得を試みた。「このまま旅を続けるべきじゃないかしら。どこか宿に泊まって。あなたは明日になってから出直してくればいいでしょう。公爵閣下のご機嫌をうかがって――」

部屋の扉が開き、彼女は腹立ちまぎれに奥まで歩いてきたことを後悔した。ニコラスと離れ、身のすくむような水中をひとりで漂流しているところへ、優雅な男女が従僕のお辞儀を受けて部屋のなかに入ってきた。女性はどちらかというと……平凡な容姿だった。身長が一八〇センチあるわけではない。おしろいを振りかけたかつらをかぶって着飾っているわけでもない。一見したところ、とても若く、器量は十人並みだった。けれども、ドレスを身にまとうように自信をまとったその姿は、独特の美しさを醸していた。

「エマ！」ニコラスが大声で呼びかけ、大股で前へ進みでた。女性の手を取って、深々とお辞儀をする。女性はにっこりとほほえみ、ニコラスを引き寄せて抱擁した。傍らに立つ男性が顔をしかめた。

女性も充分に魅力的だが、男性は――きっと公爵だろう――堕天使ルシファーのような美男子だった。黒髪が悪魔を連想させるのかもしれないが、淡いブルーの目を向けられたとき、髪ではなく目のせいだろうと思い直した。冷静沈着で値踏みするような目つきだ。肩が炉棚に触れ、知らぬまにあとずさりしていたことにシンシアは気づいた。

今この瞬間、どこか別の場所にいられるのなら、なにを差しだしてもかまわない。リッチモンドと顔を合わせたときは、少なくとも自分がどういう立場に置かれているかわかってい た。相手は敵だ。リッチモンドは邪悪な男だった。でも、サマーハート公爵の場合……シンシアは自身の立場がよくわからなかった。とにかく公爵が危険な人物であることは間違いない。

まわりで声がしたが、シンシアの耳には〝紹介〟という言葉しか聞こえなかった。気づくと、自分以外の三人がそろってこちらに振り返った。シンシアは床にのみこまれるのを待ってみた――もしかしたら床の下には漆喰の蔦が根を生やした地下の世界が広がっていて、何日も身を隠せるくぼみがあるかもしれない――けれども、足元の床はびくともしなかった。

ニコラスが励ますようにウィンクをしてよこした。シンシアはなんとか前へ進みでて、部屋の真ん中にいる三人のそばに歩み寄った。

「閣下、奥さま、オーク館のミス・シンシア・メリソープを紹介させてください。ミス・メリソープ、こちらはサマーハート公爵ご夫妻だ」

どれくらい深々とお辞儀をすればいいのか思いだせなかったので、シンシアは折れるだけ膝を折った。もしも女王陛下に謁見を賜るとしたらそうするように、身を低くした。さえないブーツが裾からのぞいてしまった。

「そんなにていねいに挨拶してくれなくてもいいのよ」公爵夫人が言った。「たぶん、あとになって再会したときに笑い話になると思うけれどね。とにかくもう体を起こしてちょうだい」シンシアの肘に手をあてがい、上半身を起こさせる。

「お会いできてうれしいわ、ミス・メリソープ」公爵夫人はシンシアの腕に腕をからませ、そのままふたりして公爵のほうへ向き直った。「このお嬢さんに笑顔を見せてあげて、ハート。そうしたら、また好きなだけランカスターをにらみつければいいわ」

「お会いできて光栄だ」公爵はそう言葉をかけ、シンシアにほほえんで、悪魔の魅惑的な一面を見せた。

「こちらこそ、閣下」シンシアはなんとか言葉を返した。

公爵はニコラスに目を向けた。顔から笑みが消えていた。「それで、ランカスター、すてきな旅の連れがいるのはさておき、どういうわけで突然わが家へ立ち寄ったんだ？」

ニコラスはいかにもロンドンの紳士ふうに、にっこりした。「本題に入る前に、こちらのレディに飲みものでも出してもらえたらありがたい。お願いできませんか？」

「ニック！」シンシアはニコラスのずうずうしさにあきれて息をのんだ。当のニコラスはこらえきれなかったのか、ふっと笑い声をもらした。なぜ笑ったのか、公爵夫妻にちらりと目をやってシンシアは気づいた。ふたりとも眉をあげて彼女をまじまじと見ていたのだ。

きちんとした社交の場からシンシアはしばらく遠ざかっていた。かれこれ数カ月ぶりだ。そうした場には守らなければならない大事なしきたりがある。ここでは、ニックをランカスター卿と呼ばなければならなかった。

「あの……」

少なくとも、ニコラスはあきれた顔などしなかった。すべてを難なくとりなした。

「ミス・メリソープとぼくは幼なじみなんですよ。言ってみれば、いとこ同士のようなもので」

「まあ、いとこですって？」公爵夫人が言う。「では、ランカスターは家族同然だから、あなたのこともいとこのように扱わないといけないわね、ミス・メリソープ。なんてすてきなんでしょう」

「いつ彼は家族同然になったんだ？」公爵がぴしゃりと言った。

「まあ、あなたの家族ではないかもしれないけれど。お堅い方たちばかりですものね、あなたの一族は。もちろん妹さんは別だけれど。それにオーガスタおばさまも」

「それはどうも」公爵は不満げに言ったが、サイドボードに向かい、四つのグラスに赤ワインを注いだ。「まあ、いいだろう」そうつぶやきながら、それぞれにグラスを手渡す。「これで礼儀にかなっただろうか、ランカスター？」

「ええ、まあ」

「では、かけてくれ」

　四人は火が小さく燃える炉端の椅子に腰をおろした。公爵は来客を見越していなかったはずだ。誰もいない部屋の暖炉に火が入っている家があるなんて、シンシアは思いもしなかった。

「ぼくは借りを返してもらいに来たんですよ」ニコラスが前置きなしに切りだした。

サマーハートは鼻を鳴らした。「借りを作るのを得意としているのはきみだろう、わたしではなく」

「ぼくの言っている意味はご存じのはずだ」

サマーハートは首をかしげた。奥歯に衣着せたような物言いについて公爵夫人がぶつぶつ言ったが、どちらの男性も彼女の言葉を無視した。

「ミス・メリソープは数日のあいだ身を隠す場所を必要としています」

あの青い目がさっとシンシアのほうに向けられた。「なぜだ?」

シンシアは不安になってニコラスを見た。彼はどう答えるの? なぜ事前に打ちあわせをしておかなかったのかしら?

「あと九日で彼女は成年に達するんです」

「なるほど」サマーハートは自分が理解した事実が気に入らないようだった。

けれども公爵夫人はぱっと顔を輝かせた。「望まない結婚から逃げようとしているのね?」

シンシアの全身が緊張で引きつった。

公爵夫人はさらに目を輝かせて言った。「あなた、ランカスターと駆け落ち中なの?」

「違います」シンシアが答えるのと同時にニコラスは言った。「そのうちわかりますよ」

公爵が眉をつりあげた。「なるほど。だが、家族全員の怒りを買うほどの借りがわたしにあるとは思えないな。ふた家族もの。あるいは……」ニコラスに目を向ける。「ひょっとしたら四家族もの」

〝四家族〟シンシアは胸のなかでつぶやいた。たしかにそのとおりだわ。ニコラスと結婚したら、四つの家族が迷惑をこうむる。「おっしゃるとおりです、閣下」彼女が立ちあがると、ふたりの紳士も必然的に立ちあがった。シンシアは続けた。「こんなことをふたりでお願いにあがるべきではありませんでした」

「ふたりでお願いしたんじゃない」ニコラスが口をはさんだ。ロンドンの紳士らしい穏和な表情は消え、真剣そのものの面持ちになっていた。「ぼくが頼んだことです。家族の怒りを買おうが買うまいがかまわない。ミス・メリソープをあなたの保護下に置いてもらえないかとあらためてお願いします。彼女に求婚しているのはリッチモンド卿なんです」

「リッチモンドですって?」公爵夫人が息をのんだ。

「やはり彼の評判はあなたの耳にも入っていたんですね」

「ええ、一応ね」公爵夫人は言った。「リッチモンドは父のごく親しい友人のひとりだったの。卑しい人間にも友情を育《はぐく》む能力があるとしたらの話だけれど。あんな卑劣な男性には会ったことがないわ」

シンシアは顔がかっと熱くなった。各々の嫌悪感が合わさって、より強固になった気がした。気持ちがひとつにまとまったようだった。


「そういうことなら異議はないわ。あなたはここにいればいい」

サマーハートが腕を組んだ。「きみも一緒にいないとだめなんだろう、ランカスター?」

ニコラスは少し大げさにお辞儀をした。「限りなく寛容な方だ」

公爵夫人が椅子から立ちあがり、シンシアの腕を取った。「さあ、お部屋へ案内するわ。それから、わたしのことはエマと呼んでちょうだい。だって、本当にいとこ同士のように思えてきたんだもの」

話がとんとん拍子に進んだことに呆然としながら、シンシアは応接間をあとにしていた。男性ふたりはその場に残った。自分のことが話しあわれるのだろう。それはシンシアも察しがついた。どんな話になるのか、できれば知りたかったけれど。


「わたしの混乱ぶりはきみにも想像がつくだろう」女性たちが出ていって扉が閉じられたとたん、サマーハートは言った。「エマとわたしはちょうどロンドン行きのことを話しあっていたんだ。きみの結婚式に参列するために」

「ああ、それなら混乱しても不思議ではないですね」

「婚約を解消したということかな」

「ロンドンに戻り次第、ミス・ブランディスのもとを訪ねようと思っています」

「きみの意向は受け入れられないのではないかな、先方や、債権者たちに」

「それはわかっています」

サマーハートは椅子に座り、脚を組んだ。「聞くところによれば、リッチモンド卿はもう……あの能力はないようだ」

「いわゆる不能だという意味なら、ぼくもそういう噂は聞いています。彼がシンシアをどうするつもりなのかはわかりませんがね。どうやら子供をもうけることはできないというのがもっぱらの噂ですが、噂が正しいとは限りません」

サマーハートは顔をしかめ、すばやくグラスを傾けて、ワインをひと口飲んだ。

「リッチモンドの手の者に、ここまであとをつけられてしまいました。朝になったら馬車を空で出して、目をくらまそうかと思っています。もしぼくが馬車に乗っていったほうがいいなら、そうしますよ」サマーハートが手を振ってその提案を退けると、ランカスターは胸に安堵の念が押し寄せた。

「リッチモンドのような男のことは不安に思うまでもない。最悪でも、ミス・メリソープの家族を九日間寄せつけないことはできる。たまさか権力を乱用できないのなら、公爵でいる意味がない」

ランカスターはサマーハートのほうにいったんグラスを掲げ、おろしてから言った。「権力といえば、事業のほうはどうなんです？　鉄道のことは知っていますが、海運業のことも最近、風の噂で聞きましたよ」

サマーハートはうなるように言った。「議会と交渉したが、鉄道事業のほうがやりやすいな。海運業は……あのいまいましいアメリカ人たちは、こちらがおだてて契約に持ちこむものだと思いこんでいる。わたしがおだててその気にさせたいと思う相手は妻だけだ」

「おやおや」ランカスターはにやりとした。「彼らはあなたに愛嬌を振りまいてほしいんですよ」

「まるでわたしにそんな暇があるみたいな言いぐさだな」公爵はむっとしたように言った。

「よろしかったら、手ほどきしますよ」

「アメリカ人はそういう手ほどきは必要ないのだろうね」

ランカスターは頭を傾けて、礼儀正しく同意を示した。

「手元に残っている資産を活用する気がきみにあるのなら……三日後にちょっとしたパーティを予定している。よければ参加して、愛嬌を振りまいてくれてけっこうだ。エマはオズボーン夫妻をはじめとする二、三〇名のお気に入りの対戦相手を招いている」

「対戦相手？」

「賭事のだ。エマは賭けが恋しくなっているのさ、訊いても本人は否定するがね。厩の作業員たちとビスケットを賭けて遊ぶときも、計算を覚える練習相手になっているだけだと言い張っている」

「ほう、それはそれは」ランカスターは思わず笑ってしまった。

「わたしは昔から辛抱強かったためしがない、賭けの対象がビスケットであれ銀貨であれ」

サマーハートが〝銀貨〟と口にしたとたん、ランカスターは会話を楽しんでいたことも忘れ、身を乗りだした。賭事のパーティ。シンシアの手元には三〇四ポンドがあるが、もっと増やさないといけない。もしかして、解決策がひょっこりと舞いこんできたということか。

「お誘いをどうも、サマーハート。喜んで出席しますよ」

19

あたかも部屋に風が吹いているかのように、脚がかすかに揺れていた。首にロープがまわされているのではなく、子供がぶらんこで遊んでいるかのように脚が揺れていた。ロープのきしむ音が耳に響いたが、つるされている時間が長くなればなるほど、音は遠ざかっていった。両手がロープから離れてだらりとさがった。

「ニック」目を開けると、シンシアが目の前に立ち、こちらを見あげていた。「自分で首をつったの？」

答えを期待されているのだろうか？　ロープを指差した。〝ぼくはしゃべれない〟

「ねえ、あなたは自分を恥じるべきだわ、ニコラス・キャントリー」

たしかにそうだ。深く恥じ入るべきだ。シンシアを見おろし、この世の見納めが彼女の顔だということにほっとした。

しかし、そのときシンシアの後ろで扉が開き、リッチモンドが部屋に入ってきた。素っ裸で、股間《こかん》を手で隠していた。リッチモンドの肌は魚の腹のように青白く、腹部はたるんでいて、およそ一〇年前と同じだった。ランカスターが恐怖に駆られて見ていると、興奮しきった様子のリッチモンドが背後からシンシアに近づいていった。

ランカスターは脚をばたつかせ、腕をあげて指差そうとしたが、シンシアは不快そうに頭を振るばかりだった。やがてリッチモンドは手をおろし、その手を彼女に伸ばした。指からは血がしたたり落ちている。ランカスターが視線をさげると、ずたずたに切り裂かれたリッチモンドの性器が目に飛びこんだ。口を開け、声にならない叫びをあげた。


「ニック！」シンシアは大声で呼び、扉を強くたたいた。

この屋敷の部屋の扉は頑丈すぎる。それでもかすかな物音がもれ聞こえた。押し殺したような悪態をつく声。シーツが動く音。

もう一度ノックしてみた。「ニック、もうすぐ夕食の時間よ！」

ひとりでは階下におりていけない。神経がぴりぴりしていた。招待客が一日じゅうひっきりなしに到着しているのだ。シンシアは公爵家に滞在していることにようやく慣れはじめたところだが、まだあまり緊張は解けなかった。三日たったあとでさえ、公爵が部屋に入ってくるたびに、おびえた鼠のように体がびくりとしてしまう。公爵夫人のことはもう怖くなかった。魅力的で謎めいた女性だけれど。そんな夫人が招いた客たちとは、いったいどんな人々なのだろうか。

これから顔を合わせる大勢の紳士とレディのことを考えながら、シンシアはこぶしをあげてまたもノックをしようとしたが、その前に扉が開いた。

「ぐっすりお昼寝をしていたみたいね」そう口をついて出たのは、ニコラスの血の気が引いた顔と汗の浮かぶ額に気づく前のことだった。「具合が悪いの？」

「いいや。ちょっと寝すぎただけだ」

「まもなく夕食の時間よ」

彼はうなじをさすった。「じゃあ、着替えるよ。起こしてくれてありがとう」

扉が閉まりかけると、シンシアは勢いよく息を吸い、彼の横をすり抜けて部屋のなかに入った。「ねえ、ニック、怖いのよ。わたしは遠慮したほうがいい気がするの」

ニコラスは苛立ったように力まかせに扉を閉め、そこに寄りかかって腕を組んだ。「いったいなんの話だ？」言いながらも歯ががちがち鳴っていた。

「あなた、ベッドに戻ったほうがよさそうよ。本当に具合は大丈夫なの？」シンシアはニコラスの額に手をあてようとしたが、彼が身をこわばらせるのを見てやめた。

「ちょっと寒いだけだ。着替えをしたいから、悪いけどひとりに……」

「だったら着替えればいいんじゃない？　あなたの着替えるところなら、以前にもう見たわ。ここ数日は見ていないけれどね、あえて言わせてもらえば」

彼はシンシアのわきを歩きながら彼女をにらんだ。「ぼくと結婚することに同意するなら、きみの要望にまた応えてもかまわない」

「ずいぶん傲慢だこと」彼女はぶつぶつ言った。「ついでに言わせてもらうけど、お昼寝はしないほうがいいんじゃないかしら。寝起きが悪いようだから」

「きみがゆうべ描きはじめたエマの肖像画を見てから、不眠症になったんだよ」

「失礼ね」

シンシアを無視してニコラスはローブを脱ぎ、ベッドに放った。彼女は苛立ちも忘れ、衣装戸棚のなかを物色するニコラスの裸の後ろ姿に目を奪われた。彼が身動きをするたびに、臀部の筋肉が張りつめたり、ゆるんだりした。筋肉がきゅっと収縮してくぼみができるさまは、体の線を指でじっくりなぞってほしいと誘いかけるかのようだった。彼の太腿は見るからに丈夫そうで、シンシアのそれとはまったく印象が違う。筋骨たくましく、うっすらと毛に覆われていた。彼女はまだニコラスの太腿に触れたことはなかったが、今は触りたくてうずうずし、口のなかにつばがわいた。体の奥がとろけるようだ。

けれども彼の意固地な態度のせいで、シンシアの夢想は実現を阻まれた。ニコラスが糊《のり》の利いたシャツを頭からかぶり裾を引っぱったため、太腿の上部まで隠れてしまった。

彼女はため息をついた。

「ぼくの体を物ほしげに見ているのかい？」ニコラスが肩越しに尋ねた。

「そうよ」

彼はズボンをはきながらにやりとしてシンシアに向き直り、ボタンをはめた。「やれやれ。サマーハートのほうが、ぼくよりも少し痩せているということか」

「コルセットの予備があったら、あなたに貸してあげたのにね」

「いや、自分のがあるよ」ニコラスはウィンクをして言った。「だからきみに出ていってほしかったのさ」戸棚からこれもまた糊の利いたクラバットを取りだしながら、目をきらりと輝かせた。すると、シンシアの胸から不安が消え去った。彼は元気になったようだ。汗は引き、顔に血の気が戻ってきた。

ニコラスが彼女の全身に視線を走らせた。「息をのむような姿だね」

「本当に？」シンシアは濃い黄金色の絹のドレスに慎重に手を滑らせた。「息苦しそうには見えないわ」

「きみの見間違いだ」ニコラスは彼女の深くくれた襟元に視線をさまよわせた。「息も絶えで弱っている」

シンシアは顎をあげた。「だったら、服を着る前に看病してあげればよかったわね」

ニコラスは彼女をじっと見つめたまま、濃紺のクラバットを首に巻いた。「その格好は慎み深いとは言いがたいな、シン。風邪を引きかねないようなデザインであることはさておき、ぼくは気に入らないよ」

襟まわりからこぼれでそうな胸のふくらみに、シンシアはちらりと目をやった。すでに先ほど自分の部屋で、一五分は胸元を眺めていたのだった。「わたしの胸は完璧だって、エマに言われたわ」

「たしかにそれはそうだ。完璧すぎるほど完璧だよ」

彼女は襟ぐりを引っぱりあげた。「やめて！　乳しぼりの時間が過ぎた牛みたいな気持ちにさせられなくたって、充分緊張しているんだから！」

「かんべんしてくれよ、シン」ニコラスは息をつまらせたかと思うと、衣装戸棚にもたれかかって笑いだした。

シンシアはまたもや襟ぐりを引っぱった。「このドレスだとまずいの？　エマがせっかくわたしのために選んでくれたのに。無礼なまねはしたくないけれど、わたしはみなさんと同席するべきじゃないと思うの。やっぱりパーティへの参加は辞退するわ」

「なにを言いだすんだ」ニコラスが彼女のほうに歩いてきた。クラバットはまだ結んでおらず、端がだらりと首にかかっている。彼が近づいてくると、クラバットは黒い縞《しま》模様で濃紺に見えていただけだとわかった。結び方を知っていれば世話を焼いてあげられたのに、とシンシアは思った。

「シンシア、きみはきれいだ。美しすぎるほどに。今夜はすべての男がきみに心を奪われてしまうだろう。だからぼくはきっと取り乱してしまう」

「わたしに注目が集まるのは賢明じゃないわ。公爵はすでにわたしのために危険を冒しているのよ。どうして公爵がわたしをパーティに参加させることにしたのか、不思議でならないわ。誰かが継父に告げ口したら――」

「きみのお継父さんはとっくに手紙をよこした」

「なんですって？　どうしてわたしに黙っていたの？」

「きみはエマと庭にいた」ニコラスは鏡に向かい、結び方を覚えるまでに何年もかかりそうな凝った結び目を作りはじめた。巻いたり、ねじったりする動きを目で追おうとしたが、無理だった。

「それで、手紙にはなんて書いてあったの？」

「きみなら想像がつくだろうが、ばかていねいな文面だった。〝御尊宅に愚女を逗留させてくださる閣下の限りなき御厚意に感謝つかまつる次第にございます〟とかなんとか。どうやらお継父さんは、公爵の都合がつき次第きみを引き取りに来たいと思っているようだ。サマーハートは、来週後半までは社交行事で予定が埋まっていると返事をした」

「そうなの？」シンシアは声をうわずらせた。

「それに、きみのお継父さんが招かれてもいないのに公爵家へ押しかけてくるほど必死になるとは思えない、違うかい？」

彼女はちょっとだけ気をゆるめ、小さくほほえんだ。「じゃあ、うまくいくかもしれないってこと？」

「ああ、うまくいくかもしれない」

「賭けでお金を全部すってしまったら？　そうしたらどうなるの？」

「金を全部すったら……」クラバットを優雅な形に結び終え、ニコラスはサマーハートから借りた黒の上着に袖を通した。「心配しなくていい。なんとかして、お継父さんからきみを自由にしてやるから」

「どういうこと？」その言葉に、シンシアは少しどころではなく心を乱された。名門貴族たちと一〇年近くもつきあってきたニコラスの言うことだ。

「おいで」彼はウィンクをして腕を差しだした。「さあ、行こう」

シンシアは手を体の横にさげたまま言った。「わたしは階下に集まっている人たちとは違うのよ、ニック。あなたに以前、言われたように」

ニコラスは彼女の頬に手を触れ、指を広げて顎を包みこんだ。「ああいう人たちより、きみのほうがすばらしいよ、シン。みんな、きっときみに夢中になるさ」彼はキスをした。シンシアはじっと動かず、唇を重ねたまま息を吸った。ふたりで一緒に過ごす時間はどんどん終わりに近づいている。終わりに向かって突き進んでいるのだと肌で感じていた。〝愛しているわ〟彼女は心のなかでつぶやいた。〝あなたを愛しているの〟

けれども、ただ黙ってうなずき、ニコラスの腕につかまった。

勝ちつづけていた。

ランカスターは積みあげられた硬貨に目をやった。今夜始めたときよりも増えている。ハザード（さいころ賭博の一種）のような純粋に運だけのゲームは避けていた。パートナーの判断に勝ち負けが左右されるので、ホイスト（ふたりひと組で行うゲーム、ブリッジの前身）にも手を出さなかった。シンシアの未来を、ただの知りあいの手にゆだねるつもりはない。そして幸運を引き寄せるために、サマーハート公爵夫人が勝負をしているテーブルには近づかないようにした。あの女性は賭事のテーブルにつくと奇跡を起こす。いずれにしても、それは彼女自身にとっての奇跡で、ほかの者たちにとっては不幸でしかない。

しかし、二一《ヴァンテ・アン》（現在のブラックジャック）でランカスターはうまくやっていた。緊張して口のなかはからからに乾いていたが、すでに手持ちを五五〇ポンドまで増やしていた。勝った金を集め、ウィスキーの水割りを求めて席を立った。今夜はあまり酒を飲まないようにして、頭をすっきりさせておかなければならない。

三歩も行かないうちに、シンシアがオズボーン卿に礼儀正しくほほえみかけている姿が目に入った。あまりくつろいでいるようには見えないが、もうびくびくしてはいなかった。ディナーのときはエマの計らいでシンシアの向かいの席につくことができたのだが、ランカスターがいくら励ましの笑みを向けても、ろくに力になれなかったようだ。今にも逃げだそうとしているような感じだった。あるいは、席を立つ言い訳をひねりだそうとしているような。

オズボーン卿の冗談にシンシアが笑っているのをこっそりと見て——少なくとも彼女にしてみれば初めて聞く冗談だ——そばについていなくてもいいだろうとランカスターは判断した。こういうときは好きなように会場のなかを動きまわらせるしかない。それはランカスターもよくわかっていた。なぜなら初めてロンドンの社交界に飛びこんだとき、彼もシンシアと同じように不安を覚えたからだ。

ちっとも洗練されていないと、いやというほど自覚させられただけでなく、なんらかの方法で自分にはしるしがつけられていると思ったのだった。羽根飾りをつけられたように体に書きこまれた秘密の文字。永遠に消えない、汚されたしるしのにおい。

だが、誰ひとりとしてそれに気づかなかった。同性と交際するほうを好むとされる男性たちでさえ。

最初の数カ月は注意深くそうした男たちを観察し、秘密クラブのメンバーと見なされていないかどうか、ランカスターは兆しのようなものを探そうとした。そして当然ながら、求められることや攻撃されることを警戒して、絶えず神経をすり減らしていた。

結局、そうした男たちはよくも悪くもほかの男たちと変わらないことにランカスターは気づいた。まったく同じなのだ。そして彼の出入りする社交の場にもリッチモンドの噂はもれ聞こえ、あきれた事実に気づいたのだった。リッチモンドは少女より少年を好むわけではなかった。男色家ではなく、ただ単に無垢《むく》な体を味見する嗜好《しこう》を持つ男だったのだ。

記憶がまとわりついて離れなかったので、節酒はやめにして、通りかかった従僕からウィスキーを受け取った。ウィスキーをストレートで喉に流しこみかけたところで、エマが声をかけてきた。

「やけ酒を飲んでいるのでないならいいけれど」

ランカスターは首を振った。「ああ、そうじゃない。祝杯をあげているんだ。なかなか順調だよ」

「そう、あなたから預かった五〇ポンドは二〇〇ポンド近くにまで増えたわよ」

もうひと口飲もうと思っていたが、ランカスターはグラスをおろした。「冗談だろう?」

「いいえ。わざとウルフソンを相手に選んで勝負したのよ。彼は話にならないくらい下手だけど、負けても痛くも痒《かゆ》くもないほど財力があるの。だからお礼ならけっこうよ」

「エマ！　ぼくがどれだけきみに夢中か、もう言ったかな？」

「いいえ、言ってないわ。でも、ハートやシンシアに聞かれないようにしないとね。ふたりとも、真に受けるかもしれないから」

ランカスターはウィンクをして、乾杯をするようにグラスを掲げた。

「ねえ、あなたとミス・ブランディスのあいだになにがあったのか聞かせてくれない？　愛しあって結婚を決めたわけではないのでしょうけれど」

「ああ、彼女とのあいだに愛はない」

「そう、やっぱりね。もしあなたを愛せないのなら、彼女はあなたにふさわしくないわ、ランカスター。あなたは女性にもてる人だというのが、社交界での一致した意見だもの」

それを聞いて、彼は頬がほてった。「ふうん、そうか……思えば、ぼくを愛していない女性とばかりつきあってきた気がするよ。情けないことに」

エマが小首をかしげた。「シンシアはあなたを愛しているわ」

ランカスターはエマの手をつかんで、それはどういう意味かと尋ねたかった。なぜそうだと知っているのか、シンシアからどんなことを聞いたのか、と。しかし、彼にもプライドがある。

いや、プライドの問題ではない。たとえシンシアに愛されていてもどうにもならないという、悟りの境地に至っていたからだ。彼女は頑として意志を貫く、気丈な性格の持ち主だ。ぼくとは結婚しないと一度決めたら、絶対にしない。本心はどうであろうと、彼女の心に発言権はないのだ。

「そうか」ランカスターは言った。「ささやかだが親切な言葉をどうもありがとう。もっと大きな親切にも感謝しているよ、わずかな額しかなかった金を増やしてくれて。それから、シンシアをかくまってくれてありがとう。お返しのしようもないくらい、きみたちには世話になっている」

エマは甲高い笑い声のあがったテーブルに視線をさまよわせた。「若い女性があの男に差しだされるのを見るくらいなら、手を切り落とされたほうがましよ。ほら、あの男のやり口を見たことが何度もあるから」

「ぼくもだよ」

彼女はランカスターを振り返り、真剣な面持ちで笑みを浮かべた。「それなら、心は決まったわね」

エマのそばから離れるころには、ウィスキーの効果で血が騒いでいた。ウィスキーやら勝利やらで、その夜三人目の人物に結婚について触れられたときも、ランカスターは少しも苦にならなかった。

「すぐにロンドンへ戻るのがいちばんだ！」チザム卿が得意そうに笑って言った。「気をつけないと、自分の結婚式に出そびれるぞ、お若いの！」

チザム卿と軽口をたたきあう仲ではなかったが、とにかくランカスターは彼の肩にぽんと手をあてて、なにも言い返さずにその場を退いた。

そう、たしかにロンドンへすぐさま戻るのがいちばんだ。婚礼の前夜に結婚を取りやめるわけにはいかない。イモジーンや彼女の父親と顔を合わせるのは気が進まないが、早く婚約を解消したくてたまらなかった。幸せになりたい、とランカスターは思った。ブランディス家に悪い知らせを伝えることが、まずは幸福への第一歩だ。

「ランカスター卿！」なじみ深い声に、まったくなじみのない呼び名で声をかけられた。振り返ると、シンシアが彼のもとに急ぎ足で近づいてきた。

「こんばんは、ミス・メリソープ」ランカスターは会釈をして言った。

彼女は一瞬まごついたようだったが、すぐに目を輝かせてお辞儀をした。「こんばんは。今夜の幸運は続いていますの？」

「ええ、おかげさまで。なかなか好調ですよ」

にこやかな表情のまま、シンシアは彼の手に手を伸ばし、手首を爪でつねった。

「痛い！」

「ランカスター卿、お願いですから、もうちょっと詳しく教えてくださらない？」

ひりひりする手首をさすりながら、もっと彼女をからかってやろうかとランカスターは一瞬思った。しかし、シンシアは身を震わせせんばかりに興奮しているようで、震えは胸元にも広がっていた。その眺めを堪能したいのはやまやまだったが、まわりには大勢の男性たちがいた。ランカスターはあらわな胸のふくらみに目を向けたまま、彼女に身を寄せた。

「ぼくたちは勝っているよ、シン」

シンシアが息を吸うと、ドレスの縫い目が引っぱられた。それにつられて、彼の頭のなかも興奮が張りつめるようだった。

「本当に？」

「ああ、本当だ。もう七〇〇ポンドを超えている」

「まあ」彼女はランカスターの肘をつかみ、耳元に顔を近づけた。「ねえ、ニック、すごくほっとしたわ」

「そうだね」シンシアの胸元が腕をかすめたかと思うと、そこがぎゅっと押しあてられた。

「きみにショールを取ってきてあげたほうがよさそうだな」

「そんなことをまだ言うつもりなら、牛の鳴きまねを始めるわよ」

しかし、シンシアのほのかに染まった頬や薄紅色の唇、曲線を描く首の柔肌に心を乱され、ランカスターは今はもう彼女をからかう気をなくしてしまった。それより、首筋に歯を立ててみたくなった。豊かな胸へと口元をおろして……。

彼がちらりと顔をあげると、いちばん近くの顔に焦点が合った。レディ・オズボーンが怪訝そうにこちらを見ていた。ランカスターは背筋をまっすぐに伸ばして、シンシアからゆっくりと体を離した。

「まだ幸運が続いているなら、あと一時間はゲームをしようかな。きみはパーティを楽しんでいるかい？」

「まさか、楽しんでいるわけないでしょう」そう答える彼女の顔には笑みが浮かんでいた。

「シンシア……」今夜の彼女はとてもきれいだ。それはすでに伝えたが、さっきは信じてもらえなかったとしたら？「シン……」

激高した声が大勢の招待客の上を漂ってきた。勝負が暗転でもしたのだろう。騒ぎが起きているほうに、シンシアがちらりと目をやった。

「きみのお継父さんの借金を代わりに清算したら……」ランカスターは言いかけたが、騒ぎの声はますます大きくなっていた。どうやら玄関ホールから聞こえてくるようだ。

「なにかしら？」シンシアがささやくように言う。不安をはらんだ声だった。

「きっと、負けがこんだ参加者が悶着を起こしたんだろう」彼は答えたものの、もはや確信はしていなかった。シンシアの腕に手をかける。「ここにいてくれ」

初めはゆったりとした足取りで、客たちのあいだを縫うようにして歩いた。しかし、人がどんどん玄関ホールのほうへ集まってくると、切迫感が胸にこみあげた。身を寄せあっている男女のわきをすり抜けて、大人数の輪をそっとまわりこんだ。玄関ホールの入口に集まっている人だかりにたどりつくころには、人を押し分けて前に進みでていた。

そして、気づくとふいに悪夢と顔を突きあわせていた。

20

最後に会ってから一〇年近くが過ぎていた。リッチモンドはロンドンにはあまり現われない。チャンスがごろごろ転がっている田舎と違って、純真無垢な少年少女は都会にはあまりいないからだろう。

およそ一〇年の歳月はこの男に情け容赦がなかった。リッチモンドは無力で弱々しく見えた。しかし、昔も決して残忍そうには見えなかった。完全に羊の皮をかぶった狼だった。人前では人懐こいふうを装い、密室にこもると悪魔に豹変《ひょうへん》するというわけだ。

今のリッチモンドはささいな悪事さえ働けないように見える。

愛想のよかった顔は輪郭がだらりとたるんでいた。いくぶん猫背になり、ステッキの柄にしがみついている。もっとも、ステッキを握った手はまだ力がありそうに見受けられた。今でもずんぐりとして厚みがあり、危険な様相を呈している。その手を見ていると記憶がよみがえり、ランカスターはいつのまにか体が硬直していた。

再び物音が聞こえはじめ、耳の機能が停止していたことにようやく気づいた。リッチモンドがとげとげしい声で執事を罵倒していた。大柄なふたりの従僕が傍らに立ち、リッチモンドがそれ以上屋敷に入ってこないよう阻止していた。

ランカスターは人だかりから前に進みでた。近づいていくと、リッチモンドの後ろにブラームが立っているのがわかった。混沌《こんとん》とした押し問答ではなく、誰もいない草原を眺めているような無表情な顔つきだった。彼は一瞬ランカスターに視線を向けたが、誰なのかわかった気配はなかった。

「娼婦のように待たされるとはけしからん」リッチモンドがうなるように言った。「さっさと個室に通せ」彼の声はランカスターの胸で跳ね、皮膚がすりむけた。

一日何時間ものあいだ、ときには朝から晩まで、あの声しか聞こえないときがあった。笑い、うめき、ののしる、あの声しか。残酷な要求を唱え、恥ずべき考えをささやく、あの声しか。

ランカスターが後ろにさがろうとしたちょうどそのとき、リッチモンドの顔がこちらに向けられた。思わず体の向きを変えて歩き去りそうになったが、そうすることはできなかった。

誰なのか思いだせないみたいに、リッチモンドは眉をひそめた。考えこんでいるのか、眉がさがっていた。あれからそんなに何人もいたのだろうか？　思いだせないほど何人も？

そう思って、ランカスターの胃は締めつけられた。

やがてリッチモンドは口元をほころばせ、無邪気な笑みを浮かべた。「やあ、坊や。元気そうだな」視線をランカスターの体におろした。「本当に元気そうだ」

〝坊や〟ランカスターはこぶしを握りしめた。「出ていけ」

　リッチモンドが眉をつりあげた。「公爵の代理で発言しているのか？　そこまで親しい友人同士だとは知らなかったな」

「いいから出ていけ」ランカスターは大股で近づいていった。

「わたしのものを取り戻すまでは帰らない」

「彼女はおまえのものじゃない、このろくでなしめ」喉笛に咬《か》みつく猟犬のように、ランカスターはリッチモンドに飛びかかった。なんとか顎の下のやわらかな肉に指をめりこませたが、腕を取り押さえられた。

「お客さま！」執事が息をのんだ。「お願いですから！」

　ランカスターは指をさらに深く沈めた。リッチモンドの目がおびえたように見開かれる。ステッキが向こう脛を打った。ブラームは無表情な顔で傍観していた。

　ようやくランカスターはリッチモンドから引き離された。

「リッチモンド卿」サマーハートのゆったりとした声が、ランカスターの背後から聞こえた。「あなたの名前が招待客のリストにあった覚えはないのだが」

「彼女はどこだ？」リッチモンドは首に手をあてて、かすれた声で言った。

「書斎で話したほうがいいだろう。ランカスター、一緒に来るか？」

　ランカスターはまだ指を丸め、そこにあるつもりの喉を絞めながら、ぼんやりと背後に目をやった。

　肩にサマーハートの手が置かれた。ランカスターは体の向きを変え、その手を振り払った。

人々はみな口をぽかんと開け、目を丸くして、ランカスターをじろじろ見ている。「ああ、いいだろう」ランカスターはそう言って、過去を炎の影のように背後に引きずりながら、サマーハートの書斎へ向かった。

「リッチモンドがいるの」エマはシンシアを舞踏室から連れだし、声をひそめて言った。「わが家に」声は怒りに震えている。あるいは衝撃で体が震え、その振動が喉に伝わっただけなのかもしれない。

「リッチモンドだったの？」思ったよりも落ち着いた声が出た。「今どこに？」

「ハートの書斎よ。夫はことを穏便に収めたかったようだけど、わたしとしてはあの男を放りだしてくれたほうがよかったわ」

「ご迷惑をかけてごめんなさい」シンシアは小声で言った。

「ばかなことを言わないで」エマは前方に長い廊下が伸びているところで足をとめた。

「あなたも同席したい？　緊張するでしょうけれど、結局のところ、あなたの将来について話しあわれるのよ」

そう、たしかに緊張している。あの男と同じ部屋に入ることを思うと胃がむかむかし、酸っぱいものがこみあげてくるが、対面したことは前にもある。ふたりきりで。「同席するわ。書斎がどこか教えてもらえる？」

エマがほほえんだ。「えらいわ。さあ、わたしについてきて。男性たちに自分の将来を勝手に決めさせたりしない、そうよね？」

「ええ、そんなのごめんだわ」シンシアはつぶやいた。「そんなことなら狼の群れに身を投げたほうがましよ。公爵に文句を言っているわけではないのよ、もちろん」

「男性たちって、おかしな生き物だものね」エマはウィンクした。

背の高い立派な扉の前で立ちどまると、シンシアの顔から笑みは消えた。エマが横から手を伸ばしてそっと扉を開けた。エマも一緒に後ろから部屋に入ってきたので、シンシアはほっとした。書斎の内部は床から天井まで、濃い色合いの木の壁だった。こげ茶色の家具が配され、いかにも男性的な部屋という印象を加味していた。

ふた組の男性が低いテーブルに向かいあって立っていた。膝の後ろに椅子があったが、誰も腰をおろすつもりはないようだ。シンシアが扉を閉めると、ニコラスがぱっと顔を向けてきた。だめだというように顔をしかめる。

「おお、来たか」リッチモンドが満足げな声で言った。シンシアは彼のほうを見もしなかった。

「きみは同席するべきじゃない」ニコラスがぴしゃりと言った。

「いいの」

「彼の目に触れさせたくない」

それを聞いてリッチモンドが低く笑い、緊迫した空気が張りつめた。公爵は腕を組んで書きもの机に寄りかかり、冷ややかな目でリッチモンドを見た。

「ミス・メリソープは客人としてわが家に滞在している。よって、誰かが勝手に連れ帰ることはできない」

リッチモンドはせせら笑いを浮かべた。「たとえ公爵といえども、父親から娘を引き離すことはできない」

「あなたは彼女の父親ではない」

「キャンバートンは娘を連れ戻してほしいと思っている」

サマーハートは肩をすくめた。「あなたがミスター・キャンバートンの代理人を務めるとは、わたしはまったく彼から聞いていないのだがね。話がすんだのなら、スミスが玄関までご案内する」

「まだすんでいない」リッチモンドは鋭い口調で言った。「跡継ぎが必要だというわたしの要望のほうが、親の言うことを聞かない小娘の要望よりも重要だ。わたしに実子がいなければ、いとこが跡を継ぐことになるが、あれは不適切な男なのでね」

「不適切な男？」ニコラスが怒鳴り声をあげた。

「この娘はわたしと結婚することになっていた。それなのに子供じみた芝居を打って、婚約の約束を反故《ほご》にした。彼女の父親は娘を連れ戻したいと思っている。わたしたちは明日、結婚する予定だ」リッチモンドは上着の内側から一枚の紙を取りだした。「これは結婚許可証だ、よかったらあらためてくれ。あと数時間で彼女はわたしの妻になる」

ニコラスは前に大きく足を踏みだし、テーブルに脛をぶつけた。「貴様が彼女を自分のものにすることは決してない」

「ほう、彼女はこだわらないだろうな」リッチモンドはゆっくりした口調で言った。「すでに彼女を自分のものにした男がいる。きみも知っているだろう」あざ笑うように眉をつりあげる。「操を奪った男はこのわたしだと、彼女から聞かされていないといいのだがね。わたしは完璧に紳士だ」

低いテーブルをはさんで向かいあっていたので、ニコラスはテーブルを飛び越え、リッチモンドにつかみかかろうとした。しかし、リッチモンドはすばやく書きもの机の後ろに逃げこんだ。

「彼女のことは口にするな」ニコラスはうなるように言った。まるで獣だった。背中を丸め、歯をむいて、机の上にこぶしを押しつけている。彼が次になにをするのか、シンシアは気が気でなかった。公爵でさえ不安そうにニコラスを見つめ、机をまわりこんでから、落ち着けというように片手をあげた。

ニコラスは視線をリッチモンドに釘づけにしたまま、机に身を乗りだした。「おまえを殺してやる」

カーテンに肩がつくほど追いつめられているにもかかわらず、リッチモンドは笑みを湛えたまま言った。「前にもきみからそういう言葉を聞いたな、坊や」

シンシアはニコラスたちのほうに近づいていたが、思わず足取りが乱れた。どういうことなの？

「ブラーム」リッチモンドが大声をあげると、ブラームは傍らに来た。「キャンバートソンを訪ねる予定に遅れているようだな。じきにまたお目にかかりましょう、公爵」

シンシアは急いで前へ進みでた。ニコラスのそばにたどりつきかけたとき、リッチモンドが横を通り過ぎた。ニコラスは頭《こうべ》を垂れたまま、よく磨かれた木の机にこぶしをつけている。息をするたびに、喉から振りしぼるような音がもれた。飛ばしすぎた馬のような息づかいだった。

リッチモンドの言葉はどういう意味だったのかしら？　いったいいつ、ニックは殺してやると彼を脅したの？

とにかく対面は終わったと思い、シンシアが安堵の吐息をついた瞬間だった。リッチモンドが足をとめ、ゆっくりと踵を返した。

彼は手の届く距離までニコラスのほうに身を乗りだし、耳元に顔を寄せた。そしてささやいた。胸が悪くなるような、意味の通らないことを。

「彼女もおまえのようにかわいらしく悲鳴をあげるといいな、坊や」

すべてがあっというまのことだった。部屋のなかのそれぞれの動きに合わせて、時間の流れが遅くなったかのようだ。

頰をはたかれたかのごとく、ニコラスがのけぞった。リッチモンドはとどめを刺した自信があるかのように、にやにやして後ろにさがった。ニコラスの横顔の向こうに公爵の顔がのぞき、合点がいったという表情がよぎるのをシンシアは見た。おぞましい事実に気づき、公爵のまなざしの奥に炎があがった。彼女にそれがわかったのは、自分のまなざしの奥にも炎が燃え立った気がしたからだ。

リッチモンド。ニコラス。痛み。自殺。〝彼女もおまえのようにかわいらしく悲鳴をあげるといいな……〟

あまりの衝撃に体が麻痺してしまい、シンシアはただサマーハートを見つめるばかりだった。公爵は警戒の色を顔に浮かべ、急いで前へ進みでようとした。

「待って」シンシアは小声で言ったが、ニコラスの顔に目を戻すまで、状況がよくのみこめていなかった。もうニコラスは本来の彼ではなかった。狂気に駆られた破れかぶれの獣さながらに、歯をむいて、凶暴なうなり声をあげていた。骨が浮き彫りになるほど顔の皮膚が張りつめている。そしてリッチモンドに向かって体が動いていた。

ニコラスのこぶしが鋭い音を立ててリッチモンドの顎に命中した。あまりの音にシンシアは胃がのたうった。ニコラスは床にくずおれたリッチモンドを追うように身をかがめ、たるんだ腹部に肘を打ちつけた。

リッチモンドの喉から苦しげな声がもれ、ニコラスは何度も彼を殴りつけた。ほんの数秒か、鼓動が二、三度打つ程度の間合いだったに違いない。それでもサマーハートがふたりのそばに行き、ニコラスを引き離すまでの時間は永遠のように思えた。ブラームでさえ手を貸す気になったらしく、ニコラスがサマーハートの手を振りほどこうと必死になっているなか、主人の体をまたいで守ろうとした。

「放してくれ！」命がけの戦いであるかのように、ニコラスはもがいた。「ランカスター」公爵は語気を強めて言った。「ランカスター！」

「あいつを殺してやる！」

「ああ、そうしたいのはわかっている。だが、レディたちの前ではだめだ、頼むから」

その言葉でわれに返ったようだった。ニコラスはもがくのをやめて、ぎょっとした表情でシンシアをちらりと見た。胸はなおも恐ろしいほどの速さで上下していたが、狂気の気配は顔から消えている。もう抵抗はせず、床に踵をつけてしっかりと立った。

サマーハートが手を離すと、ニコラスは関節の位置を戻すようにして肩をまわした。そして背筋をまっすぐにし、上着の皺を伸ばした。

リッチモンドがうめき声をもらした。

「夜明けに落ちあおう、決闘だ」床にのびている相手には目もくれず、ニコラスは告げた。

「それで、この狂気の沙汰に終止符が打てる」

「だめよ」シンシアは息を切らして言った。部屋に居あわせたほかの人たちからも賛同の声があがるものと思ったが、誰ひとりとして口を開かなかった。

サマーハートが頭を動かして、扉のほうを指し示した。「ここから連れだせ」

一瞬、従僕の一団が入ってきてニコラスを引きずりだすのかとシンシアは思ったが、公爵が言っているのはもちろんリッチモンドのことだった。ブラームはリッチモンドを引っぱって立ちあがらせ、部屋から連れだした。

体が麻痺したような状態がやわらぎ、シンシアはニコラスの腕に手を伸ばした。「ニック」小声で呼びかける。「ねえ、ニック？」

振り返った彼の目は翳りを帯び、虚ろになっていた。「すまない。ちょっと失礼させてくれ」そう断ると、ニコラスはぎこちない足取りで部屋を出ていった。シンシアはあとを追おうとしたが、肘に手をかけられてとめられた。

その手から腕へ視線をあげると、サマーハートの険しい顔に行きついた。

「そっとしておいてやれ」彼は言った。「しばらくは」

シンシアは安堵で体がとろけそうになった。わたしは臆病者ということか。恐怖に胸のなかをむさぼられ、耳にするであろう真実を恐れていた。真実に向きあう瞬間を少しでも引き伸ばせるのなら、喜んでそうする。

エマが傍らに来て、シンシアの腰に腕をまわした。「なにがあったの？　リッチモンドはなんて言ったの？」

サマーハートが鋭く首を振り、シンシアは涙をのみこもうとした。

「許してはいけないわ」シンシアは声をつまらせて言った。「決闘なんて」

「とめ立てはしない」

エマがとまどったように眉をひそめた。「あなたの地所内で、ということなの、ハート？」

「必要とあらば」

シンシアは公爵の手をつかんだ。「でも、ニコラスは逮捕されるかもしれないし……傷を負ったり、殺されたりすることだってありうるわ！」

「ミス・メリソープ……彼はすでに傷ついている」

「わかっているわ！」シンシアは叫んだ。とうとう涙があふれでた。公爵夫人の腕から漂うかすかな柑橘系《かんきつけい》の香りに包まれながら、ニコラスのほうがもっと慰めを必要としていると気づいて、泣き崩れた。

21

パンくずのあとをたどる迷子のように、シンシアは従僕たちのあとをついてまわって、ニコラスがどこへ行ったのか突きとめようとした。最後には庭へ出る通用口にたどりついた。シンシアは開け放たれた戸口に立ち、腕を組んで寒さから身を守りながら、彼が姿を現わすのを待つしかなかった。結局、いくら待ってもニコラスは戻ってこなかった。

すごすごと階上に戻り、寝巻きに着替えて彼の部屋で帰りを待つことにした。

永遠とも思える長い時間がたち、ようやく扉が開いた。シンシアはベッドから飛び起きて、髪がくしゃくしゃにもつれたニコラスを見つめた。

「ベッドに入らないとだめだろう」しわがれた低い声で、彼はつぶやいた。「自分のベッドに」

「いいえ、いいの」シンシアはワインをグラスに注ぎ、ニコラスの冷えきった手に押しつけた。「はい、どうぞ」

「ありがとう」

彼がグラスを空けると、シンシアはおかわりを注ぎ、自分にも注いだ。ニコラスがいないあいだは飲むのが怖くて控えていた。酔いつぶれて寝てしまうに違いないと思ったからだ。もし寝てしまったら、起きたときに彼が戻ってこなかったと気づくかもしれない。一〇年近く前にもそうであったように。

ニコラスはベッドに腰をおろし、炎を見つめながら、再びたっぷりとワインを喉に流しこんだ。

「決闘を考え直してくれない？」尋ねる前から答えはわかっていた。そのため彼が首を振っても、シンシアはたじろがなかった。

「それはできない」

「そう、わかったわ」不安になど駆られていない素振りで言う。

沈黙がおりた。恐ろしい考えが頭に浮かび、彼女は胸が締めつけられた。その考えは鋭い岩のようで、頭のなかに深く食いこんだ。

ニコラスはグラスに少しだけ残っていたワインを飲みほした。「そんなにじっとこちらを見ているということは質問があるんだろう。なんでも訊けばいい」

「おかわりは？」質問ではなかったが、シンシアは尋ねた。ニコラスがうなずくと、自分のグラスを彼に手渡し、彼のグラスに自分のおかわりを注いだ。何口か飲むと勇気がわいてきた気がして、ベッドにいるニコラスの隣に腰をおろした。

「リッチモンドは、爵位を継ぐ前はトレビントンという名前だったの？」

「ああ」

そう、もちろんそういうことだ。〝トレビントン〟キャントリー邸にやってきて、ニコラスを連れ去った男。その男が何年も前にリッチモンドと名前が変わっていたということか。

ニコラスはシンシアに背を向けて炎を見つめた。もっとなにか言ってくれるのではないかと待ってみたものの、彼は黙ったままだった。不安が胃をのぼってきたが、それをぐっとのみくだして尋ねた。「なにがあったの?」

「きみに知られたくない」

「わたしは最悪のことまで推測しているの。なにを聞かされても、これよりひどいということはないでしょう」

「いや、それもありうる」

「ニック……」シンシアは彼に手を触れたかった。抱きしめたかった。しかし、ニコラスがいつも彼女の手を振り払う理由がだんだんわかりはじめていた。「彼になにをされたの?」

「なにをされたと思う?」ニコラスはきつい口調で尋ね、頭を両手でかかえこんだ。

「ごめんなさい」ささやくように言う。「本当にごめんなさい。あなたを巻きこむべきではなかったわ。あなたの家に逃げこむべきじゃなかった」

「やめてくれ、シン。謝らないでくれ。とにかく謝るのはやめてほしい。全部ぼくが悪いんだ。あの男が何者かわかっていたし、どんなことができるのかもわかっていた」

ニコラスの顎がこわばり、ぴくりと動くのを、炉明かりの下でシンシアは見つめた。「彼はなにができるの、ニック?」

ニコラスは両手を膝におろし、顔をあげて炎をじっと見た。「あの男はぼくからすべてを奪ったんだ、シン。すべてを」

「ぼくがどれだけ乗り気だったか覚えているかい？」

シンシアは背後でじっとしていた。それがランカスターにはありがたかった。

「過去にさかのぼって、運命の分かれ目になった地点を探してみようか。ぼくの家族はヨークに出かけたときに、偶然あの男と出会った。その話は覚えているかな？」

「ええ、覚えているわ」シンシアはささやいた。「すごくうらやましかったもの」

シンシアにプレゼントしようと思い、貝殻でできた小箱を持ち帰ったのだった。今思うと、いかにも月並みな土産だ。だが、ヨークは魅力的な町に思えた。もしかしたらカードゲームに一度、晩餐会に二度、出席することを許されたからかもしれない。リッチモンドもゲームに参加していた。

「あの男は父に自己紹介をして、すぐにふたりは意気投合した。〝ロンドンに移り住むことを考えるなら、その前にまず、あなたの息子さんをもう少し垢抜《あかぬ》けさせないといけないな〟とあの男は父に吹きこんだ。母は大喜びした。家族は全員、浮足立っていたんだ。ぼくが旅に出て、良家の人たちと親しくなり、あの男のような人物と交流を深めるチャンスだと」

「覚えているわ」

「ぼくはあの男に好感を持った。寛大で、機転が利いて、ぼくが重要な人間であるかのように思わせてくれた。ゆくゆくは貴族になる人物として扱ってくれたんだ。旅に出た初日、馬に乗ってほんの数時間しか移動しなかった。宿屋に泊まり、あの男はひと晩じゅうぼくにエールを飲ませた。酒場の若い女給が近くへ来るたびにぼくが口ごもることに、あの男は気づいた。ぼくを部屋に戻し、その女給を送りこんだ」

過去を思いだして、ランカスターは顔が熱くなった。あのとき、びくついていたものの、痛いほど体は興奮していた。そして女給は体がやわらかく、性格もよかった。「テストだったんだと思う。なぜなら、あの男はすぐに部屋へあがってきたんだ。それでぼくはこう思った。〝なるほど、紳士はこういうことをするものなのか〟とね。あの男はぼくたちを見ていた。ぼくとその若い女給を。やがてあの男も女給を抱いた。かなり……手荒に。もしぼくがノーと言っていたら、どうなっただろうと今でも思うよ。出ていけとあの男に言うか、自分が部屋を出ていっていたらどうなったか……あれはテストだったんだ、ぼくがあの男の言いなりになって願望を満たすかどうかを確認するテストだった。結果として、ぼくは言いなりになる人間だった」

「どうしてわかるの？」シンシアが声を荒らげ、ニコラス自身よりも彼を弁護するように言った。

「どうしてもこうしてもないさ。それがぼくという人間だった。節操がなかったんだ。ぼくは八方美人で、みんなに好かれようとしていた。そうだろう？」

「そんなこと言わないで」彼女は語気を強めて言った。

「本当のことなんだよ、いやになるけれど」ランカスターは立ちあがり、炉の火かき棒をつかんで薪をつついた。薪はばらばらに崩れて、おき火になった。火かき棒を床に張った石の上に寝かせるつもりが、どういうわけか放り投げたような大きな音を立てて棒は床に倒れた。

「彼になにをされたの？」

「自宅へ連れていかれた。旅程にはない行動だった」〝ちょっと仕事で出ないといけない行事があるんだ。どうかくつろいでいてくれ〟「ぼくが抵抗すると、驚いたようだった。あの男はぼくをおびえさせたかっただけで、反抗されたくはなかった。ぼくに懇願させたかったから、わめかれたくはなかったんだ」〝膝をつくんだ、坊や〟

首をつかまれ、髪を巻きあげられるような感覚を振り払おうとして、ランカスターは肩をまわした。口を開き、息が吸えることを確認するためだけに息を吸った。「三日後、あの男はぼくが決して屈しないと気づいたようだった。何度だろうと……どんなことをしようと。つるし首になるのを見てやる、とぼくはあの男に言いつづけていた。内臓を取りだされて、四つ裂きにされるのを見てやると。初めは、誰もおまえの話なんか信じやしないとあの男は言っていたが、やがてこう言いだした。みんなにはおまえがどういう人間かお見通しだ、とね。美少年にして、いかがわしい性倒錯者。だから誰も驚かないだろう。しまいには父と話がついているのだと言い張った」涙がこみあげ、目がちくちくしたが、おき火の熱でやがて涙は乾いた。

シンシアが息をのんだ。嘆きが声に表われていた。「あきれた話だわ」

「〝きみの家族は金が必要だ〟とあの男は言った。〝うちの息子は従順だと、きみのお父さんからお墓付きをもらった。お父さんをがっかりさせたくないだろう？〟と」

「ニック……」なにを言いかけていたのであれ、その言葉はすすり泣きに変わった。

「ぼくはそんな話は信じなかった。結局、あの男は焦ったんだろう。黙って従うはずだと高をくっていたわけだから。ぼくがおびえて、おとなしくなると思いこんでいたんだ。それにすでに巷《ちまた》では噂が広まっていただろうから、これ以上の危険を冒すわけにはいかなかった。だからぼくをつるした」

ランカスターは肩越しにちらりと振り返り、口元をゆがめて笑みを見せた。「さあ、これが答えだよ。きみはとうとうぼくに白状させたというわけだ」冗談めかして言うしかなかった。なぜなら、ロープがきしる音が耳に響いていたからだった。

「あなたは自殺しようとしたわけではなかった」シンシアはささやいた。自分で口にしつつも信じられなかった。

「ああ。でも……ぼくは死にたかった。だから同じことなのかもしれない」

「違うわ」これだけのことがあったあとでさえ、ニコラスが自殺をはかることはなかった。それを知って、シンシアの胸から締めつけるような冷え冷えとした悲嘆の念が取り除かれた。ニコラスのいない世界など想像できない。それに、もし彼がみずから命を絶とうとしていたのだったら……。

「同じではないわ」シンシアはきっぱりと言い、ベッドをおりて身を寄せた。ニコラスに触れたくてたまらなかったが、なぜ彼女の手がかすめるたびに彼がびくっとするのか、今ではその理由がわかった。だからじかに触る代わりにニコラスのそばに立ち、手は体のわきにおろして、てのひらを上に向けていた。そうすれば、近づくつもりはないことが彼にわかるだろう。

「それは同じことではないわ、ニック。リッチモンドのもとから逃げたとき、わたしには計画があったの。考え抜いた計画だった。誰かに目撃されるといけないから、崖まで走っていったわ。崖から飛びおりて、一、二メートル下の岩棚に着地した。すべて計画どおりだったの。

でも、両手両足をついて岩の上で背中を丸めていたとき、崖の縁から下をのぞきこんだ。眼下の岩を見て、こう思ったわ。〝こんなの、つらすぎる。もう疲れた〟って。継父から自由になろうと何年も苦労してきた気がした。それでふと、楽になりたくなったの。唇からしたたり落ちた血が、海に消えていくさまを眺めたわ。ものの数秒で終わるだろうとわかったのよ」

ニコラスが炉棚から両手をおろし、シンシアのほうを振り返った。彼の腕に包みこまれると、安堵のあまり肌がぞくりとした。

「できなかった」シンシアはつぶやいた。「妹のために自殺を思いとどまったの。自分のためではなく」

「きみはしなかった。きみはそんなことをする人じゃない。それはぼくがわかっている」

彼の鼓動は非常に大きく耳に響いた。あたかも、決して停止することはないと主張するかのように。「どうやって生き延びたの？」

ニコラスが話しだすと、彼女の頭のてっぺんで顎が動いた。「よくわからない。あの男はすぐにロープを切り落として、ぼくをおろした。ごまかそうとしたんだろう。悪党が英雄に早変わりさ。〝この子を見つけて、ロープを切って、命を助けようとしたんですよ〟という具合に。でも、窒息死に至るまでにはけっこう時間がかかるらしいね。ぼくは痩せっぽちだったから、そのぶんよけいにかかったということもある」

シンシアは目をぎゅっとつぶり、彼の胸に顔をうずめ、口だけを動かして祈りの言葉を捧げた。

「ぼくが息をしているとあの男が気づいたころには、医者が駆けつけていた。それで終わりさ。両親も呼び寄せられた」

ニコラスの体に腕をまわしたかったが、シンシアは彼のベストを握りしめた。「明日、あなたに命をかけてほしくない」

彼はため息をつき、シンシアの頭につけていた顎にさらに力をこめた。

「でも、やめるわけにいかないなら、必ず彼の息の根をとめて。あの人には死んでもらいたい」

怒りに駆られて彼女が言うと、いきなりニコラスの笑い声が大きく響いた。

シンシアは体を離した。「真剣に言っているのよ」

ニコラスは顔をさげ、彼女にほほえみかけた。「もちろんあの男を殺すつもりだ。とっくの昔にそうしているべきだった」

「あの人は死んで当然よ。どうしてあんなことができたのかしら？　当時のあなたはとても……」彼に再び抱き寄せられるまで、シンシアは自分が泣いていることに気づかなかった。

「しいっ。もう昔のことだ。ぼくの心の傷は癒えたよ」

「いいえ、まだ癒えていないわ。わたしはあなたの助けになりたいの、ニック」

ニコラスは首を振った。

どうにか涙をこらえ、シンシアはしわくちゃになったベストをしっかりとつかんだまま一歩後ろにさがった。「どうしたらいいか言って」

彼がまた首を振る。「なにもしなくていい。助けはいらない。ぼくは大丈夫だ」

「あなたはわたしに手を触れさせてくれないわ」

「すまない、シン」ニコラスはシンシアの手に手を重ね、彼女の腕を上から下へと撫でた。

「それは無理なんだ」

彼の手に力が入り、シンシアの手首をぎゅっと握りしめた。そのときだった。彼女はいきなり真実に気づき、その衝撃で背筋がぞくりとした。

これがニコラスにとっての欲望の表われなのだ。欲求なのだ。愛を交わしたときに、どう抱きしめたか。手でどんなふうにシンシアの体を拘束したか。

明日、彼は負傷するかもしれない。あるいはもっとひどい結果に終わるかもしれない。シンシアは深く息を吸い、こみあげそうになる涙を押しとどめた。「気を楽にしてあげたいのよ、ニック」

彼女の手首を握り、ニコラスの気持ちは落ち着いているようだった。口元はかすかに震えていたが、ほほえむ余裕もあった。「楽になっているよ」

「あなたはわたしになにかしてほしいんじゃない？　ずっと隠そうとしていたけれど、あなたはわたしの手首をぎゅっと握っている。わたしを押さえつけているんでしょう」そう言いながら、シンシアは図星を突いたと気づいた。

「違う」彼は手をぱっと離し、後ろに飛びのいた。「そういうことがしたいわけじゃない」

「いいえ、そうなのよ」彼女が自分の手首に指を巻きつけると、ニコラスの目がその動きを追った。「彼のことを忘れさせたいの」

「きみにはできないよ」

「少しのあいだならできるわ」とめようとする間もなく嗚咽《おえつ》がもれた。「できるわよ」

心を決め、シンシアは寝巻きのいちばん上のボタンに手を伸ばした。ニコラスがいつでもとめられるように、ゆっくりとしたしぐさで外す。けれど、彼は身じろぎひとつしなかった。

「お願い、やらせて」彼女は懇願した。「断っておくけれど、あなたに手は触れないわ。決して触れないと約束する。わたしの体を押さえて。見動きが取れないようにしてちょうだい」

　ニコラスは一歩あとずさりしたが、ボタンを外している彼女の指をちらちらと見ていた。

「ぼくにそんなことを頼むなよ」

「お願い、してほしいの。あなたのことは怖くないのよ、ニック。だって、あなたはわたしを傷つけたりしないもの」彼女は袖から腕を抜き、寝巻きを床に落とした。

　彼はむさぼるようにシンシアを見つめた。息づかいが荒くなっている。

　シンシアは腕を体の前に伸ばし、ニコラスにされたように両の手首をしっかりと合わせた。

「なにが望みか言ってみて」

「ぼくの望みは……」彼の目に欲望が燃えあがったが、飢えたような声は恐怖もはらんでいた。「きみを拘束することだ」ニコラスはしばらくまぶたを閉じ、再び開けて、苦しげなまなざしで彼女の目を見た。「きみの手をしばりたい」

　シンシアはうなずいた。「そうして」

「よくないよ、シン。きみは……娼婦じゃない。こんなふうにきみを利用するつもりはない」

　彼女は手を下へおろし、鼻と鼻を突きあわせるほどニコラスの前にぐっと進みでた。

「よく聞いて、ニコラス・キャントリー。あなたはわたしを愛していると宣言したんでしょう？　愛を告白しておきながら、どうして自分の内面を隠すの？　娼婦が相手ならできることを、わたしとはしたくないというわけ？　赤の他人とはするくせに？」

　ニコラスは怒ったように口元をこわばらせた。「きみとより他人としたほうがましだ。不埒な行為だからね」

「わたしとだったらそうじゃないわ。あなたとわたしのあいだでなら。われを忘れて抱いていいのよ」シンシアは爪先立ちになり、彼の顎に唇をつけた。胸元が毛織りの上着にこすれた。「しばって、ニック」ささやき声で言う。「わたしをしばって、抱いて、なにもかもすべて忘れて」

22

涙が出そうになり、ランカスターは慎重にシンシアの肩に手を置いた。彼女の肌はとてもやわらかい。自分の体とくらべると、シンシアの体はひどく繊細だ。こんなことを求めるべきではない。

肩甲骨に指を広げ、髪のなかにささやきかけた。「きみを痛めつけたりしない」

「わかっているわ」

後ろを向いて立ち去れ、部屋を出ていって彼女に手を出すな。そう自分に言い聞かせながらも、すばらしい曲線を描く背中に手をおろしていった。

シンシアをしばったら、われを忘れることができるかもしれない。今さっき彼女に言われたように。リッチモンドのことも、恐怖心も、体に伸びてきた手のことも忘れ、快楽にひたることができる。シンシアとなら。

彼女が主張するのとは裏腹によくない行為だとわかっていながら、ランカスターはおのれを抑えることができなかった。裸のシンシアを目の前にし、あたたかな体に手を触れ、なによりも自分が望んでいることをしてほしいと頼まれたら無理だ。「きみに痛い思いはさせないと誓うよ」

むきだしの首に口をつけると唇を開き、首のつけ根をやさしく吸った。シンシアが吐息をもらし、励ますように首を反らした。素直に従うその態度が運命を決した。

忌まわしい真実を彼女に打ち明けてしまった。洗いざらいすべてを。そして今、自分の口から出たことを味わわないといけない。

これからやろうとしていることをあえて考えないようにして、ランカスターはいったんシンシアから手を離し、衣装戸棚へ向かった。小さな山のなかから無地の黒いクラバットを二本取りだし、彼女のもとに引き返した。「手を出してくれ」

指を組みあわせて、シンシアが腕を差しだした。ランカスターは白い肌に黒い生地をかけた。欲求が高まり、下腹部がこわばった。

「やめたいなら言ってくれ」クラバットを手首に巻きつけながらささやく。やめてと言われるのを待ちながらも、そんなことは言わないでくれと同時に願った。〝お願いだから抱かせてくれ〟と内なる獣が懇願した。ランカスターはそれが気に入らなかった。けれどもクラバットを結び、生地のこすれる音に身震いした。

シンシアの両の手首をしっかりしばると、ランカスターは彼女の体を抱きあげてベッドに運んだ。シンシアは結び目に視線をおろし、また目をあげて彼を見た。やわらかな薄布がかけられているかのような穏やかな表情だった。ランカスターは震える手で彼女の腕を高々とあげさせ、もう一方のクラバットを結びはじめた。こうすれば、ベッドの柱にシンシアをしばりつけられる。

きっちりと結び目を作りながら鼓動が喉で響いた。後ろにさがり、自分の編みだした光景を眺める。シンシアの腕は頭上にぴんと伸ばされ、全身がランカスターの目にさらされている。彼を勇気づけるかのように背中を弓なりにして、胸の先は蕾のように硬くなっていた。

またたくまに期待が広がり、肌がちくちくした。

ランカスターは上着とベストを脱ぎ、シャツを力まかせに引っぱったので、ボタンがふたつはじけ飛んだ。何秒もたたないうちに服を全部脱いでいた。シンシアの感触を味わいたくて、もう一秒も待てなかった。

やりたいことができるようになり、ランカスターは彼女の上に覆いかぶさって、熱を帯びた体に全裸になった自分の体をしっかりと触れあわせた。シンシアは息をのんだが、ランカスターは彼女の素肌を堪能するあまり、息をすることもままならなかった。耳の後ろに鼻をすり寄せ、自由に動いた。感じるがまま自由に。彼女のどこに触れても、ランカスターは感じ入った。

再び息ができるようになると、ゆっくりと体をおろす。膝のあいだにじわじわと膝を差し入れて、鎖骨に唇を這わせた。乳首を吸い、くわえて引っぱる。最初はやさしく、けれどもシンシアがあえぎをもらし、彼の下で身悶えすると、すぐさま強く吸い、もう一方の乳首も指でつまんで引っぱった。

荒々しい愛撫だったが、シンシアは悦びに息を切らした。それはランカスターも同様だった。

前に緊縛した女性たちは、単に秘めやかな欲望を処理するための相手だった。いつまでも一緒にいたいとも、じっくり肉体を味わいたいとも思わなかった。

それなのにシンシアとはしっくりきた。彼女を抱くと新鮮な気持ちになれる。不道徳でも病的でもない。彼女の体を知り、崇《あが》めるチャンスだった。ほかの女性を相手にしていたときにはまるで考えられないことだ。

体の向きを変え、シンシアの上に身をかがめて、あばらをていねいに舌でなぞっていった。腹部がへこみ、くすぐったがっているのだとわかり、ランカスターはにやりとした。その腹部に頬をこすりつけると、彼女が体をびくりとさせた。

「すまない」ランカスターはつぶやいた。「ひげを剃《そ》らないとね」

シンシアが笑った。

なんてことだ。こんなのは想像したことがない。しかし、舌でへそをつつくと、彼女が悲鳴をあげ、ランカスターはふと気づいた。男女の営みは場合によっては……楽しいものなのだ。

シンシアの肌に顔をつけたままくっくっと笑い、あたたかみのある女らしい香りを吸いこんだ。彼女の肌は粟立っていた。

「寒いのかい？」

「いいえ」シンシアが吐息まじりに答える。「全然寒くないわ」

ありがたい。彼女の体を少しでもなにかで覆うはめになったら、がっかりだ。骨盤まで歯を立てながらキスでたどり、骨の隆起に沿って舌を這わせた。シンシアはほかの女性たちとは違う。豊かな曲線を描く柔肌にはほれぼれする。非の打ちどころがないほど美しい。

ランカスターは身を低くし、肩を彼女の開いた太腿のあいだにつけた。茂みのあいだからのぞく薄紅色の秘所を見て、手が震える。ここを味わってみたい。これまでに一度もしたことのない行為だ。なんとなく昔から、すごく……無防備な気がしたのだ。誰かの目の前でひざまずき、いつ髪に手を触れられてしまうかをじっと待つというのは。

寒気が体を走ったがランカスターはそれを振り払って、よけいなことは考えないようにした。シンシアの手はしばりつけてある。だから心おきなく好きなようにできるのだ。

恥丘のふくらみに手をあてがうと、ちょうどぴったりだった。茂みを撫で、巻き毛が元に戻って立ちあがるさまを観察した。

「なにをしているの?」シンシアが尋ねた。

「きみをかわいがっているのさ」

彼女がくすくす笑いだし、腹部が揺れた。ランカスターは愛撫を再開して、指をさらに下へと動かした。息を吸っている途中で笑い声がぴたりとやんだ。彼は指先を体の合わせ目に這わせていた。

「自分の姿を見てごらん」ランカスターは驚いて息をのんだ。シーツの上で足が滑るように動き、繊細な花びらが開いた。秘められた部分の輪郭をたどりながら、催眠術にかけられたような心地になっていた。

指で撫でると、シンシアの口から小さなあえぎがもれた。湿り気を帯び、指がなめらかに動く。

ランカスターは身を乗りだして、唇をつけた。

最初に気づいたのは熱だった。やがて、甘みがあるけれど、それでいて海を思わせるシンシアの味に舌が触れた。指が先に見つけた潤いを舐め、彼女が息をのんでうめき声をもらすと、さらに舐め取った。感じやすい小さな真珠に舌で触れたとき、シンシアの腰がびくんと揺れた。

「ニック!」彼女はうなるように彼の名前を呼んだ。ランカスターはシンシアの太腿の下に腕を差し入れ、しっかりとかかえこんだ。そう、したいことはなんでもできる。ずっとこうしたかったのだ。

終わりはあっけなかった。まだ始めたばかりの時点でシンシアは悲鳴をあげ、背中を弓なりにした。絶頂に達して身を震わせている振動が唇に伝わり、ランカスターは熱心に潤いを舌ですくった。

痛いほど興奮していたが、一瞬、宙ぶらりんにされたような奇妙な感覚に襲われた。ゆっくりと辛抱強く、ふっくらした太腿にキスをした。いつまでもこうしていられる、と彼は思った。シンシアを愉悦の高みにのぼらせ、味わい、太腿の震えを頬で感じて。

だが、あと二時間も三時間もシンシアをベッドにしばりつけておくのはやりすぎかもしれない。彼女の手を麻痺させたり、手首を痛めさせようとは思わない。

体の上にのしかかると、シンシアがまた彼の名前をささやいた。目はとろんとして翳りを帯びている。ベッドにしばられていることに満足しきった表情だった。

黒いクラバットを見て鼓動が激しくなったが、ランカスターはほほえんだ。身をかがめながら、腹部を彼女のそれにこすりつける。シンシアのきつく締まった内側に、彼のものはすんなりと滑りこんだ。「愛しているよ」彼はつぶやいた。「きみを愛している」

彼女はしばられた手で体を支え、ランカスターの下で背中を反らしている。それを見て、彼の腹部にきゅっと力が入った。

これこそ夢に描いていた光景だ。シンシアと実現できるとは思いもしなかった夢想だ。隠し通してきた欲求を彼女が受け入れてくれた。

ランカスターは一定のリズムで深く腰を突きあげた。シンシアはマットレスに踵を押しつけ、彼の動きに応じた。やわらかな唇を噛み、甘いあえぎをもらし、ランカスターの下で身を反らす。

「そうだ」彼はささやきかけ、拘束されたシンシアの腕がぴんと張りつめるさまを見つめた。指が丸まって、こぶしを作っている。さらに激しく突くと、彼女の指は衝撃に耐えるようにぴくぴくと動いた。「ぼくを奪ってくれ」うなるように言う。

突き入れるたびに、シンシアの喉から振りしぼるような小さな叫びがもれた。

絶好の瞬間が近づいてきた。

「シン」ランカスターはゆっくりと腰の動きをとめた。

「なに？」

「ぼくを見てくれ」

シンシアがゆっくりと目を開ける。ランカスターは彼女に体を重ねた。そして、やさしく何度もキスをした。

「もしも……」言いかけて言葉を切り、できるだろうかと考えた。シンシアはしばることを許してくれた。ぼくにだってできる。「ほどいたら……ぼくに触ってくれるかい？」

遠くを見るように虚ろだったシンシアの目が覚醒《かくせい》した。「無理しなくてもいいのよ、ニック」

「いや、無理じゃない。ゆっくり触ってくれるなら大丈夫だ」

「ええ、もちろんそうするわ」

ランカスターは彼女の上からそっとおりてひざまずき、手の拘束をほどいた。「それから、髪には……髪にだけは触らないでくれ、いいね？」

シンシアはしばらく黙りこくっていたが、やがてうなずいた。彼女の手は枷《かせ》を解かれた。

ランカスターは仰向けにベッドに横たわり、シンシアの手を引いて自分の上にまたがらせようとした。

「そういうふうにしたいの？」彼女が息を切らして言う。

「ああ。こういうふうにしたい」

シンシアは恐る恐る彼の上に体をさげていった。じわじわと目が見開かれたが、両手は自分の太腿に置いたままだった。

ランカスターのものは彼女を満たしたくてうずうずし、張りつめていた。

「どれだけきれいか、きみは知らないんだろうな」これは新たな経験であり、胸がざわめいていたが、怖くはなかった。シンシアの手がためらいがちに胸におろされたときでさえ、恐怖心はなかった。

彼女はランカスターの肌にてのひらをぴたりとつけ、もう片方の手でも同じようにした。彼は目をつぶり、シンシアの手に自分の手をぎゅっと重ねて、彼女の指を自分の体に食いこませた。シンシアがぼくに触っている。それでもなお彼女の手をつかみ、怖がる必要はないと理解できた。

「いいぞ」彼女がランカスターの上で腰を動かしはじめると、彼は息をのんだ。

シンシアにリズムを刻ませ、ペースを決めさせた。彼女が胸板に爪を食いこませて、その心地よい痛みにランカスターはどきりとした。そして、とうとう彼女のなかで果てた。彼の頬は涙で濡れていた。

ノックの音にまどろみを破られたかと思うと、壁に扉がぶつかる音がして、すっかり目が覚めた。

「そっと出ていったわよ」暗がりのなかから女性の声がした。

「えっ?」シンシアは毛布を胸元で握りしめた。「誰が?」

「うちの男性たちよ。さあ、急いで身支度をして。あなたの服を持ってきたから」

「まあ、決闘があるんだったわ!」記憶がよみがえり、シンシアは叫んだ。

「そうよ。だから急いで」

紳士のベッドに素っ裸でいることを思いだし、シンシアは一瞬躊躇《ちゅうちょ》したが、エマは状況を理解しているようだった。結局のところ、服を持ってきてくれたのだから。

意を決して、シンシアはベッドから飛び起きた。エマに手渡されたシュミーズを急いで身につける。五分後、服をすっかり着ると、エマに続いて迷路のように入り組んだ廊下を急ぎ足で進み、階段をおりた。

ようやく玄関にたどりつき、霧が立ちこめる薄暗い夜明けのなかに足を踏みだした。二頭立ての二輪馬車が待っていて、エマが御者の席に飛び乗った。

「場所はどこか知っているの?」砂利を踏む音にかき消されないように、シンシアは声を張りあげた。

「ブラームが詳細を取り決めに戻ってきたときに盗み聞きしたの。間に合わない気がするけど」

馬車は速度をあげて芝生の上を横切り、低い丘をのぼりはじめ、シンシアはしっかりとつかまっていた。

ゆうべは眠るつもりはなかったが、疲れ果てた一日のあとではうっかり寝てしまっても無理はない。ニックは睡眠を取れたのかしら？　疲労のせいで的を外したり、引き金を引く手つきが鈍ったりしないだろうか？

馬車が丘の頂上に到達した。恐ろしい場面が広がっているのではないかと心の準備をしたが、丘には誰もいなかった。エマは眼下の谷に向かって馬車を走らせた。

濃い霧に包まれた雑木林の近くに馬が一頭、木にくくりつけられていた。たった一頭だけ。これはどういうことだろう？　別の丘の様子をうかがうと、坂の下の木立から鳥の群れが急に飛び立った。発砲の音を聞きつけたかのように、シンシアは飛びあがった。「いやだ、もう、どきっとしたわ」

「もうすぐよ、シン。やきもきすることはないわ。ランカスターは大丈夫よ。きっと」

「そうね」シンシアは祈るように言った。「大丈夫に決まっているわ」たとえ海に隔たれたとしても、ニコラスのいない世界は想像できない。彼を取り戻したばかりなのだ。彼の身になにか起きるわけがない。

馬車はようやく平らな谷底に着いた。エマは馬に鞭を入れ、無謀にも全速力で走らせた。永遠とも思える時間が過ぎ、淡い緑の木立にたどりついた。そこからまた長々と時間をかけて木立の縁をまわりこむと、そこに男性たちが立っていた。遠くからでも、霧のかかった薄暗がりのなかでも、ニコラスの姿はわかった。振り返ったときの優雅な身のこなしも、広い肩の線も見て取れた。

相手の男が拳銃《けんじゅう》をあげた。ニコラスは動かなかった。

「ああ、どうしよう」シンシアはうめいた。

エマに膝をぽんとたたかれた。「なにがあっても、彼の気を散らしてはだめよ」

〝狙いをつけて！〟シンシアは頭のなかで叫んだ。〝発射！〟けれども、ニコラスに恐怖を感じている気配はなかった。弾丸も通さじとばかりにリッチモンドを見据えている。馬車が速度を落としはじめた。もふたつに引き裂いた。リッチモンドの拳銃から煙が出ていた。ニコラスは相変わらず立っている。

いよいよニコラスが腕をあげた。ゆっくりと時間をかけて獲物に狙いをつけた。リッチモンドは一歩あとずさりしたが、そんなことをしても意味はない。ニコラスは引き金を引いた。鋭い爆発音があたりに響き、リッチモンドが倒れた。

エマが馬をとめるのも待ちきれず、シンシアは馬車から飛びおりた。ニコラスを抱きしめたかった。そのあと倒れたリッチモンドのところに走っていって、つばを吐きかけたかった。だがニコラスはまだピストルを構えたままで、今度はブラームに狙いをつけていた。

シンシアは湿った草の上で足を滑らせながら立ちどまった。まだ終わりではなかったのだ。

「シンシアをさがらせてくれ」ランカスターはサマーハートに言ってから、ブラームのほうに歩きはじめた。リッチモンドはブラームの足元の地面に倒れ、首に空いた穴から血がだらだらと流れていた。

ランカスターはもう一度リッチモンドの体に弾丸を撃ちこみたい衝動に駆られた。あれほどの苦しみをもたらした輩《やから》が簡単に死ぬるとは思えなかったのだ。こんなにあっさり死ぬはずがない。

しかし、最後の一発はとっておかなければならない。

拳銃を握る手にさらに力をこめ、ブラームの頭に狙いをつけた。「おまえはリッチモンドの跡継ぎなのか？」

「いいや。家政婦の産んだ子だ」

「だが、息子ということか」

ブラームはちらりと下を見た。「ああ、父親はもう死んだがね」

ランカスターは少しためらってから尋ねた。「そこで育ったのか？　リッチモンドの家で？」

「そうだ」ブラームの顔は依然として無表情だった。それを見て、ランカスターは吐き気を催した。リッチモンドに育てられたら、こういう顔になるということか。感情がまったく表に出てこない。なにかを考えている気配が目の奥に浮かぶこともない。まるで初めから存在しなかったかのようで、すでに死んだも同然だ。

しかし、ランカスターはブラームの心臓に狙いをつけて拳銃を構えたままでいた。

「ミス・メリソープをどうするつもりだ？」

ブラームが肩をすくめた。「どうするって？」

「彼女に危害を加えるつもりか？」

「今となってはどうでもいい」

その答えを聞いて、思わず肩がこわばった。「前はどうするつもりだったんだ？」

「リッチモンドは跡継ぎがほしかったが、自分で妻を身ごもらせることはできない。だから、わたしに二〇〇〇ポンド払う約束をした」

「なんの報酬だ？」ランカスターは嚙みつくように言った。銃口が揺れた。

「種つけに成功したらもらえることになっていた」

「ろくでなしめ」ふいに耳鳴りが聞こえ、目がまわりはじめた。

ランカスターは指の関節が白くなるほど拳銃を握りしめたが、ブラームは両手をおろした。

「撃ちたいなら撃てばいい。わたしはどちらでもいい。死のうが生きようが、今はもうリッチモンドから自由になれた」

撃ってしまえ。ランカスターとしては撃ち殺してしまいたかった。この男はシンシアを犯すつもりでいたのだ。ランカスターが新たにもうけた罪と罰の規定によれば、そういうつもりでいただけで、ブラームは死に値する。だが、虚ろな目を見れば、ブラームがとうの昔に死んでいるのは明らかだった。

〝今はもうリッチモンドから自由になれた〟

この男も父親同様に壊れた人間かもしれない。生まれてからずっとリッチモンドと暮らしていたら、誰だって怪物になるのではないか？　でも、そうだとどうして言いきれる？

ランカスターはどうすればいいのかわからなかった。やがてブラームは後ろを向き、歩き去った。

これで終わった。よくも悪くも、みながリッチモンドから自由になれたのだ。

23

シンシアが頬を伝う涙をぬぐっている。

遠くから見ていたランカスターは、駆け寄って助けだしたい衝動と闘った。シンシアは最後にもう一度母親と抱擁を交わし、母親はしぶしぶ馬車に乗りこんで手を振った。

馬車が動きはじめると、ランカスターはすぐにシンシアのもとへ歩いていった。

決闘で怪我をしなかったことにシンシアは最初こそほっとしていたようだったが、安堵の念が治まると、ベッドをこっそり抜けだしたりして、なんで起こしてくれなかったのかと、午前中ずっとランカスターをにらみつけていた。まるで、わざと彼女を危険にさらして凄惨《せいさん》な場面を目撃させたと言わんばかりの怒りようだった。しかし、いくら彼女の機嫌が悪かったとしても、今、放っておくわけにはいかない。

シンシアの肩が上下に動いた。深い息づかいだ。彼は尋ねた。「大丈夫かい？」

彼女は頬の涙を拭き、ちらりと後ろに視線を向けてランカスターを見た。「ええ」

「きみのお母さんはなんだか……呆然としているようだった」

「ええ、でもわたしが生きていて、再会できたことを喜んでいたわ。うちに帰ってきなさいとは言われなかったけど」

「それはよかった」

シンシアは振り返り、走り去る馬車を見送った。「お金を半分、母にあげたわ。またこういうことが起きたら、母自身や妹を守るためにつかってと頼んだの。だけど、オーク館に戻ったらすぐ、夫に渡してしまうんでしょうね」

「きみはやれるだけのことはやったよ」

「まあ、そうね。自分の行動に自信がある夫がいれば、母は安心できるのよ。たとえ……こういうことになったあとでも。縁談を阻止しなかったことは謝ってくれたわ。でも、おまえは昔からしっかりした子だったから、と言われちゃった。メアリーよりもたくましいって」

「たしかにきみはたくましい。だが、だからといって、きみをあんなふうに世間に放りだす言い訳にはならない」

「そうね」

ランカスターがシンシアの手に手を伸ばし、しっかりと握ると、彼女はうなずいた。「もう大丈夫よ」そうつぶやいて胸を張る。「執政官はどうだったの?」

彼は首を振った。「サマーハートの説明に不自然なほど納得していた。問いあわせることがあるかもしれないから、二、三日はここにいるようにと申し渡されただけだった」

「よかった、神に感謝するわ」

「礼ならサマーハートに言うべきじゃないかな。公爵には発言力があるという話は正しかったようだ」今日の出来事に関する不安はわきに置き、ランカスターはシンシアに小さくお辞儀をした。「よければ庭を散策してみないか？　雨は降らないようだから」

彼女はうなずき、ふたりは一緒に庭のほうへのんびりと歩きはじめた。

「大丈夫かい？」ランカスターは声をひそめて再び尋ねた。

「さっきも言ったでしょう、大丈夫だって」

「でも、ゆうべのあと……」

シンシアは苛立ったような笑みをちらりと投げかけてきた。「あなたが本腰を入れて襲ってきても充分耐えられるくらい丈夫な体だもの、子爵さま」

ランカスターはむせてしまい、あげく、小道のでこぼこした煉瓦につまずきそうになった。すると、あっというまに彼女は悲しみから解放され、涙が出るほど大笑いした。「あなたって、相当なうぬぼれ屋ね」

「そんなことはないさ！　だいたい、きみは無礼だよ」

「そうね。それに本当に大丈夫よ、あらためて訊いてくれてありがとう」

ランカスターはシンシアがうつむいて笑みを浮かべている姿を横目で見た。「きみは……嫌気が差したわけじゃないんだね？」

「あきれてさえいないわ」

よかった、それだけですんだか。彼は少しだけほっとしたふりをしたが、じつのところ何時間も息をとめていたかのように頭がくらくらしていた。

「今朝のことはきみに見せるつもりはなかった」

「ええ、わかってる」

なるほど、これで終わりだ。言いづらい話はもうない。しかし、まだ難しい問題が目の前にあった。ランカスターはシンシアを石のベンチに連れていき、並んで座った。

ラッパスイセンが咲きはじめ、青葉の香りが風に乗って運ばれてきた。もう春真っ盛りだ。そろそろロンドンに戻らなくてはいけない。「ぼくたちの将来のことだが……」

「ニック、あなたを愛していることを否定しようとは思わない。愛しているわ。昔からずっと。でも、愛では家族の将来を築けない。愛がすべてというわけにはいかないもの。あなたはお金持ちの女性と結婚することを家族に期待されている。だから、わたしと結婚したら悲惨な末路をたどることになるわ。あなたの将来を台なしにするつもりはないの。それだけは絶対にしない」

シンシアがなにを言うのか、ランカスターもとうにわかっていた。それでも彼女を抱きしめてキスをして、さらには体を揺さぶりたかった。「じゃあ、アメリカに行くんだな？」

「ええ、行くわ」

「わかった」彼がそう応えると、シンシアは愕然としたようだった。いいぞ。「もしかしたら、出発を少し待つことになるかもしれないけどね。ほら、きみは身ごもったかもしれないだろう、ぼくの子を」

彼女がランカスターとつないでいないほうの手をすぐさまお腹にあてたのを見て、彼は胸が高鳴った。だが、結局シンシアは首を振った。「その可能性は……ないわ。じつはもうお腹が痛くなっているの」

どういうことかわからず、ランカスターはただ頭を振った。

「もうすぐ月のものが来るということよ」

「ああ、そういうことか」その種のことは彼にとって少し謎めいていて、興味がそそられた。

「それはたしかなのかい？」

「ええ。毎月同じことのくり返しだから」

「なるほど」

シンシアが顔を赤らめたので、彼は咳払いをして話題を変えた。

「おばさんに手紙は書いたのか？」

「手紙は……書いたわ」シンシアは困ったような顔でランカスターをちらりと見た。なるほど、彼女は本気で向こうに行く気だ。でも、その前にひと悶着あると見越しているのだろう。

「エマが言っていたよ、同伴の女性を雇う手伝いをしたいと。エマが推薦する候補者を検討してみるといい。彼女は人を見る目があるからね」

シンシアは額に皺を寄せた。「ええ、そうでしょうね」ぴしゃりと言うなり、黙りこんだ。

しばらくふたりは無言のままベンチに座り、風に吹かれて頭を揺らすラッパスイセンを眺めた。あるいは花を観賞していたのはランカスターだけだったのかもしれない。シンシアは裏切り者を見るような目でラッパスイセンをにらみつけていた。

とうとう彼は咳払いをして、切りだした。「いつかきみを迎えに行くよ、言わなくてもわかっていると思うけど」

シンシアは振り向いてランカスターを正面から見た。「なんですって？」

「ほかの誰とも結婚しない。一生」

「ニック、だめよ、ほかの人と結婚しなきゃ！」

「しないよ」彼はきっぱりと言った。シンシアのほっそりとした指が、自分の指のあいだにしっくりとなじんでいるさまを見つめる。「正直な話、あの宝箱に充分な金貨が入っていて、両家の借金を全額返せることを期待していた。それがないとなると……」肩をすくめて先を続けた。「なにか手立てを見つけようと思う。ぼくはすでに家族の犠牲になってきたんだよ、シン。家族に快適な暮らしを送らせるために割を食った。だから、結婚でまた犠牲になるつもりはない」

つないだ手にランカスターが力をこめると、彼女は手をぴくりと動かした。「でも、あの話は本当じゃないでしょう。あんなの嘘よ。まさかあなたのお父さまが……どう考えてもありえないわ……ねえ、言って、あんな話は信じていないって」

苦悩がランカスターの胸を去ったことは一度もなく、記憶が脳裏によみがえり、今また胸に広がった。「ああ、本当じゃない。でも結局、本当のことになったんだ。リッチモンドはうちの家族がロンドンに構えた屋敷の購入費を肩代わりした。両親やぼくが新たにそろえた衣装の代金も、妹がダンスを習ったり、弟がフランス語を覚えたりするためのレッスン代もリッチモンドが持った。彼の金のおかげで、ぼくたち家族は社交界にすんなり溶けこむことができた。父は口止め料として金を受け取った。ぼくが果たした奉仕と引きかえに」

「そんなの嘘よ」シンシアは涙に声をつまらせてささやいた。「父を弁護するとしたら、おそらくこういうことだったのだろう。自分が信頼していた人物に息子が虐待され、性的に暴行され、殺されかけたと信じたくなかった。父親として、とても耐えられないことだった。だからリッチモンドの話を信じるほうが楽だった。あなたの息子さんから異常な行為を持ちかけられたが、ベッドから追いだしたら、息子さんは自分の行動を恥じて自殺しようとしたんですよ、という話を」

シンシアの爪が肌に食いこんでいた。肉体的な苦痛に意識が集中できて、ランカスターはかえってほっとした。

「だが、父は二度とぼくをまともに見ることはできなかった。ぼくが堕落した臆病者だからなのか、ぼくを裏切ったからなのか。どちらであったとしても、耐えられないだろう。だから家族に対する義務を今後は果たすつもりはないというのは」声を張りあげていると気づいたが、抑えられなかった。「もうこれ以上、家族に義理立てする必要はないということだ」

陰鬱で感傷的な内なる獣が高笑いをしていた。

シンシアがゆっくりと腰に腕をまわしてきた。ランカスターは息を殺し、彼女の好きにさせた。シンシアが胸に顔をうずめてくると、彼女をしっかりと抱きしめた。「泣かないでくれ。自分の思いどおりにするために、きみの同情を買おうとしているわけじゃない」

「もう黙って」シンシアは厳しい言葉で命じたが、涙声になり、効果も薄れた。

「本気だと知ってほしいから話しているんだ。ぼくは金目当ての結婚はしない。きみに言われたことは正しかった。ぼくも人並みに幸せになってもいい。それに、どうすれば幸せを手に入れられるかわかっている」

「どうするの？」

「しばらく時間はかかると思うよ、シン。一年か、もしかしたらもっとかかるかもしれない。ぼくは自分の義務から逃げる言い訳にきみを利用していた。でも、きみはきっかけじゃない。きみはゴールにいるんだよ。ぼくを待っていてくれるかい？」

ランカスターは体を反らし、シンシアの目をのぞきこもうとしたが、彼女から返事はない。

「信じてくれるか？」

「信じるかと言われても……」彼女は口ごもった。「どうやって？　一年あれば、なにが起きても不思議じゃないのよ、ニック！」

「それならそれでいいさ。ぼくを信じなくていい。だが、ぼくはきみを迎えに行く。だからどこかのアメリカ男と結婚の約束などしないほうがいいぞ」シンシアの頬からこぼれ落ちていなかったひとしずくの涙を指でぬぐった。「ぼくのために、ちゃんと場所を空けておいたほうがいい」

「わけがわからないわ！」

「ぼくの力をきみに証明させてくれ」

彼女は首を振った。「そんなこと、する必要ないでしょう」

「前にこう言ったね、きみはぼくが自分の義務から逃れるあいだの一時しのぎの相手だから、ぼくはきみを愛していると思いこんでいるだけだと。でも、きみは一時しのぎの相手なんかじゃない。それにきみは勇敢な女性で、情熱的でもある。きみはぼくの親友なんだ。きみは少年だったころのぼくを知っているし、大人になった今のぼくも知っている。そしてきみはぼくを愛している」

「ニック……」シンシアは涙をぬぐい、震える顎をこわばらせて言った。「あなたは誰からもすぐに愛される人だわ。一年のあいだに、あなたを好きになる女性はいくらでも現われるでしょう。ふさわしくない相手で妥協したらいけないわ」

「ぼくだって幸せになっていいはずだろう、シン。なんとか手立てを見つけるよ。そうしたら迎えに行って、きみに求愛する。すでにしたとも言えるけど……もっとちゃんとだ」

彼女が鼻をぐすぐすさせたので、ランカスターはハンカチを手渡してやった。シンシアは洟をかみ、かすかにほほえんだ。

「あれがちゃんとしていなかったのだとしたら、男女の営みがどういうものか、わたしはわかったつもりになっていただけなのかも」

彼女の冗談にランカスターはうなり声をもらしたが、じつのところ、ほっとして気持ちが楽になっていた。「ぼくを待っていたほうがいいもうひとつの理由はそれだな。こんなにみだらなユーモアの感覚のある女性を、どんな男が愛せるんだい？　それに、下手の横好きで裸の男の絵を描く趣味も考えものだろう」

シンシアは首を振った。

「ぼくが向こうに着いたとき、きみがアメリカ男と楽しそうにしていたら、きみの画集のことをぽろりと口にしないといけないな」

シンシアは笑わなかったが、涙はもう流れていなかった。ランカスターは手を引いて彼女を立ちあがらせ、庭の散策に戻った。

愛おしさで胸が張り裂けそうだが、ぼくはきっちりとやりとげてみせる。シンシアは待っていてくれるだろう。昔からずっとあなたのことが好きだった、と言ってくれたではないか。だから待っていてくれる。きっとそうだとも。

ランカスターはウィスキーの琥珀色の輝きにじっと目を凝らし、これからどうしようかと思いをめぐらせていた。どこを変えていくか……自分自身も変わっていくのだろう。しかし、すでに心境は変化していた。胸に希望があふれている。怒りはリッチモンドの血とともに草地に流れ落ちた。

背後で書斎の扉が開き、ランカスターは立ちあがってサマーハートを振り返った。「ここにいれば会えると思っていましたよ。ちょっといいですか?」

サマーハートは自分でウィスキーをグラスに注ぎ、向かいの椅子に腰をおろしてうなずいた。

「執政官のことはあなたの言っていたとおりだった。自由にここを離れてもいいという書状が届きましたよ。あなたの説明にすんなり納得したようですね」

「わたしは公爵だよ、ランカスター。わたしが真実だと言えば、それが真実だ」

「たとえそうでない場合でも」

サマーハートは肩をすくめた。「最初に発砲したのはリッチモンドだった」

「あれが決闘だったことに触れるのを、あなたは忘れていた」

「たしかに」公爵は頭を椅子にもたせかけた。

「陛下は納得しないかもしれない」

「どうかな。だが、爵位が継承されて陛下は喜ぶだろう。それに誰が異議を申し立てるんだ？　跡を継ぐ新しい伯爵か？　あのけだものを葬り去れて、誰もがせいせいしている」

ランカスターは飲みものに視線を落とした。「感謝しますよ、公爵閣下」

「どういたしまして。これで借りは返せたな？」

「もちろんです。このご恩は一生――」

「おいおい、かんべんしてくれ。もうこれで貸し借りはなしだ、いいな？　乾杯しよう」グラスの中身を飲みほし、グラスを勢いよくテーブルにおろした。

ランカスターもウィスキーを喉に流しこんだが、この件をそう簡単に終わらせることはできなかった。「お詫びも申しあげます。あの男がここに乗りこんでくることになってしまって、よけいなこともお聞かせしてしまいました」

サマーハートは顔を起こし、ランカスターと目を合わせた。そのままじっと見つめ、やがてこう言った。「もう二度と言わないから、よく聞いておけ。きみは思ったより奥の深い男のようだな、ランカスター。いまいましいほど魅力的でなければ、わたしも好きになったかもしれない」サマーハートは再び頭を椅子の背に預けた。ランカスターは驚きで言葉を失い、ただ相手を見つめた。今言われたことはどういう意味なのか、よくのみこめずにいた。

「それで」サマーハートがつぶやく。「今日の午後、発つつもりなんだな？」

「ええ。ぼくの代わりにミス・メリソープをよろしくお願いします。彼女は旅慣れていないし……」

「わたしの船に乗れるよう手配しよう。乗船するときも、わたしが船室までエスコートする。もっとも、きみの気が変わらず、日暮れまでに戻ってこなければの話だが」

その可能性にランカスターの胃はよじれた。シンシアを行かせたくはないが、彼女にも夢がある。うまくいけば……夢を実現させた彼女と再会できる。とにかく、彼女が思い描く夢にぼくの居場所もあることを祈りつづけるしかない。

「シンシアの渡航をとめはしません」ランカスターはつぶやいた。「でも、船のことなんですが……」両手の指を合わせ、身を乗りだした。サマーハートの目がぱっと開き、ランカスターに向けられた。「閣下、少々……型破りに聞こえるでしょうが」

数時間後、自分の人生に対して何年も感じたことのない興奮を胸に、ランカスターはロンドンへ出発した。

24

「ねえ、見て」いとこのレノアが甘い声で言った。「ほら、あの親切なミスター・モーガンがいるわ。息子さんを連れてきたのかしら？」

シンシアは、羽根飾りがついたいとこの帽子越しに舞台を見るために身を乗りだした。

「たぶんね。でも、レノア、静かにしてちょうだい。音楽がよく聴こえないでしょう」

レノアはため息をついた。「あなたって、すごく頭がいいものね」

シンシアは年下のいとこの腕をやさしくたたいた。「ちっともよくないわよ」

「だって、なににでも興味を持つじゃない？」

「レノア、わたしは音楽や美術や演劇については無知も同然よ。だから興味があるの。あなたはそういうことに、もう慣れ親しんでいるでしょう」

「まあね。ねえ、ミスター・エコールスが来ているわ！　あの人の目って、とってもすてきな色合いのブルーなの」

シンシアは舞台のほうに顔を戻そうとした。

「あの目をツルニチニチソウの花のような青紫色と呼んだら大げさかしら？」

シンシアは目を閉じて、苦笑をもらした。「いいえ。あの人は並外れてすてきな目をしているものね」

レノアのおしゃべりはとまらなかった。初めての社交シーズンに、今日もまた浮かれていた。もちろんシンシアにとっても初めてのシーズンだが、彼女は一七歳でもなければ、通りかかる紳士と知りあいになりたくてうずうずしているわけでもない。

ニューヨークに来て三カ月、すでに大勢の紳士に会っていた。アメリカ人男性は興味深い。大胆にして勇敢。快活で朗らかだ。でも誰ひとりとして、ひそやかに笑みを湛えて輝くあたたかな茶色の瞳を持つ人物はいない。そして、わたしのことを知っている人も誰もいない。

アメリカの男性たちには訛《なま》りのせいで上品だと思われていた。公爵のいとこだという根も葉もない噂が流れたおかげか、名門中の名門である上流家庭によく招かれていた。ときとして、ディナーの席でグラスを掲げ、ついこのあいだまで屋根裏部屋で寝ていたんですよと吹《ふい》聴《ちょう》したくなる衝動を抑えなければならなかった。

今のシンシアは、これまでになく広い寝室で純白のシーツにくるまり、ふかふかの寝具で寝られる身分だった。アメリカの親戚が裕福だとは、どういうわけか想像していなかった。じつのところ、アメリカという国がこれほど繁栄していようとは知りもしなかったのだ。それもまた想像以上のことだった。

音楽に耳を傾け、パーティにくりだし、驚くほど人でごった返している通りを歩くと、喜びに胸がはずんだ。日差しのもとでは想像していたよりも暑く、町には物理的に不可能なくらい人がひしめいている。そうしたことのすべてにシンシアは夢中になっていた。

それでいて、ニコラスのことが恋しくてたまらなかった。

ため息をつき、レノアがなにごとか口にした言葉にシンシアはうなずいた。いとこは子馬を連想させる。手足がすらりと長く、やる気があって、いつも元気いっぱいだ。まるで活気に満ちたニューヨークそのもののようだ。そのレノア母娘《おやこ》はどちらもつむじ風のような勢いで、シンシアを迎え入れてくれたのだった。

シンシアがドレスを三着新調すると、仕上がりを待つあいだにどういうわけか注文が増え、一〇以上の箱が届けられた。実用的な黒い靴を一足注文しただけなのに、色とりどりの靴も一緒に運びこまれた。ピンクにブルー、グリーンにバイオレットの靴も。

最初はシンシアも異議を唱えていたのだが、おばの純然たる善意の力に押されて、いつしか素直に好意を受け入れることにした。

父もきっとこういう人物だったのだろう。おばを見て、シンシアはそんなことを思った。

明るい黄色の絹のドレスは水のような手触りがした。ニコラスの手にはどんな感じがするかしら？　襟ぐりは深く、胸のふくらみが少しだけのぞいていた。彼は目で襟元の線をたどり、その線をしっとりしたキスでたどったことを思いだすだろうか？

「シンシア、レモネードでもどうだね？」おじの声にはっとして、シンシアは恥ずかしくなった。あたりにさりげなく視線を向けると、すでに幕間《まくあい》に入っているとわかり、あわてて立ちあがった。

「すみません、おじさま。ちょっと考えごとをしてぼんやりしていたみたいで」

「きみが最近よくやる時間のつぶし方だね」おじはほほえみ、言葉をやわらげた。継父の口調とは正反対だ。おじが完璧な人間だというわけではない。夜になれば深酒はするし、使用人にあたることもある。

実際のところおじだけではなく、その一家はみな完璧な人たちではなかったが、もしも完璧だったら少し窮屈だっただろう。おばは浪費家で、服飾の話題や噂話が出てこない会話にはまったく乗ってこない。レノアは母親と同じ道を歩んでいるし、彼女の兄は九月になる前に一年分のこづかいを賭事でつかいきることに余念がないようだ。

けれども、一家はみな気さくで思いやりがあり、シンシアからなにも見返りを求めず、ただ話し相手になってくれればいいと思っているようだった。それでもここ数週間のシンシアは、どんどんつまらない話し相手になっていた。

ニコラスからは二度しか手紙が来ていない。どちらもたいした内容ではなかった。決まり文句と天気の話。これはどういうことなのだろう？　心変わりしてしまったの？　けれど、どちらの手紙にも華やかな言葉とともに署名がしたためられていた。〝ありったけの愛をこめて、ぼくのすべてをきみに捧げる、ニック〟と。

シンシアは手紙を隅から隅まで念入りに読み、中身のあることはなにも書かれていないと悟ると、サマーハート邸でともに過ごした最後の数日間のことを頭のなかで再現した。思い返してみれば、ニコラスはまめに手紙をよこすと約束してくれたことはなかった。そもそも、手紙を書く約束はしていなかった。彼は愛を告白し、自分を信じてくれとシンシアに頼み、迎えに行くと約束した。ただそれだけだった。

ニューヨークに来て最初のひと月はもどかしさに駆られた。ふた月目には怒りを覚えた。しかし、今は不安になっている。

どんなときも不安だった。ディナーの席でも、社交行事の場でも、そして今、人の波に押されるように劇場のロビーへ進みながらも、シンシアは不安に苛まれていた。

ニコラスに希望を与えるようなことはなにも言わなかった。ほんのひと言でさえ。彼が胸のうちをさらけだし、心の傷を見せたあとでさえ、信じてほしいと言われても、心の距離を置いてしまった。けれど、あれほど忌まわしい真実を打ち明けてくれたということは、ニコラスはどれだけわたしを信頼してくれたことだろうか。予想していた未来図をかなぐり捨てて、よりよい未来を果敢に目指すということは。

ほんの少しでも、歩み寄ることはできたはずだ。

臆病な自分が恥ずかしい。ひたすら不安なのだ。アメリカに渡ったら幸福感で満たされると思っていた心のなかが、疑念でいっぱいになっていた。あれやこれや疑う気持ちで。イングランドでの立場はさておき、ここでわたしはどういう立場にいるのだろうか。要するに、結婚適齢期の女性ということだ。

少なくともここでは借金のかたにされることはないが、いつかは今の生活から誰かに拾いあげられ、別の生活に身を置くことになるわけで、結局は物のような存在であることは否めない。

今はおばの家族と快適な暮らしを送るだけで充分だけれど、来年は、あるいは再来年はどうなるだろう？

ニコラスと一緒なら、自分が自分であるように感じられた。過去があり、自分自身の考えを持ち、きわどい冗談が好きな人物。屋根裏部屋に寝泊まりし、玉葱《たまねぎ》のピクルスの作り方を知っている、上流家庭に生まれた娘。紳士の快楽を満たすために緊縛された女性。

劇場の華麗なロビーに足を踏み入れながら、シンシアは顔を赤らめた。ニコラスと一緒にいると自分らしく感じられるが、また彼が去ってしまったらどうなるだろう？　彼女の人生から塵《ちり》のように吹き飛ばされたら？　イモジーン・ブランディスが自身の愚かな過ちに気づいてしまったとしたら？　ニコラスの前に身を投げだして、許しを請うたら？　彼は昔から女性の涙に弱かった。

憂鬱な想像に気を取られ、シンシアはおじの背中にまともにぶつかってしまった。はっとしてあたりに目をやる。派手に着飾ったレディたちが何人かで固まってはロビーに佇み、黒い上着の紳士たちがその女性たちのまわりに群がっていた。シンシアはおじについていき、おじは明るい金髪をしたレノアのほうへ歩を進めていた。

「シンシア！」レノアが大声をあげた。「どこにいたの？」

「あなたに置いていかれて、そのままボックス席にいたのよ」

「あら、いやだ、てっきりついてきていると思ってたわ。さあ、こっちに来て、ミス・リーに引きあわせるから。お兄さまのミスター・イーサン・リーとはもうお知りあいになったでしょう。リー家はメイ岬にすてきな別荘をお持ちなのよ。また招待していただきたいわ。すばらしい思い出になったもの。それに、シンシアはまだメイ岬に行ったことがないのよ！」

レノアのすぐそばに佇んでいる若い男性は、女性たちがおしゃべりに花を咲かせている横でお辞儀をした。「またお目にかかれてなによりです、ミス・メリソープ。今夜はあなたに会えるのではないかと期待していましたよ」

「親切な言葉をかけてくださるのね。ところで、舞台を楽しんでいますか？」

「すばらしいですが、あなたのお国の芸術とくらべると見劣りがするでしょうね」

「そんなことはないですわ」

「よかったら……明日、お宅を訪問させていただけませんか、ご迷惑でなければ？　この前お目にかかったとき、マリア・ブルックスの詩集をお読みになっているとのことでしたので、わたしも一冊買ったんですよ。詩の内容について、あなたの感想をぜひお聞かせ願いたい」

「まあ、それは……」なんと言えばいいのかしら？　ミスター・リーに気を持たせたくはないが、彼はいい人だ。話くらいしても、どうということはないだろう。「もちろんかまいませんよ」そう口ごもりながら言ってから、詩集の終わりのほうはかなり情熱的な言葉が並んでいたことを思いだした。

「光栄です」ミスター・リーはささやくように言って、シンシアの手に礼儀正しくキスをしたが、やけにいつまでも唇を離さなかった。

頭のなかで〝いやだ、もう〟と悲鳴をあげたと同時にレノアの声が響いた。「シンシア！」

シンシアは思わず飛びあがり、恥ずかしさで首が赤くなっていくのを感じた。ミスター・リーはようやく手を離したが、彼女が顔を赤らめたのを見て、満足そうに目を光らせた。

シンシアは身を翻して逃げだしたい衝動に駆られた。〝裸の絵のことを話してやれよ、そうすればその男は逃げていくさ〟と勧めるニコラスの声が頭のなかで聞こえた。けれど、ニコラスの言うことが正しいのかどうか、よくわからない。

一年。ふいに思いがわき起こり、せつなくなった。丸一年、彼に会えないかもしれない。

「ねえ、シンシア、誰が来ていると思う？」レノアが勢いこんで話しだし、シンシアの腕を軽く揺すった。

「ミスター・モーガンの息子さん？」

「違うわ！　イングランドの紳士よ！」

また？　ここ二、三カ月にわたり、マンハッタンから半径一五キロ以内で行きあうイングランドの〝紳士〟とやらは、ひとりとして本物ではなかった。そのうちのふたりはスコットランド人だった。アメリカ人には違いがわからないようだ。

レノアは当の紳士とシンシアが知りあいではないとわかると、毎回驚いているようだった。〝でも、イングランドはすごく小さな国なのに〟というのが彼女の口癖だ。

「その方は本当に貴族なんですって、シンシア！　あなたたちはきっと知りあいのはずよ」

「前にも言ったけど、貴族に知りあいなんていないも同然なのよ、レノア」またもやせつなさが胸にこみあげ、さっきまで感じていた楽しい気分がしぼんでしまった。一方、レノアとミス・リーは額を寄せあい、興奮した口調でひそひそ話をしていた。シンシアは言った。

「どうもさっきから頭痛がするみたい。おばさまはわたしがひと足先に失礼しても許してくださるかしら？　馬車はあなたのためにまたここへ戻すから」

ミスター・リーが肘を差しだした。「おばさまを探しに行くのにつきあわせてください、ミス・メリソープ」

「ありがとう」シンシアは彼の腕に用心深く手を置き、体の側面は触れあわせないように気をつけた。

「ねえ、シンシアってば！　だめよ、帰ったら！　ミス・リーはその方が劇場に入ってくるところを見たんですって。とってもハンサムだったそうよ。しかもね……」レノアは息を震わせて深呼吸をした。「ミス・ホイットマンから聞いた話では、子爵なんですって！　ねえ、想像できる？」

ミスター・リーは間の悪いときにシンシアを人だかりのほうへ振り向かせた。彼女の胃は逆方向へ動いた。髪につけた羽根飾りに顎をくすぐられる。子爵？「待って」部屋がまわっているような気配がようやく落ち着くと、シンシアはつぶやいた。「子爵ですって？」

「ミス・メリソープ、腰をおろしたほうがいいんじゃないですか？」

そのとき、見覚えのある乱れた金髪が見えた。その金髪の主がゆっくりとこちらを振り返ったとたん、シンシアは思わず悲鳴をあげそうになった。

茶色の目が彼女を見据えた。ニコラスの口元がほころび、純然たる喜びの笑みが浮かんだ。シンシアの心臓は拍動が乱れ、やがて完全にとまってしまったようだった。

「ミス・メリソープ？」ミスター・リーが小声で言った。「ご気分が悪いんですか？」

ニコラスの目が、連れの男性の腕に触れているシンシアの手に滑りおりた。彼女は手を引っこめたくなる衝動と闘った。

「レモネードを取ってきてくださる？」

「もちろんです！」ミスター・リーは答えた。「ただ、まずは椅子を探してこないと」

「けっこうよ。ちょっと暑いだけですから」

ニコラスのほうに振り返ると、彼はすでにいなくなっていた。シンシアの心臓は息を吹き返し、今度は一気に動きだして、頭にどっと血が流れこんだ。どこにいるの？　彼がここにいると思ったのは目の錯覚だったのかしら、砂漠の蜃気楼《しんきろう》のように？　そんなのは考えるだけでも耐えられない。

シンシアはあわてふためき、きょろきょろしたが、あたりは人でごった返していた。

「ああ、どうしよう」

「シンシア」背後からレノアの声がして、腕をつかまれた。「ねえ、シンシア、あそこにいるの、例のあの方じゃないかしら。母と一緒にいるわ！」

「どこ？」シンシアはくるりと振り返った。そのとき人ごみに隙間ができ、ニコラスの姿が現われた。両手を後ろで組み、身をかがめておばの話に礼儀正しく耳を傾けながら、ロビーをゆっくりと横切ってくる。彼はぱっと目をあげ、シンシアをちらりと見て、いたずらっぽく瞳を輝かせた。

「ニック」彼女はささやくようにつぶやいた。

レノアがシンシアをちらりと見る。「えっ？」

「ううん、なんでもない」

「ねえ、どきどきするわね！」

シンシアはうなずいた。まさにそのとおりだ。ロビーの真ん中で卒倒してしまうかもしれないと思うと、たしかにどきどきする。一方ニコラスは落ち着き払った様子で、シンシアたちの前で足をとめた。

「ランカスター卿」おばがもったいぶった調子で話しはじめた。「娘のミス・ロスバーグと姪《めい》のミス・メリソープを紹介させていただきますわ。ほら、あなたたち、こちらはランカスター子爵ですよ」最後の言葉で、おばの声は少し震えていた。

「お目にかかれて光栄です、ミス・ロスバーグ」ニコラスはお辞儀をして言った。レノアははりきって膝を折り、お辞儀をした。

次に彼はシンシアのほうを向いた。「じつは、姪御さんとはイングランドでお会いしたことがあるのですよ、ミセス・ロスバーグ」

シンシアは口をぽかんと開けて目を見開いた。

ニコラスが首をかしげる。「ぼくのことを覚えていらっしゃらないのかもしれませんね」

彼女はぎこちなくお辞儀をし、息をあえがせてつぶやいた。「ランカスター卿」

レノアは爪先立ちをするように体をはずませ、さっきと同じことを言った。「どきどきするわ！」

レノアの母親がうなずいた。「そうね、本当にどきどきするような出会いだわ！　ランカスター卿、ぜひ明晩、わが家のディナーにお越しくださいね」

ニコラスは再びお辞儀をした。一一〇日も離ればなれだったとは思えないほど一分の隙もない落ち着きで、魅力を振りまいている。彼の笑顔にシンシアは見とれてしまった。

「ミセス・ロスバーグ、喜んでうかがわせていただきます。孤独な赤の他人に興味を持ってくださるとは、あなた方アメリカ人はなんて親切なんでしょう」

おばは少女のようにくすくす笑ったが、シンシアの胸のうちは衝撃から苛立ちに変わっていた。孤独な赤の他人ですって？　どういうつもりでそんな戯言を？　だいたい、なぜ彼は単なる知りあいのようにふるまっているの？　「ランカスター卿」彼女はきつい口調で呼びかけたが、ニコラスはおばが手をかけられるよう腕を差しだした。

「お宅の場所をメモに書いてもらえませんか、ミセス・ロスバーグ？　あなたの住んでおられるこのすばらしい町にまだ不案内なので。ミス・ロスバーグ、ミス・メリソープ、お目にかかれてよかった。明日が待ち遠しい限りだ」

そう挨拶をすると、ニコラスはおばをエスコートしてその場を立ち去り、一度も後ろを振り返らなかった。

シンシアは呆然とニコラスの後ろ姿を見つめた。やがて激しい怒りがこみあげ、息が浅くなった。

ベルが鳴り、その合図で観客たちは座席に戻りはじめた。人の流れのなかでシンシアはじっと立ち尽くし、こぶしを固めていた。ニコラスが紳士たちの一団と連れ立って移動している姿がちらりと見え、シンシアは彼のもとに猛然と向かった。

階段をのぼる前にニコラスをつかまえ、袖をつかんだ。「どういうつもりなの？」声をひそめて尋ねる。

ニコラスは優雅な身のこなしで振り返り、すでに顔に張りつかせていた楽しげな笑みを向けてきた。「ミス・メリソープ！　これはうれしい驚きだ！」

「ニコラス・キャントリー、どういうことか説明してちょうだい。さもなければ、今あなたの目の前でののしってやるわよ、思いつく限り最悪の言葉で」

「ほう。どんな言葉かな。掛け値なしに衝撃的なんだろうね」シンシアが深く息を吸うと、彼は片手をあげた。「落ち着いてくれ、シン」身を寄せて言う。「ぼくはきみに求愛しているんだよ」

「な……なんですって？」

「ちゃんと求愛しているんだよ、覚えているかい？」

「覚えているかですって？」熱が顔にせりあがってきた。それは目に達すると涙になってあふれた。「わたしは手紙を送ったわ。あなたからの返事には、たいしてなにも書かれていなかった。あなたに最後に会ってから何カ月もたつのよ。わたしはすごく不安だったの。あなたに会えなくて寂しかったのよ、ニック」

「泣かないでくれ」ニコラスの目からいたずらっぽい輝きが消え、穏やかであたたかなものに変わった。「頼むから」

シンシアは顔をくしゃくしゃにした。

「ほら、シン」ニコラスはそっと彼女をわきに引っぱり、不用意に人目にさらされないよう、狭いアルコーブに連れていった。ハンカチを顔に押しあて、危うくシンシアを窒息させそうになったところで、彼女はニコラスの手を押しやった。

シンシアは目を拭いて顔をしかめた。「あなたはわたしの知りあい、い、い、いだったの?」

「どう言ってほしかったんだ?　ねんごろな間柄とでも?」

「そうじゃないけど……ねえ、ここでなにをしているの?　いったいどうなってるの?」

「明日、話をする時間があるだろう」ニコラスは、ふたりを詮索するような目で見ていた通りすがりの男性をちらりと見た。「またよろしくない行為に走りそうだぞ。さあ、ご親戚のもとまで送っていこう」

シンシアは彼の腕に手を置いて押しとどめた。「待って。今夜、わたしの部屋の窓辺に来て。二階の東側の角部屋で――」

「行かないよ」

「バルコニーがあるの。もし――」

ニコラスはあとずさりした。「以前はきみに対して恥ずべき扱いをしてしまった。ぼくはほかの女性と婚約していて、将来の見通しもないまま、きみを辱めた。もう二度とあんなふるまいはしない」

「ばかなことを言わないで！」

ニコラスの目に怒りがよぎった。彼はお辞儀をして言った。

「それでは、ミス・メリソープ」

シンシアに抗議をする暇も与えず、ニコラスは身を翻して客席に姿を消した。彼女は湊をかみ、明日のディナーまでは何時間あるのか計算するしかなかった。

〝ろくでなし〟と心のなかで叫ぶ。思いやりのない残酷な女たらしだ。血も涙もない無礼者。でも、彼はここにいる。

思わずほころんだ口元を手で隠し、シンシアはそっとアルコーブを出ると、ゆっくりと自分の席に戻った。

はっと息をのんだ声が部屋に響き、全員が振り返った。「失礼」シンシアはなんとかそれだけ言って、ワインを飲みこむタイミングを誤ったふりをして喉元を軽くたたいた。ニコラスがじっとこちらを見ていた。

船会社の共同所有者になった――彼は今、そう言った？

シンシアのおじがうなるように言う。「イングランドの方々は、真面目に仕事をすることを毛嫌いしているものと思っていましたよ」

「ええ、われわれもそう思っています。恥ずべきことだと。ですが、とりわけ身分の高い貴族でも、投資の重要性は信じています。〈ハンティントン海運〉の過半数を所有しているのはサマーハート公爵です」

「噂に聞いています」おじは言った。

シンシアのおばが口をはさんだ。「公爵がこちらを訪ねていらっしゃる機会はあるかしら?」

集まった人々の輪の端に佇んでいるシンシアに、ニコラスはめずらしく真剣なまなざしを向けてきた。彼はサマーハート公爵と共同で投資しているの? そんなお金をどこで見つけたのだろう。話がよくわからない。

訊きたいことが山ほどあったが、ニコラスにはさりげなく距離を置かれていた。そんな彼のあとをシンシアはそっと追いかけ、少しずつ近づこうとした。

当然ながら、招待客はニコラスだけではなかった。ほかに三組の家族が招かれていた。子爵とのつながりをひけらかしたいのなら、子爵本人だけをディナーに招待しても意味はない。ニコラスはみんなに囲まれていたので、シンシアはなかなか近寄れなかった。彼の視線をもう一度とらえ、目を細めてじっと見つめる。

イングランドでは、自分の立場に自信を持っていた。ニコラスと結婚して彼の家族を破滅させることを、わたしは気高く拒んだ。けれど、今は心境が変化していた。わたしはアメリカにいる。ここは新たな見方でものごとを考えられる新しい国だ。この国では人はみな自分で自分の運命を決めている。だから、わたしだってそうしていいはずだ。

アメリカでは幸福を追求することが正しいと信じられている。人々は大いなる運命を信じている。そして、幸福も運命もニコラスとともにある。そうシンシアは確信していた。

イングランドにいたときは、気丈で勇敢な女性だとニコラスに称された。そのときは彼の言葉を信じなかった。けれども船の甲板に立ち、洋上を進んでいくと、自分は勇敢だとシンシアは感じた。潮風にドレスの裾がはためき、果てしなく広がる大海原に陽光がきらめいているのを見ると、自分が強い女性になったような気がした。

そして今、復讐の女神のような気持ちだった。自分の思うようにしようと心に決めていた。もしかしたら、おばから贈られた支度金の影響もあるのかもしれない。〝あなたのお父さまが生きていたら、きっとこうしてあげようと思ったはずよ〟とおばは言っていた。

一〇〇〇ポンド。

大金というわけではないが、ここはアメリカだ。これだけあれば、なにかの元手になるだろう。あるいは〈ハンティントン海運〉に投資してみようか。

疑念もあらわな目で、シンシアはニコラスをじろりとにらみつけた。共同所有者ですって？

どんな疑いを抱いていたにしろ、ほんの少しのあいだもにらんでいられなかった。まわりに集まっている人々を楽しませることをなにごとか言いながらニコラスが動かした手に、シンシアはつい見とれてしまったのだ。彼が笑って首をのけぞらせて、喉をあらわにした。傷跡は見えなかったが、シンシアはあるはずの傷のことを思わずにはいられなかった。

お金持ちの女性と結婚したほうがニコラスには都合がいいだろう。そのほうが彼の人生は楽になる。でも、わたしのように彼を理解できる女性はいるだろうか？

ニコラスが自分の体にどれほど神経質になっているかを思うと、不安で胃のなかがうごめいた。どれほど体をかばっているか、ほかの女性には理解できないはずだ。髪に触り、彼に苦痛を与えるかもしれない。自分の手をじっとさせておくのがいやで、彼を侮辱するようなことを言うかもしれない。

どうしてほかの女性にニコラスを譲る気になれるだろう？

それはできない。シンシアはひそかに決意し、顎をこわばらせた。

「さあ、そろそろダイニングルームへ移りましょうか？」おばが手をたたいて一同に告げた。「ランカスター卿、あなたの席はミス・メリソープの隣にしておきましたよ。見知らぬ人たちに囲まれている気分にならないようにね」

勝利の念がシンシアの胸にこみあげた。とうとう彼がすぐそばに来る。口実を武器にシンシアは近づいた。「ランカスター卿。またお目にかかれて光栄です。部屋の向こうから姿を拝見しておりました」

「ミス・メリソープ」ニコラスは用心するような声で言った。しかし、彼の目はシンシアの口元に注がれた。「目を見張るほどお美しい。いつもながら」そう言って、彼は腕を差しだした。

できることなら今夜、ニコラスを苦しめてやろうとシンシアは思っていたが、ゆっくりと彼の腕につかまり、指を大きく広げると、喜びが胃のなかを駆け抜けて痛みを覚えるほどだった。苦しめられているのはむしろわたしのほうだ。それでもニコラスは目を閉じて、息を吸いこんだ。

シンシアは息を整え、声をひそめて言った。「話があるの、ふたりきりで会ってちょうだい」

彼は首を振った。「それはよろしくないよ」

「わたしはよろしくないことをする女よ。よくご存じでしょう」

警戒したような顔でニコラスはあたりに視線を走らせたが、注意を向けている者は誰もいなかった。彼女はふたりきりの時間を引き延ばそうとして、わざと歩幅を小さくした。

「質問があるの。部屋に来る気がないのなら、ディナーのあと図書室で会いましょう。応接間からこっそり抜けだすわ。いなくなっても誰にも気づかれないでしょう」

「きみの評判を危険にさらすようなまねはできない。明日、お茶の時間に訪問したときでも話をする時間はたっぷりある」

「帽子や本のことなんて話したくないわ!」

ニコラスは彼女のほうへわずかに身を寄せた。「ぼくは生まれ変わった新しい男なんだよ、シンシア。もう楽な道は選ばないと心に誓った。人生でなにかが起きたら、ぼくは正しいやり方でことにあたるつもりだ。今がそのときなんだ。ぼくは丸々ひと月ニューヨークに滞在する予定でいる。どうかぼくにきちんとことにあたらせてくれ」

ほんの一瞬、シンシアはニコラスに共感を覚えた。歩み寄ろうという気になった。うつむいて彼の手を見る。手首の日焼けした肌と、その肌に映える黄金色の体毛に目をとめた。もう待ちくたびれた。わたしは気丈で、勇敢だ。すでに決心はついている。

「わたしを慕ってくれる男性がいるの」

「それは嘘だな」

「ぐずぐずしないほうがいいわよ。彼にいつ結婚を申しこまれても不思議じゃないの」

「気の毒に。きみはぼくを愛している。その哀れな男は傷心間違いなしだ」

もう、どう切り返せばいいの？　いくらニコラスをせかせるためとはいえ、愛していることは否定するわけにいかない。でも、彼の弱点なら知っている。どうすればふたりきりになれるかということも。

シンシアは顎をあげ、ニコラスの耳元にわずかに口を近づけた。「今日は下ばきをつけていないのよ、ランカスター卿」

廊下のなめらかな木の床につまずいたようで、彼はすんでのところで床に倒れこみそうになった。体勢を立て直し、背筋をぐいっと伸ばす。顔を紅潮させて言った。「きみはいつもつけないだろう。驚くにはあたらない」

「最近はつけているのよ。ピンクのをね。レースの縁取りがあって、ハーレムの裸の娘の刺《し》ラスはそんな彼女から目を離すことができなくなっていた。

ディナーの席でニコラスに椅子を引いてもらいながら、シンシアはほほえんでいた。ニコ
「あとでわたしの部屋に来て。見せてあげるわ」

「口から出まかせを言うんじゃない！」

繡《しゅう》がついているの」


まったく、シンシアときたら。

ランカスターは宿泊しているスイートの寝室のなかをうろうろと歩きまわっていた。

ディナーのあいだじゅう、シンシアにいやというほど苦しめられた。なまめかしい笑みを投げかけられ、向こう隣のレディに彼女が話しかけるたびに、こちらに身を寄せられた。一度などは膝に指先をかすめさせもした。あのときの感触ときたら……すばらしい。このうえなくすばらしかった。

彼女はぼくの気を引こうとしていた。目でぼくをからかっていた。そのうえ、こともあろうに下ばきのことを口にした。人前で。

ロンドンに戻り、ようやくシンシアから離れたとき、自分の行動を顧みてぞっとしたものだ。魔が差して、屋敷にかくまわれていた若い女性に手を出した。婚約者がいる身でそんなことをしてしまったとは。相手の評判を落とし、一生を棒に振らせる危険を冒した……。不埒なことをしでかしてしまったのだ。

そうはっきり悟ったあと、きちんとした行動が取れるのだとシンシアに証明してみせるため、最大限の敬意を払って行動しようと決心したのだ。あらゆる面で信用できる男だと証明してみせるために。

航海中はたやすく実行できる誓いに思えていた。だが、今はまたシンシアの近くにいる。離れているあいだ、狂おしいほどに寂しさを募らせていた。再会した彼女はすこぶるきれいだった。まるで自分の体が抜け殻になったようだ。ぱさぱさに干あがり、シンシアに満たされたくてたまらない。

劇場で彼女にすがりつかれたときは、あらん限りの自制心を振りしぼって拒んだ。彼女をさらって、馬車に乗せて……町中を走る馬車のなかでものにしたりしないように自分を抑えたのだ。

計画していたのはそんなやり方ではないのだから。

ランカスターはまた室内を歩きだし、みっともない真実と対峙《たいじ》した。シンシアを拒むことはできない。脚を指で撫でられたのはほんの数秒のことだったが、その後三〇分はズボンがきつくてかなわなかった。

あのときのことを思いだすだけで、またぞろ肉体は責め苦にあわされている。

時計に目をやった。もうすぐ一一時三〇分だ。シンシアに最後に言い渡された言葉が、頭上にぶらさがる斧《おの》のようにまとわりついていた。

〝夜の一二時までに部屋へ来る算段がつかなかったら、こちらからあなたの部屋に出向く

わ〃

まさか本気で真夜中に町をうろつくはずはあるまい、そうだろう？　ただし、ホテルの名前はディナーの最中にぽろりともらしてしまった。そしてシンシアは、とにかく言いだしたら聞かない女だ。

「くそっ」ランカスターはぶつぶつ言って、もう一度時計に目をやった。

行かなくてはいけない、シンシアの身の安全のためだけにでも。ところが彼女のそばに行けば、抗うことはできなくなる。

ああ、こんなことはまったくもって、まっとうじゃない。

シンシアは時計をにらんだ。一一時五五分。ニコラスはまだ来ない。

一時間前に部屋に戻ってきたときは、難題に頭を悩ませたのだった。メイドを呼んで最高級の新しい寝巻きに着替え、とびきりの姿をニコラスに見せようか、それとも、彼が来ないとしたらきちんと服を着ていたほうがいい？　明るいブルーのドレスはバルコニーをおりるには実用的な服装ではないかもしれないが、今身につけている淡いピーチ色の絹の寝巻きよりはいいだろう。

もう、憎らしい人ね。このままでは、寝巻き姿で〈レッドベター・ホテル〉に忍びこむはめになりそうだ。

シンシアはベッドにそっと近づき、マットレスの上から寝巻きとそろいのショールを手に取った。それほど体を隠せるわけではないけれど。

マントに手を伸ばしたとき、扉が開いた。バルコニーに通じる扉が。

シンシアはぴたりと動きをとめた。彼が本当にここへ来るとは信じがたかった。けれども、ニコラスが部屋のなかに入ってきた。怒りに顔をこわばらせ、ズボンの膝が破れた状態で。

彼はシンシアが手にしていたマントを指差した。「本当にやる気だったのか？」

「そう言ったでしょう？」

ニコラスは彼女のほうに一歩近づいた。「きみって女は頑固で策士だ。ぼくはまっとうにきちんと求愛しようとしているのに、きみときたら――」

「ねえ、ニック、そんなことはどうでもいいの」シンシアはマントを床に放り捨て、ショールを外した。ニコラスの視線がさっと下におろされ、彼の目になにが映っているのかシンシアははっきりとわかった。淡い色合いの絹は、乳首の形や太腿のつけ根の濃い茂みを隠しはしない。

ニコラスの目が光った。

彼女は寝巻きの腰のあたりの生地に手を伸ばし、じわじわと裾を持ちあげていった。

「やめるんだ！」彼が怒気のこもった声でささやいた。

「あなたがほしいの」

「待たなくてはだめだ」

「いやよ」

「話しあわないといけないことがいくつかある。真剣に考えるべき事柄だから、ぼくとしては少しずつ——」

「もう、いいかげんにしてちょうだい。とにかくぼくと結婚してくれと言ってくれれば、それですむんだから！」

ニコラスは息をのみ、あっけに取られたように口をあんぐりと開けた。そして毒づき、腕を組んだ。最後に部屋の隅の椅子を指差した。「座ってくれ」

「いやよ」

「座らないなら、ぼくは宿を変える。向こう数週間はきみと会わない」

「そうなの？」シンシアは彼の顔をじっくりと眺め、どこまで本気で言っているのか見極めようとした。たしかにニコラスは身の振り方について、これまでとは違う決意を示している。

彼はきっぱりした態度でシンシアに愛想笑いを向けた。「四カ月後にまたアメリカに来る予定がある。なんなら次に会うのはそのときにしようか」

「座ればいいんでしょう、座れば」彼女はぷりぷりして椅子にどさりと腰をおろしたが、わざと寝巻きの裾がたくしあがって足首があらわになるように座ることは忘れなかった。

ニコラスはまず、部屋の扉がちゃんと施錠されているかどうか確認した——鍵をかけることなど、きみなら考えもしないだろうと言わんばかりに。そのあと扉を開け放したままのバルコニーまで歩き、しばらく夜ふけの空をじっと眺めていた。

最後にシンシアのところへ戻ってきて言った。「ロンドンに帰ったその足で、イモジーン・ブランディスと彼女の父親に会いに行った。自宅に立ち寄りもしないでそのまま。それは知っておいてもらいたい」

「もめた？　彼女はほっとした？」

「もめたよ……予想どおり」

シンシアはつらそうに顔をしかめた。「そう、大変な思いをしたわね」

「でも、イモジーンは感謝しているようだった。ぼくの希望的観測かもしれないが。しかし結局、話はついた。そのあと、もちろん母に報告しなければならなかった」

「まあ」ニコラスを思うせつなさに身を焦がすあまり、彼が苦労をしのいだことをシンシアはすっかり忘れていた。「お母さまはきっと……動揺したでしょうね」

「ああ、そのとおりだ。だが、それよりもっと耐えがたいことを母に知らせないといけなかった。きみとも話しあいたいと思っていることだ」

シンシアは居ずまいを正した。「なんの話なの？」

「まず、ぼくは節約に踏みきった。弟のこづかいを半分以下に削り、母のロンドンの屋敷を売り払い――」

「まあ」

「それから、ぼくがロンドンに構えている屋敷の相続権を放棄したいと女王陛下に嘆願した。許可がおりれば多額の負担が消え、かなりの収入が得られることになる。借金を返済し、所有しているほかの地所に投資して、土地利用を改善する。そうすれば数年後には収入が増えていくだろう。母については……社交シーズンのあいだは家族のためにロンドンに家を借りる。冬はこれまでのように田舎に引っこむことになるだろう」

「そう。それで社交シーズンのあいだ、あなたはどこに住むの？」

ニコラスは上目づかいにシンシアをちらりと見て、床に目を落とした。「きみと話しあいたいと思っていたのはそのことだ」

彼の緊張した様子を見て、シンシアは脈が速くなった。

「決して……ぼくは決して、思っていたような人生を送ることはないだろう。というか、きみが期待していたような人生を送ることはない」ニコラスはため息をつき、髪に手を走らせた。「どう話せばいいかな、難しいよ」

「ニック、船会社に投資したお金はどこで手に入れたの？」

「どこでもない」

シンシアは待ったが、彼はそれ以上なにも言わなかった。「お願いだから打ち明けて。そうすれば乗り越えられるわ」

「わかった」ニコラスは額に皺を寄せ、緊張に顎を震わせながら、少しのあいだ部屋のなかを行ったり来たりした。やがてこう言った。「サマーハートにある提案をした。彼は五パーセントの手当てを提示してくれた」

「手当て？　話が見えないわ」

「じつは……」彼は咳払いをした。「ぼくは仕事についた」

「仕事？」

「きみには受け入れがたいことだろう。今のように暮らし向きのよくなった女性なら、受け入れられなくても不思議ではない。もしも無理なら……」

シンシアは手を振って、彼の話を遮った。「どんな仕事についたの？　海運業の知識なんてあったの？」

「ないよ。ぼくは魅力的でいることが仕事なんだ」

彼女は首をかしげた。「あなたはいつも魅力的よ」

「まあ、そうかもしれないな。それで今はその魅力を振りまいて、〈ハンティントン海運〉と契約を交わすよう取引先を説得している。これがぼくの仕事だ。そうやって会社に貢献している。魅力を武器に、ニューヨークの社交界で人気者になるつもりだ。ボストンや、ジョージア州のサバナにも遠征する」

「冗談でしょう？」

「いや」ニコラスは足を大きく開いて立ち、胸を張った。「悪いが、冗談じゃない。一年以内に〈ハンティントン海運〉の儲けを三倍に増やすつもりだ。これがぼくの選んだ道だよ、シン。ぼくの考えについていけないと思うなら――」

「完璧だわ！」

ニコラスは顎を引いた。「えっ？」

「失敗しようと思っても失敗しようがないものね」

「おいおい、そんな言い方はないだろう」

自分を抑えられなくなり、シンシアは跳ねるように椅子から腰をあげて、彼の腕のなかに飛びこんだ。「だって完璧なんだもの！」ニコラスの顎に唇を押しあてる。するとついに彼に抱きしめられた。「さすがあなただわ、ニック。ねえ、わたしに結婚を申しこんで」

「かつてのような社会的安定は、今のぼくには望めない。ミス・ブランディスとの婚約を破棄したことで、すでに世間から非難を浴びているんだ。借金取りからの取り立ては厳しくなっている。それに、なぜぼくがリッチモンドを殺したのか噂もささやかれている。さらに、ぼくが雇われの身であることが世間にばれたら……表向きは共同所有者ということになっているが、そんなのは体《てい》のいい言葉にすぎない」

「言いたい人には言わせておけばいいのよ」ニコラスは身を離そうとしていたが、シンシアは彼の首に口をつけて吸った。「わたしはもうアメリカ人よ。この国の男性たちは野心を抱いて当然だと思われているの」

「母は寝こんでしまった。ぼくとは二度と口を利かないだろうな」

彼女は笑い飛ばした。「わたしのせいだとまだご存じないからでしょう」

「仕事で旅をしないといけなくなるんだよ、シン。年がら年じゅうではないけど。それに子爵としての義務もある。でも――」

「わたしも連れていってくれる？」

「もちろんだ」

「求婚して」彼女はささやいた。

「シンシア」ニコラスはそっと片手をあげて彼女の後頭部にあてがった。「本当にわかっているのかい？　ぼくのような身分の男にとって、名誉ある仕事ではないんだよ。あるいは、きみのようなレディからしてみたら」

「ニック、あなたの選んだ道は……ねえ、あなたって天才だわ」シンシアはにっこりして彼を見あげた。

ニコラスは彼女の目のなかに真実を見いだしたに違いない。なぜならようやくうなずき、彼女のこめかみに唇を押しあて、そのあとそっと唇を重ねたのだから。

「ぼくはべつに天才ではないよ。でも、きみに自慢に思ってもらえるように一生懸命働くつもりだ」

「今だって、もう自慢に思っているわ」

ニコラスは唇をシンシアの耳元に動かした。息を吹きかけられるようにして、彼の言葉が伝わってきた。「結婚してくれ、シン。ぼくの妻になってくれ。ぼくに喜びをもたらしてほしい」

この言葉を聞くのが待ち遠しいと、シンシアはずっと思っていた。ひとりよがりな段取りなんてどうでもよく、さっさと結婚して、ニコラスを自分のものにしたいと思っていた。けれども彼の言葉を聞いたとたん、心臓がとまり、息ができないほど胸がいっぱいになった。

「シン？　イエスと言ってくれないか。頼むから」

子供のころから、ずっとこの人に恋してきた。だから一緒になったらどうしていいかわからないかもしれない。でも、それは犠牲を払うべきことだ。

「そうね、どうしようかしら。スケッチのモデルにはなってくれる？」シンシアは尋ねた。

「モデルか、いいよ」ニコラスはかすかに身震いをして言った。「もちろん……光栄だ」

彼女はにっこり笑い、見慣れた愛しい顔を見あげた。「だったら返事はイエスよ。あなたと結婚するわ」

その言葉を聞いて、紳士としての面目とはなにかという厄介な考えは頭から消えてしまったようだ。ニコラスはシンシアの手にキスをし、両手をヒップに走らせて、彼自身を彼女の腹部に押しあてた。シンシアが寝巻きをまくりあげて脱ぐと、ニコラスは彼女のおば夫婦の信頼を裏切りかねないことを思わずつぶやいた。彼女がみずからの胸に手をあてがい、寂しかったと訴えかけると、ぼくたちは数日以内に結婚するから、それまでは礼儀正しくふるまいたいと異を唱えた。

けれどもシンシアがベッドに横たわり、手首を交差させて腕を頭上に伸ばすと、ニコラスはもうなにも言わなかった。彼女の腹部に口づけ、軽く歯を立てながら少しずつ唇をおろしていくことに忙しく、しゃべっていられなくなった。そしてシンシアはといえば、辱められることに忙しく、もうなにもかもおかまいなしだった。

訳者あとがき

米国ロマンス作家協会ゴールデン・ハート賞ヒストリカル部門の受賞者であるベストセラー作家、ヴィクトリア・ダールの『海辺に涙の祈りを』（“One Week As Lovers”）をお届けします。

前作『冬の公爵の愛を手に』で孤高の公爵サマーハートと恋に落ちた破天荒なレディ、エマのよき相談相手だったランカスター子爵ニコラス・キャントリーが、今回主役を務めます。

親の代からの借金で首がまわらなくなった社交界の人気者、若き子爵ランカスターは、一家を破産の危機から救うために裕福な商人の娘と婚約しました。ところが結婚式を数週間後に控えた晩餐会の夜、才色兼備の誉れ高き婚約者に愛人がいることが判明します。財産目当ての縁組と割りきっていたランカスターも、婚約者がほかの男性に肌身を許している場面を目撃し、さすがにショックを受けます。

暗澹とした思いで帰宅した彼のもとに、追い打ちをかけるようにして幼なじみの訃報が届きます。遺族を弔問に訪れるという口実のもと、逃げるように早春のロンドンを離れ、約一〇年ぶりにヨークシャーの地を踏んだランカスターを待っていたのは、崖から海に身を投げた幼なじみシンシアの幽霊でした――。

もちろんシンシアは死んでなどいません。彼女もまた借金に苦しむ家族を救うために、愛のない結婚を強いられていたのです。久しぶりに再会し旧交をあたためたランカスターとシンシアは、ともに家族の借金を返済し、しがらみから逃れて自由を獲得するべく、海辺の洞窟に隠されているとされる密輸商人の財宝探しに乗りだします。

少女のころにニコラスに淡い恋心を抱いていたシンシアは、相変わらずハンサムでたくましく成長した彼に再び胸をときめかせますが、ときおり彼が見せる暗い表情にとまどいも覚えます。あの屈託のない朗らかなニコラス少年はどこへ行ってしまったのか――。

一〇年近く前、ニコラス一家が急にロンドンに転居してしまったのはいったいどういうわけだったのか。彼の首についた奇妙な傷跡はなにを物語っているのか。不安に苛まれたシンシアがいくら尋ねても、ニコラスは昔のことについて堅く口を閉ざしたままです。

過去の忌まわしい出来事に苦しむニコラスと、新天地アメリカでの生活を夢見るシンシア。さまざまな障害を前にして、ふたりがいかに情熱を燃えあがらせていくのか、せつない恋の行方をどうぞ最後までお楽しみください。

二〇一二年八月

ライムブックス

海辺《うみべ》に涙《なみだ》の祈《いの》りを

著　者　ヴィクトリア・ダール
訳　者　石原《いしはら》さゆり

2012年9月20日　初版第一刷発行

発行人　成瀬雅人
発行所　株式会社原書房
〒160-0022東京都新宿区新宿1-25-13
電話・代表03-3354-0685　http://www.harashobo.co.jp
振替・00150-6-151594
ブックデザイン　川島進（スタジオ・ギブ）
印刷所　中央精版印刷株式会社

落丁・乱丁本はお取り替えいたします。
定価は、カバーに表示してあります。
 ISBN978-4-562-04435-1　Printed in Japan